# J. M. WALKER

# CICATRIZES DO PASSADO

Traduzido por Janine Bürger de Assis

1ª Edição

2024

**Direção Editorial:** Anastacia Cabo
**Tradução:** Janine Bürger de Assis
**Revisão Final:** Equipe The Gift Box
**Arte de capa, preparação de texto e diagramação:** Carol Dias

---

Copyright © J.M. Walker, 2019
Copyright © The Gift Box, 2024

Todos os direitos reservados.
Nenhuma parte do conteúdo desse livro poderá ser reproduzida em qualquer meio ou forma – impresso, digital, áudio ou visual – sem a expressa autorização da editora sob penas criminais e ações civis.
Esta é uma obra de ficção. Nomes, personagens, lugares e acontecimentos descritos são produtos da imaginação da autora. Qualquer semelhança com nomes, datas ou acontecimentos reais é mera coincidência.

Este livro segue as regras da Nova Ortografia da Língua Portuguesa.

CIP-BRASIL. CATALOGAÇÃO NA PUBLICAÇÃO
SINDICATO NACIONAL DOS EDITORES DE LIVROS, RJ
Meri Gleice Rodrigues de Souza - Bibliotecária - CRB-7/6439

---

W178c

Walker, J. M.
  Cicatrizes do passado / J. M. Walker ; tradução Janine Bürger de Assis. - 1. ed. - Rio de Janeiro : The Gift Box, 2024.
  364 p.

  Tradução de: Broken scars
  ISBN 978-65-85940-11-5

  1. Romance americano. I. Assis, Janine Bürger de. II. Título.

24-88716    CDD: 813
            CDU: 82-31(73)

---

*Este livro contém temas sombrios, incluindo abuso sexual e abuso infantil no passado.*

*Dedicatória*

*Melinda.
Este livro é para você.*

# AGRADECIMENTOS

Primeiramente, obrigada para os meus leitores por sua paciência. Esse livro demorou seis anos para ser lançado. Lucas Crane foi um personagem coadjuvante desde o meu primeiro livro, *Break Me*. Eu não sabia muito sobre ele na época, mas agora que escrevi sua história e sabendo que ele está finalmente feliz, é como se um sentimento de paz tivesse me encoberto. Escrevi essa história para o NaNoWriMo do ano passado. Vivi e respirei este livro e o escrevi em um mês. Foram mais de 90 mil palavras em 30 dias. E, rapaz, tem sido uma boa aventura desde então.

Joanne Thompson: OBRIGADA. Sério, obrigada, obrigada e obrigada. Joguei todos os meus problemas, todas as minhas notas, em você, que me ajudou a tornar essa história bem melhor. Não me canso de te agradecer pelo que você fez, mas saiba que te estimo.

Angie, Christina, Jennifer e Melissa: obrigada por ler essa história e me dar todo o seu retorno. Sei o quão difícil pode ser ler um livro na forma bruta e prover dicas, conselhos e tudo mais. Então eu amo e estimo vocês!

Meus leitores. Minhas joias. Todo mundo! Obrigada por se empolgarem com essa história. Mal posso esperar para levar vocês por essa louca jornada. Lucas Crane definitivamente mereceu seu direito por aquele final feliz.

Melinda: você se apaixonou pelo Lucas de cara. Eu até enviei para você os primeiros capítulos da antiga história dele, que era uma bagunça. E quando desisti e segui em frente, você continuou ao meu lado e esperou por ele pacientemente. Estou TÃO feliz por poder finalmente dá-lo para você. De novo.

Todas as outras pessoas: obrigada por lerem e me ajudarem a divulgar este livro!!

# PRÓLOGO

*Uma dor lancinante me rasgou. Meus músculos foram arrancados dos meus ossos. Pele arrancada, rasgando e se separando, conforme o abuso só piorava.*

*Parecia que eu estava sendo destroçado por um animal.*

*Meus membros tremeram. Minha pele ficou molhada de suor.*

*Tentei afastar o mal, mas isso só os fez me machucarem mais.*

*Olhos azuis me encaravam de volta. Estavam cheios de dor, piedade e medo. Tanto medo. E então aquele cheiro. Aquelas rosas deliciosas da porra. O cheiro era doce. Quase como mel. Eles contradiziam a atmosfera onde eu estava preso.*

*Sobrancelhas loiras franziram, olhos largos e redondos implorando para eu parar de lutar.*

*Desviei o olhar quando gritos me despedaçaram. Por mais que eu fizesse tudo que podia para lutar contra quem me atacava, implorar só aumentava a violência imposta ao meu corpo.*

*— Por favor. — Minha voz, tão jovem, tão inocente. Só precisou de uma palavra. Três sílabas foram necessárias para fazer a dor piorar. Eu não sabia como isso era possível, mas era, e aconteceu.*

*— Próximo.*

*Um soluço saiu de mim logo que um novo ataque atingiu meu corpo. O que parecia uma vida inteira depois, o peso em cima de mim foi retirado, levanto todo o meu fôlego junto.*

*— Você se saiu bem, Lucas.*

*O cheiro de rosas de repente ficou mais forte, fazendo meus olhos revirarem para a parte de trás da cabeça.*

*— Bem para caralho.*

*Virei a cabeça para longe da voz. Lágrimas escorrendo pelas minhas bochechas. Meu corpo não doía mais. Eu estava dormente. Completamente dormente.*

*Minha mente estava quebrada. Eu estava ausente. Além do ponto de estilhaçar.*

*Minha alma, se eu ainda tivesse uma, se escondeu e se protegeu nos cantos. O próprio diabo desviaria o olhar dessa depravação.*

*Mãos gentis passavam pelo meu corpo, aliviando a dor que foi gravada permanentemente na minha alma. Sálvia foi esfregada na minha pele. Meus cortes foram cobertos. Eu fui limpo, alimentado, e colocado de volta na minha jaula como o resto deles.*

*Animais. Animais de estimação. Era isso que nós éramos. Tudo porque meus pais adotivos tinham um vício. Por desejo. Poder. Dinheiro. Controle. Era tudo por controle. Controle sobre pessoas menores que eles. Um tapa era o necessário para forçar a maioria deles a ficar de joelhos. Mas eu? Não, eu era maior. Era preciso muito mais do que um tapa para me fazer me submeter. E eu pagava por isso. Sempre pagava por isso.*

*Jurei que, daquele ponto em diante, faria o que pudesse para livrar o mundo de monstros como eles.*

*Mesmo se eu morresse tentando.*

# CAPÍTULO 1

### LILY

O vento chicoteava à minha volta. Eu tremi. Era o meio do verão, mas a Mãe Natureza decidiu pregar uma peça na gente e trazer o outono mais cedo. Eu odiava esse tempo. Me dê uma praia qualquer dia ao invés disso. Deus, o que eu não daria por umas férias.

Fechando meu casaco mais apertado em volta de mim, apressei o passo. Eu vivia a somente poucos quarteirões do restaurante e pensei que seria uma boa ideia caminhar. Mas claramente a Mãe Natureza tinha outros planos para mim. Parei, olhei em volta, e então percebi rapidamente que estava perdida. Ótimo. Isso fez uma noite de merda ficar ainda pior. Minha avó ia me esganar se eu me atrasasse e não a avisasse. Eu não podia acreditar que isso estava acontecendo.

*Tão burra, Lily. Tão burra.*

Não, eu não era burra. Ele era quem era burro.

— *Lily, nós precisamos conversar.*

— *Nós estamos aqui, jantando. Você não precisa me dizer que nós temos que conversar.* — Mas nós precisámos. Eu não podia continuar saindo com ele. Killian Hayes foi conveniente no momento que eu estava solitária. Mas era isso.

— Não. — Ele sorriu gentilmente. — Nós realmente precisamos conversar. — Seus olhos escuros se movimentaram de um lado para o outro, observando o meu rosto. Para o que, eu não estava certa, mas podia sentir que ele estava prestes a soltar uma bomba.

— Eu... — Ele respirou fundo. — Eu am...

— Killian Hayes.

Nós dois viramos para o homem vindo na nossa direção. Ele era parrudo, com cabelo castanho-claro e barba por fazer em sua forte mandíbula. Ele parecia ser mais velho que Killian. — Desculpe por interromper. — O homem então sorriu para mim antes de olhar de volta para Killian. — Mas eu precisava dizer oi. Faz tanto tempo.

Exalei profundamente, agradecida pela interrupção. Meu relacionamento com o Killian não ia a lugar nenhum de qualquer jeito, mas esse homem aparecendo era claramente um sinal. Salvou-me de ter que dizer a Killian que eu não retribuía seus sentimentos.

— Como estão as coisas, Andrew? — Killian balbuciou, sem tirar os olhos de mim.

— Bem. — O sorriso de Andrew cresceu. — Como está a sua esposa?

Meus olhos arregalaram.

— Você é casado?

— Lily. — Killian se esticou para segurar minha mão.

— Eu preciso ir.

— Não, por favor. — Killian se levantou, correndo da mesa. — Me deixe explicar.

Joguei dinheiro na mesa para pagar pela minha refeição e me mandei. Não pensava que o relacionamento era tão sério, mas nunca imaginei que ele fosse casado. Caralho, que babaca. De qualquer modo, Killian não era bom na cama. Eu estava mais envergonhada do que qualquer outra coisa.

Minha avó também tinha avisado. Ela só o encontrou um punhado de vezes, mas não gostou dele. Ela também achou que ele estava escondendo algo.

É, *uma esposa.*

**CICATRIZES DO PASSADO**

Não que ela alguma vez tenha gostado dos caras que namorei, mas esse era diferente. Ela me avisou, mas não escutei.

Soltando um suspiro frustrado, apertei o casaco em minha volta. Eu me vesti bem para Killian. Algo estava estranho com ele, então pensei que vestir uma roupa sensual iria trazer de volta aquele momento que nós compartilhamos meses atrás quando encontramos um com um outro na biblioteca. Pensei que com certeza ele seria um cara bom. Afinal de contas, ele era do FBI e nos conhecemos na biblioteca. Eu estava errada. Errada pra cacete.

E agora estava perdida. Eu nem sabia mais onde estava. Não reconhecendo essa parte da cidade, suspirei de alívio quando vi um letreiro a mais ou menos um quarteirão à frente.

*Crane's Ink.*

Está bem, posso viver com isso. Qualquer coisa era melhor do que estar do lado de fora. Especialmente nessa área. Correndo para o outro lado da rua, fiquei agradecida de chegar à porta quando a chuva começou a cair ainda mais pesada.

O sino tocou, indicando a minha chegada. Fechei a porta, lutando contra o vento que ficou mais forte.

*Snap*, do *Slipknot*, tocava ao fundo. Estava alto o suficiente para eu poder sentir a batida nos meus ossos, mas não alta demais a ponto de uma conversa normalmente não poder ocorrer.

— Está um clima e tanto lá fora — a voz de uma mulher disse. — Não vejo um tempo tão ruim assim em um longo período.

Um homem grunhiu.

— Era para ser verão lá fora. — Ela suspirou.

— Certo, tudo pronto, querida.

Meu estômago revirou com a voz grossa e suave. Virei, encontrando um largo homem sentado em um banco ao lado de uma maca. A mulher estava se sentando, segurando a camisa contra o peito.

— Como ficou? — ela perguntou, me olhando nos olhos.

— Hum... — Dei um passo na direção deles. — Uau. — A tatuagem era nas contas dela. Era a imagem de uma árvore, parcialmente coberta por folhas.

— As folhas caindo da árvore marcam cada mês que estou sóbria — a mulher explicou.

Contei oito.

— Isso é maravilhoso. Realmente bonito — murmurei, maravilhada.

— Eu vou te limpar — o homem disse.

Arrisquei-me e então olhei para ele.

Mesmo sentado, ele era imenso. Com uma cabeça raspada e um tapa-olho cobrindo seu olho direito, ele era perigosamente belo. Tatuagens cobriam seus fortes antebraços, subindo pelas costas de suas mãos. Até o lado de sua cabeça que eu podia ver era tatuado.

Seu olho bom encontrou o meu. Ele franziu a testa, lambendo o lábio inferior carnudo. Ele me deu um curto aceno de cabeça antes de voltar para a mulher sentada na maca. Limpou a tatuagem e a cobriu com um curativo antes de bater no quadril dela.

— Você está pronta, Lena.

— Obrigada — ela disse, dando um rápido abraço nele.

Meu estômago revirou. Desviei o olhar, sem estar certa sobre esses sentimentos passando por mim.

— Mesmo horário no próximo mês? — o homem perguntou.

— Sim. Se eu chegar até lá. — A mulher, Lena, colocou a camisa e foi para o balcão.

— Você diz a mesma coisa todo mês. — O homem foi na direção do computador apoiado em cima do balcão. — Você vai ficar bem.

— Fico feliz que você tenha fé em mim.

— Eu sempre tenho fé nas outras pessoas — garantiu. — Cinquenta.

Ela tirou a carteira da bolsa e entregou o dinheiro para ele.

— É um prazer fazer negócios, como sempre. — Ele piscou.

Ela riu.

— Te vejo mais tarde, Lucas. — Ela andou na minha direção, sorriu, e então saiu da loja.

Lucas. Deus, até seu nome era sensual. Lutei para não revirar os olhos. Eu realmente precisava me controlar.

— Acho que deveria parar de perambular e provavelmente comprar alguma coisa — declarei por fim, precisando quebrar o silêncio incômodo.

Lucas grunhiu, enfiando o dinheiro que Lena deu a ele em um envelope e o colocando no que eu só podia assumir que era um cofre trancado em uma gaveta. Porque isso era o que eu teria feito.

— Você vende joias? — Essa conversa estava começando a ficar... estranha. Um homem nunca me afetou da maneira que esse estava afetando no momento.

O olho bom de Lucas encontrou os meus.

**CICATRIZES DO PASSADO**

— Você não precisa comprar nada. — Ele fechou a caixa registradora e veio na minha direção. Cruzando os braços sobre o peito largo, parou ao meu lado e olhou pela janela.

O cheiro de especiarias entrou em meu nariz. Meu centro se contraiu, minhas palmas ficando suadas com a proximidade. Ele cheirava maravilhosamente bem. Deus, até seu cheiro era maravilhoso.

— O tempo talvez fique assim pelas próximas horas — comentou, me tirando dos meus pensamentos safados. — Tem alguém que você queira ligar para dizer que está a salvo?

Eu estava realmente a salvo? Esse homem não me assustava, mas era imenso. Ele era uma fera e eu sabia que, com uma mexida do pulso, poderia me quebrar. Um arrepio passou por mim com esse pensamento. Mas tinha algo em seu jeito gentil com a cliente que se destacava com ele. Eu estava curiosa para descobrir mais sobre esse homem grande.

Meu olhar foi para o relógio preso na parede.

— Estou bem. — Eu ainda tinha uma hora até a minha avó me esperar chegar em casa. Se eu ainda estivesse nesse lugar, então ligaria para ela.

— Bem...

Olhei para ele.

— Lily. — Estiquei a mão. — Lily Noel.

— Prazer em te conhecer, Lily Noel. — Ele retornou o aperto de mão, colocando os dedos nos meus. — Lucas Crane.

Minha respiração prendeu na garganta. Quanto mais tempo passava entre nós, mais pesado o ar ficava.

— Hummm... — Seus lábios tremeram e então eu as vi. Cicatrizes. Elas eram fracas, mas as notei. Suas sobrancelhas franziram, e então ele se distanciou.

Estava na ponta da minha língua perguntar o que aconteceu com ele, mas a minha avó me ensinou a não ser assim. Teria sido rude. Especialmente quando acabei de conhecer o cara.

— Você quer um café? — Lucas perguntou, desaparecendo em um cômodo ao lado e voltando um momento depois com duas canecas fumegantes. — É somente preto.

— Está perfeito. — Olhei do café para ele. — Obrigada.

— De nada, Lily Bela.

Eu ri.

— Lily Bela?

— Funciona. — Ele sorriu. — Não funciona?

— Acho que sim. — Minhas bochechas coraram com o apelido. Ah, claro que funcionava. Funcionava muito bem.

## LUCAS

Enquanto eu fazia outro café para nós dois, não tinha como não olhá-la observando o meu lar. Mesmo essa parte sendo o meu negócio, meu apartamento era no segundo andar. Eu morava aqui há anos, então tudo era o meu lar para mim.

Lily andou por cada centímetro da loja, analisando as imagens na parede vermelho-sangue.

— Todas essas figuras foram desenhadas por mim — contei.

Ela pausou, me olhando rapidamente antes de se voltar novamente para elas.

— São lindas.

Eu grunhi.

— Não são muitas pessoas que as acham lindas.

— Não acham? — Lily deu a volta no balcão e subiu nele, sacudindo as pernas para frente e para trás. — Bem, eu acho que são.

Meu coração inchou com seu elogio.

Ela mexeu no cabelo castanho-claro cacheado e o colocou em um coque no topo da cabeça. Ela tinha um bando de sardas no nariz e nas bochechas. Seus lábios vermelhos eram carnudos. E quando ela terminou de prender o cabelo, apertou o casaco em sua volta. A jaqueta passava de seus joelhos, mas eu sentia que a maioria das jaquetas passariam. Era ela uma coisinha pequenina. Mas curvilínea. Tão curvilínea que minha boca se encheu de água.

Meu olhar voltou para o rosto dela.

Seus olhos verdes brilhantes encontraram os meus.

— O quê?

— Nada. — Limpei a garganta e voltei a fazer o café. Eu vivia a base desse treco, então fiz questão de ter uma pequena área para café atrás do balcão. Era acessível sempre que eu precisasse de uma dose.

Assim que terminou de passar, coloquei uma caneca para Lily e a entreguei.

— Obrigada, Lucas. — Ela pegou a caneca da minha mão e a levou a boca. Deu um gole, soltando um baixo gemido que foi direto para a ponta do meu pau.

Porra. Eu não tinha essa reação com uma mulher há muito tempo. E quando tive, não foi sempre. Eu não era celibatário, mas tinha sido um bom tempo do mesmo jeito. Sexo para um viciado podia ser perigoso e fatal. Especialmente com as mulheres que eu cruzava o caminho.

— Sinto como se já tivesse escutado falar desse lugar antes — Lily disse, interrompendo os pensamentos passando pela minha cabeça.

— Ah, é? — Apoiei-me na parede, tomando um gole do meu café. Preto, como o dela. Essa mulher era das minhas, com meu coração frio e sem vida.

— Esse lugar já apareceu no jornal antes?

— Possivelmente. — Dei de ombros. — Não leio o jornal. — Já tinha merda o suficiente na minha cabeça, não precisava dos horrores do mundo somados a isso.

— Eu acho que vi. Não tenho certeza. — Lily olhou pela janela. — Parece que o temporal está passando.

Segui o olhar dela, notando o céu clareando. Nada mal.

— Acho que está.

Lily colocou a caneca no balcão e pulou para o chão.

— Eu deveria ir para casa.

— Você deveria. — Estiquei a mão para colocar uma mecha de cabelo que tinha saído do coque atrás de sua orelha, mas pensei melhor.

Ela colocou o casaco mais apertado em volta de si mesma e foi na direção da porta.

— Obrigada pelo café, Lucas.

Acenei com a cabeça uma vez, observando-a sair da minha loja.

Bebendo o resto do café, imaginei que porra acabou de acontecer. Sem chance de que eu poderia me envolver com uma mulher como ela. Ela era inocente. Pura. E algo que eu não precisava nesse momento. Se alguma vez precisasse.

Limpando nossas canecas e a área do café, guardei tudo, meu telefone vibrando no bolso. Pegando, olhei para a telinha. Alguém estava na porta de trás. Vendo a hora, agradeci que não tinha nenhum outro horário marcado para o resto da noite, então desliguei o letreiro de *aberto* e tranquei a porta.

Desligando a música que tocava nos autofalantes presos nas paredes, fechei o estúdio e fui para a parte de trás. Conferindo que o sistema de segurança estava no lugar e ligado, fui receber meu convidado.

Abrindo a porta, me apoiei no portal.

— Você sabe que é rude aparecer na casa de alguém sem antes ligar, certo? Lena passou por mim.

— Tanto faz.

— O que está acontecendo? Tem algo errado com a sua tatuagem nova? — perguntei para ela, fechando a porta e trancando.

— O quê? — Ela fez uma careta. — Não. Claro que não. — Ela tirou a jaqueta e a colocou no encosto da cadeira da minha mesa de jantar.

Desci o corredor e esperei.

Lena ficou inquieta. Ela puxou a blusa, a prendeu na calça jeans rasgada, a puxando e repetindo o movimento.

— Ei. — Fechei a distância entre nós e segurei as mãos dela. — O que tem de errado? Você estava bem meia hora atrás. — Eu conhecia a Lena há anos, desde que ela apareceu no meu estúdio, drogada com qualquer que tenha sido a droga escolhida naquela época. Eu a fiz ficar limpa e então ela caiu na garrafa.

— Eu não queria dizer nada mais cedo quando aquela mulher apareceu, mas são os meus pais. Eu os amo, mas, meu Deus! — Ela respirou fundo mais de uma vez. — Preciso de uma bebida.

— Não. Você não precisa. — Mantive a mão dela na minha e a levei até a cozinha. — Beba uma garrafa de água.

— Eu não quero água, Lucas. Eu quero uma bebida. Álcool. Drogas. Sexo. *Caralho*. — Ela soltou a mão da minha e me empurrou.

— Não. — Segurei os ombros dela. — O que estiver passando pela sua cabeça agora, pare.

Suas pupilas dilataram.

— Por favor.

— Não, Lena. Nós somos amigos. Só isso. — Ela nunca deu em cima de mim antes, então era assim que eu sabia que ela estava desesperada. Mas eu falava sério. Nós éramos somente amigos.

Ela se soltou, uma única lágrima escorrendo por sua bochecha.

— Me desculpe.

— Não precisa. — Entreguei a água para ela antes de ir para a sala. — Vamos assistir um filme e conversar.

— Eu odeio conversar — resmungou, se juntando a mim.

**CICATRIZES DO PASSADO**

— Você preferiria ir a uma reunião? — retruquei. Eu era o padrinho dela pelos últimos dois anos, mas ela estava indo ao AA pelos últimos cinco anos. Ela não tinha muitas folhas em sua tatuagem porque continuava tendo recaídas. Mas esse ano estava sendo diferente. Ela tinha oito tatuagens e estava finalmente determinada a fazer outras mais. Ela chegaria lá. Mas não fazendo sexo comigo.

— Não. — Lena suspirou, se jogando no sofá. Soltou seu longo cabelo preto do elástico. — Prefiro conversar com você.

— Me conta o que aconteceu. — Levantei meu joelho no assento do sofá e dei minha completa atenção para ela.

— Nós vamos assistir a um filme? — perguntou, ao invés de me responder.

Eu liguei a TV.

— Pronto, um filme passando. Agora me conta.

— Você sabe, padrinhos não devem ser tão ranzinzas.

— Eu sou o único padrinho que não atura suas merdas — retruquei para ela. — Agora fala.

— Tá bom. — Ela bufou. — Meus pais estão se recusando a me deixar ver minha filha.

— Eles têm a guarda total, não tem?

— Sim. — Lena cutucou o rótulo de papel na garrafa de água. — Eu tenho me comportado, Lucas. Não tomei uma gota desde que você começou a minha tatuagem oito meses atrás.

— O que aconteceu para eles não quererem que você a veja? — Eu sabia que os pais dela eram controladores, mas a Lena não falava muito a respeito. Então eu não sabia nada além disso.

— Eu apareci com o olho roxo.

— O quê? — Fiquei irritado. — Quem bateu em você, porra?

— Quem você acha, Lucas? O único homem que sempre bate em mim. — Ela pulou do sofá. — Isso foi há uma semana. Eu fui à casa dos meus pais hoje mais cedo, pensando que eles teriam superado, mas eles se recusaram a me deixar vê-la por que não querem que a minha filha veja a perdedora que eu sou. — Lágrimas começaram a rolar por suas bochechas mais rapidamente. — Eu estou tentando e estou falhando.

— Não. — Levantei do sofá e a abracei. — Você não está falhando.

— Eu só quero ver a minha bebê. — Soluçou, sua voz abafada pela minha camiseta.

— Eu sei, Lena. — Segurei-a contra mim. — Eu sei.

J. M. WALKER

# LILY

Lucas. Lucas. L-U-C-A-S. Luuuuucas.

Eu me virei na cama, cobrindo a cabeça com um travesseiro, tentando abafar o barulho que meu cérebro estava fazendo.

Tatuagens. Tapa-olho. Tatuagens. Músculos. Tatuagens. Tantas tatuagens. Eu continuava fantasiando e imaginando quantas ele tinha. Ou o quanto dele era coberto. Nunca reagi desse modo a um homem. Eu normalmente os via, decidia ali mesmo se estava atraída por eles ou não, e então ia fundo, ou não. Mas esse homem... Lucas Crane... era outro nível de homem. Um que nunca lidei antes e me deixava nervosa e excitada ao mesmo tempo.

Sentei, jogando o travesseiro no chão.

— Sério, Lily. — Não era como se eu nunca tivesse visto um homem atraente antes. Não, eu só nunca tinha visto um que parecesse como... Lucas.

Estava perto de meia-noite, mas claramente, eu não conseguia dormir. Tendo somente conhecido Lucas algumas horas atrás, não conseguia tirá-lo da minha cabeça. Literalmente.

Saindo da cama, saí do meu quarto e passei pelo corredor. Uma luz na sala estava acesa. Minha avó ainda estava acordada a essa hora?

Quando virei no corredor, a encontrei na cadeira de balanço, dormindo. Sorri para mim mesma, peguei a coberta de crochê das costas do sofá, e coloquei sobre ela.

Desligando a lâmpada, abaixei o volume da TV e fui procurar um lanche. Talvez ler o jornal me ajudaria a entediar o meu cérebro o suficiente para poder finalmente dormir.

Tirando o papel gentilmente da mão da minha avó, fui para a cozinha e peguei uma embalagem de biscoitos de chocolate na pia antes de voltar para o meu quarto.

Acendendo a luz, chutei a porta para fechar e pulei na cama.

— Certo, cérebro, vamos desligar pela noite.

Folheando página após página do jornal, li cada palavra e estufei a cara com metade da embalagem de biscoitos antes de perceber o que tinha feito. Mas eu não estava mais perto de estar cansada do que uma hora atrás.

Suspirei, virando de barriga para baixo e pegando meu laptop debaixo da cama e o colocando na minha frente.

Chequei minhas redes sociais, e-mail, li todos os sites de notícias que poderia pensar, e ainda estava completamente acordada. Que porra estava errado comigo que não conseguia dormir?

Tendo uma ideia, decidi procurar Lucas e seu estúdio no Google. A busca voltou limpa. Limpa demais. Era como se o cara não tivesse existido até dez anos atrás, quando seu estúdio abriu. Quando eu não pude encontrar mais nada, além de um site básico mencionando os serviços que ele oferecia, procurei um pouco mais fundo. Algo estava estranho e minha curiosidade ganhou. Eu sabia que era algo a mais e não somente um estúdio de tatuagem.

Estalando os dedos, entrei na *dark web* e procurei por ele. E eventualmente cheguei em seu estúdio de tatuagem. *Crane's Ink*.

Mas não tinha nenhuma informação além do que ele me contou. O que não era quase nada.

— Certo, Lucas. Quem é você? — Depois de alguns minutos, invadi registros governamentais que deveriam estar lacrados. Até *eu* chegar, claro. Mas, novamente, nada estava fora do normal. Talvez seja somente um simples estúdio de tatuagem.

Quando eu estava prestes a começar a ler sobre ele, uma mensagem apareceu no meu computador.

*Que porra é essa?*

**Quem é você?**

Nenhum usuário nem nada? Interessante. Mas eu também não era burra. Eu desconectei de tudo, limpei meus passos e desliguei meu computador. Como alguém poderia saber que eu invadi? Nunca fui pega antes.

Meu coração acelerou. Deus, essa foi rápido.

Guardando meu computador antes de me enfiar em mais problemas, me virei de costas e encarei o teto. Quem era o Lucas Crane, porra?

# CAPÍTULO 2

## LILY

O cheiro de café me acordou algumas horas depois. Eu devo finalmente ter caído no sono. Esfregando os olhos, me sentei. Lembrando-me da pessoa desconhecida que me enviou a mensagem na noite anterior, eu ainda imaginava como teriam entrado em contato comigo. Não era como se eu tivesse deixado um rastro. Eu era esperta nesse ponto. Não era uma especialista e minhas habilidades em hackear não eram nada demais. Mas depois de aprender uma coisa ou outra sobre o assunto, eu sabia como não ser pega. Até agora.

— Lily, o café da manhã está pronto, garota. Venha aqui fora, sua preguiçosa.

Eu, sacudindo a cabeça, fiz o que me mandaram. Indo para a cozinha, fui recebida com o aroma de ovos, bacon e torrada. E café. Um café mais do que necessário.

— Oi, vovó. — Beijei a bochecha enrugada dela.

— Bom dia. — Ela me entregou um prato. — Que horas você chegou em casa ontem à noite?

— Logo depois das oito por causa do temporal. — Sentei-me à mesa, enfiando uma garfada de comida na boca.

— Como foi o seu encontro? — vovó perguntou, colocando uma caneca de café na minha frente antes de se sentar ao meu lado.

Eu grunhi.

— Killian é casado.

Os olhos da Vovó arregalaram.

— Eu estava certa! — exclamou. — Eu realmente gosto de estar certa.

Eu ri.

— Sim, você estava certa.

— Então, me conte mais.

Respirei fundo e contei a ela o que aconteceu durante meu encontro.

— Você deu a ele uma chance de se explicar? — perguntou, levantando uma sobrancelha grisalha. — E pelo menos aceitou a refeição gratuita?

— Não, eu paguei minha refeição e saí correndo de lá. Senti como se tivesse algo estranho sobre ele, mas também pensei que, se pudéssemos passar por isso, as coisas seriam boas. — Mas, se o encontro tivesse ido bem, eu pensava se ainda teria acabado no estúdio de tatuagem de Lucas. De qualquer maneira, eu tinha vinte e seis anos e estava solteira. Porra, nunca tive um namorado sério antes. Eu namorava, tinha encontros de uma noite só e era isso. Nada mais.

— Bem, estou feliz que ele está fora da sua vida, querida. Você merece algo melhor.

— Eu sei, vovó. — Nós terminamos o café da manhã em silêncio. Quando acabamos, coloquei os pratos na máquina de lavar louça e servi outro café para mim mesma.

— Planos para hoje? — perguntou, tomando um gole de sua caneca.

— Nada. — Era segunda-feira, meu dia de folga. Mas sabia que queria ver Lucas novamente. Talvez eu pudesse fazer uma tatuagem ou colocar um piercing. Ele colocava piercings? O pensamento de ele me tocar fazia uma onda de calor me cobrir. Eu também queria saber como ele descobriu que eu estava o pesquisando. Se foi ele quem me mandou a mensagem ontem à noite, de qualquer maneira. Mas eu não era burra. Tudo dentro de mim me dizia para ser cautelosa. Para tomar cuidado, porque, se as informações dele estavam na *dark web*, claramente, ele tinha algo para esconder. Ou estava metido com coisas ilegais.

— Você conheceu alguém. — Vovó colocou sua caneca na mesa em sua frente e se recostou.

— Não tenho ideia do que você está falando. — Minhas bochechas queimaram.

— Não? — Ela apontou um dedo para mim. — Você está inquieta, e suas bochechas estão coradas. Confie em mim, eu sei o que isso significa.

— O que isso significa? — perguntei, desviando o olhar.

— Significa que você conheceu alguém.

Eu ri, esfregando a nuca.

— Ele é legal?

— Acho que sim. — Não tinha o porquê negar. Minha avó era boa e me conhecia bem. Bem demais, se você me perguntasse.

— Ué, traga-o aqui — sugeriu, pegando o jornal na mesa. — Se as coisas se saírem bem, deixe-o ficar e eu faço a minha especialidade.

— Eu acabei de conhecê-lo, vovó — lembrei a ela. Mas, se eu o trouxesse aqui e minha avó gostasse dele, talvez isso ajudaria a conter meus pensamentos se eu devo confiar nele ou não.

*Lily, você acabou de conhecer o cara. Confiança não é nem uma opção no momento.* Segurei um revirar de olhos para mim mesma.

Vovó me olhou por cima do jornal com uma piscadela.

— Seu avô não gostou da minha comida no início. Disse que era picante. Bem, eu mostrei para ele uma lasanha picante.

— Você a fez mais picante ainda, não fez? — perguntei, levantando a sobrancelha.

Ela arfou.

— Eu nunca faria uma coisa dessas. Sou uma boa menina cristã.

Eu ri, sacudindo a cabeça.

— De qualquer maneira, quando você conhecer esse garoto melhor, traga ele aqui. Eu vou te dizer se ele é um bom partido ou não.

— Certo, vovó. — Abaixei-me e beijei a bochecha dela. — Eu trarei.

## LUCAS

Risadas soaram à minha volta, me dando nos nervos. Eu estava meio que tentado a aumentar a música para abafar o barulho, mas não acho que as garotinhas apreciariam minha escolha musical. Quando *A.D.I.D.A.S.*, do Korn, começou a tocar, as garotas pararam de rir. Eu podia sentir o olhar preconceituoso delas queimando a lateral da minha cabeça, mas eu não escutava minha música por elas.

*Voltem para a escolha de suas tatuagens, garotas.* Eu tinha coisas para fazer.

Eu respeitava todo mundo que quisesse fazer uma tatuagem. Entendia. Eu tinha centenas delas. Mas quando adolescentes apareciam na minha loja, porque queriam se rebelar fazendo uma tatuagem de borboleta no cóccix, me irritava para cacete.

Mesmo não devendo julgar, todo mundo começava em algum lugar, essas garotas só me irritavam. Mas eu sentia que não era elas. Mesmo que eu tentasse me convencer do contrário. Não, era certa mulher que eu não conseguia tirar da cabeça. Adicione o fato de que a encontrei bisbilhotando nas minhas coisas. Ela deve ser uma hacker, já que invadiu os meus *firewalls* tão facilmente. Ou talvez tenha sido um acidente? Não. Ninguém brincava na *dark web* porque estava entediado. Eu precisava ampliar meus conhecimentos. Ou podia aprender uma coisa ou outra com ela. Eu tinha tantas questões, mas também não sabia como entrar em contato com ela.

*Hacker, Lucas. Você é a porra de um hacker.*

Lily me deixou confuso. Esqueci quais eram minhas habilidades. Mulheres do caralho.

— Eu acho que quero uma flor — uma das garotas disse para a amiga. — Talvez um lírio.

Levantei a cabeça com isso.

— Não. — A outra garota, que não podia ter mais do que dezesseis anos, bateu o dedo no queixo. — Que tal uma rosa? Ou uma caveira? Uma rosa saindo do olho da caveira?

Agora isso eu poderia fazer e com orgulho. A primeira garota fez uma careta. Claro que fez.

— Hum... eca. Não. Eu quero algo bonito. — Ela então olhou na minha direção. — Você faz coisas bonitas? — perguntou, seus olhos me medindo de cima a baixo.

— Se é isso que você quer, posso fazer. — Assim que essas palavras saíram da minha boca, o sino tocou, revelando uma mulher mais velha vestida em um terninho de saia vermelho. Seu cabelo loiro estava perfeitamente ondulado em volta de seu rosto bronzeado e com maquiagem em excesso.

— Garotas, vocês já decidiram alguma coisa? — perguntou, seu olhar encontrando o meu. Algo brilhou em seus profundos olhos azul-escuros. Ela me olhou, sua língua passando por seu beicinho falso.

Grunhi, sacudindo a cabeça e voltando para a minha palavra-cruzada.

*Desculpa, senhorita, mas você definitivamente não é o meu tipo.*

Embora eu já tenha ficado com um bando de mulheres e geralmente não ligava para o que estavam vestindo, normalmente eu não ficava com mulheres chiques e certinhas. As que eram casadas, mas tinham babacas como maridos que só as fodiam para gozar. Eu sempre queria dar prazer às minhas parceiras. Não era só para mim. Era para nós dois. Mas essa mulher? Parada na porta e me olhando como se quisesse quebrar sua boceta no meu pau? Não, obrigado.

Voltei para a minha palavra-cruzada.

— Garotas, ou vocês decidem o que querem fazer, ou iremos para outro lugar.

Uma unha vermelha apareceu no meu campo de visão. Ela empurrava um bolo de dinheiro na minha frente. Ergui o rosto e encontrei olhos cheios de desejo. Sua boca era grossa, um gloss vermelho cobrindo os lábios.

Mesmo mulheres como ela não me atraindo, eu ainda era um homem. Algumas bombadas do meu pau e eu poderia ficar duro o suficiente para fodê-la. Havia um tempo em que eu teria levado essa mulher para a parte de trás e a feito implorar para Deus vir salvá-la. Mas isso era em outra vida e não iria acontecer. Não hoje. Nem amanhã. Não importa o quanto essa mulher insinuasse, ela não receberia o meu pau.

— Garanta que a minha filha e sua amiga recebam o serviço que merecem. — A mulher empurrou o dinheiro para mais perto, roçando o dedão em minha mão tatuada. — Você tem uma espo...

— É muito dinheiro. — Acenei com a cabeça na direção das garotas, ignorando seu avanço. — Se elas fizerem as tatuagens que querem, vão ser duzentos dólares pelas duas, já que são pequenas. — Distanciei-me do balcão e preparei a estação mais próxima, o cheiro do perfume caro da mulher me seguindo.

— Está bem. — Ela fez cara feia. — Garotas, estarei no carro. — O sino da porta tocou logo depois disso.

Segurei uma risada.

— Certo, moças. O que vai ser?

**CICATRIZES DO PASSADO** 25

# LILY

Eu estava de pé na frente da *Crane's Ink*, sem realmente saber o porquê de estar ali. Algo sobre conhecer o Lucas na noite anterior me atraía para ele. Eu estava curiosa e queria saber como ele pôde descobrir que invadi as informações pessoais dele. Não que eu saiba se foi ele ou não, claro, mas precisava ter certeza. Eu estava de folga hoje, então poderia fazer bom uso disso.

Decidindo encarar, entrei na loja, o sino idiota na porta anunciando minha chegada.

Lucas estava debruçado sobre uma jovem garota deitada de bruços na maca. Ela tinha uma expressão de dor no rosto enquanto Lucas tatuava o que quer que ela queria em seu corpo.

Ele levantou a cabeça, olhando por cima do ombro para mim.

— Lily.

Engoli em seco logo que meu nome escorreu de sua língua como mel.

— Lucas.

Seus lábios marcados tremeram antes de ele voltar para o trabalho. Alguns minutos depois, ele se recostou.

— Certo, terminamos. Vou te limpar e você pode ir embora.

A garota se sentou, expirando devagar.

— Não doeu nem um pouco — declarou, mas seu rosto estava pálido.

Lucas revirou os olhos.

Eu ri.

Depois de ele a limpar, ela saiu da loja com a amiga, falando sem parar de suas novas tatuagens e como elas eram fodonas.

— O que você tatuou nelas? Flores e borboletas? — Gargalhei.

— Uma queria um lírio. — Ele tirou as luvas e as jogou em uma lata de lixo próxima. — E a outra queria uma caveira com uma rosa, o que eu felizmente teria feito, mas a amiga a convenceu a não fazer. Ela fez um símbolo chinês no lugar. — Ele sacudiu a cabeça. — Tentei dizer que o símbolo que ela queria não significava o que ela pensava que significava, mas ela não me escutou. Disse que viu no Google que estava certo. É, porque a internet sempre está certa. — Ele revirou os olhos.

— Você sabia o que significava? — perguntei, surpresa que ele saberia algo assim.

— Sim. — Lucas se levantou do banco e acenou com a cabeça. — O que ela quis fazer na verdade não traduzia para nada. Então tecnicamente ela só tem um bando de linhas no corpo. — Ele deu de ombros. — Mas quem sou eu para julgar?

— É de se pensar que as pessoas se informariam antes — comentei, observando-o.

— Ela pesquisou no Google. Parece ser o suficiente. — Ele grunhiu. — Eu tentei dizer a ela. Até a amiga disse para me escutar, mas ela queria porque é bonito.

— Então, um lírio, né?

Seu olhar encontrou o meu, sua boca subindo em um sorriso.

— É.

— Eu gosto de lírios — afirmei.

— Eu também. — Ele piscou.

Eu sorri.

— Você gosta?

Ele riu, vindo na minha direção.

— Gosto.

— Tem um cheiro bom também. — Tive que inclinar a cabeça para trás para encontrar o olhar dele. Meu Deus, ele era alto. Alto para cacete.

Ele sorriu.

— Aposto que tem.

— Mas eu acho que o gosto não seria bom. — Minhas sobrancelhas franziram.

Um sorriso malicioso cresceu em seu rosto.

— Aposto que conheço um lírio que teria um gosto bom.

Meu estômago revirou com a indireta.

— Interessante.

Ele olhou por cima da minha cabeça, um olhar carrancudo aparecendo em seu rosto.

Segui o olhar dele, focando na janela e encontrando uma mulher sentada em um carro, olhando na nossa direção.

— Ela é sua amiga?

— Não. — Lucas entrou atrás do balcão. — Ela é a mãe de uma das garotas que acabei de tatuar.

— Ela queria um pedacinho do Lucas?

Ele riu.

— Algo assim.

**CICATRIZES DO PASSADO**

Andei para o balcão, o encontrando fazendo a mesma palavra-cruzada que a minha avó estava fazendo mais cedo.

— Você gosta de palavras-cruzadas?

— Gosto. — Ele pegou o lápis apoiado no jornal. — Essa é a única razão para ainda comprar o jornal.

— Agora que tudo está on-line — acrescentei.

— Exatamente.

Inclinei-me no balcão na frente dele.

— Eu posso te dar as respostas — ofereci, então olhando para ele.

— Você já fez esse, Lily Bela?

Meu corpo esquentou. Deus, aquele apelido.

— Não. Minha avó estava trabalhando nela essa manhã, mas essa é a primeira vez que a estou vendo. — Bati no papel. — A oitava horizontal é *voluptuosa*.

— O quê? Ah. — Ele olhou para onde meu dedo estava apontando. — Acho que é. — Ele escreveu a resposta. — Como você me achou?

— O que você quer dizer? — Eu sabia o que ele queria dizer, mas sem chance de admitir tão facilmente. Eu não o conhecia. Talvez estivesse atraída por ele, mas também não era burra.

— On-line. Você invadiu meu firewall. Como?

— O décimo é...

— Lily — ele ladrou.

Olhei para cima, lambendo os lábios.

— O quê?

Suas narinas expandiram, seu olhar seguindo a passada da minha língua deslizando pelo meu lábio inferior.

— Responde a porra da pergunta — exigiu, sua voz rouca.

Inclinei-me para trás, cruzando os braços embaixo do peito.

— Peça com educação.

Sua mandíbula cerrou.

— Lily.

Levantei uma sobrancelha.

— Com educação, Lucas.

— Caralho. — Ele respirou fundo. — Como você invadiu meus *firewalls*?

— Isso não é perguntar com educação, mas eu realmente não sei do que você está falando. Eu nem sei o que são *firewalls*. — Mesmo que as palavras saindo da minha boca fossem mentiras, não desviei meu olhar do dele.

Ele riu, esfregando a nuca.

— Você é boa, Lily Bela. Você é muito boa.

— O quê? — Pestanejei, inocentemente. — Eu realmente não tenho ideia do que você está falando.

— Certo. — Ele voltou a fazer as palavras-cruzadas. — O que você está fazendo aqui? — perguntou, um momento depois.

— Eu vim dar oi. — Fui na direção da porta. — Foi bom te ver, Lucas. — Não esperei ele responder e saí do estúdio. Eu realmente não tinha ideia de que porra estava fazendo de qualquer jeito, e talvez eu fosse idiota, mas era excitante. Eu gostava de flertar com ele e o manter em alerta. Fiquei com incontáveis homens só para me machucar no processo. Eu me recusava a me jogar neles, então eu faria Lucas rastejar até mim.

Eu sentia que eventualmente contaria para Lucas que de fato usei minhas habilidades de hacker para encontrar informações sobre ele, mas antes precisava saber se podia confiar no cara.

Uma caminhonete preta passou por mim, diminuiu a velocidade, virou e veio na minha direção.

Meu estômago revirou. Apoiando-me na parede, cruzei os braços embaixo do peito e fingi olhar minhas unhas.

O veículo parou na minha frente, a porta abrindo e fechando um momento depois.

— Lily.

Abaixei a mão, olhando para Killian.

— O que você quer?

— Eu quero explicar — afirmou, vindo na minha direção.

Eu zombei.

— Não quero escutar, Killian. Você é casado e estava me namorando. Não tem nada para explicar. Acabou.

— Por favor, Lily — suplicou. Seu olhar indo de um lado para o outro. — Me deixa tentar. Sinto muito. Sinto muito por te machucar. Eu nunca quis que isso acontecesse.

Levantei-me da parede e fui passar por ele andando, quando ele entrou na minha frente. Franzi a testa.

— Killian.

— Juro que não queria. — Ele esticou o braço para me segurar e, antes que eu pudesse desviar de seu toque, ele colocou os braços em volta de mim e me puxou para si. — Me desculpe, gata — balbuciou, na dobra do meu pescoço.

Meu coração acelerou, meu estomago revirando com o desespero emanando dele em ondas. Tentei me desvencilhar, mas ele me segurou mais forte.

— Por favor, me deixe explicar.

— Explicar o quê, Killian? Como você é casado, mas ainda assim me namorou? Meu Deus, nós transamos. — Mesmo que eu não soubesse sobre a esposa dele, isso ainda não me fazia me sentir melhor.

Seus ombros estavam caídos, bolsas formadas embaixo dos olhos dele.

— Eu realmente não queria que isso acontecesse.

Encarei-o direto, cruzando os braços embaixo do peito.

— Você nunca quis ser casado e me foder ao mesmo tempo?

— O quê? — Ele fez uma careta. — Não, gata. Por favor. — Ele segurou minha bochecha. — Eu sinto muito.

No começo, eu teria feito qualquer coisa pela atenção que ele estava me dando no momento. Mas agora, sabendo que ele era casado e nunca me contou, suas desculpas não significavam nada.

Empurrei-o e soltei-me, indo novamente na direção do estúdio de Lucas.

— Eu sei onde você mora, Lily.

Eu parei de repente, o encarando por cima do ombro.

— Você está me ameaçando?

Uma sombra escura passou sobre o rosto de Killian. Ele bufou, esfregando a nuca.

— Escuta, eu gosto de você. Gosto disso. Preciso de você.

Eu ri.

— Você realmente tem um jeito engraçado de demonstrar, Killian. — Comecei a andar quando encontrei o Lucas vindo na nossa direção. — Lucas — sussurrei.

— Você a está ameaçando? — ele perguntou, segurando a parte de cima do meu braço e me puxando para trás de si.

— Você precisa cuidar da sua própria vida. Lily e eu estávamos só conversando. — Killian olhou duro para Lucas, franzindo a testa.

Lucas me fitou.

— Ele te ameaçou?

Olhei entre os dois. Dois homens que entraram em minha vida em momentos bem diferentes. Suspirei.

— Não. Está tudo bem. — Mesmo *sendo* uma ameaça, eu não precisava desse homem espancando Killian. Sabendo que era do FBI, ele se safaria e

Lucas provavelmente seria jogado atrás das grades. Eu não precisava disso em minha consciência.

— Lily — Killian disse, gentilmente.

— Acabou — declarei, e fui embora andando. Dessa vez ele não me seguiu.

— Você está bem, Lily? — Lucas insistiu, andando do meu lado.

— Sim, bem pra cacete — murmurei.

— Eu não tenho nenhum cliente marcado até a noite — Lucas disse, parando na porta do estúdio. — Quer tomar um café? Comigo?

— Sério? — perguntei, pensando no que eu estava me enfiando, mas gostando do mesmo jeito.

— Sim. — Ele esfregou a nuca, suas bochechas avermelhando um pouco.

— Ok. — Sorri para ele. — Eu adoraria.

# CAPÍTULO 3

## LUCAS

Andamos de volta para o meu estúdio em um silêncio confortável. Eu não estava certo de quem era o filho da puta que abordou Lily, mas, depois que ela saiu, como um esquisito, eu fiquei a observando ir embora, e então o vi. Memorizei a placa do carro dele e iria pesquisá-lo hoje mais tarde. Adicione o fato de que eu estava certo de que a Lily poderia também achar o que quisesse sobre o cara e o problema estava resolvido. Ela não iria admitir, mas eu sabia que era boa com um computador. Porra, ela me achou sem problemas.

Assim que chegamos ao meu estúdio, abri a porta para ela e tranquei novamente depois que ela passou pelo portal. Meu próximo cliente levaria algumas horas para chegar e dificilmente aparecia alguém sem hora marcada durante o dia, então trancar a porta provavelmente faria Lily se sentir melhor.

— Você não precisa trancar a porta — garantiu, indo na direção da cafeteira que eu mantinha no balcão dos fundos. — Ele não vai voltar.

— Quem é ele? — perguntei, me juntando a ela.

— Killian Haynes. FBI. Letal e obscuro para caralho. — Ela deu de ombros. — Eu só dormi com ele algumas vezes e ele não me larga desde então. E não de um modo sensual.

Uma ponta de ciúmes surgiu em mim. Bem, isso era algo que nunca senti antes. Eu mal a conhecia e, se ela era boa com computadores como eu pensava, não tinha como confiar nela. Pelo menos ainda não.

— Ele é um babaca, mas parece que não consigo me livrar do cara. — Ela suspirou, colocando duas canecas de café antes de me entregar uma. — O sexo nem era tão bom.

— Eu posso me livrar dele se você quiser. — Dei um gole no líquido fumegante, precisando tirar a minha mente de sexo e Lily.

— De algum modo, eu não penso que você esteja brincando — comentou, me olhando por cima da borda da caneca.

— Eu não estou. — Eu conhecia pessoas. Um bando de pessoas. A maioria me devia favores depois de ajudá-los a conseguir as informações que estavam procurando.

— Por mais que eu agradeça, é inocente. Pelo menos por enquanto. — Lily colocou a caneca no balcão, pulou nele, e continuou a beber seu café. — Ele vai ter que superar, porque acabou. Killian vai se tocar logo, tenho certeza.

Apoiei-me na parede, descobrindo que gostava disso. Ela na minha casa. Mesmo ela ainda não tendo visto a parte onde eu realmente morava. Mas eu gostava de vê-la aqui. Tem bastante tempo desde que me senti confortável com uma mulher. Mesmo eu não estando certo se podia confiar nela, eu ainda gostava disso.

Lily sacudiu as pernas para frente e para trás. Lembrava-me de uma criança. Despreocupada e inocente. Mas algo me dizia que Lily não era inocente. Nem um pouco.

— Então, Lucas, me conte sobre você.

Eu hesitei.

— O que você gostaria de saber?

— Hum... — Ala apoiou a caneca ao seu lado no balcão. — Você provavelmente é perguntado isso o tempo todo, mas qual foi a sua primeira tatuagem?

Fechei a distância entre nós.

A respiração dela falhou, seus olhos arregalando um pouco.

Levantei a camisa, apontando para a pequena rosa no meu quadril. — Essa aqui.

Ela olhou para baixo.

— Sério?

— Eu a fiz quando era novinho. — A memória de rosas invadindo minha infância, tentando se infiltrar na minha mente. Mas sacudi a cabeça, forçando aquele pesadelo constante para o fundo da minha mente. — Era feia no início, mas, quando aprendi a tatuar, eu mesmo a corrigi.

— Foi mesmo? — perguntou, lábios partindo.

Acenei com a cabeça, abaixando a camisa. Eu também podia ver uma

**CICATRIZES DO PASSADO** 33

partícula marrom em seu olho direito verde. Era uma pequena falha em uma beleza perfeita. Meu coração acelerou. Um pouco mais perto e poderia beijá-la. Um pouco mais e poderia tê-la em meus braços e pressioná-la contra a parede. Um pouco mais e eu…

— Isso é impressionante. — Ela pulou do balcão. — Eu não tenho nenhuma tatuagem ou piercing. Por mais que goste, não consigo me decidir o que tatuar em mim.

— É uma grande decisão. — Eu bufei, agradecido por ela ter colocado alguma distância entre nós antes que eu lhe mostrasse exatamente o que que queria fazer com ela.

*Hacker, Lucas. Ela é a porra de uma hacker.*

— É. Eu acho que é. — Algo piscou por trás dos olhos dela, mas, antes que eu pudesse questionar, desapareceu. — Bem… — Ela tirou o telefone da bolsa. — Eu deveria ir embora.

— Você tem algum plano? — perguntei, dando um passo na direção dela até estar perto o suficiente para tocá-la. Não que fosse da minha conta, mas descobri que eu queria conhecê-la. Descobrir o que a movia. Quais eram seus interesses. Como ela invadiu minhas informações pessoais. O que a fazia gemer. Meu pau empurrou contra o fecho da minha calça jeans.

Eu queria confiar nela.

— Bem… não. — Suas bochechas coraram. — Você não tem clientes marcados?

Em um movimento rápido, agarrei seu pulso.

Ela arfou, suas pupilas dilatando.

Virando o pulso dela em minha direção, olhei para o seu telefone.

— Ainda tenho uma hora.

— Ah. — Ela lambeu os lábios. — O que você quer fazer por uma hora?

— Me diz como você me achou — ordenei, andando com ela para trás até bater na beira do balcão.

— Estamos de volta nisso outra vez?

— Me diz. — Empurrei minha cintura contra a dela.

Um suspiro ofegante escapou dela, seus olhos fechando.

*Sim, docinho. Eu também sinto isso.*

— Me diz, Lily Bela. — Pressionei-me contra ela mais forte, sabendo que ela podia sentir o comprimento do meu pau contra sua barriga. Apertei o pulso dela. Roçando o dedão ao longo de sua pulsação, minha boca se levantou no canto ao sentir seu coração acelerar.

— Eu estava curiosa — ela finalmente disse.

— Eu não estou nem aí para o *motivo*. Eu quero saber *como*. — Ninguém tinha sido capaz de passar pelos meus *firewalls* antes.

— Eu apertei alguns botões e torci. — Ela soltou a mão e me empurrou até eu chegar na beira do outro balcão. Ela podia ser pequena, mas, porra, era forte. — E não gosto de você me manipulando. — Mesmo ela dizendo as palavras, a cor em suas bochechas contava uma história diferente. — Então, se você tem uma pergunta, faça com educação ou eu direi para a minha avó e ela vai te dar uma surra.

Eu ri.

— Sério?

Ela deu de ombros, um pouco de diversão aparecendo em seus olhos.

— Geralmente funciona. Ela é assustadora.

— Já lidei com um bando de mulheres, mas uma velhinha definitivamente não foi uma delas.

— Bem, ela pode ser velha, mas definitivamente não é pequena. — Lily riu. — Eu sou a baixinha. O resto todo é alto.

— Eu gosto da sua altura. — Seria perfeita para quando ela estivesse ajoelhada na minha frente. Meu pau vazou com aquele pensamento.

— Hum… — Lily colocou a mão no meu peito. — De qualquer jeito, eu não pude achar muitas informações. Só o seu negócio, o site que você criou para ele, e foi isso. Por que você teria coisas na *dark web*?

Dei de ombros.

— Eu não tenho nenhuma razão para nenhum dos trecos que coloco na *dark web*. Eu vou lá para brincar, para achar pessoas que pagariam para eu procurar coisas para elas.

Ela franziu as sobrancelhas.

— Então as pessoas te contatam se precisam encontrar algo e pagam por isso?

Eu acenei com a cabeça.

— Ah… — O olhar dela desceu para a minha boca. — Interessante.

— Lily. — Meu coração bateu. Tem um longo tempo desde que senti o toque quente de uma mulher.

— Seu coração está acelerado — ela murmurou, me encarando.

Puxei na minha direção.

— O seu também. — Dei uma mordiscada no pulso dela. — Cuidado, Lily Bela. Eu mordo.

**CICATRIZES DO PASSADO** 35

A respiração dela falhou.

— E se for isso que eu quero?

Eu pausei.

— O quê?

Ela deu de ombros.

— Se eu gostar de mordidas, espancamento... — Ela desceu sua outra mão pelo meu abdômen. — ... chicotadas.

*Caralho.* Eu me distanciei dela, respirando devagar.

— Mulher, você não pode dizer merdas assim para um homem que você acabou de conhecer. Você não me conhece. Não sabe do que sou capaz. E não tem como nenhum de nós dois confiar no outro. Não com as coisas que somos capazes de fazer com um computador.

— Semânticas. — Deu de ombros. — Você me tocou primeiro. Pressionou seu corpo duro contra o meu, Lucas — ela me lembrou.

— Isso foi um erro. — Virei e me ajeitei.

— Certo. — Lily riu. — Te vejo mais tarde, Lucas.

O barulho da porta batendo chamou minha atenção.

Quem era ela e por que *caralhos* eu acabei de deixá-la ir embora?

# CAPÍTULO 4

## LILY

Eu normalmente não fazia caminhadas. Por questões de segurança e tudo mais, porém, depois de sair do estúdio de Lucas e o provocar do jeito que fiz, eu precisava clarear a mente. Eu era confortável com meu próprio corpo e conhecia bem corpos masculinos, mas tinha algo sobre ele que me fazia querer mais. Ele parecia chocado com minhas palavras. Eu gostava de um pouco de fetiche na cama. Não estava certa se ele ficou chocado porque não era o que ele gostava, eu se *era* porque ele gostava e não esperava isso de mim. De qualquer modo, eu queria descobrir.

Mas o dever chamava, e eu precisava ir embora. E, de qualquer modo, ele tinha clientes marcados.

— Lily.

Virei e sorri, assim que Toby Hicks andou na minha direção. Ele comandava as reuniões do AA local em uma igreja ali perto nas terças e sextas, então eu não estava muito surpresa de vê-lo naquela área.

— Oi, Toby.

— Oi. — Ele abriu os braços.

Eu ri, correndo para eles.

— Como você está?

— Bem. — Ele me abraçou de volta. — Como você está?

— Bem também.

— Como estão as coisas com o seu homem?

Eu fiz uma careta, soltando-o.

— Acabou. Ele é casado.

— Puta merda. — Os olhos de Toby se arregalaram. — Sério?

— É. Mas eu conheci alguém novo. — Sorri para ele. — Mas nós estamos indo devagar. — Principalmente depois de todo o suplício com o Killian.

— Você merece ser feliz, mas não acho que deveria se jogar em um relacionamento tão rápido. — Toby segurou os meus ombros, se inclinando até seus olhos estarem na mesma altura que os meus.

— Eu acabei de conhecê-lo, Toby. — Acariciei sua mão. — Não estou me jogando em nada no momento.

— Que bom. — Toby me soltou e me deu o braço. — Me conte sobre esse cara.

— O nome dele é Lucas — comecei, passando o braço pelo dele. — Ele é um tatuador, mas isso é tudo que eu sei no momento.

— Interessante. — Toby coçou o queixo. — Ele é legal, eu acredito?

— Parece ser. Pelo menos por enquanto.

— Que bom. — Ele sorriu para mim. — Só seja cuidadosa.

— Sempre — garanti. Toby sabia da minha história com relacionamentos. — Eu acabei de conhecê-lo e não tenho certeza se já posso confiar nele... — Dei de ombros. — Você nunca sabe.

— Exatamente. E confiança demora. Não dá para confiar assim que se conhece alguém.

— Ah, sim. — Eu ri. — Estava começando a achar que algo estava errado comigo.

Ele sorriu, negando com a cabeça.

— Nem um pouco. — Nós continuamos andando o resto do caminho para a Igreja de São Carlos quando ele continuou: — Eu demorei um bom tempo até confiar em alguém.

— Sério? Você?

Suas bochechas avermelharam.

— Sim. Ah, e Sandra não pode vir hoje à noite.

— Está tudo certo? — Sandra era sua esposa e ela nunca perdia um encontro.

— Ela está gripada e derrubada. Eu ia ficar em casa de companhia, mas ela me expulsou. Não quer que eu também fique doente. — Ele soltou meu braço e acenou para um casal passando. — Mas ela está se recuperando. Devagar, claro. Mas voltando ao meu ponto. Levei um bom tempo para confiar nela. Eu fui sacaneado por tantas mulheres, então confiança não foi a primeira coisa que pensei quando conheci minha esposa.

— Quanto tempo demorou? — perguntei, o olhando de relance.

— Um tempo. Talvez mais ou menos um ano. Mas todo mundo é diferente.

Acenei com a cabeça.

— Verdade. Bem, mande lembranças para a Sandra. — Isso explicava por que eu só confiava na minha avó atualmente. Homens só queriam uma coisa e eu estava certa de que o Lucas não era diferente. Mas, nesse ponto, eu também não era.

— Pronta? — Toby perguntou, quando chegamos na porta da igreja.

— Sempre. — Dei um sorrisinho e segui para dentro do antigo prédio.

— Olá, meu nome é Toby e eu sou um alcoólatra.

Meu coração disparou. Toda vez que alguém ia para a frente e ficava de pé naquele palanque de madeira, minha ansiedade se espalhava por mim. Eu temia que eles tivessem tido uma semana ruim ou uma escorregada. Eu sempre rezava para que não tivessem saído dos trilhos, mas isso acontecia com frequência.

— Minha esposa geralmente está aqui comigo, mas ela está gripada. — Toby pausou, passando a mão por seu cabelo loiro curto. Ele puxou o casaco e esfregou a nuca novamente. — Eu quase tive um momento essa semana. Ou eu *tive* um momento, na verdade, mas não bebi. Eu queria. Meu Deus, como eu queria, mas a minha esposa me tirou do precipício. Eu tive um dia ruim no trabalho. Não é uma desculpa, eu sei disso, mas foi o que aconteceu.

Eu entendia. Viver o dia a dia com essa doença já era difícil. Adicione o estresse das atividades do cotidiano, e era ainda mais difícil.

Enquanto o Toby compartilhava sua última semana com todo mundo, meu telefone tremeu em minha mão. Olhando ao redor, confirmei que ninguém escutou e olhei discretamente.

> Número Desconhecido: Parece que eu encontrei você dessa vez, Lily Bela.

**CICATRIZES DO PASSADO** 39

Um sorriso abriu no meu rosto.

> Eu: E se eu dissesse que aqui não é a Lily, mas algum estranho?

Eu programei o número do Lucas no meu telefone. Teria dado um soco no ar se não estivesse rodeada por pessoas.

> Lucas: Me mande uma foto e eu serei o juiz disso.

Mordi meu lábio inferior para segurar o riso.

> Eu: Não estou sozinha.

> Lucas: Ah, é? Trabalhando?

> Eu: Não. Reunião.

Meu dedão pairou sobre o botão de enviar. Eu poderia dizer para ele que ia a reuniões? Apaguei a mensagem e respondi com...

> Eu: Não. Só estou fora.

Eu sabia que ele teria perguntas depois disso, mas senti que essa era uma conversa para se ter pessoalmente e não por mensagens.

> Lucas: Vou te deixar em paz então.

> Eu: Não, tudo bem. Está me mantendo entretida.

> Lucas: Entediada?

> Eu: Algo do gênero.

> Lucas: Você vai passar aqui amanhã, para serem três dias seguidos?

> Eu: Talvez.

> Lucas: Meu próximo cliente acabou de chegar. Te vejo amanhã, Lily Bela.

Meu coração pulou na minha garganta por ele me esperar. Parecia que eu *ia* passar lá três dias seguidos.

> Eu: Tenha uma boa noite, Lucas.

Guardei meu telefone, e graças a Deus, porque o Toby estava acabando sua história. Todo mundo bateu palmas, seu rosto ficou vermelho como sempre e ele saiu do palco e veio na minha direção.

— Sabe, não importa quantas vezes eu compartilhe, nunca fica mais fácil. — Ele se sentou ao meu lado, cruzando os braços embaixo do peito.

Eu ri, batendo no seu braço gentilmente.

— Você se saiu bem. Todo mundo fica nervoso.

Ele grunhiu e virou para mim.

— Você vai compartilhar alguma coisa?

Sacudi a cabeça.

— Não dessa vez.

Depois que todo mundo compartilhou e contou suas histórias pessoais, Toby e eu estávamos de pé na mesa de biscoitos. Servi-me de um copo de café e tomei um gole da benção celestial.

— Aparentemente a reunião de sexta está sendo movida para o abrigo a alguns quarteirões daqui — Toby explicou. — Eles querem fazer algumas obras e modernizar esse lugar para atrair mais pessoas. — Pediu licença e voltou para a frente. — Todos são bem-vindos para frequentar as duas reuniões por semana no novo lugar. Eles ampliaram as reuniões nesse local para todos os dias da semana para acomodar os membros adicionais.

— Acha que isso vai ajudar? — perguntei, quando ele se juntou a mim novamente.

Ele deu de ombros.

— Talvez, mas eu não acho que eles estão preocupados em receber mais viciados aqui. Eles querem mais pessoas para participar dos cultos na igreja.

— Ah. Acho que faz sentido. — Eu não frequentava a igreja, mas a minha avó costumava ir. Ela me ensinou tudo que sabia e me fez aprender sozinha também. Ela não era muito religiosa, mas procurava o melhor nas pessoas. Eu era agradecida por isso, sabendo o que eu a tinha feito passar.

— Bem, eu deveria ir para casa ficar com a Sandra. Ver como ela está se sentindo.

Dei um abraço em Toby.

— Dê minhas lembranças para ela e espero vê-la na próxima reunião.

— Definitivamente. — Toby me deu um de seus sorrisos largos, que era cheio de dentes, e acenou para os outros ao ir embora.

Eu ri para mim mesma. Ele era um cara muito bom. Tanto ele quanto sua esposa eram duas das minhas pessoas favoritas. E minha avó gostava deles, o que significava ainda mais para mim.

— Ei, Lily.

Acenei quando meu nome foi chamado, conversei um pouco, e saí do porão da igreja. Eu não era de ficar por muito tempo. Ajudava a limpar de vez em quando, mas descobri que, na maioria das noites, eu só queria escutar todo mundo compartilhar suas histórias e ir embora. Rápido e fácil, mas um monte de gente não queria isso. Queriam conversar. E nós conversávamos. Nós conversávamos bastante. Mas, algumas vezes, eu não queria. E eu também queria conversar com alguém que não sabia do meu vício.

Instantaneamente pensei em Lucas. Ele provavelmente correria gritando se soubesse do meu passado. Tanto faz. Eu não vivia minha vida pelos outros. Especialmente por um homem. Mesmo ele sendo um homem belamente perigoso.

— Lily.

Travei, meu estômago revirando com a voz grossa vindo de trás de mim. Continuei andando.

— Eu sei que você me escutou.

Virei devagar.

— O que você quer, Killian?

Suas roupas estavam amarrotadas, seu cabelo, normalmente arrumado, estava descuidado e bagunçado.

— Eu quero explicar sobre a minha esposa.

— Não tem nada para explicar, Killian. Nós terminamos. Eu não sei quantas vezes preciso dizer isso para você.

— Mas você precisa me escutar. — A voz dele tremeu. — Eu preciso...

— Escuta — eu disse, minha voz firme. — Nós terminamos. Não tem nada para falar.

As costas de Killian endureceram.

— Eu notei que você tem estado na *Crane's Ink*. Está fazendo uma tatuagem?

— Não é da sua conta.

— Então o que você está fazendo lá?

Fui lá duas vezes, mas ainda não era da conta dele. Levantei uma sobrancelha.

— Você está me seguindo agora?

— Não, mas você deveria saber que Lucas não gosta de mulheres como você pensa. Você vai se machucar.

— Nosso relacionamento acabou. Eu não preciso me explicar para você. — Virei em meus calcanhares e comecei a andar, quando suas próximas palavras me pararam.

— Eu o investiguei e ele não é o homem para você, Lily. Você merece muito mais. Alguém bom e puro.

Franzi a testa e continuei a andar, felizmente Killian não me seguiu. Lucas não gosta de mulheres como eu pensei? Que porra ele queria dizer? Eu sabia que o tinha afetado mais cedo quando o provoquei. Podia sentir quão duro ele estava, então ele definitivamente gostava de mulher, não importa o que o Killian disse. Então, ou ele estava mentindo, ou com ciúmes. Ou talvez alguma outra coisa completamente diferente.

Continuei a andar os próximos quarteirões, perdida em pensamentos, quando notei uma luz à distância.

*Crane's Ink.*

Criando coragem, aumentei o passo. Sabia que ele tinha dito que me veria amanhã. Não seria cedo demais para vê-lo novamente? Não faria eu parecer desesperada? Talvez nós pudéssemos tomar um café novamente, ou ir a algum lugar para comer. Meu estômago roncou com o pensamento de comida.

Quando cheguei à porta do seu estúdio, a abri e o vi tatuando o pescoço de um homem grande. Seus olhos prenderam os meus. Ele acenou uma vez com a cabeça e voltou para o que estava trabalhando.

— Quantas mais sessões você acha que vai levar? — o grande homem sentado na maca perguntou.

— Provavelmente mais uma. Só preciso retocar a cor quando cicatrizar e você estará pronto.

— Ótimo.

Andei pelo salão, vendo as imagens desenhadas à mão nas paredes. Encontrei uma que não tinha visto nas outras vezes que estive no estúdio. Era um buquê de lírios, absolutamente deslumbrante.

— Essa é nova.

Pulei, encontrando o Lucas logo atrás de mim.

— Eu não te escutei.

— Desculpa. — Ele me deu um sorrisinho. — Eu limpei a garganta, mas você estava perdida em pensamentos.

Olhei em volta do estúdio, notando que estávamos sozinhos. Voltei-me para a imagem.

— É lindo.

— Obrigado. — Lucas veio para o meu lado, cruzando seus braços grossos embaixo do peito. — Eu não desenho muitas flores, mas sempre fico orgulhoso de como elas ficam quando desenho.

— Você é realmente talentoso. Eu só consigo desenhar bonecos de palitinho. — Eu ri.

Lucas riu comigo.

— É definitivamente um talento que tento fazer bom uso.

— Como?

Ele saiu do meu lado e limpou a estação que estava usando quando cheguei.

— Lucas? — Virei, o ar em nossa volta ficando pesado com tensão.

— Uma vez por mês, eu tenho um vale-tudo, eu acho que você poderia chamar assim. Pessoas com cicatrizes podem vir e eu as tatuarei de graça para tentar cobri-las. — Lucas fitou os meus olhos. — Eu faço isso desde que abri a *Crane's Ink*. Você saberia se tivesse procurado um pouco mais a fundo.

— Eu teria encontrado, mas alguém interrompeu a minha busca — joguei de volta para ele.

Um sorriso furtivo abriu em seu rosto.

— É mesmo? Então, se eu não tivesse te pego, você teria continuado?

Eu bufei.

— Acredite em mim, Lucas. Eu não me considero uma hacker. Fico entediada às vezes e aprendi a fazer umas coisas básicas, mas não consigo criar meus próprios *firewalls*.

— Certo, Lily. Você deve pensar que eu sou burro. — Ele sacudiu a cabeça.

— Eu estou pouco ligando se você acredita em mim ou não. — Eu não o conhecia, logo não confiava nele. Eu sabia das coisas. Um bando de coisas. Mas ele não precisava saber disso.

— Bem, Lily Bela. Parece que chegamos em uma encruzilhada.

— Ah, é? — Levantei uma sobrancelha. — Isso é lamentável.

Uma gargalhada explodiu dele.

Eu não tive como não gargalhar com ele. Virei de volta para os desenhos na parede, imaginando se ele poderia cobrir as minhas cicatrizes.

— Alguma vez você não foi capaz de cobrir cicatrizes? — perguntei, imaginando como seria ter suas mãos no meu corpo.

— Eu tenho que usar um tipo especial de tinta, mas sim, algumas vezes a pele é sensível demais. Ou pode ser grossa ou até fina demais e não posso tatuar em cima. Se esse é o caso, eu tatuo em volta e incluo a cicatriz na tatuagem para fazer parecer que está tudo interligado.

Eu estava impressionada e não tinha ideia de que isso era uma opção.

— Então, Lily. — Ele foi para o balcão. — Não consegue ficar longe?

Eu ri.

— Não fique se achando. Eu estava pela área.

— Ninguém nunca está só pela área por aqui. — Seu olhar veio na direção do meu. — Me conta.

— Eu estou com fome e queria saber se você se juntaria a mim para um jantar tardio — falei tudo de uma vez só.

— Sério? — indagou. — Por quê?

Eu ri.

— Você parece surpreso que eu o chamaria para se juntar a mim para comer.

— Eu estou, na verdade. — Ele esfregou a nuca. — A maioria das mulheres normalmente não quer só comida.

— Você não sabe o que eu quero, Lucas. — Sacudi a cabeça, minhas bochechas queimando quando seus olhos escureceram. Limpei a garganta. — Não importa. Nesse momento, eu só quero comida.

— Certo, Lily Bela. — Ele me deu um sorrisinho. — Eu conheço o lugar certo.

**CICATRIZES DO PASSADO**

# CAPÍTULO 5

## LUCAS

Lily era refrescante. Ela tinha o sorriso mais brilhante de todos. Seus grandes olhos verdes observavam tudo como se ela estivesse vendo aquilo pela primeira vez. Ao me sentar de frente para ela na mesa no restaurante italiano mais perto do meu estúdio, notei as sardas que adornavam sua pele da forma mais deliciosa. Ela estava usando um casaco verde-escuro que acentuava seus olhos. O decote descia o suficiente para eu ver que as sardas continuavam por baixo do tecido. Meu corpo agitou, minha boca salivou. Eu sentia que ela não percebia quão bonita era.

— Então, Lucas. — Lily bebeu um gole de sua água. — Você vem aqui sempre? — perguntou, mexendo as sobrancelhas.

Eu ri, recostando no banco e brincando com o guardanapo enrolado em volta dos talheres.

— Eu venho, na verdade. O dono precisava de um trabalho feito no computador dele e um sistema de segurança, então o ajudei com isso.

— Interessante. — Ela bateu no queixo. — Como você descobriu o meu número?

— Ah. Sim. — Eu ri. — Estava esperando você me perguntar.

Ela deu de ombros.

— Eu estava distraída.

— Certo — eu disse, devagar. — Eu te achei do mesmo jeito que você me achou.

— Eu não achei o seu número de telefone — corrigiu.

— Não, mas eu apostaria todas as minhas economias que você poderia achar. — Inclinei-me para a frente, segurando o pulso dela no outro lado da mesa. — Então me diz, Lily. Como exatamente você me achou?

Ela engoliu em seco, seu pescoço esbelto trabalhando com aquele movimento.

— Eu tenho meu jeito.

— Hummm... eu gostaria de te ver em ação. — Pressionei meu dedão contra sua pulsação. — Você é boa, porque ninguém foi capaz de passar pelo meu firewall antes.

— Não foi difícil. — Sua respiração prendeu, seus lábios fechando.

Eu ri, sacudindo a cabeça.

— E se eu dissesse que a informação que você encontrou estava lá por que eu queria que você encontrasse?

— Você está me dizendo que tem camada sobre camada de firewall, segurança, proteção... — Ela tentou soltar a mão, mas eu só apertei. — ... só por diversão?

— Eu estou dizendo que estava aguardando alguém invadir. Não que alguém tenha tentado antes. Eu sou dificilmente uma pessoa interessante. — Apertei meu dedão mais forte na pulsação dela. — Que informação você encontrou? — Eu já sabia, mas queria saber se ela tinha lido tudo.

— Nada realmente. — A pulsação dela pulou um batimento.

Ela estava mentindo.

Soltando a mão de mim, ela recostou e cruzou os braços embaixo do peito.

— Lucas Crane. Trinta e três anos. Ambos os pais estão mortos. Dono da Crane's Ink.

— Só isso? — Levantei uma sobrancelha. — Isso é bem sem graça.

Ela revirou os olhos.

— Eu não sou burra, Lucas. Sei que o resto dos seus registros estão lacrados só porque você quer.

— Eu tive ajuda para lacrar meus registros — confessei. — Não tive uma boa infância.

— Bem, fico feliz por você ter lacrado. Tenho certeza de que não quer essa informação caindo nas mãos erradas.

— Não. — Engoli em seco. — Não quero.

— Então me diz, me conta algo que você não quer listado on-line? Algo que ninguém sabe? — Ela lambeu sua boca grossa, seu olhar fixando no meu. — Me conta um segredo.

— Algo que ninguém sabe? — Pensei por um momento. De repente, um casal passou pela nossa mesa, um perfume floral os seguindo.

*Dor. Agonia. Porra, tanta dor.*

**CICATRIZES DO PASSADO** 47

— Lucas?

Eu pulei, meu olhar indo para a Lily.

— Você está bem? — perguntou, um franzido profundo aparecendo entre suas sobrancelhas.

— Sim. Desculpa. — Eu tossi. — Mas, para responder sua pergunta, eu tenho uma bela mulher sentada na minha frente.

Ela bufou, o que era fofo para cacete.

— Isso não é interessante.

— É para mim — disse para ela. — Eu não janto com mulheres sempre. — Observei o salão. O casal de antes não estava mais à vista. Mas o sutil cheiro de rosas permanecia. Esfregando minha nuca, foquei no presente, não me deixando cair no passado.

— Não? Por que não? — Lily questionou, me tirando dos meus pensamentos.

— Porque todas as mulheres que eu conheci não valiam a pena um jantar. — Elas queriam sexo e nada mais. Então isso era tudo que eu dava para elas.

— E eu valho? — Lily rebateu, suas bochechas avermelhando.

— Sim. — Eu sorri. — Acho que você vale, Lily Bela.

O sorriso dela aumentou.

— Bem, Lucas. — Ela levantou seu copo de água, batendo no meu. — Por uma nova amizade.

Dei um gole em minha própria água. Algo me dizia que isso terminaria sendo muito mais que uma amizade.

## LILY

Algo o incomodou hoje. Precisei dizer o nome dele algumas vezes antes que me escutasse. Meu coração sentia por ele. Eu queria abraçá-lo, reconfortá-lo por sua dor, mas também não tinha ideia de por onde começar.

Lucas era um homem destroçado. Eu não precisava de um gênio para perceber isso.

Ele também sabia que eu invadi seus *firewalls* e não estava puto com isso. Ele provavelmente fez ser fácil de invadir só para ser engraçado.

— O que fez você se interessar por computadores? — questionei, quando nossa comida chegou.

— Eu passei um bom tempo sozinho. — Deu de ombros. — Também me manteve longe de confusões. Bem... no início, de qualquer jeito.

— Eu fiz o mesmo. Depois que os meus pais morreram, me mudei para a casa da minha avó. Precisei mudar de escola por causa disso e não tinha amigos. Foi duro, mas meu computador me manteve sã. No início, de qualquer jeito. — Pisquei, usando suas palavras.

— Sinto muito por saber dos seus pais. Eu nunca conheci os meus. Pausei, dando uma mordida no meu pão de alho.

— Você não conheceu? Mas você sabe que morreram.

— Não. — Lucas deu outro gole em sua água. — E sim, isso é tudo que eu sei. — Ele olhou para seu copo. — Nesse momento, eu queria que isso fosse uma cerveja.

Meu estômago revirou. — Eu conheço esse sentimento muito bem.

Ele me olhou nos olhos.

Algo passou entre nós naquele momento. Eu não tinha certeza do que era, mas descobri que gostava. Mesmo não o conhecendo tão bem, e sem ter certeza do quanto podia confiar nele, era bom. Lucas não era como nenhum outro cara que conheci ou estive junto. Ele podia na verdade manter uma conversa sem mudar o assunto para si mesmo ou sexo. Ele parecia se importar com o que eu tinha a dizer.

— Você não bebe? — Lucas perguntou.

— Não. — O quanto eu deveria contar para ele? — Eu... hum... tenho uma personalidade de dependência. Então tem sido difícil balancear o que é certo para mim e o que não é. Especialmente relacionado com álcool.

Ele acenou com a cabeça.

— Eu entendo, Lily Bela. Então, qual é o seu trabalho diurno?

— Mudando de assunto? — perguntei, sorrindo.

— Senti que a conversa estava ficando um pouco pesada. — Ele me deu um sorriso torto que fez meu estômago gelar.

Limpando a garganta, remexi o macarrão no meu prato com o garfo.

— Eu sou recepcionista. Na verdade, trabalho na recepção do lar de idosos da minha avó. Mas não tem tido muito trabalho recentemente, então estou vivendo do dinheiro que os meus pais deixaram agora que tenho idade suficiente para mexer. O que é engraçado. Eu chamo de lar de idosos da minha avó, mas acho que ela na verdade nunca ficou lá.

— Ela não vive lá?

— Não. — Eu ri. — É uma configuração estranha. Mas ela é voluntária de lá há anos e fez vários amigos. Um dos médicos, que não trabalha mais lá, graças a Deus, colocou na cabeça dela que ela era um fardo para mim e disse que ela deveria se mudar para lá. Eu discordei, claro, então nós decidimos que ela passaria o tempo dela lá quando eu não estiver em casa. Ela é perfeitamente capaz de cuidar de si mesma, mas só para sermos cuidadosas, foi o que decidimos fazer. Mas às vezes não funciona desse jeito. Ela é teimosa.

— Aposto que sim. Você é próxima dela, imagino?

— Ah sim. Eu acho que você gostaria dela. Ela é um pouco... honesta. — Eu sorri, sacudindo a cabeça. — Não muitas pessoas sabem como lidar com ela.

— Ela parece divertida. — Lucas sorriu.

— Ela é. Ela na verdade mencionou você visitar.

Lucas levantou uma sobrancelha.

— Você conversou com ela sobre mim?

— Bem, não exatamente. — Recostei-me, cruzando os braços embaixo do peito. — Eu disse para ela como nós nos conhecemos, e ela mencionou você visitar. — Apontei para ele. — Não sei para onde isso está indo, mas gostaria de ver. Eu tenho problemas de confiança, mas acho que você valeria a pena; me abrir um pouco e confiar em um homem novamente.

— Bem, Lily Bela. — Ele me deu um sorrisinho. — Eu poderia dizer o mesmo. É por isso que você me investigou? Por que não confia em mim?

— Eu queria descobrir mais informações sobre você, mas você é todo certinho.

— Ninguém é certinho, Lily.

— Verdade.

O ar ficou pesado entre nós.

— Brinco no computador quando estou entediada — falei. — Google não é o suficiente para mim, então eu me aventuro na *dark web*, de todos os lugares. Tem pessoas únicas lá.

Sua risada engrossou.

— Ah sim. Um cara me contatou uma vez, perguntando o quanto eu cobraria para amarrá-lo e mijar em sua boca. — Lucas tremeu. — Sou a favor de fetiches, mas isso foi demais para mim.

— Uau. — Fiz uma careta.

— É. Eu nunca aceitei a oferta dele.

— Não posso imaginar por que não. — Eu ri.

O sorriso do Lucas cresceu. Ele olhou para a minha boca.

Fiquei inquieta no meu assento, brincando com a bainha da minha blusa. Eu não estava nervosa de primeira, mas então o Lucas fazia ou falava alguma coisa que me fazia corar, e então eu sentia um frio na barriga.

— Gostou da sua comida? — ele perguntou, enfiando uma garfada de macarrão na boca.

— É boa. — E realmente era.

Quando terminamos de comer, ofereci para pagar pela minha refeição.

— Você não precisa — afirmou.

— Eu sei, mas quero. — Peguei minha carteira e coloquei um pouco de dinheiro na mesa entre nós.

Lucas hesitou, mas pegou as notas junto com as suas e as colocou em cima da conta.

— Bem, Lily. Foi divertido — Lucas disse, enfiando as mãos no bolso ao sairmos do restaurante.

— Foi mesmo. — Sorri para ele. Nós paramos do lado de fora, saindo da frente da entrada para não bloquear. — Obrigada.

— Nós deveríamos fazer isso novamente — ofereceu, colocando uma mecha solta de cabelo atrás da minha orelha.

Eu tremi com o contato suave, balançando na direção dele.

— Deveríamos — sussurrei, lambendo os lábios.

As narinas dele dilataram. Ele se inclinou, sua boca a menos centímetros da minha. Quando pensei que ele iria me beijar, ele deu um beijo suave em minha bochecha.

Antes que eu pudesse me impedir, virei a cabeça, roçando meus lábios nos dele.

Ele endureceu, não forçando mais nem menos.

Estiquei o braço, agarrei sua camisa e o puxei para mais perto.

Seu corpo relaxou quando ele aprofundou o beijo, movendo sua mão para a parte de trás da minha cabeça.

Meus lábios se abriram, minha língua saindo para sentir o gosto. Um indício. Eu precisava de sua respiração em meus lábios. Mas antes que isso pudesse acontecer, ele se distanciou.

— Doce, Lily — murmurou, passando o dedão no meu lábio inferior.

— Lucas. — Eu não era tão doce. Fui puxá-lo para mais perto, mas ele segurou minhas mãos, me parando.

— Te vejo mais tarde. — Ele beijou meus dedos. — Me mande uma mensagem quando chegar em casa. — Ele soltou minhas mãos e foi na direção de seu estúdio.

Eu queria correr atrás dele. Para exigir saber por que ele parou o beijo. Para implorar por... mais? Eu nem estava certa, mas o que eu sabia é que tinha algo sobre Lucas Crane que me atraía.

Indo para casa, eu não tinha como não tocar meus lábios às vezes. Sua boca era macia, mas firme. Não era o que eu esperava. Ele era um cara grande. Eu meio que esperava seu beijo ser bruto e agressivo. E, mesmo não sendo, me fazia desejá-lo ainda mais.

Quando cheguei à minha rua, os pelos na minha nuca se levantaram, mas me recusei a virar. Eu sabia que Killian estava me observando de sua caminhonete preta. Eu queria que ele me deixasse em paz. Não dava bola para suas desculpas idiotas. Nunca teria entrado em um relacionamento se soubesse que ele era casado. Todas as vezes que ele não podia ir a um dos nossos encontros, eu assumia que era por causa de seu trabalho como agente do FBI. Meu Deus, eu me sentia uma idiota, sabendo que ele provavelmente estava com a esposa.

Assim que vi minha casa, alívio saiu de mim. Apertei o passo, a caminhonete agora passando direto. Então, quando chegou à esquina, virou para a esquerda e corri para a minha casa.

> Eu: Estou em casa.

> Lucas: Que bom.

Sorri para mim mesma por ele ter respondido na hora, como se estivesse esperando pela minha mensagem para saber que eu estava segura em casa. Eu poderia me acostumar com esse tipo de tratamento.

Minha avó escolheu esse momento para colocar a cabeça para fora da cozinha. Ela franziu a testa.

— Tudo certo?

— Sim. — Agora estava. — O que você está fazendo a essa hora? — Respirei fundo. O que quer que seja, cheirava bem. Mesmo eu tendo acabado de comer, definitivamente poderia comer uma sobremesa.

— Eu não conseguia dormir, então fiz o seu favorito. — Vovó voltou para a cozinha. — Pão de banana com um toque de canela.

Suspirei, me sentando à mesa da cozinha.

— Você sabe como me deixar feliz.

Ela riu, colocando o prato com uma fatia fresca em cima.

— Você encontrou aquele homem novamente?

— Qual deles? — questionei. — Quer dizer...

Vovó riu.

— O novo que você conheceu outro dia.

— Ah. — Dei uma mordida no pão fresco. — Encontrei. Nós também jantamos juntos. — Contei tudo para a minha avó. Não que tivesse muito para contar, mas dei para ela os detalhes que eu sabia. Estava feliz que Lucas parecia amar computadores tanto quanto eu amava. Fazia-me imaginar o quanto ele sabia, se fazia *firewalls* daquela maneira.

Deixei de fora a parte sobre beijá-lo. Mesmo sendo rápido e delicado, algo me disse para eu guardar isso para mim no momento.

— Eu vou jogar Bridge hoje à noite — vovó disse, lavando a louça e guardando o pão fresco.

— A essa hora? — perguntei, notando o horário no micro-ondas. Já passava das nove.

— Essas pessoas nunca dormem. — Ela deu uma piscadela.

— Você vai acabar com eles novamente? — indaguei, a ajudando.

— Provavelmente. — Ela deu de ombros. — Mas não tenho certeza. Depende do meu humor. Estou me sentindo um pouco atrevida hoje, então talvez.

Eu ri, sacudindo a cabeça e beijando sua bochecha.

— Bem, divirta-se. Vou ficar de folga o resto da noite e não vou fazer nada.

— Você podia ligar para aquele homem. Lucas, não é? — disse, mexendo as sobrancelhas para cima e para baixo.

— Hum... não. — Mesmo as palavras saindo da minha boca, ligar para ele não seria uma má ideia.

CICATRIZES DO PASSADO

## LUCAS

— *Lucas, você precisa dar o que eles querem.* — Aquela voz. Tão gentil. Tão calma. Tudo que eu não era.

Neguei com a cabeça, empurrando para longe o meu agressor.

— *Por favor, Lucas.* — Mel suplicou, segurando minha bochecha. O cheiro de rosas entrou no meu nariz, mandando um tremor pela minha coluna. — *Você precisa aceitar. Se você lutar, só vai doer mais.*

Eu sabia disso, mas ignorei o conselho e chutei.

— *Continue lutando contra mim, garoto.*

Gritos passaram por mim, rasgando minha garganta em frangalhos. Por mais que eu não quisesse dar a satisfação para eles, não tinha como segurar os sons saindo de minha boca. Meu corpo doía. Meus músculos pulavam e tremiam sobre meus ossos. Cada centímetro do meu corpo parecia estar pegando fogo.

— *Você deveria ter me escutado* — Mel soluçava.

— *Mel* — minha voz falhava.

— *Próximo* — alguém gritou.

Eu senti a sujeira do colchão embaixo de mim. A cama abaixou atrás de mim, eu não mais podia lutar contra os monstros que transformaram minha vida num inferno. Tudo que eu podia fazer era aguentar e sobreviver. Mesmo a morte não soando tão ruim no momento.

Me mate. Por favor, me mate.

Mas eles não matariam. Não. Isso era mais prazeroso para eles.

Nossos gritos. Nossos choros. Nossas súplicas para terminar.

Tudo isso só fazia eles nos machucarem mais. Eles gostavam da nossa submissão. Aproveitavam-se dos mais fracos, nos fazendo ficar imóveis e implorando por clemência.

Eu ri. Clemência. Rá!

— *Algo engraçado, garoto?*

Uma dor lancinante surgiu no meu traseiro. Mas não fiz um som. Eu não podia mais dizer o que era dor e o que não era. Nenhum som saia da minha boca. Nada de choro. Nada de súplica. Nada.

*Agarrei o colchão embaixo de mim e aguentei o que me era dado.*

 Meus olhos abriram de repente, o cheiro de rosas sumindo com o resto do meu sonho. Essas porras de rosas eram a única coisa que me seguraram por um bom tempo. O doce cheiro era calmante, sabendo que ele representava um porto seguro enquanto o meu corpo estava sendo destruído.
 Minha pele estava coberta em uma camada de suor frio. Mas tudo que eu podia fazer era ficar deitado. Olhei o relógio na mesa de cabeceira. Estava perto de meia-noite. Eu não era de ir cedo para a cama, mas tinha pegado meu bloco de rascunho para desenhar algumas novas ideias de tatuagens e devo ter dormido logo depois.
 Sentando-me na cama, esfreguei a nuca, tentando melhorar o torcicolo que estava ali desde que eu era criança.
 Meu passado pesava nos meus ombros. De vez em quando, eu pensava nela. Imaginava se foi capaz de seguir em frente na vida. Ela também aparecia nos meus pesadelos de tempos em tempos. Eu esperava que ela tivesse sido capaz de superar o inferno que nós passamos. Ela era a única coisa que me mantinha de pé quando criança. Mas a morte ainda teria sido melhor.
 Olhando meu telefone, vi que tinha uma chamada perdida da Lily. Meu corpo esquentou lembrando o breve beijo que compartilhamos. Eu queria mais, porém não a pressionei, e também precisei segurar aquele controle que senti como se estivesse perdendo desde que a conheci somente uns dias atrás.
 Abrindo minhas mensagens de texto, encontrei a última entre nós e digitei uma rápida mensagem.

> Eu: Desculpa ter perdido sua ligação.

 Abaixei meu telefone, mas ele vibrou na mesma hora.

> Lily Bela: Sem problema. Eu só estava entediada e queria alguém para conversar.

# CICATRIZES DO PASSADO

Meu pau pulou. Era interessante para mim que ela me escolheu antes de qualquer outra pessoa.

Ao invés de mandar mensagem, liguei para ela.

— Sentiu minha falta? — perguntou, ao invés da saudação tradicional.

Eu ri.

— Sempre.

Ela riu.

— Está tarde. Eu deveria te deixar dormir.

— Não. — Minha voz saiu rouca, como se eu tivesse gargarejado com vidro quebrado.

— Está tudo bem?

— Eu... — Meu peito apertou. — Pesadelo.

— Ah. Sim. Eu tive muitos desses. Eles são uma merda. Das grandes.

— Eles são. — Levantei-me na cama e apoiei-me na cabeceira.

— Meus pais morreram em um incêndio em casa. — Sua respiração falhou. — Eu tinha oito anos quando aconteceu. Estava dormindo. A coisa mais amedrontadora que já vi ao acordar, e eu já acordei em algumas situações de merda antes. — Ela limpou a garganta. — De qualquer modo. Eu tenho pesadelos sobre o incêndio toda hora.

— Eu tenho pesadelos sobre a minha infância. — Eu não esperava admitir isso. — Eu... um... de qualquer modo, sinto muito pela sua perda.

— Obrigada, mas honestamente? Eu amo minha avó e sei que tenho uma vida melhor por causa dela. Bem... não começou dessa maneira, mas ela tem a paciência de uma santa. — Lily suspirou. — Eu realmente não tenho ideia de como ela me aturou por tanto tempo.

Eu grunhi.

— De qualquer modo, estou aqui se você quiser conversar sobre seus pesadelos. Podemos comparar histórias. — Ela riu levemente, mas não tinha humor escondido em sua voz.

— Obrigado, Lily Bela. — Só de contar para ela sobre a minha situação me fazia me sentir melhor. Mesmo eu não podendo lhe dizer muita coisa sobre a minha história, escutar sua visão imparcial ajudava. Ajudava para caralho. Ela era diferente das mulheres anteriores com quem fiquei. Ela realmente queria conversar comigo e não só transar.

— Se você pudesse viajar para qualquer lugar, para onde iria?

Fiquei surpreso com a pergunta.

— Mesmo não tendo a oportunidade de conhecer os Estados Unidos todo, eu gostaria de ir em algum lugar exótico como Fiji.

— Ah, eu amaria! Eu não vou à praia há anos.

Nós passamos o resto da noite nos conhecendo. Tem um bom tempo desde que conversei com uma mulher sobre algo além do que ela gostava na cama. Era uma conversa estritamente platônica, mas aprendi muito mais sobre a Lily. Como ela ama ler e fazer palavras-cruzadas. Também aprendi que ela detestava se exercitar, mas se exercitava para não se sentir como um peso morto. Tudo que aprendi sobre ela, gostei.

Nós conversamos sobre nossos sonhos e as aventuras que faríamos algum dia.

Lily não era como nenhuma outra mulher que conheci antes. Ela era de tirar o fôlego e paciente. E bondosa. Tão bondosa. Mas eu sabia que tinha uma camada de atrevimento e sedução embaixo de sua cama externa, e eu mal podia esperar para passar por ela.

# CAPÍTULO 6

## LILY

    Eu já conhecia Lucas há algumas semanas antes de criar a coragem para convidá-lo para sair novamente. Mesmo nós tendo jantado uma vez, e passado todas as noites conversando no telefone desde então, algo havia mudado. Descobri que estava começando a confiar nele. Mesmo sendo pouco de início. Como quando ele me contou que estava ajudando uma amiga financeiramente porque ela não teve sorte na vida. Ou quando ele me contou que ia para áreas conhecidas de desabrigados na cidade para doar comida, cigarros, o que quer que fosse que as pessoas precisassem para viver enquanto estavam desafortunadas.

    Talvez ele tenha me contado essas coisas para eu abaixar a guarda. De qualquer modo, quanto mais eu falava com ele e o conhecia, mais eu o queria.

    O que quer que estivesse acontecendo entre nós, rapidamente se transformou em amizade e descobri que gostava disso. Gostava dele. De sua companhia. De conversar com ele. Quando cruzei com ele no mercado na semana passada e a minha avó estava comigo, houve uma rápida apresentação, mas tive que a levar embora antes que ela dissesse algo que eu acabaria me arrependendo.

— *Ele é bonito.* — *Vovó mexeu as sobrancelhas.*
*Neguei a cabeça, rindo.*
— *Você agora definitivamente precisa convidá-lo para ir lá em casa.*

Uma parte de mim imaginava o porquê ou se eu tinha feito algo errado. Talvez ele não estivesse atraído por mim como eu estava por ele.

Uma sexta-feira à tarde, eu tinha acabado de sair do trabalho no lar de idosos onde a minha avó jogava cartas e decidi ir para o estúdio dele. Quando cheguei, abri a porta.

— Lucas? — chamei, vendo que não tinha ninguém.

Uma porta nos fundos do estúdio abriu, o revelando.

— Ei. — Ele sorriu, vindo na minha direção.

— Eu fiz alguma coisa? — perguntei, sem enrolar. — É por que eu invadi suas coisas? Prometo que não fiz nada desde então, mas estava realmente curiosa sobre você. Não fiz por mal.

— Do que você está falando? — Ele franziu a testa, pausando os passos.

— Nós saímos para jantar algumas semanas atrás, nos beijamos, e nada aconteceu desde então. Então ou fiz alguma coisa ou...

Ele chegou mais perto, vindo na minha direção.

— Se você não está atraído por mim, tudo bem, e se nós só vamos ser amigos, tudo bem também, mas... — Fui cortada por sua mão em meu cabelo. Uma boca quente desceu pesada na minha. Suspirei, recebendo sua língua profundamente entre meus lábios.

Um rosnado suave saiu de seu peito. Ele apertou a mão em meu cabelo, inclinando minha cabeça ainda mais para trás e aprofundando o beijo.

Cada centímetro de mim ganhou vida. Minhas mãos subiram por seus grossos braços para seus ombros. Elas desceram por seu peito para seu abdômen.

— Lucas — sussurrei contra sua boca. Meu centro apertou. Queria mais. Eu o queria. Queria tudo que ele tinha para me dar. Que se foda não

**CICATRIZES DO PASSADO**

saber se confiava nele ou não. Que se foda se acabei de sair de um relacionamento. Queria sexo. E muito.

Cedo demais, Lucas terminou o beijo.

Gemi com a perda.

Ele sorriu, segurando meu rosto.

— Devagar, Lily Bela — pediu, sua voz rouca e grossa com desejo.

— E se eu não quiser ir devagar? — perguntei, sem fôlego. Meus olhos desceram para sua pélvis. — Também não acho que você realmente queira ir devagar — adicionei, notando o largo volume que ele tinha por dentro de seus jeans.

Ele me soltou e deu alguns passos para trás, colocando alguma distância entre nós.

— Lucas. — Dei um passo na direção dele, que levantou a mão, me parando.

— Eu preciso de devagar, Lily. Eu preciso ir lentamente com você. — Ele esfregou a nuca, seu olho bom encontrando o meu. Sua íris estava escura. Cheia de desejo. Mas ele não pressionou por mais. Mesmo eu querendo que ele pressionasse. Meu Deus, como queria.

— Posso pelo menos perguntar o motivo? Fiz algo? Foi por que encontrei as suas informações? Eu não sei nada que já não fosse de conhecimento geral. — Estava divagando, e normalmente não era uma pessoa insegura, mas, quando eu um cara acabava de devorar minha boca e parava de repente, algumas questões apareciam.

— Não, não ligo mais para isso. E você definitivamente não fez nada. E só que... tem algum tempo — foi tudo que ele disse.

— Certo — resmunguei. — Se você quer ir devagar, então vou te dar isso. — Essas palavras saíram da minha boca, mas mesmo eu não acreditava nelas. Porém, se era o que o Lucas queria, eu escutaria. Por agora, de qualquer jeito.

Ele acenou com a cabeça.

— Então, o que te traz aqui?

— Bem... — Pulei no balcão, sacudindo as pernas para frente e para trás. — Pensei que tivesse feito algo errado, então aqui estou.

— Você nunca poderia fazer nada errado, Lily Bela.

— Ok. — Pensei por um momento. — O que você vai fazer hoje à noite?

— Nada, na verdade. — Ele encontrou meu olhar. — Por quê?

— Quer jantar lá em casa? Minha avó está em cima de mim para te convidar. — Ela me perguntou novamente essa manhã, insistindo para eu trazer meu novo amigo. A conversa começou comigo reclamando que gostava do Lucas, mas não o conhecia por tanto tempo e não estava certa se podia confiar nele. Ela disse que só havia uma maneira de confiar em alguém, que era passar tempo com a pessoa. E se ele gostasse da comida dela, ele era um bom partido.

— Ela está?

Eu ri.

— Sim.

— Bem... — Lucas sorriu. — Está marcado. — Ele olhou o telefone. — Vou fechar daqui a pouco de qualquer jeito.

— Noite parada? — indaguei. Era somente cinco da tarde.

— Sempre fecho cedo nas noites de sexta.

— Ah? Como?

— Não preciso do dinheiro — ele me disse. — Então pensei que ao invés de me matar trabalhando longas horas, me deixaria ter um bom começo no final de semana. Meus clientes entendem.

— Faz sentido. — Uma parte de mim imaginava porque ele não precisava do dinheiro.

— Pergunte — pediu, virando para mim.

— Perguntar o quê?

Ele acenou com a cabeça uma vez.

— Você tem uma questão. Então pergunte.

— Está bem. Eu sei que é rude, mas eu sou uma pessoa curiosa. Como é que você não precisa do dinheiro? — Meu Deus, minha avó ficaria puta se descobrisse que fiz uma pergunta sobre a situação financeira de alguém.

— As pessoas me pagam para achar informações — declarou, e foi isso.

A tensão no cômodo estava pesada, então rapidamente mudei de assunto.

— Você precisa de ajuda? — prossegui, pulando do balcão.

— Não, mas obrigado. — Ele trancou a porta da frente e passou por mim. — Nós vamos sair pelos fundos e pegar o meu carro.

— Ok. — Eu o segui para os fundos da loja e por outra porta em um longo corredor.

— Moro no segundo andar — explicou. — O prédio é velho, mas toda a parte elétrica e a segurança são completamente novas.

— Graças a você, certo? — perguntei.

— Exatamente. — Ele me deu uma piscadela.

Imaginei como seria seu apartamento. Moderno e limpo? Ou rústico e parecendo velho? Talvez masculino. Sim, definitivamente masculino.

Quando nós saímos, paramos na frente de um antigo carro esportivo.

— Uau — disse, admirada. — Esse carro é bonito.

Lucas foi para o lado do motorista e passou a mão no capô.

— Ela é.

— O nome dela é *Baby*?

Ele riu.

— Não.

Sorri que ele entendeu a referência a *Supernatural*.

— Talvez eu a chame de Lily.

Sentei-me no banco do carona ao mesmo tempo que o Lucas se sentou no do motorista.

— O que, só para você poder montá-la bem e com força, sem quebrá-la?

Ele tossiu, se ajeitando.

— Mulher.

— Ah, vamos lá, *baby*. — Eu ri. — Você sabe que é isso que quer fazer. Eu vejo a maneira que você me olha.

Ele sacudiu a cabeça.

— Você vai me matar.

— Só dizer a palavra, Lucas. — Eu não estava certa de onde essa nova coragem estava vindo, mas eu gostava. Provocar Lucas era divertido. Estava esperando-o ceder à pressão e me dar o que eu queria. Mas até lá, iria brincar.

## LUCAS

Ela era diferente. Um sopro de ar fresco. Uma luz em minha escuridão. Enquanto ela se sentava ao meu lado em meu carro, me segurei para não a tocar. Mas me segurei. Não sei o motivo. Sentia como se tivesse acabado de conhecer minha primeira mulher novamente. Não. Era diferente. Lily não era como nenhuma outra que eu tivesse conhecido. Ela era melhor.

Passar as últimas semanas a conhecendo foi revigorante e excitante. Sabia que ela queria que eu a beijasse novamente, mas fui sincero no que falei. Precisava ir devagar. Eu precisava saber que o que estava crescendo entre nós seria mais do que somente sexo. Eu não tinha mais encontros casuais. Mesmo querendo ir devagar com Lily, não queria foder mais ninguém e tudo em mim dizia que ela sentia o mesmo.

Lily me deu o endereço dela, que ficava a uns quinze minutos de distância, porém trânsito e obras nos atrasaram para chegar mais cedo na casa dela. O que uma parte de mim agradecia.

— O que está errado?

— Nada. — Olhei para ela antes de voltar para a rua. — Por quê?

Ela sacudiu a mão entre nós.

— Você parece tenso. — Esticou o braço, passando o dedão na minha mandíbula. — E rígido.

O toque suave foi direto para a ponta do meu pau. Agarrei o volante.

— Lily.

— O quê? — ela disse, sem fôlego. — Estou só mostrando os fatos, Lucas.

Meu corpo vibrou, meu pau empurrando contra o zíper do meu jeans.

— Você está fazendo um jogo perigoso.

— Hummm... — Os dedos dela desceram pelo comprimento do meu pescoço. — Que tipo de jogo perigoso? Você vai me espancar se eu for uma menina levada? Você vai me punir, Lucas? Não gosto dessas coisas de Papai Dom e menininha, mas, por você, eu tentaria. É isso? Você quer que eu te chame de *Papai*?

Meu pau vazou. Porra.

— Lily — rosnei. Sangue bombeou por mim e, se eu não estivesse dirigindo, a teria jogado no banco de trás e a feito suplicar por mais.

— E se eu quiser jogar esse jogo perigoso que você está falando? — perguntou, descendo a mão pelo meu peito. — E se eu quiser te provocar até você quebrar e perder o controle?

Segurei sua mão, apertando até os ossos ondularem sob a sua pele.

— Cuidado, Lily. Eu mordo, e eu mordo forte para caralho. Não gosto de ser provocado. Se você quer algo, diga.

— Você sabe o que eu quero, Lucas. — Ela soltou a mão da minha, e a desceu pela minha barriga. — Quero você. Quero você todo em cima de mim. Só te conheço há um mês e nós beijamos e conversamos, mas não é o suficiente. — Ela se inclinou na minha direção, sua respiração quente roçando o lado do meu rosto. — Eu quero saber como é te sentir. Se tudo é grande como o resto de você. — Sua mão chegou no meu colo. — Humm... acho que definitivamente é grande como o resto de você — ronronou, entrelaçando os dedos em mim.

Pulei com o contato inesperado.

— Lily.

— Shhh... — Ela lambeu ao longo da minha orelha. — Você dirige. Eu chupo.

— O quê? — Antes que eu tivesse a chance de pará-la, ela abriu meu jeans e liberou meu pau tenso.

— Puta merda. — A mão dela movia da base do meu pau até a ponta. — Meus dedos não conseguem fechar em volta de você, Lucas.

— Lily, o que você... — Um grunhido escapou de mim quando ela abaixou a boca no meu comprimento. — Merda. — O carro desviou.

Ela riu, colocando a mãozinha em volta das minhas bolas e lambendo a ponta do meu pau.

— Eu posso parar.

— O caralho. — Segurei a nuca dela e a empurrei de volta no meu pau. Ela se engasgou.

— Ah, bebê. Meu pau grande está te engasgando? Você devia ter pensado nisso antes de começar a me provocar. Agora chupa, Lily. E chupa forte pra caralho. Me faz gozar nessa sua garganta bonita.

Ela gemeu, a sucção de seus lábios me estrangulando.

Mantive minha mão na parte de trás da sua cabeça, a forçando para cima e para baixo. Meu pau bateu no fundo de sua garganta a fazendo engasgar, mas isso somente me fez meter mais e mais. Fazia muito tempo. Tempo para caralho desde que recebi um boquete bom, mas isso... isso era muito mais. Era como se a Lily estivesse sugando o controle de mim. Ela tinha o poder total e eu estava todinho em suas mãos.

Meu saco apertou, meu pau crescendo em sua boca. Um gozo rápido me atingiu, mandando prazer pela minha espinha.

— Cacete — suspirei.

Lily continuou a chupar, lambendo cada gota que dei para ela. Quando o meu corpo acalmou, ela deu um beijinho na ponta do meu pau e se sentou de volta no banco do carona.

— Isso... — Guardei meu pau e fechei meu jeans. — Não tenho palavras no momento.

Ela riu, limpando o canto da boca.

— Isso mostra o que eu quero, Lucas?

Grunhi. Mostrava. E ainda mais. Eu estava agradecido que era tarde e ela não podia ver ou até sentir minhas cicatrizes. E que ela definitivamente não podia ver minha tatuagem.

Se ela visse, teria perguntas. E eu não estava certo de como respondê-las ou se ela entenderia.

# CAPÍTULO 7

## LILY

Eu não era de aprontar em um carro. Especialmente um carro em movimento. Mas algo me disse para testar os limites de Lucas. Ele estava se segurando, e eu não conseguia descobrir o motivo. Então, quando coloquei seu pau na boca e ele assumiu o controle, eu sabia que tinha vencido.

Meu corpo esquentou com o controle que ele possuía em minha cabeça e eu não podia esperar para ver como ele era na cama. Se ele queria ir devagar, eu daria isso a ele. Mas o provocar um pouco não machucaria.

De vez em quando, Lucas olhava para mim.

E eu só podia sorrir.

— Você está orgulhosa de si mesma, não está? — perguntou, quando paramos na porta da minha casa, e estacionou o carro.

Dei de ombros.

— Fiz você gozar, não fiz? Claro que estou orgulhosa.

Ele piscou. Uma vez. Duas vezes. E então ele estava em mim. Segurou minha nuca, me puxando na direção dele, e enfiou uma das mãos no meio das minhas pernas.

Eu arfei.

— Lucas, nós não estamos...

— Cala a boca. — Ele enfiou os dentes na minha mandíbula antes de se inclinar para o meu ouvido. — Só porque sua boca é gostosa pra caralho, não significa que você dá as ordens, Lily Bela. — Sua palma segurou o meu centro, empurrando e esfregando.

Gemi, um tremor se espalhando por mim.

— Você estava tenso. Estava tentando te ajudar a relaxar.

— É só isso? — Ele me soltou de repente, esfregando a barba em seu queixo. Ele só negou com a cabeça. — Nós devemos sair antes que eu te foda nesse carro.

Olhei para o banco de trás.

— Acho que não tem espaço suficiente.

— Eu criaria espaço. — Ele cutucou meu quadril. — Vá. Saia. Antes que eu mude de ideia.

— Tão mandão. — Mas não saí do carro.

— Lily — ele rosnou, sua voz cheia de aviso.

— Me diz que você não gostou. Diz que não gostou de assumir o controle e forçar o seu pau minha garganta abaixo. — Segurei a mão dele, trazendo os dedos para a minha boca. — Me diz que não quer mais.

Suas narinas dilataram.

— Gostei. Gostei mais do que você imagina. E claro que eu quero mais.

Sorri, abrindo a boca e colocando dois de seus dedos entre meus lábios.

— Seu gosto é bom, Lucas.

Algo dentro dele se libertou. Era como se um elástico tivesse sido esticado demais. Ele empurrou minha língua com dois dedos.

Gemi, meus olhos enchendo de lágrima com a dor forte, mas deliciosa.

Ele me empurrou para trás.

— Abra o seu jeans. *Agora.*

Com dedos desajeitados, abri o botão e abaixei o zíper.

Lucas soltou minha boca, olhando para o meu colo. Passou as costas de seus dedos sobre o local macio acima da minha pélvis.

— Posso sentir o cheiro da sua boceta, docinho.

Fiquei ainda mais molhada por ele.

— Ainda posso sentir seu gosto na minha língua — respondi.

Ele riu, segurando minha bochecha e esmagando sua boca contra a minha ao mesmo tempo em que enfiou a mão na minha calça.

Arfei em sua boca, colocando os braços em volta do seu pescoço e só... esperei.

Lucas espalhou beijos pelo comprimento da minha mandíbula, enfiando os dedos mais abaixo e os passando pelo tecido da minha calcinha.

— Gostosa e molhada — murmurou no meu pescoço. — Ter o meu pau na sua boca te excitou?

— Sim — sussurrei. — Quero mais.

Ele riu.

— Você é uma coisinha voraz, não é?

Segurei a mão dele entre as minhas pernas e a puxei na minha direção. Eu não ligava que estávamos em seu carro. Não ligava que estávamos na frente da minha casa. Só precisava dele. Daquele êxtase. Daquele momento entre nós que nunca teríamos de volta.

— Por favor.

— Não, veja só, Lily. Quando você gozar, quero que goze no meu pau. Ou na minha cara. Ainda não decidi. Talvez eu vá assistir você se fazer gozar. De qualquer jeito, não vai ser aqui na frente da casa da sua avó. — Ele tirou a mãos do meu jeans e o fechou.

Meu peito subiu e desceu, meu coração batendo forte contra as minhas costelas.

— Você é um babaca. Pelo menos te fiz gozar.

Uma gargalhada alta saiu dele.

— Confia em mim, bebê. A espera vai valer a pena pra caralho. E quando o meu pau grosso preencher essa bocetinha, você vai me agradecer.

— Desculpa, Lucas. — Acariciei sua bochecha. — Não agradeço ninguém por sexo. — Eu o beijei forte na boca e suguei seu lábio inferior entre meus dentes antes de dar uma mordiscada.

Ele pulou, um rosnado forte saindo dele.

— Cuidado, Lily Bela. Vou me lembrar disso e morder aquele seu clitóris pequenino até você ejacular por todo o meu rosto.

Tremi com o pensamento.

— Acho que isso pode ser providenciado.

O lado de sua boca se levantou, mas ele só sacudiu a cabeça. Cutucando o meu quadril, beijou minha bochecha.

— Saia.

Eu ri, saindo do carro; ele fez o mesmo e veio para o meu lado. Ele colocou os braços em volta dos meus ombros e beijou o lado do meu pescoço.

— Obrigado.

Meu coração pulou.

— Pelo quê?

Sem responder, ele me soltou e andou pela calçada para a minha casa.

Só fiquei de pé ali. Ele me agradeceu. Nunca me agradeceram antes. Não por sexo. Não por um beijo. E especialmente não por um boquete. A maioria dos caras com quem eu saí antes eram egoístas e só queriam uma coisa.

Ai, Deus, meus sentimentos por Lucas cresceram ali mesmo.

Ele ficou de pé na entrada, olhando para mim por cima do ombro. Me chamou com um dedo.

Somente sorri e fui na direção dele. Isso seria interessante. Minha avó nunca gostava de nenhum dos caras com quem eu saía. E ela nunca na verdade quis conhecê-los. Mas quando era sobre Lucas, ela estava suplicando comigo para trazê-lo aqui.

— Bem, já era hora de você aparecer.

Minha cabeça se levantou para ver minha avó de pé na porta, encarando-o. Lucas esticou a mão.

— É bom te receber oficialmente na minha casa. — Ela tirou a mão dele do caminho. — Mas eu não aperto mãos. — Ela abriu os braços. — Me dê um abraço.

Ele riu e fez o que lhe foi mandado. O que parecia engraçado do jeito que seu corpo largo encobria o dela.

— Você cheira bem. — Vovó se inclinou para trás, segurando o rosto de Lucas. Seus olhos moveram de um lado para o outro nos dele.

Ele limpou a garganta, se distanciando dela.

Franzi a testa, imaginando sobre o que era aquilo.

— O jantar está pronto. — Vovó sorriu para nós e entrou na casa.

— Eu gosto dela — Lucas me disse, a seguindo.

— Que bom. — Acariciei seu braço e fechei a porta atrás de nós.

— Lucas — Vovó chamou.

Ele levantou uma sobrancelha, me dando um olhar.

— Ela faz as coisas do jeito dela. — Dei de ombros. — Eu nem tento mais questioná-la.

Ele acenou com a cabeça e foi para a cozinha.

— Sim, senhora?

— Primeiro, sente-se. — Vovó apontou para a cadeira na mesa. — Segundo, não me chame de *senhora*. Minha mãe era senhora e ela era uma vaca.

— Ok. — Ele se remexeu no assento. — Do que você gostaria que eu te chamasse?

Vovó pensou por um momento.

— Eu sempre gostei do nome Eleanor.

Eu ri.

— O nome dela é Ethel, mas sinto que ela quer que você a chame de vovó.

Ela deu uma piscadela.

**CICATRIZES DO PASSADO** 69

— Você me conhece muito bem.
— Certo, vovó. — Lucas riu. — Gosto disso. Nunca tive uma avó antes.

Meu coração doeu por ele.

— Bem, docinho. — Ela acariciou a mão dele. — Serei a melhor avó que você já teve.

— Você será a única avó que já tive — Lucas a corrigiu.

— Exatamente. — Ela voltou para o fogão e colocou dois pratos do seu delicioso ensopado de carne.

Sentei-me ao lado dele, colocando a mão em sua coxa.

— Você está bem? — perguntei suavemente.

Ele acenou com a cabeça.

— Estou. — Mas ele não me olhava nos olhos.

— Lucas. — Peguei a mão dele, segurando-a em meu colo.

Ele olhou para mim, trazendo nossas mãos para sua boca e dando um beijo suave nas costas dos meus dedos. Estou bem, Lily Bela.

Mas algo me dizia que ele não estava. Sabia que ele estava se segurando. Estava surpresa por ter me deixado levar quão longe levei. Eu ainda podia sentir seu gosto em minha língua e descobri que queria explorar cada centímetro dele. Para fazê-lo se sentir melhor porque eu sabia que estava errado, ou pelo menos... estranho.

— Certo, Lucas. — Vovó colocou o prato na frente dele. — Esse é o meu famoso ensopado. Se você não gostar, bem... — Ela sorriu. — Vai ser problema seu.

— Eu sou um homem. — Ele riu. — Não acho que terei nenhum problema com isso. — Ele enfiou uma garfada em sua boca. — Puta mer... quer dizer... — Ele engoliu. — É delicioso.

As bochechas da vovó coraram.

— Fico feliz que tenha gostado.

Meu coração aqueceu. Isso era algo novo para mim que descobri que gostava. Tê-lo aqui em nossa casa. Compartilhar o jantar com ele. Conversar. Passar tempo juntos. Eu poderia me acostumar com isso.

Nós continuamos a comer em silêncio. Era bom. Confortável. Necessário.

Quando terminamos, Lucas limpou a mesa e começou a lavar a louça.

— Sim. — Vovó apontou para ele. — Ele é um bom partido.

Lucas olhou para mim por cima do ombro. Algo passou em seu olho bom. Meu estômago revirou.

Vovó se juntou a ele, secando a louça enquanto ele lavava.

Guardei o resto da comida, nós três entrando em uma rápida rotina.

— Então, Lucas. — Vovó olhou entre nós dois. — Posso perguntar por que você tem um tapa-olho ou esse é um assunto que não falamos sobre?

Lucas se moveu de um pé para o outro.

— Vovó — eu disse gentilmente. Eu nem havia ainda perguntado para ele sobre isso. Achei que me contaria quando estivesse pronto.

— Eu ainda não contei para a Lily o que aconteceu— começou. — Sem desrespeito, mas acho que, se alguém deveria saber, ela deveria ser a primeira.

Vovó acenou com a cabeça.

— Gostei. Certo. Não perguntarei novamente.

## LUCAS

— *Dói?* — *Mel me perguntou.*

— *Não mais.* — *Inclinei-me para a frente, conferindo o meu olho no espelho do banheiro. Tive que aprender bem rápido a focar com um olho só. Foi estranho no início.* — *Talvez eu devesse usar um tapa-olho.*

*Mel veio para o meu lado.*

— *Acho que seria sexy.*

De vez em quando, eu esquecia que na verdade usava um tapa-olho. Mas quando alguém me perguntava sobre isso, as memórias voltavam em uma onda. Era a mesma merda com os meus pesadelos, só mudava o dia. Tantas coisas eram gatilhos para eles. Era frustrante para cacete.

Embora já tivessem me perguntado antes se usava o tapa-olho para me fazer parecer mais fodão. Eu era um cara grande. Não precisava usar um tapa-olho para me mostrar que era mais letal.

Quando Ethel não me questionou mais sobre o tapa-olho, um sopro de alívio me deixou. Lily nunca me perguntou sobre isso. Eu imaginava o motivo. Ela tinha a paciência de uma santa, porque, se fosse eu, teria exigido respostas. Eu não era uma pessoa paciente. Nem um pouco. E quando era sobre ela, meu autocontrole estava acabando.

— Quer assistir a um filme? — Lily perguntou, quando a louça acabou e tudo estava guardado.

— Claro — afirmei, mesmo querendo levá-la de volta para a minha casa e retornar o favor pelo delicioso boquete que ela me deu. Porém, por mais que eu a quisesse, não estava certo se ela podia me aguentar. Eu não era bonito por baixo das minhas camadas de roupa.

— Bom, vou sair. É noite de carteado e preciso acabar com a Beverly. — Ethel deu um abraço em Lily e se moveu para a minha frente. — Trate bem a minha neta e não teremos nenhum problema. Entendido?

— Sim. Entendido. — Coloquei os braços em volta dela e a puxei para um abraço. Eu nunca tive família antes, então, quando ela disse para chamá-la de vovó, comecei a sufocar. Então aceitei isso de braços abertos.

Ethel me abraçou de volta.

— Você precisa conversar com ela — murmurou, baixo o suficiente para só eu ouvir. Ela foi para trás, segurando minha bochecha. — Você me lembra do meu marido.

Engoli em seco.

— Isso é bom?

— Sim. — Ela sorriu, seus olhos brilhando. — É muito bom. — Ela se distanciou. — Se divirtam. Tem torta de maçã fresquinha na geladeira.

— Obrigado pelo jantar. — Levei-a até a entrada.

— Tão cavalheiro. — Ela acariciou meu braço.

Ajudei-a a colocar o casaco e esperei-a sair antes de virar para a Lily. Ela estava com um sorriso largo no rosto.

— O quê? — perguntei, levantando uma sobrancelha.

— Nada. — Ela veio na minha direção. — Nada mesmo.

Abaixei-me e rocei minha boca na dela, o que me rendeu um leve suspiro em retorno.

— Então... que tal aquele filme?

# CAPÍTULO 8

### LILY

Lucas e eu escolhemos um filme. Foi algum filme aleatório que estava na televisão, mas descobri que não conseguia me concentrar. Ele estava com o braço por cima do meu colo e seu dedão esfregando para frente para trás no meu tornozelo. Aquele pequeno toque fazia cada nervo em meu corpo formigar.

Sentar-me tão perto dele mandava uma onda de desejo por mim. Ele cheirava a especiarias, com um toque de algo amadeirado. Era bom. Muito bom.

Cada centímetro do meu corpo ganhou vida em quão perto ele estava. Ele também podia sentir isso? Essa paixão borbulhando entre nós?

— Lucas — sussurrei, me arriscando e olhando para ele.

— Sim, Lily Bela? — Ele lambeu seus lábios marcados, olhando para a minha boca.

— Eu... — Meu coração acelerou. — Me beija.

— Hummm... — Ele deu um beijo suave no canto da minha boca. — E se a sua avó voltar para casa?

— Ela jogará cartas por um tempo — garanti, inclinando a cabeça para dá-lo melhor acesso ao meu pescoço.

— Ela vai, não vai? — Lucas levantou a mão.

Entrelacei meus dedos com os seus.

— O que você quer, Lily? — perguntou, lambendo minha orelha.

— Você — exalei, descendo minha outra mão por seu peito.

— O que você quer de mim? — Ele me colocou em seu colo.

— Mais.

— Mais o quê?

— Quero saber como é sentir você — comecei, montando sua cintura. — Quero saber se você é gentil ou bruto. Ou os dois. Quero sentir você. — Dei um beijo suave em seus lábios. — Quero...

— O quê, Lily? — insistiu, sua voz saindo áspera. Descendo as mãos pelas minhas costas, segurou meu traseiro e me puxou colada a ele.

— Eu quero sentir você dentro de mim. — Apoiei as mãos no encosto do sofá, o encarando e esfregando minha pélvis na sua.

Sua mandíbula cerrou, seus dedos apertaram meus quadris.

— Posso sentir o calor saindo de você.

— Você fica tão bem no meio das minhas pernas, Lucas — declarei, sem fôlego. Todos os pensamentos de se podia ou não confiar nele voaram pela porra da janela quando ele começou a se mover contra mim.

Ele riu. Passando suas mãos para frente, enfiando os dedos por baixo da minha camisa.

Meu coração pulou na garganta. Segurei suas mãos, o parando.

Ele levantou uma sobrancelha.

— Lily?

— Eu... — Engoli em seco, meu estômago revirando. Entreguei-me ao momento e quase me esqueci das minhas cicatrizes. Sabia que Lucas não ligaria para elas, vendo que ele também tem algumas, mas nunca as mostrei espontaneamente para alguém. — Eu tenho cicatrizes.

— Bebê, posso garantir que tenho mais cicatrizes do que você. — Ele segurou a bainha da minha blusa novamente. — Me deixe ver.

Passei o dedão por cima do tapa-olho dele.

— E as suas?

— Toma lá, dá cá, Lily Bela? — murmurou, por entre dentes cerrados.

Acenei com a cabeça, mordendo o lábio inferior.

— Essa é uma conversa... — Sua respiração falhou. — Eu não estou pronto.

— Posso ver pelo menos? Você não precisa me dizer como aconteceu. Não até estar pronto. Posso só ver. — Continuei, quando ele não disse nada: — Você pode confiar em mim, Lucas. Eu não sou como as outras.

— Você confia em mim? — perguntou, inclinando a cabeça.

— Eu... — Hesitei. Confiava nele?

— Eu não sou como os outros, Lily Bela — afirmou, usando as minhas próprias palavras.

Acenei com a cabeça.

— Confio em você.

Seu corpo então relaxou, como se ele estive esperando pela minha confissão e não pudesse se mover sem isso.

Respirando fundo, tirou o tapa-olho.

## LUCAS

O filme branco por cima da íris costumava assustar as pessoas. Então, ao invés de andar com óculos de sol, eu eventualmente coloquei um tapa-olho. O que ainda parecia deixar as pessoas nervosas. Nada que eu fizesse estaria certo.

— Eu acho que é sexy — Lily disse, passando o dedão sobre as cicatrizes irregulares em volta do meu olho.

Algo sobre a maneira que ela estava me olhando com calor em seu semblante me fez perder o controle. Em um movimento rápido, a joguei de volta no sofá e apertei minha boca na sua.

Ela arfou, recebendo minha língua fundo em sua boca e me devorando loucamente somente com aquele beijo.

Colocando minhas mãos em volta das suas coxas, a abaixei mais mim e enfiei a mão sob sua blusa. Passei meus dedos por sua barriga e foi então que as senti. Entradas irregulares, macias e desniveladas.

Parei o beijo, olhando para ela.

Havia uma pitada de vermelho em suas bochechas, seus olhos verdes brilhantes escuros com desejo.

— As cicatrizes são do incêndio onde meus pais morreram — sussurrou.

Acenei com a cabeça, cobrindo sua boca com a minha novamente. Não queria mais escutar.

Colocando seus braços em volta do meu pescoço, ela inclinou os quadris.

Grunhi, empurrando entre as pernas dela. Meu pau endureceu, ameaçando explodir.

**CICATRIZES DO PASSADO** 75

— Lucas — devolveu, baixinho, arqueando sob mim.

Entendi que era o meu sinal e lambi seu pescoço todo. Chupei e mordisquei, mordi até chegar em sua orelha.

— Mal posso esperar para foder essa boceta doce, Lily.

Ela gemeu.

— E então vou fazer você chupar meu pau e me limpar depois. — Empurrei contra ela, roçando meu pau contra seu centro quente.

Seu peito subiu e desceu com respirações irregulares.

— Você gostaria disso, Lily? — insisti, mordendo a pele macia abaixo de sua orelha. — Quer sentir seu gosto no meu pau, bebê?

— Deus, sim. — Ela me encarou de frente. — Quero saber como é seu gosto quando você come minha boceta.

Eu ri. Sentando, coloquei-a em meus braços.

— Lucas. — Ela jogou a cabeça para trás, ondulando contra mim.

— Hummm... — Segurei seus seios, apertando e massageando junto. Indo para a frente, passei o dente sobre um mamilo pelo tecido de sua camisa.

Ela arfou, arqueando na minha direção.

Repeti o movimento com seu outro mamilo, um tremor notável a percorrendo.

— Passe a noite comigo — pedi. Eu precisava entrar nela antes que explodisse.

Lily se levantou, ajeitando a blusa e esticando a mão.

— Me leve para o seu apartamento.

Levantei-me em um pulo.

Ela riu.

O som foi direto para a ponta do meu pau. Se eu morresse amanhã, fazê-la rir seria a melhor coisa que já fiz.

Lily trancou a casa, mandou uma mensagem de texto para a avó, o que me surpreendeu pela senhora saber usar um telefone celular, e me seguiu até o carro.

Quando nós dois estávamos sentados no veículo, virei para ela.

— Preciso que me diga que tem certeza. Tem um tempo para mim. Um longo tempo, e não vou ser gentil.

Ela lambeu os lábios.

— Lucas, eu te quero entre as minhas pernas desde o momento que nos conhecemos.

— Lily — avisei.

Ela se inclinou sobre mim, me dando um beijo suave na bochecha.

— Eu quero que você me despedace. Respondi a sua pergunta?

Meu pau pulou. Sim. Isso definitivamente respondia a minha pergunta.

# LILY

Era isso. No início, eu só queria sexo de Lucas. Mas agora que a nossa amizade estava crescendo para algo mais do que atração física, fazia sentido que esse fosse o próximo passo lógico. Pelo menos era o que eu esperava. Ele era tão fechado, que me fazia sentir como um livro aberto, quando na verdade nunca me abri com ninguém. Esse era um nível de confiança que nunca experimentei. Até ele.

— Lily. — Lucas segurou minha mão, a levando até a boca. — Preciso que você tenha certeza — repetiu, beijando meus dedos.

— Estou certa — disse, sem fôlego.

— Já faz bastante tempo para mim, Lily Bela. Eu preciso que você esteja pronta. — Ele colocou nossas mãos no seu colo. — Preciso que esteja pronta para tudo isso.

— Já te coloquei na boca. — Engoli em seco. — Acho que a minha boceta pode te aguentar.

Ele riu.

Aquele sorriso fez algo na minha barriga. Não estava certa se era um aviso ou não, mas descobri que não poderia esperar para ele não se segurar. Quando ele removeu o tapa-olho e me mostrou o que ficava embaixo, meu peito doeu por ele. E então quando me jogou de volta no sofá... isso significava algo para ele. Eu não estava certa do quê, mas precisava saber. Precisava entender. Desejava saber.

Quando chegamos de volta à casa dele, saí do carro antes mesmo de ele terminar de estacionar.

Lucas desligou o motor e fez o mesmo.

Nós dois pausamos nossos passos, ficando somente a uma pequena distância um do outro.

— Me diz, Lily. — Sua voz estava rouca, gutural. — Me diz o quanto você me quer.

Um sorriso malicioso apareceu no meu rosto. Levantando minha camisa só um pouco, abri o botão da minha calça jeans e abaixei o zíper.

Suas narinas expandiram, mas ele não se mexeu.

Enfiando a mão nas minhas calças, lambi os lábios. Quando os meus dedos entraram em contato com o meu centro, um gemido escapou de mim.

Fechando a distância entre nós, ele agarrou meu cabelo e inclinou minha cabeça para trás.

— Faça você gozar. — Ele cobriu minha mão, me ajudando a esfregar aquela dor deliciosa.

Gemi.

— Lucas.

— É isso, Lily. — Ele encostou a testa na minha. — Faça essa boceta esguichar.

Fiquei mais molhada com suas palavras obscenas, o desejo que eu tinha por ele cobrindo minhas coxas por dentro e a calcinha. Esfregando o dedo indicador no meu clitóris, gritei ao mesmo tempo que ele esmagou a boca na minha. Meu corpo tremeu, perseguindo o rápido êxtase passando por mim.

Lucas tirou a mão do meio das minhas pernas, me levantou em seus braços e sugou meus dedos em sua boca. Ele grunhiu, engolindo a essência do meu corpo através dos meus dedos.

Passando as pernas em volta de sua cintura, coloquei a mão entre a gente e comecei a abrir seu cinto.

— Por favor. Agora. Preciso que você me foda *agora*.

Carregando-me para a porta que ia para o seu apartamento, ele a destrancou e nos levou rapidamente para dentro antes de me empurrar contra ela.

Inclinando-me para a frente, beijei seu queixo, sua mandíbula, descendo pelo seu pescoço.

— É tão gostoso ter você no meio das minhas pernas.

Ele tremeu, trancando a porta atrás da gente.

— *Caralho*.

Ri levemente, puxando o tecido para cima e passando por sua cabeça.

Meus olhos se arregalaram. Cada centímetro dele era coberto por tatuagens. Algumas pretas. Outras coloridas. Mas nenhuma parte da pele dele era intocada de tinta.

— Olhe para mim.

Fiz o que me pediu.

— Me diz que você tem certeza. — Ele agarrou meus quadris, empurrando forte entre minhas pernas.

— Eu tenho. — Passei as mãos por seu largo peito, seus músculos ondulando e pulando ao meu toque.

— Lily.

— Lucas, se não estivesse certa, não estaria aqui. — Abri o zíper do jeans dele. — Agora cala a boca e me fode.

— Já faz bastante tempo para mim. Não quero te machucar. — Algo passou por trás de seus olhos. Ele estava hesitando, mesmo com o volume entre suas pernas, indicando o quanto me queria.

Soltando-me dele, empurrei-o para mais fundo no corredor.

— Quero você, Lucas. Quero cada centímetro seu preenchendo cada centímetro meu. — Eu não era normalmente o tipo dominante, mas algo me dizia que ele precisava disso. Pelo menos dessa vez. E eu não podia esperar para ele perder o controle e assumir o comando.

Em um movimento rápido, Lucas me jogou no ombro. Sua mão parou na minha bunda, esfregando o lugar logo depois. Ele me carregou em seu apartamento e, quando percebi, fui jogada em sua cama.

Antes de poder olhar em volta, sua boca estava fundida na minha. Suspirei, passando as mãos por seu torso. Chegando em sua cintura, enfiei a mão dentro da sua calça e coloquei os dedos em volta de seu pau.

Lucas tremeu, levou o dedo à cintura do meu jeans e da calcinha, e os abaixou nas minhas pernas. Chutei-os com os pés.

Ele empurrou mais forte contra mim, a abrasividade da sua calça jeans esfregando no meu centro quente e inchado. Ele meteu os quadris para frente e para trás, roçando em mim.

Lucas soltou minha boca.

— Quero o seu gozo todo em cima de mim.

— Ai, Deus. — Tremi, apertando seu pau. Segurando sua nuca com a mão livre, esmaguei minha boca na dele.

O som de uma embalagem abrindo fez meu coração pular um batimento.

Ele bateu na minha mão para tirá-la do caminho e liberou seu pau da calça. Desenrolando a camisinha em seu grosso comprimento, ele se elevou sobre mim. Ele levantou a cabeça, interrompendo o beijo.

— Diga.

**CICATRIZES DO PASSADO**

— *Agora.*

Ele foi para a frente, metendo cada centímetro seu dentro de mim. Gritei, minhas costas arqueando na cama.

— Caralho — ele rosnou, enfiando os dentes na lateral do meu pescoço.

— Deus, você é tão grande — ofeguei. Sabia que ele era grande só de fazer um boquete nele, mas isso era diferente. Nunca me senti tão cheia na minha vida.

— Merda, bebê. Eu... — Seu pau cresceu. — Eu sinto muito. Não estava esperando você ser tão apertada.

— Por favor, Lucas — arfei. — Preciso me mover.

Ele apoiou a testa na minha.

— Nunca senti nada tão perfeito. — Ele segurou a parte interna das minhas coxas, me abrindo, e começou a se mover. Metendo devagar e fundo, transformou aquele prazer correndo por mim em uma explosão que nunca senti antes. Alcançou aquela parte de mim que nunca havia sido alcançada. Não importa quantos caras eu fiquei, eles não conseguiam alcançar, mas Lucas? Ele alcançou e a fez dele. Ele se fez dono dela.

— Sua boceta é tão apertada. — Segurou minha garganta, olhando para mim. — Você não é virgem, é?

Eu ri.

— Não, mas nunca fiquei com ninguém tão grande quanto você.

Um sorriso arrogante apareceu em seus lábios.

— Você diz as coisas mais doces. — Entrelaçou seus dedos com os meus, beijando-os e segurando minhas mãos nos lados da minha cabeça.

Eu estava impotente. Completa e totalmente dele. Com as pernas em volta de seus quadris e suas mãos segurando fortemente as minhas, tudo que eu podia fazer era aceitar o que ele tinha para me dar.

— Bonita pra caralho — murmurou, beijando a lateral do meu pescoço.

Minha respiração estava ofegante.

— Mais forte — sussurrei.

Ele levantou a cabeça.

— Por favor, Lucas. — Gemi quando ele empurrou. — Eu não sou frágil.

Ele soltou minhas mãos, segurou minhas coxas e as empurrou para baixo, metendo em mim com tanta foça que me desfiz. E me desfiz forte para cacete.

## LUCAS

*Meu corpo estava esticado. Meus pulsos e tornozelos amarrados, e fui aberto até os meus músculos reclamarem.*

*— Assista — um homem falou, agachando ao meu lado. — Você a vê?*

*Olhei para o teto, respirando através da dor espalhada pelo meu corpo. Eu estava pelado. Dolorido. E usado. Tão usado, não é de se admirar que não tinha mais forças para lutar.*

*— Eu disse para assistir. — O homem agarrou a minha cabeça, a levantou e me forçou a assistir o horror à minha frente.*

*Mel estava apoiada em um banco, cabeça e mãos presas em um instrumento de madeira. Suas bochechas estavam manchadas de vermelho, seus olhos inchados de lágrimas. Falei para ela não chorar. Falei para ela que eles só gostavam quando mostrávamos para eles o quanto nos machucavam. O quanto doía. O quanto sofríamos.*

*Ela foi a primeira a me avisar, mas ela não escutava as próprias palavras.*

*— Mel. — Sacudi a cabeça. — Pare. Me use. Solte-a. Por favor, solte-a.*

*— Por quê? — o homem atrás de mim perguntou, descendo o dedo pela minha bochecha. — Você a quer para si mesmo? É isso, Lucas? Eu sei que você gosta daquele perfume de rosas que ela usa. É por isso que nós pegamos aquele óleo para você. Então, toda vez, te lembra dela. Mas ela é uma coisinha linda. Não é?*

*Lutei com as minhas amarras.*

*— Me usa. Me usa, caralho!*

Mas eles nunca usavam. Apertei a ponte do meu nariz, afastando a dor de cabeça próxima que estava tentando, com uma força do cacete, tomar o controle.

Um corpo quente se moveu ao meu lado.

Um grande peso saiu dos meus ombros quando lembrei onde estava e que não estava mais preso naquele porão. Estava fora do inferno.

Enquanto Lily dormia ao meu lado, eu não podia não a observar. Suas costas subiam e desciam com cada respiração. O cheiro de sexo permeava o ar. Era uma benção. Uma benção pura da porra. Algo que nunca senti antes. Mesmo depois de todas as mulheres com quem fiquei, eu geralmente as expulsava depois, mas esse pensamento nunca cruzou minha mente quando era sobre Lily. Não sei como, mas algo sobre ela grudou no meu coração e o fez dela.

Quando ela me disse que confiava em mim e que eu podia confiar nela também, isso firmou o negócio para mim.

E quando ela suplicou para eu ir mais forte, eu fui, mas não tanto quanto queria. Eu tinha que segurar a fera, mantê-lo controlado antes que ele devorasse cada centímetro dela.

— Lucas?

Meu olhar foi para o seu. Ela estava se sentando, me olhando.

— Está tudo certo?

— Você acha que algo está errado? — perguntei. Como ela poderia saber? Ela acenou com a cabeça.

— Por quê? — Segurei sua mão, a puxando para meus braços.

Ela se curvou em minha volta, roçando um dedão no meu mamilo.

— Não sei. Acho que é só um sentimento.

Interessante.

— Não tenho certeza se algo está errado, exatamente. — Eu poderia contar para ela que tive outro pesadelo? — Não estou acostumado com isso — escolhi dizer. Era mais seguro desse jeito.

— Nem eu. Geralmente vou embora depois. — Suas bochechas coraram. — Não que eu tenha muitos encontros assim, ou algo do gênero.

Ela não os teria novamente. Não enquanto estivesse comigo. De onde aquele pensamento veio, eu não sabia. Limpei a garganta.

— Ainda é cedo.

— Ok. — Ela bocejou.

Tirei o cabelo dos seus olhos. Ela era linda. Absolutamente deslumbrante. E fui eu que coloquei aquele brilho em suas bochechas. Depois que a fodi, a deixei em paz, mesmo querendo continuar pelo resto da noite. Mas eu não estava certo de que ela já podia dar conta de mim.

Apoiando sua bochecha em meu peito, ela soltou um suspiro profundo.

Acariciei suas costas de cima para baixo, aproveitando a sensação dela nos meus braços, e segurei.

# CAPÍTULO 9

## LILY

Meu corpo mexeu. Passaram-se algumas horas desde que Lucas me trouxe de volta para a casa dele. Memórias da noite anterior apareceram na minha mente. Paixão. Êxtase. E os melhores orgasmos que já tive.

Mesmo se nada sair disso, eu seria para sempre agradecida por Lucas me mostrar o que era ter entre as minhas pernas um homem que não era egoísta.

Virando na cama, encontrei o lugar ao meu lado vazio. Sentando, passei a mão pelo cabelo embaraçado antes de pegar o elástico no meu pulso e arrumar a bagunça em um coque no alto da cabeça.

Olhando em volta de mim, soltei um leve suspiro. Nossas roupas estavam jogadas no chão, mas eu ainda estava com minha blusa. Lucas não questionou o motivo e estava agradecida por isso. Eu sabia que ele tinha suas próprias cicatrizes e que não estava pronto ainda para compartilhar sua história, mas nem eu estava.

A porta do quarto abriu de repente, revelando Lucas. Ele estava vestido em um moletom cinza e um casaco preto. Segurava uma bandeja com dois copos e um saco de papel pardo.

— Eu tenho café e pão. — Ele fechou a porta com o pé e veio na minha direção.

Meu corpo esquentou. Deus, ele era bonito. De um modo letal e assustador.

— O quê? — perguntou, inclinando a cabeça.

— Só te admirando — disse para ele.

Ele riu, se inclinou e beijou o topo da minha cabeça.

Sorri para ele.

— Dormiu bem? — perguntei, levando as cobertas para a minha cintura.

— O melhor sono que já tive. — Ele se sentou ao meu lado, me entregando um copo de café.

— O mesmo para mim. — Dei um gole no café e soltei um suspiro pesado.

Lucas sorriu.

— Nunca conheci ninguém que gostava tanto de café como eu.

— Eu prefiro isso a qualquer outra coisa. Se eu pudesse viver de café, viveria. — Eu ri. — Também é mais seguro do que outras coisas.

Ele só sorriu. Colocando a mão no saco de papel, tirou um pacote embalado e me entregou.

— Eu não sabia de como você gostasse do seu pão, então peguei um só com manteiga e outro com cream cheese puro.

— Eu como qualquer um. Obrigada.

Ele acenou com a cabeça, me entregando um.

Eu abri. Era o com o cream cheese e tinha gosto de paraíso.

Nós comemos em um silêncio confortável. Quando terminamos, Lucas pegou o lixo e se levantou da cama.

— Acho que eu deveria ir embora — falei, olhando o relógio. Era perto de nove da manhã. Eu precisava chegar ao trabalho a uma da tarde. Não que quisesse deixar a companhia de Lucas logo, mas não queria ficar mais do que deveria.

Levantei-me da cama e escutei um leve rosnado. Meu pescoço esquentou. Esqueci que estava vestindo somente a minha camisa.

— Lily.

Sem olhar nos olhos dele, peguei a minha calça e a calcinha.

— Olhe para mim.

— Eu deveria ir — repeti, o ignorando.

— Lily. — Lucas segurou a minha mão, me levantando, e ergueu minha camisa. — Lembre-se do que eu disse. Confie em mim.

Então olhei nos olhos dele.

Seu olhar desceu para a minha cintura.

— Suas cicatrizes.

— São horríveis — completei, me distanciando dele. Eu havia me esquecido delas, o que era inédito para mim.

— Suas cicatrizes são belas — Lucas disse, passando sua mão grande por cima da pele marcada do meu abdômen.

Eu não era completamente marcada, mas era o suficiente para sempre manter as luzes apagadas quando dormisse com alguém. Até com Lucas.

— Elas significam que você é uma sobrevivente, Lily.

Desci a camisa.

— Tire a camisa.

Eu franzi a testa.

— Por quê?

— Porque quero te ver.

— Certo — zombei. — Você vai me mostrar as suas então, Lucas? Você me disse que posso confiar em você. Bem, você pode fazer o mesmo, mas não te vejo de pé aqui, pelado. — Levantei uma sobrancelha quando ele não respondeu. — Não pensei que ficaria. — Fui pegar minhas roupas novamente quando um casaco caiu no chão na minha frente. E foi logo seguido pelas calças. Encarei-o, meus olhos arregalando no que estava em pé na minha frente.

Lucas estava nu. Completa e totalmente nu. Ele tirou o tapa-olho, o jogando no chão também.

— Feliz?

Levantei-me devagar, olhando cada centímetro de seu corpo desnudo. Seu pau flácido pulou sob o meu escrutínio e foi aqui que eu percebi a tatuagem. Todas as tatuagens. Eu sabia que seu torso era tatuado, mas não percebi que a maior parte se suas pernas eram e também seu...

— Eu... você é tatuado. Em todos os lugares. — Um polvo vermelho estava em seu quadril, um de seus tentáculos chegando na ponta de seu pau.

Ele virou.

— Definitivamente em todos os lugares. — Até sua bunda era coberta. Estiquei a mão para tocá-lo, mas pensei melhor e tirei a mão. Ele era coberto em tatuagens. De preto e branco a colorido, os designs detalhados cobriam a maior parte de seu corpo. Mas o que eu também vi foram cicatrizes. Cortadas e irregulares, parecia que ele fora chicoteado. — O que aconteceu?

Ele virou.

— Tira — pediu, ao invés de responder à pergunta.

Engoli em seco com a forte demanda, levantei a camisa e a tirei por cima da cabeça antes de deixá-la cair no chão aos meus pés.

Lucas fechou a distância entre nós, roçando o dedão no meu mamilo.

Arrepiei-me com o contato delicado. Minhas cicatrizes cobriam meu lado esquerdo. Elas iam do meu quadril até embaixo do seio e o lado da minha barriga.

— Você algum dia me tatuaria?

— Se é isso que você quer — ele disse, sua voz baixa. Passou a mão pelas minhas cicatrizes na lateral do meu corpo.

— Eu acho que a pele talvez seja fina demais — comentei, colocando minhas mãos em seu largo peito.

— Talvez. — Ele lambeu os lábios, me olhando.

— Você irá me contar o que aconteceu? Eu não preciso saber agora, mas com o tempo? — perguntei, inclinando a cabeça para trás.

Ao invés de responder, ele se inclinou na cintura e deu um beijo de leve em minha boca.

Era toda a resposta que eu precisava.

## LUCAS

Eu estava surpreso por ter mostrado para ela todas as minhas tatuagens e cicatrizes. Mesmo ela vendo a maioria delas na noite anterior, não revelei todas até essa manhã. Eu até tirei meu tapa-olho. Que porra havia de errado comigo? Eu nunca fiz isso com ninguém além dela. *Nunca*.

Depois que eu e a Lily mostramos tudo um para o outro, tomamos um banho, mas não transamos novamente. Por mais que eu quisesse, algo me segurou. E ela também não pressionou por mais. Sentia que estávamos muito emocionalmente despidos. Talvez com o tempo, o sexo nos ajudaria.

Mesmo nós dois tendo dito que podíamos confiar no outro, ainda estávamos nos segurando. Mas iríamos trabalhar nessa situação, porque não existia a menor chance que isso estava perto de acabar.

Quando nós terminamos o banho, dirigi com Lily até a casa dela. Passamos a viagem de carro em silêncio. Ela não era como a maioria das mulheres com quem fiquei, que exigiam que eu falasse quando não queria. Algo me dizia que Lily era tão fechada quanto eu, e estava determinado a quebrar suas paredes.

— Quero te ver novamente — Lily afirmou, quando parei na frente da casa da avó dela.

— Eu também quero te ver novamente — respondi.

— Que bom. — Ela me deu um sorriso suave. — Na noite passada...

Coloquei a mão em sua bochecha, dando um beijo de leve em sua boca.

— Foi incrível para caralho. *Você* é incrível, Lily Bela.

— Obrigada — murmurou, beijou minha bochecha e saiu do carro. — É bom você me ligar, Lucas. Sei onde você mora.

Eu ri.

— Te vejo mais tarde, Lily.

Ela sorriu, fechando a porta atrás de si, e correu para a casinha. Virou, acenou para mim e desapareceu na casa.

Expirando devagar, saí da frente de casa, vendo uma caminhonete preta ir embora. Franzi a testa, me lembrando do agente do FBI com quem Lily estava tendo problemas. Fiz uma anotação mental para checá-lo e lhe perguntar mais coisas sobre ele.

Empurrando isso para o fundo da minha mente, dirigi para casa. Logo que estava indo para o estúdio de tatuagem, vi Lena de pé na porta. Ela acenou.

Virei o sinal de *aberto* e destranquei a porta.

— Ei. Você tem um horário marcado hoje que eu esqueci?

— Não. — Ela sacudiu a cabeça, passando por mim.

— O que está errado? — indaguei, indo para trás do balcão.

Ela começou a andar de um lado para o outro, esfregando a nuca.

— Lena, o que foi? — Apoiei-me no balcão, cruzando os braços abaixo do peito.

— Eu sei que você pode conseguir informação. — Ela parou de andar de um lado para o outro. — Preciso que procure algo para mim.

— O que você está querendo procurar? — Eu a conhecia há um bom tempo, mas não procurava informação para qualquer um. Nós éramos amigos e eu sabia que ela não me entregaria para as autoridades, mas ela também apresentava risco de fuga.

— O pai da minha filha. — Lena começou a andar de um lado para o outro novamente. — Ele tem um bando de merda contra mim, mas preciso ter algo contra ele. Ele quer que os meus pais continuem com a custódia dela. Isso irá me ajudar quando eu lutar. Por favor, Lucas. Preciso ganhar essa luta. Preciso dela na minha vida. Ela é a única coisa me mantendo sóbria. — Ela veio na minha direção. — Por favor.

— Você não tem policiais procurando? — Não era que eu não queria ajudá-la. Estava aposentado, e precisava me manter longe de confusão para não acabar de volta na cadeia. Eu não precisava passar por aquela merda novamente.

— Sim, mas eles estão demorando pra caralho. — Lena apoiou as mãos em cima do balcão entre nós. — Posso te pagar. Não em dinheiro, mas em qualquer outra coisa. — Seus olhos escuros me fitaram de cima a baixo.

Minha mandíbula cerrou.

— Acho que você deveria ir embora.

— O quê? — Ela riu. — Você está falando sério?

— Eu gaguejei, Lena? Nós não vamos ter essa conversa novamente. Então, se foi só por isso que passou aqui, você deveria ir embora. Agora.

— Lucas. — Ela sacudiu a cabeça, suas bochechas corando. — Preciso da sua ajuda.

— Não, desse jeito você não precisa. Tenha um pouco de respeito consigo mesma. — Distanciei-me do balcão, meu primeiro cliente do dia entrando na loja. — Tenho trabalho a fazer.

Ignorando-a, recebi meu cliente e preparei minha estação de tatuagem. O som do sino tocando acima da porta deu nos meus nervos. Enquanto eu discutia a tatuagem com o cliente, não tinha como não pensar sobre Lena e seu desespero por informação. Tudo que ela precisava fazer era pedir. Ela não teria que me pagar. Especialmente não com o seu corpo. Mas, anos atrás, eu provavelmente o teria aceitado como pagamento, mas eu não era mais assim. Definitivamente não agora, depois de passar a noite anterior com a Lily.

O resto da tarde passou bem rápido. Eu tinha vários clientes marcados naquele dia. Alguns com peças difíceis e outros fáceis, mas não importava a tatuagem que eu estava trabalhando, nada fazia o tempo passar rápido.

Quando todos os meus agendamentos acabaram, fechei o estúdio e andei os poucos quarteirões para o centro comunitário local. Era uma rotina pelos últimos anos. Tatuar. Comer. Dormir. Reunião. A mesma coisa, dias diferentes. E agora Lily. Doce e deliciosa Lily. Meu corpo acordou, meus pensamentos viajando de volta para a noite anterior. Com sua boceta apertada enrolada em volta do meu pau, ela era perfeita. Tudo que eu precisava. E mal podia esperar por mais.

# LILY

Entrando no centro comunitário, fui recebida pelo delicioso cheiro de café e biscoitos. A igreja estava sendo reformada e as reuniões seriam aqui, agora compartilhadas com o grupo dos Narcóticos Anônimos. Já que Toby era um viciado em drogas em recuperação, tudo fazia sentido. Eu gostava desse centro e pelo que ele era conhecido. No inverno, ele abria para os desabrigados, tentando tirar o máximo de pessoas das ruas.

— Lily.

Virei e fui cumprimentada por Toby.

— Ei. Como Sandra está se sentindo?

— Bem. — Ele sorriu. — Ela está aqui hoje. — Olhou em volta. — Aqui em algum lugar de qualquer modo.

Eu ri.

— É estranho estar aqui e não na igreja.

— Eu sei, mas a igreja estará reformada em alguns meses e nós voltaremos para lá logo. Nós temos algumas pessoas da área ajudando. Elas recebem uma refeição grátis e também são pagas. Eles esperam que isso vai ajudar a tirar alguns desabrigados das ruas.

— Eu amei essa ideia. — Havia reconhecido algumas das pessoas. Várias vieram da igreja, mas algumas decidiram frequentar as reuniões em outros lugares ao invés de virem para essa aqui.

— Você deveria ir à nossa casa jantar um dia desses — Toby sugeriu.

— Eu iria amar. — Os cabelos na minha nuca formigaram. Olhei por cima do ombro, encontrando... — Lucas — sussurrei.

Ele estava de pé com Sandra. Eles estavam conversando calmamente entre si, mas não tive como não notar quão bem ele estava. Mesmo o tendo visto mais cedo naquela manhã, o homem ainda me dava um frio na barriga. Mas fiquei me perguntando o que ele estava fazendo aqui.

Lucas olhou por cima do ombro, seu olhar encontrando o meu. Ele lambeu os lábios, virou, e continuou a conversa com Sandra.

— Você conhece o Lucas?

Pulei, esquecendo que ainda estava de pé com o Toby.

— Ah...

— Ei, Toby.

Meu coração pulou logo que Lucas chegou perto da gente.

— Ei. — Toby apertou a mão dele. — Como foi a sua semana?

— Boa. Como foi a sua? Sandra estava me contando que ficou doente. — Lucas chegou mais perto de mim.

— Ela estava, mas está melhor agora, ainda bem. Ela é pior do que eu quando fica doente. — Toby riu. — Você dois se conhecem?

Lucas esticou a mão.

— Lucas.

— Lily. — Eu sorri, colocando meus dedos em sua mão.

— Hum... — Lucas beijou as costas da minha mão. — Prazer em te conhecer, Lily.

Eu ri, minhas bochechas esquentando.

— Babaca.

Lucas deu uma piscadela.

Toby negou com a cabeça.

— Eu vou entender isso como um sim. — Ele olhou para o relógio. — Nós vamos começar — avisou, o que era sua maneira gentil de nos mandar achar um lugar para sentarmos.

Sentei-me em uma das cadeiras vazias na última fileira.

Lucas veio para o meu lado, colocando o braço no encosto da minha cadeira.

— Quer me dizer por que você está aqui, Lily Bela? — Ele falou baixo o suficiente para somente eu escutar.

— Provavelmente pela mesma razão que você está — murmurei. — Nós somos viciados em alguma coisa.

Toby andou para a frente do salão, olhando para a plateia. Ele ficou de pé atrás do púlpito, fez sua saudação normal e perguntou se alguém queria compartilhar.

Lucas se levantou e, para a minha surpresa, andou para a frente.

Toby bateu a mão no ombro dele e se moveu para o lado.

— Oi. — Seu olho bom queimou em mim. — Eu sou o Lucas e sou um viciado em drogas.

Fiquei boquiaberta.

**CICATRIZES DO PASSADO**

— Essa semana não foi nada especial. As dificuldades continuam diariamente, mas eu conheci alguém, e pela primeira vez desde que posso me lembrar, estou empolgado em ver aonde as coisas irão.

Meu coração aqueceu.

— Eu não tenho certeza do que vai acontecer, mas é divertido. Sei que tendo um vício, relacionamentos podem ser difíceis, mas vou aceitar as coisas como estão neste momento. — Ele esfregou a nuca. — Já se passaram mais de oito anos para mim, mas não passa um dia em que eu não sinta falta. Aquela sensação deliciosa. Percebi rapidamente que não queria mais me submeter a isso. Especialmente quando quase me matou.

Remexi-me no assento.

Lucas terminou de compartilhar logo depois, e se juntou a mim no fundo do salão.

— Eu não fazia ideia — disse, suavemente.

— Eu poderia dizer o mesmo para você, Lily. — Ele colocou o braço no encosto da minha cadeira novamente e esfregou o dedão para frente e para trás no meu ombro. — Você vai compartilhar?

Neguei com a cabeça.

— Geralmente não compartilho.

— Por quê?

— Porque não. — Eu só não compartilhava. Não que tivesse algo contra, mas era envergonhada dessa maneira sobre a minha vida pessoal.

— Lily.

— Eu não quero falar sobre isso, Lucas. — Cruzei os braços sobre o peito.

— Certo, Lily Bela. Entendi a dica.

Suspirei.

O resto da noite foi um borrão. Mais pessoas compartilharam suas histórias. Lucas continuou do meu lado, seu corpo largo, duro e rígido. Por mais que gostasse dele, não estava certa se poderia compartilhar essa parte minha com ele. Eu já havia mostrado minhas cicatrizes. Adorava que ele tivesse me mostrado as suas, mas ainda não significava que estava pronta para compartilhar tudo com ele. E não sabia se ficaria pronta algum dia.

# CAPÍTULO 10

## LUCAS

Sangue cobria as pontas dos meus dedos, pingando do final até caírem no chão em pequenas poças. Observei o líquido rubro cair.

Ping. Ping. Ping.

A dor não mais se espalhava por mim. Não estava certo se era uma coisa boa ou não. Cada centímetro de mim estava dormente. Cortes e arranhões marcavam meus joelhos e palmas. Cicatrizes anteriores foram abertas, as forçando a sangrar no chão abaixo de mim.

Sons de choro passavam por mim. Cobri minhas orelhas e apertei meus olhos fechados, tentando ignorar as súplicas, aqueles que imploravam para morrer. Era a única maneira que podíamos sair desse inferno. Mas não funcionava. Nunca funcionava.

Os gritos logo ficaram abafados, seguidos por engasgos.

Bile subiu pela minha garganta, os sons de abuso me tomando.

Os gritos se tornaram soluços.

Grunhidos de prazer faziam meu estômago se retorcer.

— Por favor. — Essa era a Mel.

Eu não podia salvá-la. Não podia salvar nenhum deles.

Não importa quanto abuso sofríamos, poucos de nós morríamos com isso. Não. Se conseguíssemos sair desse inferno, nós morreríamos depois. E eu mal podia esperar.

Morte. Era o nosso derradeiro salvador. Mas ela nunca vinha. Essa seria a saída fácil.

Uma forte dor passou pelo meu braço, seguida da quentura que eu passei a desejar.

Meu corpo caiu novamente no cimento frio embaixo de mim.

O doce sabor de submissão se espalhou pela minha pele, derretendo por baixo dela e percorrendo minhas veias.

*Era deliciosa. Doce. Doce e deliciosa felicidade. E era minha.*

Meus olhos abriram, parando no teto acima de mim. Um senso de perda se espalhou por mim quando percebi que estava de volta na minha cama e não mais nos pesadelos da minha infância. Mesmo que a maior parte de minha infância tivesse sido uma merda e a morte teria sido melhor, sentia falta da euforia das drogas que eram forçadas em mim.

Virando-me na cama, peguei meu telefone e liguei para a Lily.

— Sim — ela atendeu, sua voz rouca.

— Lily. — Meu olhar foi para o relógio na mesa de cabeceira. Merda. Eram quase quatro da manhã. — Sinto muito por ligar tão tarde.

— Lucas? Tudo bem. Está tudo certo?

— Não. — Apertei a ponte do meu nariz. — Só precisava escutar a sua voz.

— Ah. Ok. O que está errado?

— Pesadelo — foi tudo que disse.

— Ah, sim. — Ela riu levemente. — Você me acordou do meu. Então, obrigada.

— O que aconteceu? — Eu não estava certo se ela me contaria, mas precisava de uma distração dos demônios do meu passado.

— Eu queria que ter álcool para isso. — Ela limpou a garganta. — Te contei que meus pais morreram em um incêndio.

— Você contou.

— Meu pai era um bom homem. Ele só cometeu erros e, infelizmente, era um alcoólatra. Você iria pensar que aprendi e não segui os passos dele, mas... — Ela tossiu. — Ele acendeu um cigarro e dormiu. Minha mãe e eu estávamos dormindo. O incêndio o levou primeiro. Foi tão rápido. — A voz dela oscilou.

— Merda, Lily. Sinto muito.

— Acordei com o meu quarto pegando fogo. Meu Deus, a dor não era nada que eu havia sentido antes. Depois disso, fui morar com a minha avó. — Ela riu. — Não consigo acreditar que ela nunca me expulsou. Eu a fiz sofrer horrores, Lucas.

Eu grunhi.

— Ela te ama.

— Sim, mas ninguém deveria ter que aguentar as merdas que fiz. — Lily suspirou. — De qualquer jeito, está no passado.

— Por que você vai às reuniões? — Eu já sabia que ela tinha um vício. Só queria escutá-la dizer. Queria saber que não estava sozinho.

— Toma lá, dá cá, Lucas.

— Certo. — Pensei um momento e decidi contar a ela algo não tão pesado que a levaria a não querer me ver nunca mais. — Cresci no sistema. Não sei quem são meus pais. Eles morreram, mas nunca recebi as informações deles. Quando saí da casa onde cresci, passei todos os dias na biblioteca, me ensinando como usar computadores. Eu também lia. Lia muito. Era a única hora em que me sentia normal. Imaginava que estava em um desses livros. Que vivia a vida que os personagens viviam. Também não estudei computadores na escola. Não fui para o MIT ou algo do gênero.

— Mas você sabe tanto quanto os estudantes de lá.

— E você também, não é Lily?

Ela limpou a garganta.

— Sim. Acho.

— Vem naturalmente para nós. — Sentei-me na cama, apoiando na cabeceira.

— Vem. E você ainda confia em mim? Mesmo sabendo que invadi para achar a suas informações? Essa confiança ainda está aí?

— Sim. — Meu coração pulou. — Eu confio. Sei que é rápido…

— Nós nos conhecemos a mais de um mês agora. — Lily suspirou. — Eu também confio em você, Lucas. Nunca pensei que poderia encontrar essa confiança novamente.

— Eu entendo, Lily Bela.

— Me meti em uma encrenca alguns anos atrás — comentou, mudando de assunto.

Grunhi.

— Bebê, eu e você.

— Nós deveríamos comparar nossas histórias. — Ela riu levemente.

— Não no telefone. — Eu não era completamente paranoico, mas não confiava que a linha não estava grampeada. Poderia ter ligado para ela de

**CICATRIZES DO PASSADO**  95

uma linha mais segura, mas estava desesperado e precisava escutar sua voz quando acordei, então escolhi o meu celular.

— Ok, Lucas. — Ela bocejou.

— Vou deixar você dormir um pouco.

— Trabalho amanhã, mas gostaria de vê-lo depois.

Meu estômago revirou.

— Parece um encontro.

— Não, eu não quero um encontro. Quero ir para a sua casa para você me foder até a minha próxima vida.

Eu ri, meu pau aumentando com o que ela estava sugerindo.

— Parece ainda melhor.

Ela riu.

— Boa noite, Lucas.

Eu sorri.

— Boa noite, Lily.

## LILY

Desliguei o telefone e deitei de volta na cama. Não podia acreditar que contei para Lucas sobre o incêndio. Nunca contei a ele sobre o meu problema e porque eu ia nas reuniões, mas sabia que, com o tempo, falaria. Ele também não era burro. Provavelmente já havia descoberto. Conversar com ele foi fácil. Adicione o fato de que ele precisava conversar comigo depois de ter um pesadelo, o que me fez sentir ainda melhor.

Pela próxima hora mais ou menos, virei e revirei, sem conseguir dormir novamente. Desistindo, tomei um banho rápido, me vesti, e decidi fazer o café da manhã para a minha avó.

— Bom dia, querida.

— Bom dia. — Levantei um prato logo que ela chegou ao meu lado.

— Essa é uma boa surpresa. — Ela o pegou e se sentou à mesa. — Como está Lucas?

— Ele está bem. — Ou eu achava que estava, mas não estava tão certa depois na nossa conversa mais cedo.

— Isso é bom. — Vovó deu uma mordida em sua comida, engoliu e apontou seu garfo para mim. — Eu gosto dele, mas o homem tem um passado sombrio. Cuidado, Lily.

— Como você poderia saber? — perguntei, colocando uma caneca de café na frente dela.

— Eu posso sentir. — Ela sacudiu a cabeça. — Existo a tempo suficiente para saber. Tudo que estou dizendo é: só tome cuidado. Só isso.

— Ok. — Franzi a testa, sentei-me na frente dela e comecei a comer.

— Vocês dois são oficiais agora?

— Eu... eu não tenho certeza. — Dei de ombros. — Nós estamos levando um dia de cada vez. Sem pressão.

Ela acenou com a cabeça e voltou a comer em silêncio.

— Você sente saudades do vovô? — perguntei, tirando a minha louça suja da mesa.

— Todo dia. — Ela suspirou. — Espero que você encontre o que eu tinha com ele.

— Eu espero também. — Um telefone tocando à distância atrapalhou nossa conversa. — Preciso atender. — Corri para o meu quarto e atendi meu celular, imaginando quem estaria ligando tão cedo. — Alô?

— Bom dia, Lily.

Meu estômago retorceu.

— O que você quer, Killian?

— Você aproveitou o seu encontro com o Lucas Crane?

Sentei na beira da cama.

— Por que você se importa?

— Ele não é bom o bastante para você.

— E você é? — Eu ri. — Qual é, Killian. Você é casado. Precisa superar isso.

— Eu quero te ver. Preciso explicar.

— Volte para a sua esposa. — Ele era um babaca. Um belo babaca, e eu caí nisso. Ele não me afetava mais. Eu estava desesperada por uma conexão, por amor, e fiz a escolha idiota de namorá-lo.

— Saia comigo. Vamos conversar.

— Por quê? — Sentia-me como a porra de um papagaio.

— Porque eu quero te ver. Sinto muito por não ter explicado antes. Sinto sua falta.

**CICATRIZES DO PASSADO**

— Me desculpe...

— Antes que você diga não, por favor, só me dê a chance de explicar.

Eu não podia sair com ele logo depois de ficar com Lucas. Mesmo a gente não tendo tornado nada oficial, não seria certo.

— Eu estou ficando com o Lucas. — E eu iria vê-lo hoje mais tarde.

— Podemos ir como amigos então. Só quero te ver. Para conversar.

— Amigos. Certo. — Revirei os olhos. — Fala sério, Hayes. Eu sei como você trabalha.

— Por favor, Lily.

— Você vai me deixar em paz se eu disser que sim? — Essa era uma decisão burra da minha parte, mas precisava que ele saísse do meu pé.

— Sim.

— E você vai manter suas mãos para si mesmo?

— Lily.

— Pode falar, Killian. Me diga que você vai manter suas mãos para si mesmo.

— Está bem. Sim, vou manter minhas mãos para mim mesmo.

— Que bom. — Levantei-me da cama. — Eu vou sair para comer com você, te escutar, mas a primeira vez que você me paquerar ou me tocar, estou fora. Escutou?

— Sim — ele murmurou. — Escutei.

Não deveria ter concordado em encontrar Killian. Eu não era normalmente burra assim, mas ele estava me deixando louca com sua constante perturbação e sua caminhonete aparecendo cada vez que me virava. Eu tinha pena dele. Mas agora que estava sentada em uma mesa do restaurante italiano com ele me encarando como se eu fosse sua próxima refeição, de repente me sentia suja. E era o mesmo restaurante italiano que vim com Lucas algumas semanas atrás. De algum modo, sabia que era intencional.

— Um aviso, Killian. — Tomei um gole da minha água.

— Não fiz nada. — Ele bebeu o resto de sua cerveja, sinalizando para o garçom. — Outra cerveja para mim, e o que quer que ela queira.

— Estou bem com água — eu disse para o garçom. — Obrigada.

— Você só quer água? — Killian se sentou para a frente. — Tem certeza de que não quer uma bebida?

— Isso é uma bebida — pontuei.

— Não, quis dizer uma bebida alcoólica.

— Água é bom o suficiente para mim. — Meu estômago revirou em desconforto.

— Lily, você nunca bebeu nada além de água e Coca-Cola quando estávamos juntos. Tem certeza de que não quer vinho? Você parece uma mulher que gosta de vinho. Ela beberá uma taça do seu vinho tinto mais fino — Killian disse para o garçom.

— Não — eu o corrigi. — Somente água. Por favor.

O garçom acenou com a cabeça e voltou para o bar. O rapaz olhou para mim por cima do ombro antes de olhar para Killian. Ele disse algo para o barman. Eu não podia ler os lábios deles, mas o que quer que estivessem falando, me mandou uma onda de nervoso pelo corpo.

— O que foi isso? — Killian exigiu. — Estou tentando te divertir e você nega a minha oferta por vinho.

— Esse jantar não é divertido. Você queria uma chance para explicar, e estou te dando uma. Agradeço a oferta, mas não bebo, então água está bom. — Eu odiava ter que me explicar para ele.

— Fala sério, Lily. — Killian revirou os olhos. — Todo mundo bebe.

— Hum… isso não é verdade. — Sabia que não devia ter concordado em encontrá-lo, mas uma parte de mim esperava um pedido de desculpas. Minha avó me ensinou a ser educada e a procurar pelo melhor nas pessoas, mas, claramente, esse não era um desses casos. Killian me perturbando por não beber era quase pior do que me foder quando era casado.

— Por que você não bebe? — Killian perguntou, assim que o garçom voltou com sua cerveja.

O garçom completou meu copo de água e foi limpar a condensação da jarra quando derrubou o guardanapo. Ele agachou para pegá-lo.

— Lucas está aqui — ele sussurrou.

Meu coração pulou.

O garçom se levantou, indo embora e empurrando a porta dupla nos fundos do restaurante.

— Tudo certo? — Killian questionou, agora olhando seu telefone.

— Sim. — Levantei-me. — Só vou usar o banheiro. — Sem esperar por ele responder, fui para onde os banheiros ficavam e parei de repente.

**CICATRIZES DO PASSADO**

Lucas estava vindo na minha direção. Seu corpo estava duro, suas costas rígidas. Sua forte mandíbula cerrada. E seu olhar grudou em mim como se eu fosse sua próxima vítima.

Corri para o banheiro, mas fui agarrada por trás. Eu arfei. Meu cabelo foi puxado para trás, alguns fios sendo arrancados do meu couro cabeludo. Gemi.

— Não gosto que você esteja aqui com outro homem — Lucas rosnou, me empurrando para a frente. — Nós professamos nossa confiança um no outro hoje de manhã, e mesmo assim te encontro com outro homem. Não só isso, mas outro homem que você costumava namorar.

Antes que tivesse a chance de comentar, ele me empurrou para a primeira cabine vazia. Virando-me, prendeu-me contra a parede.

— Que *porra* você está fazendo aqui com outro homem? — exigiu, colocando a mão em volta do meu pescoço.

— Estava sendo educada. — Bati em sua mão para me soltar.

— Educada? — Lucas riu, o som sombrio e convidador. — Bebê, não tem nada de educado sobre essa merda. Te entreguei a minha confiança e é assim que você me paga. Saindo com o seu ex.

Minhas costas endureceram.

— Ele é um ex porque descobri que ele era casado. Não tem volta para mim, Lucas. Não destruo casamentos.

Lucas me soltou, seus olhos observando meu rosto.

— Ele é casado?

— Sim. — Soltei o ar devagar. — Fiz um bando de merda na vida, mas esse é um problema para mim.

— Então por que você concordaria em sair com ele? — Lucas perguntou gentilmente, passando os dedos pelo comprimento da minha mandíbula.

— Estava sendo educada. Essa é a verdade. Pensei que talvez o deixando explicar, daria a ele alguma forma de conclusão e o faria parar de me seguir. — Dei de ombros. — Eu vejo agora o quão estúpido isso parece, mas prometo para você, não tem nada ali. Pode confiar em mim.

A mandíbula do Lucas estalou.

— Confio em você, mas não confio nada nele.

— Nunca esperaria que você confiasse. — Fiquei nas pontas dos pés e beijei a bochecha dele. — Eu não o quero. Somente você, Lucas.

## LUCAS

Depois que ajudei o dono do restaurante a instalar seu novo sistema de segurança, eu o estava testando quando vi Lily e o bastardo na câmera. Disse ao jovem garçom que os estava servindo para avisá-la que eu estava aqui. Somente falaria com ela, mas, quando ela desceu pelo corredor, meus instintos alfa tomaram conta. Ao descobrir que o maldito era casado e que de nenhum jeito Lily voltaria para ele, me acalmei. Por ora, pelo menos.

— Volte para o seu encontrinho, Lily Bela — disse, beijando sua bochecha.
— Não é um encontro. — Ela tremeu.
— Você pode dizer que não é um encontro o quanto quiser, mas ele pensa que é. — Dei um tapinha em sua bunda. — Te vejo depois.
Ela suspirou.
— Lucas, não é um encontro. Eu te disse que ele é casado.
— Diga isso para *ele* então, Lily.
Ela ia sair da cabine quando segurei seu braço e a puxei de encontro comigo.
— Lucas — ela sussurrou. — Não é um encontro, nunca vai ser um encontro, porque eu disse a você mais cedo, ele é casado.
— Você precisa então lembrá-lo disso — grunhi, mordiscando sua orelha.
— Eu falei — afirmou, virando e colocando as mãos no meu peito. — Eu também disse a ele que o escutaria. Que o deixaria se explicar, e então iria embora.
— Ele já explicou?
— Não.
— Aí está sua resposta. Ele está enrolando. — Beijei o lado do pescoço dela e destranquei a cabine do banheiro.
— Você vai ficar aqui? — ela me perguntou.
— Ah, sim.
Ela revirou os olhos.
— Você não tem nenhum motivo para ficar com ciúmes. Ele não vai fazer nada.

— Você deveria ir — sugeri, a ignorando. — Não quer que ele fique imaginando onde você está, mas lembre-se com quem você vai passar a noite.

— Babaca — ela murmurou e saiu do banheiro.

Ri para mim mesmo, mijei e rapidamente lavei as mãos antes de voltar para o escritório do dono. Já que Lily estava aqui com Killian, eu precisava ver e garantir que ele não tentaria nada. Ou então quebraria seus dedos e cortaria sua língua. Quase desejei para que ele fizesse algo. Precisava de algo para aliviar a tensão. O ciúme correndo por mim era novo. Eu não sabia como lidar com ele, mas sabia que não importava o que acontecesse hoje à noite, Lily iria para casa comigo.

# CAPÍTULO 11

## LILY

Enquanto eu me sentava na mesa com Killian e comia minha refeição, podia sentir que Lucas estava nos assistindo. Eu gostava do lado ciumento dele. Não que ele tivesse alguma razão para ter ciúmes em primeiro lugar.

Killian estava na terceira cerveja quando voltei do banheiro, na quinta quando terminamos a refeição. Suas bochechas tinham um tom avermelhado e seus olhos estavam vidrados. Ele continuava olhando para o meu peito e lambendo os lábios. Mas em nenhum momento se ofereceu para explicar nada sobre sua esposa.

Segurei uma revirada de olho. Talvez Lucas estivesse certo.

— Eu deveria ir embora — disse, colocando meu guardanapo em cima do prato. A refeição foi deliciosa, mas a companhia não muito.

— Você não comeu sobremesa — Killian apontou, sua voz rouca.

— Não quero sobremesa — rebati. — Obrigada pelo jantar, mas eu realmente preciso ir. Minha avó me ligou quando eu estava no banheiro.

Ele franziu a testa.

— Você não levou sua bolsa com você. Como ela poderia te ligar?

*Merda.*

— Escuta, Killian. Você me ligou e me convidou aqui com a desculpa de que iria me explicar sobre a sua esposa.

— Não. — Ele bateu a mão na mesa. — Me escute, Lily. Fui gentil e te convidei para jantar quando você estaria em casa sentada sozinha, ou pior, enrolada com aquele maldito, Lucas. Aliás, o que você vê nele? São as tatuagens? O tapa-olho? Porque se é disso que você gosta, eu posso fazer tatuagens e usar um tapa-olho também.

— Não é nada disso — me forcei a falar, pegando minha bolsa e levantado.

— Senta a porra da bunda — Killian ladrou.

Considerei isso minha deixa e fui sair quando ele segurou o meu braço.

— Senta — ele grunhiu, apertando meu braço.

Encolhi-me, a dor de seu aperto firme se espalhando pelo meu braço.

— Solte-a agora.

Pulei com a voz grossa vindo de trás de mim.

— Que porra você quer? — Killian me soltou, se sentando novamente.

— Vamos lá, Lily. — Lucas segurou a minha nuca. — Vou te levar para casa.

— Obrigada pelo jantar, Killian. — Coloquei a mão na bolsa e joguei o dinheiro na mesa.

— Fique — Killian disse, se levantando.

— Não.

— Ela é minha ex-mulher.

Então olhei para ele, meu coração doendo pelo cara que estava tão desesperado por mais.

— Sinto muito que o seu casamento deu errado, mas isso não muda nada. Estou com Lucas agora.

— Fica. Por favor — Killian insistiu.

— Eu sugiro não fazer uma cena. — Lucas se moveu para o meu lado. Ele era maior que Killian por vários centímetros e era definitivamente maior em largura.

Killian se sentou.

Deixei Lucas me levar para o lado de fora, agradecida por Killian não ter causado uma cena.

— Você não precisava fazer aquilo, sabia?

Lucas deu de ombros, sua mão achando a minha.

— Você dirigiu até aqui?

— Não. Andei.

— Você andou?

Podia senti-lo me olhando, mas só me foquei à frente, conforme andávamos de mãos dadas pela rua.

— Eu gosto de andar.

— Está tarde, Lily.

— São só oito horas. E, antes que você me diga quão perigoso é, já sei.

Eu iria na verdade pegar um táxi para a sua casa, mas, claramente, isso não vai mais acontecer.

— Mulher. — Lucas me enfiou em um beco. — Você sabe que tipo de monstro se espreita no escuro por aqui?

Ri suavemente, levantando a mão para tocar sua mandíbula forte.

— Acho que o único monstro que eu deveria temer está em pé bem na minha frente.

— Você vai ser o meu fim — resmungou, segurou minha mão, beijou a palma e me tirou do beco.

— Você gosta, Lucas. — Eu ri. — Admita.

Ele só sacudiu a cabeça.

— Você falou para a sua avó com quem estava saindo hoje à noite?

— Falei. Ela ficou agradecida que eu passaria a noite com você, não com Killian. Ela não gosta dele.

— Nem eu.

Fiquei boquiaberta, parando de repente e segurando o pescoço.

— Você não gosta? Eu nunca teria adivinhado.

Lucas revirou os olhos.

— Mulheres.

Eu ri, ficando na ponta dos pés e beijando sua bochecha.

— Me leve para a sua casa, Lucas.

— Me conta algo sobre você que ninguém sabe — pedi, colocando os pés no colo de Lucas.

— Sério? — Ele segurou minha canela, virando o corpo na minha direção.

— Sim. — Sentei-me para a frente. — Qualquer coisa.

Ele bateu no queixo.

— Tenho uma queda por essa mulher que conheci há pouco tempo.

Eu ri, batendo levemente no braço dele.

— Mas isso eu já sei. Não conta.

— Como você sabe que eu estava falando sobre você? — perguntou, remexendo as sobrancelhas.

— Porque você não dá conta de mim, quanto mais outra mulher — devolvi para ele.

Ele riu.

— Verdade. — Pensou por um momento. — Passei um ano na cadeia.

— Sério? Pelo quê? — Isso poderia ser interessante.

— Eu fui... problemático na adolescência. Andava com as pessoas erradas. Fui pego. — E deu de ombros. — As mesmas merdas de sempre.

— Ah, sim. A vida de um adolescente problemático. — Suspirei. — Bem, se ajudar de alguma forma, eu sou uma alcoólatra — confessei, sentindo que ele queria mudar o assunto que era sobre ele. — Killian questionou hoje por que eu não queria um copo de vinho. Eu não queria explicar para ele. — Tirei um pelinho qualquer do casaco de Lucas. — É frustrante.

— Pode ser, mas isso não é algo que ninguém sabe, Lily Bela. — Lucas me puxou para os braços dele. — Você quebrou suas próprias regras.

Eu ri, passando o dedo pelo rosto dele.

— Está bem. Eu gosto desse cara.

— Isso não é...

— Shhh... — Coloquei o dedo nos lábios dele. — Não terminei. — Rocei o dedão em seu lábio inferior. — Como eu estava dizendo. Gosto desse cara que me faz sentir... eu não sei, especial, acho. Tenho dificuldade em confiar nas pessoas. Minha avó é a única pessoa que não me decepcionou. Mas eu confio em você e nunca tive um cara com ciúmes de mim como você ficou hoje.

— Eu nunca tive motivo para ficar com ciúmes antes. Não até você.

— Sério? — Inclinei a cabeça. — Você nunca namorou uma mulher que estava com outro cara e te deixou com ciúmes? Nunca?

— Não. — Lucas apertou a mandíbula. — Eu não namoro, Lily. Qualquer tempo que passei com uma mulher, acabou em sexo. Era tudo que elas queriam.

— Bem, elas estão perdendo a melhor parte. — Meu peito doía por ele.

— É? E qual é?

Dei um beijinho em sua boca.

— Você.

A respiração dele prendeu. Ele me segurou na nuca, aprofundando o beijo.

— Você é incrível para caralho.

Quebrei o beijo.

— Não sou.

— Você continua dizendo isso, mas ainda não acredito em você. — Lucas esfregou as mãos para cima e para baixo nas minhas pernas.

— A maioria dos caras com quem saí nunca ligaram se fui jantar com outra pessoa — confessei.

— Bem, eu ligo, Lily Bela. Não estou nem aí se vocês foram jantar só como amigos. Ele é um homem. É competição.

— Eu não estou atraída por ele, mesmo ele não estando mais casado. Killian era um cara bonito. Até abrir a boca.

— Mas você está atraída por mim. — Lucas subiu as mãos pelos lados das minhas pernas e por baixo do meu vestido.

— Você realmente precisa perguntar? — Respirei, ficando de joelhos. — Esperava que você soltaria seu homem alfa em mim. Talvez deixá-lo me foder na cabine do banheiro.

— Estava sendo um cavaleiro — Lucas afirmou, sua voz rouca.

— E se eu não quisesse que você fosse um cavalheiro? — ronronei. — E se quisesse te sentir durante todo o jantar.

— Caralho. — Lucas arrebentou as laterais do meu fio dental.

— Humm... isso *te* excita, Lucas? — Lambi da sua mandíbula até a orelha. — Saber que o seu pau grande me preenche até o ponto que eu posso te sentir depois?

— Lily — ele grunhiu. — Libera o meu pau e abaixa essa boceta nele. *Agora*.

Eu sorri.

— Você quer alguma coisa, bebê?

— Sim. — Seus dedos apertaram minhas nádegas. — Lily, não vou me repetir.

Por mais que quisesse escutá-lo, fiquei sentada o encarando. Algo passou entre nós.

— Lily — repetiu, sua voz rouca, seus dedos apertando os meus quadris. — Pare de me encarar e me dê o que eu quero, bebê.

Eu ri, abrindo o cinto dele.

As narinas do Lucas dilataram.

— Preciso te sentir. Me diz que você está tomando pílula.

— Estou. — Assim que essas palavras saíram dos meus lábios, Lucas esmagou sua boca na minha.

— Não posso dizer que já tomei banho de banheira com alguém antes. — Brinquei com as bolhas, recostada em Lucas.

Ele riu, passando o dedão de um lado para o outro no meu mamilo.

— Também não posso dizer que tomei.

— Isso é bom. — Mesmo a banheira sendo pequena e nós tendo que nos espremer para cabermos, era perfeito.

— É sim. É provavelmente a melhor coisa que já fiz com uma mulher. — Lucas me empurrou para a frente, pegou a esponja na lateral da banheira e a enfiou na água quente antes de passar pelas minhas costas.

— Sério? — Olhei para ele por cima do ombro. — É melhor que sexo também?

Seu olhar encontrou o meu. Sua mão pausou em seu caminho ao longo das minhas costas.

— Com qualquer outra pessoa, sim. É melhor. Mas, com você, tudo é bom.

Meu coração cresceu.

— Quando você percebeu que tinha um problema com bebida?

— Quando comecei a colocar álcool no meu café de manhã. — Virei, entendendo a necessidade de mudar de assunto. — Mas não percebi sozinha. Minha avó falou algo. Passei meses voltando para casa bêbada. Também passei várias noites no xilindró, porque estava intoxicada demais para pegar um táxi.

— Você não estava com seus amigos? — Lucas perguntou, passando a esponja pela minha nuca.

Zombei.

— Não tenho amigos. Sempre fui solitária. Passava a maior parte do tempo com o nariz enfiado em um livro.

— Ou na frente de um computador — Lucas adicionou.

— Sim. — Dei de ombros, passando o dedo por uma tatuagem de dragão na panturrilha dele. — O que fez você fazer todas essas tatuagens?

— Foi para cobrir a maior parte das minhas cicatrizes. E elas também são viciantes.

— Bem, não posso dizer que já fiquei antes com um cara que tinha o pau tatuado.

Lucas riu.

— Estava esperando você mencionar.

Eu sorri.

— Acho que o polvo gosta de mim.

Ele riu mais alto. O som rico e profundo.

— Também acho que ele gosta.

Quando terminamos nosso banho, fui me vestir, mas lembrei que só tinha o vestido do jantar com Killian.

— Aqui. — Lucas me entregou uma camiseta e uma cueca boxer. — Essas não cabem mais em mim. Ficarão grandes, porém mais confortáveis que o seu vestido.

— Obrigada. — Coloquei a camiseta branca e a cueca quadriculada. — Muito melhor. — Desci as mãos pela camiseta e olhei para cima, encontrando Lucas me encarando. — O quê?

Ele limpou a garganta, desviando o olhar.

— Nada.

— O que foi? — perguntei, tocando seu braço.

— Gosto de você usando minhas roupas. — Ele se ajeitou. — Bastante, na verdade.

Eu ri, indo para o lado dele.

— Sério? — indaguei, quando meu estômago roncou.

— Você não comeu seu jantar? — Ele beliscou meu queixo, levantando minha cabeça.

— Comi, mas acho que abri o apetite. — Acariciei seu peito. — Me alimente.

— Sim, senhora. — Ele me saudou.

Segui Lucas até a sala. Descobri que gostava da casa dele. Era pequena, mas aconchegante.

— Antes quero te mostrar algo. — Ele parou na frente de outra porta no final do corredor. — Você gosta de ler.

— Gosto.

Ele abriu a porta, acendeu a luz e gesticulou para eu entrar.

Passei por ele, meus olhos arregalando quando encontraram os livros. Tantos livros. Todas as quatro paredes tinham estantes do chão até o teto. Um tapete ficava no meio do chão com um pufe vermelho em cima. Era absolutamente perfeito.

— Ah, Lucas. — Sorri para ele. — Queria ter tantos livros assim.
Ele sorriu.
— Sempre que você estiver aqui, sinta-se livre para ler o que quiser.
— Obrigada. — Fiquei na ponta dos pés e beijei sua bochecha.
Ele olhou para mim. Algo novo passou entre nós. Eu não estava certa do que era, mas ele me mostrar a biblioteca fez meu coração errar uma batida.
Limpando a garganta, saí no corredor e ele fechou a porta atrás de mim. Sem dizer uma palavra, foi para a cozinha.
Aconcheguei-me no sofá e liguei a televisão.
— Certo, Lily. Aqui está a minha obra prima. — Lucas se sentou ao meu lado e me deu um prato com um sanduíche em cima.
Peguei da mão dele e levantei a fatia de cima.
— Meu favorito. — Eu ri.
— É? — Ele sorriu.
Eu ri, beijei sua bochecha e dei uma mordida no sanduíche de geleia com pasta de amendoim.
— Definitivamente — garanti, de boca cheia.
Ele riu.
— Não dá para errar com um sanduíche de manteiga de amendoim e geleia. Especialmente se for geleia de morango.
— Concordo. Ou cereal — adicionei.
— Verdade. — Ele piscou.
Enquanto comemos em silêncio, descobri que os meus sentimentos por Lucas cresciam a cada segundo que passava. Nunca me senti tão confortável assim com ninguém antes, ainda mais um homem. E ele não era qualquer homem. Ele era a porra do Lucas Crane.
Quando terminamos de comer, Lucas pegou meu prato e levou as louças sujas para a cozinha. Voltou um momento depois com dois copos de leite.
— Obrigada. — Aconcheguei-me ao lado dele e dei um gole.
— De nada, Lily Bela — disse, apoiando o braço no meu colo.
Pelo resto da noite, assistimos a filmes e conversamos sobre nada importante. Foi bom. Foi necessário. Foi nosso.

# CAPÍTULO 12

## LILY

Acordei na manhã seguinte com um barulho alto. Tirou-me de um delicioso sonho que estava tendo sobre um grande cara tatuado que tomou controle de cada centímetro de mim. Grunhi, resmungando um palavrão, mas as batidas continuavam.

— Lucas — falei, minha voz grossa com o sono. Depois que nós usamos um ao outro bem e com força na noite anterior, caímos no sono no sofá. Mas agora eu estava me arrependendo disso. Meus músculos estavam rígidos, minha mente enevoada. — Lucas.

Ele se mexeu ao meu lado.

— Ei. — Levantei a cabeça, esfregando os olhos. — Acho que alguém está na sua porta.

— Puta merda — resmungou, saindo de baixo de mim, e beijou minha cabeça. — Fique aqui.

Acenei com a cabeça, enrolei o cobertor em mim, e dormi novamente.

— Eu preciso de você — uma mulher falou.

Meus olhos abriram. Bem, isso me acordou. Sentei-me, encontrando uma mulher em pé na porta. Franzi a testa. Era a mesma mulher de quando conheci Lucas pela primeira vez. Ele estava trabalhando na tatuagem dela. Que porra ela queria e por que estava no apartamento dele?

— Lena, nós já falamos sobre isso. Venha para uma reunião — convidou.

— Que se fodam as reuniões. — Ela apoiou as mãos no peito dele. — Por favor, Lucas.

Eu tossi, levantando uma sobrancelha.

Tanto Lena quanto Lucas olharam na minha direção. Ela manteve as mãos no peito desnudo dele. E os lábios dele se levantaram em um sorriso.

Parecia que ele não era o único que ficava com ciúmes. Não importava. Ela não deveria estar o tocando.

— Tudo certo? — perguntei, docemente.

Lucas segurou os pulsos dela, a distanciando.

— Lena, Lily. Lily, Lena. Agora, me diga por que você realmente está aqui.

— Você sabe por que estou aqui. Preciso de ajuda. — Ela apoiou as mãos nos quadris, me encarando.

Segurei uma risada. Bem, isso era mais uma coisa nova para mim. Nunca tive que lidar com uma ex antes. Eu não estava certa se ela e Lucas já tiveram algo, mas o jeito que a mulher não parava de tocá-lo, me fulminando com o olhar, ela obviamente queria mais. Meu estômago revirou. Ela também parecia ser mais o tipo dele. Com tatuagens e piercings, eles se encaixariam perfeitamente juntos. A única coisa marcando minha pele eram cicatrizes.

— Eu vou tomar um banho — murmurei, me levantando do sofá.

— Lily, fica — Lucas demandou. — Lena, que porra você está fazendo aqui?

— Está bem. — Ela franziu os lábios. — Eu só preciso de ajuda. Isso é tudo. Preciso descobrir o que puder sobre o meu ex. Por favor. Vou pagar.

— O que eu te disse da última vez? Eu não vou te foder. — Lucas saiu de perto dela e foi para a cozinha. Ele voltou um momento depois com uma caneca. — Aqui. — Entregou para ela.

Ela suspirou, pegando a caneca dele e deu um gole, e então outro, antes de soltar outro suspiro.

— Me desculpa. — Suas bochechas coraram, seus olhos escuros encontrando os meus. — Eu geralmente não sou assim, mas...

— Você está desesperada — completei.

Lucas veio para o meu lado, colocando a mão na parte de baixo das minhas costas.

Ela acenou com a cabeça.

— Meu ex é um babaca e meus pais são tão ruins quanto. Você pensaria que eles ficariam do lado da própria filha, mas não. — O queixo dela tremeu. — Eu estou uma bagunça. Preciso de uma bebida e preciso da minha filha. Ela é a única razão para eu ter ficado longe do álcool.

— Que informação você quer encontrar? — Agora que eu entendia o que estava acontecendo, meio que sentia pena dela.

— Eu... — Lena olhou entre nós dois. — Eu quero saber em que merda ele está metido. Preciso de algo contra ele, para então poder ter minha filha de volta.

— Ele tem custódia total? — perguntei.

— Não, meus pais têm, mas não ajuda em nada. Eu ainda não posso vê-la. — Os olhos dela encheram de lágrimas. — Por favor. Preciso da sua ajuda. E me desculpe por me jogar em você, Lucas. Claramente, tem algo entre vocês dois. Eu vou recuar. Eu só... estou desesperada.

Meu coração doía por ela.

— Tem algo que nós possamos fazer? — questionei Lucas.

— Eu não faço mais essas merdas, Lena — Lucas disse a ela. — Você sabe disso.

— Eu sei. — A respiração dela falhou. — Eu só... eu preciso da minha filha.

— Pode nos dar um momento? — Uni meus dedos com os de Lucas. Ela acenou com a cabeça.

— Lucas. — Eu o puxei pelo corredor para o seu quarto. — Tem algo que a gente possa fazer por ela?

— Não. — Ele virou para voltar, mas o impedi.

— Se você não quer ajudá-la, me deixa tentar.

— Não é que eu não queira ajudá-la, Lily. — Ele bufou, esfregando a nuca. — Estou tentando ser um bom homem. Se eu for pego metendo o nariz onde não devo, posso acabar de volta na cadeia.

— Então me deixa tentar — insisti.

— Você quer ajudá-la depois de ela dar em cima de mim? — Ele segurou meu queixo, inclinando minha cabeça para trás. — Eu vi aquele fogo ciumento no seu olhar momentos atrás.

— Eu quero ajudar uma filha ter a mãe de volta — corrigi.

Ele observou meu rosto, resmungou um palavrão e se distanciou.

— Está bem.

## LUCAS

Lena e eu éramos amigos há anos. E era só isso. Nunca foi mais. Eu confiava nela, mas ela estava desesperada e pessoas desesperadas faziam coisas estúpidas.

— Certo, Lena. — Lily estava sentada ao lado dela na mesa da cozinha. — Me dê toda a informação que você tem sobre o seu ex e eu vou ver o que posso encontrar para você.

Lena inspirou, trêmula.

— Obrigada. De verdade.

— Espero que sim — murmurei.

Lily me deu uma olhada.

Levantei uma sobrancelha, a desafiando a dizer algo.

Ela bateu na mão de Lena.

— Você tem uma caneta e papel? — perguntou.

— Sim. — Encontrei os itens que ela estava procurando e fiquei em pé ao lado, enquanto as duas discutiam o ex de Lena. Descobrimos que ele era meio que poderoso na nossa cidade. Segurei um escárnio. Ninguém era poderoso demais para não ser encontrado. Se tivessem um nome, você poderia encontrá-los. Eu só não disse isso para as duas mulheres. A verdade era que eu não queria voltar para a cadeia. Especialmente não depois de encontrar Lily. Eu tinha que ser um homem bonzinho por medo de ser jogado atrás das grades o resto da minha vida.

— Certo — Lily disse, meia hora depois. — Acho que esse é um bom começo. — Ela se levantou, pegando o bloco de papel. — Obrigada, Lena.

— Não. — Lena a puxou em um abraço. — Obrigada. E novamente, sinto muito.

— Não sinta. — Lily levou Lena até a porta, para minha surpresa. — Bem, foi divertido — Lily disse, voltando um momento depois.

— Você me surpreende. Cada porra de segundo que estou com você, Lily Bela, você me surpreende pra caralho. — Eu sacudi a cabeça e fui na direção da cozinha para fazer um pouco de café.

— Por que você diz isso? — Lily veio para trás de mim, passando as mãos pelas minhas costas. — Eu só queria ajudá-la.

Virei para ela, segurando suas mãos e a empurrando para trás.

— Você deveria ser cuidadosa.

Ela zombou, revirando os olhos. Dando tapinhas no meu peito, se esticou em volta de mim e pegou a caneca de café que havia acabado de colocar para ela.

J. M. WALKER

— Preocupado comigo, bebê? — perguntou, me olhando por cima da borda da caneca.

— Mulher. — Apertei a ponte do nariz. — Você não sabe as merdas que Lena me disse.

— Ela queria que você a fodesse. — Lily deu de ombros. — Quem não quer, Lucas? Olhe para você.

Foi a minha vez de revirar os olhos. Certo, as mulheres se oferecem para mim com frequência, mas não queria dizer nada. Nunca me interessei.

— Você está surpreso — Lily apontou. — Não está?

— Não. Sim. Caralho. Escuta, só seja cuidadosa. Você é boazinha demais.

Ela riu.

— Só porque me ofereci para ajudá-la, não significa que confio nela. Além disso, se eu puder manter um olho nela, significa que sei onde ela está e posso garantir que mantenha as mãos longe de você.

— Sério. — Peguei a caneca das mãos dela e coloquei no balcão atrás de mim. — Por que, Lily? Você ficaria com ciúmes sabendo que ela me quer?

— Porque sim, Lucas. — Lily segurou a cintura da minha calça de moletom cinza, me puxando para perto. — Eu acho que ficaria. Do mesmo jeito que você ficou com ciúmes quando fui jantar com Killian.

Segurei um rosnado com a menção do nome daquele idiota.

Lily sorriu, inclinando a cabeça para trás.

— Ainda com ciúmes?

Em um movimento rápido, a levantei em meus braços e a apoiei no balcão antes de agarrar seu cabelo. Puxando sua cabeça para trás, lambi o comprimento de seu pescoço esbelto.

— Sim, Lily. Estou com um ciúme da porra. Mas tem uma diferença. Eu nunca fodi a Lena. Mas *você* fodeu o Killian. Ele sabe como é te sentir. Qual o seu cheiro. Qual o seu gosto.

— Ele não sabe. — Lily respirou, colocando as pernas em volta da minha cintura.

— Ele sabe. — Dei uma mordida suave no lugar macio embaixo de sua orelha.

— Não. Ele não sabe por que nunca sentiu o meu gosto. — Ela me empurrou. — Sexo com ele era só isso, sexo. Sem preliminares. Ele era um babaca.

Por qualquer razão, isso não fez eu me sentir melhor.

## LILY

O humor de Lucas mudou assim que essas palavras saíram dos meus lábios. Ele me levantou em seus braços, sua boca esmagando a minha, e me carregou para o sofá;

— Que horas você tem que ir embora? — perguntou, sua voz rouca.

Olhei para o relógio no aparelho de DVD.

— Eu tenho duas horas.

— Ótimo. — Ele me colocou de pé. — Tire a roupa e ajoelhe no sofá. Virada para o outro lado.

Fiz o que me mandou, jogando as roupas no chão e colocando as mãos no encosto do sofá. Meu corpo tremia ao esperar pelas próximas instruções.

Lucas passou os dedos pela minha coluna, dando um beijo suave em meu ombro.

— Abra as pernas.

Minha pele formigava sob seu toque. Abrindo mais meus joelhos, empinei a bunda e esperei.

Ele se abaixou no chão atrás de mim, colocando a cabeça entre as minhas pernas.

Meus olhos arregalaram ao observá-lo.

Ele picou para mim, e pela próxima hora, me usou bem e pesado.

Suspirei, meus olhos fechando.

— Sempre tão bom.

Lucas riu, dando um último beijo na minha bochecha antes de me colocar de pé. Ele me ajudou a entrar na boxer e na camiseta antes de dar um forte tapa na minha bunda.

— Minha — sussurrou, cobrindo minha boca com a sua.

Meu coração falhou.

*Ah. Merda.*

# CAPÍTULO 13

## LUCAS

A primeira sensação de prazer se espalhando por mim foi inesperada, mas querida. Havia um bom tempo desde que senti algo tão bom. Tão delicioso. Tão apertado. A boceta molhada me sugou mais para dentro. Os gemidos e arfadas pedindo mais só me faziam a foder mais forte e mais rápido.

Mas não era o suficiente. Eu queria dor. Sentir a dor que me acostumei desde que era criança.

— Me bate — demandei.

— O quê? — Olhos arregalados me encaravam.

— Me bate, vadia — pedi, por entre dentes cerrados.

— Vá se foder, babaca. — A mulher se distanciou de mim. — Não ligo quão grande o seu pau é. Eu não sou uma vadia.

Joguei um bolo de notas nela.

— Você é agora.

As bochechas dela avermelharam, seus olhos me fulminando. Ela olhou para as notas de cem dólares na cama.

Eu esperei.

Não demorou muito para ela ceder e voltar a pular no meu pau. Dinheiro falava. Mesmo eu não tendo muito, tinha o suficiente para ter o que queria e quando queria. Mulheres e drogas não eram exceções.

Levantei-me de repente na cama, uma camada de suor cobrindo minha pele. O pesadelo, ou melhor, a memória dele passava por mim.

— Lucas? — Uma mão gentil se apoiou no meu ombro.

Eu pulei.

— Ei — Lily disse gentilmente. — Sonho ruim?

Esqueci que ela veio para cá depois do trabalho. Segurei sua mão e beijei os nós dos dedos.

— Eu preciso de um copo de água — falei, minha garganta seca.

Ela acenou com a cabeça.

— Ok.

Soltando-me de seu toque gentil, me levantei da cama e fui até a cozinha, não me preocupando em colocar nenhuma roupa. Pegando uma garrafa de água na geladeira, bebi tudo, a joguei no lixo e peguei outra.

— Quer conversar sobre isso? — Lily perguntou, por trás de mim.

— Não, na verdade. — Apertei a ponte do meu nariz, tentando afastar a dor de cabeça familiar que vinha com as minhas memórias.

Lily estava vestida com a minha camiseta branca e se apoiou no portal com os braços cruzados embaixo do peito.

— Você tem certeza?

— Não foi realmente um sonho. Foi mais uma memória. — Eu não era... Eu era um babaca quando mais novo. — Soltei um suspiro forte, me lembrando do olhar de choque no rosto da mulher quando joguei o dinheiro nela. — De qualquer jeito, foi a primeira vez que transei com uma mulher. — Ou pelo menos a primeira vez onde não foi por desespero ou forçado. As mulheres recebiam a minha fúria, porque eu não tinha mais nada para dar a las. Mas eu queria dar mais para Lily. Só não sabia como.

— *Eu gosto de você, Lucas.*

*Meu coração falhou.*

— *Eu também gosto de você, Mel. Mas não da maneira que você precisa.*

Essa foi a primeira vez que a machuquei, mas só ficaria pior dali para a frente.

— Você teve um sonho sobre perder sua virgindade? — Lily perguntou, me tirando dos meus pensamentos. — Esse não seria um bom sonho?

Engoli a bile subindo pela minha garganta.

— Eu não era um virgem, Lily.

— O quê? — Seus olhos arregalaram um momento depois. — Ah. Eu...

— Não. Não diga que você sente muito. Não diga nada dessas merdas. Não é sua culpa. Não é culpa de ninguém além dos adultos envolvidos. — Sacudi a cabeça. — Não importa. Já passou.

— Claramente não passou. — Lily se distanciou no portal e deu um passo hesitante na minha direção. — Me conta.

— Por quê? Para você ter pena de mim.

— Não. — Ela chegou a cabeça para trás. — Meu Deus, Lucas. Eu só quero te conhecer. Só isso.

— Você quer me conhecer. — Minhas sobrancelhas franziram. — Quer saber como fui molestado quando criança? Me dizer que sente muito por isso ter acontecido? Quer saber que fui forçado a fazer coisas com outras crianças... — Bile queimou minha garganta. — Não importa. — Distanciei-me dela.

— Lucas.

— Não.

Não era culpa dela. Mas os sonhos, as porras das memórias, iriam me destruir. Elas me corroíam desde que escapei daquele inferno e, eventualmente, eu seria completamente consumido por elas. Era só uma questão de quando. Eu não podia controlá-las. Precisava que parassem, mas não sabia como. Caralho, eu precisava de uma bebida. Precisava de algo para mascarar os demônios da minha infância. Para me livrar dos visitantes indesejados que tomaram residência na minha mente por tanto tempo quanto eu podia lembrar.

Fiquei de pé na frente da larga janela com vista para o prédio ao lado do estúdio. O sol estava nascendo por sobre a cidade. Parecia que seria um belo dia. Pena que o meu humor não combinava.

— Lucas. — Lily veio na minha direção, gentilmente encostando nas minhas costas.

— Lily — grunhi, meu corpo tensionando.

— Para. — Ela apoiou a bochecha nas minhas costas. — Eu não estou com pena de você. Só estou te tocando.

Suspirei, agradecido por ela não me pressionar por mais. Mesmo sabendo que tinha todo o direito de me fazer perguntas, ela não fez.

## LILY

Não sei o que aconteceu com ele. Depois que Lucas desabafou sobre ter sido molestado na infância, ele se fechou. Quando nós acordamos mais cedo depois que ele teve seu pesadelo, ou sonho, ou como quer que quisesse chamar, ele me levou de carro para casa. Estava na ponta da minha língua pedir respostas. Implorar para passar o dia com ele. Para fazê-lo se sentir melhor. Mas algo me disse que ele precisava de algum tempo sozinho. Eu só esperava que ele não se distanciasse de mim completamente.

Quando nós paramos na minha porta, Lucas colocou o carro em ponto morto.

Eu virei para ele.

— Obrigada pela noite de ontem.

Ele acenou com a cabeça, mas não me olhou nos olhos.

— Lucas?

Ele então se virou para mim.

— O quê?

Bati com o dedo na boca.

Ele se inclinou, dando um beijo suave nos meus lábios.

— Não fique chateada comigo, Lily. Eu só... eu preciso... eu preciso de tempo. Quero te contar tudo. Preciso te contar tudo. Eu...

— Eu sei. — Apoiei a mão na bochecha dele, beijei sua testa, e saí do carro. Felizmente, entrei na casa sem ser vista pela minha avó, para poder me trocar rapidamente. Eu não tinha certeza se ela teria perguntas de por que eu estava vestida com as roupas de Lucas ao invés das minhas.

— Lily — vovó me chamou da cozinha.

Vesti-me com uma calça de moletom e uma camiseta antes de me juntar a ela na cozinha.

— Você teve uma boa noite? — ela perguntou, colocando uma caneca de café na minha frente.

— Tive. Pelo menos até essa manhã. — Tomei um gole de café e suspirei. Ainda não havia um título oficial para o que eu e o Lucas estávamos fazendo, mas eu sabia que não queria outra pessoa.

— O que você quer dizer? — Ela se sentou na minha frente.

— Quero dizer... eu nem sei o que quero dizer. Eu gosto de Lucas. Gosto bastante dele. Mas ele é... — Pensei por um momento. — Conturbado, acho que é a palavra certa.

— Eu na verdade posso sentir isso. — Vovó esticou o braço do outro lado da mesa e segurou minha mão. — Mas você gosta dele, e ele obviamente gosta de você. Isso significa alguma coisa. Vocês se conhecem por quanto tempo agora?

— Perto de três meses, mais ou menos.

— E sinto que o que quer que seja que está surgindo entre vocês, vai só continuar a crescer.

— Mas não sei o que fazer por ele. — Meu peito apertou. — Eu quero ajudá-lo a se sentir melhor.

— Talvez você não possa. Pessoas que vem de um passado conturbado como ele talvez nunca se sintam melhores.

Mesmo eu entendendo o que ela estava dizendo, ainda queria ajudá-lo de qualquer maneira que pudesse. Queria pelo menos ajudá-lo a lidar com o seu passado. Seja qual ele fosse.

— Só seja paciente. — Vovó acariciou minha mão. — Isso é tudo que você pode fazer nesse momento.

Acenei com a cabeça, mas ainda assim não me senti melhor.

Saindo da mesa, fui para o meu quarto. As últimas semanas foram maravilhosas com Lucas. Aprendi coisas sobre mim que não sabia antes. Eu

**CICATRIZES DO PASSADO**

fiquei com caras. Muitos deles, na verdade, mas nenhum deles fez me sentir da maneira que ele fazia. Eu me sentia querida, bonita e tão completa com ele, que eu queria mais. Estava viciada em seu toque. Eu o desejava. Suas mãos em mim. Seus lábios em minha pele. Sua voz grossa em meu ouvido, me falando as coisas obscenas que ele queria fazer comigo.

Minha pele formigava, os pelinhos em meu corpo dançando de prazer quanto mais eu pensava em Lucas.

Tudo que eu sabia era que precisava de uma chuveirada e precisava me aproveitar do êxtase passando por mim.

Quando mais eu pensava em Lucas, mais quente meu corpo queimava.

Entrando no banheiro, tranquei a porta atrás de mim e me despi completamente. Abrindo a água quente, entrei no chuveiro. Soltei um suspiro quando o líquido choveu sobre mim. Meus dedos desceram pelo meu corpo, minha outra mão massageando meus peitos.

— Deus, Lucas — sussurrei.

Caí no chão da banheira, descendo a mão por entre as pernas. Um gemido suave me escapou quando entrei em contato com meu centro encharcado. Mesmo algo tendo mudado entre nós, e eu não sabia se era para melhor ou para pior, eu ainda o desejava. Precisava dele de maneiras que nem sabia antes que existiam. Precisava dele em cima de mim. Dentro de mim. Na parte mais profunda da minha alma.

Eu me inclinei, desejando que Lucas estivesse ali comigo. Imaginei suas mãos na minha pele. Sua boca na minha. Seu pau fundo dentro de mim, enquanto ele nos levava além do ponto de prazer e em um mar de paixão.

Enfiando dois dedos dentro de mim, aguentei as ondas de prazer, seu nome deixando meus lábios um momento depois em um grito suave. Mordi meu lábio inferior para me segurar em gritar alto seu nome e tremi através do orgasmo delicioso.

Quando meu corpo acalmou, dei um suspiro leve e terminei o banho. O orgasmo não era o suficiente, mas teria que bastar.

# LUCAS

Enquanto fazia uma caneca de café para mim mesmo, o cheiro de rosas subiu pelo meu nariz. Apertei os olhos fechados, saboreando o doce aroma. Não fazia sentido. Nunca fez. Um momento, eu detestava o cheiro, e no próximo, o desejava.

Abrindo os olhos, olhei em volta no salão, encontrando uma das outras viciadas colocando um buquê de rosas em sua cadeira. Ela tinha um sorrisinho no rosto. Um homem chegou perto dela, dando-lhe um abraço.

Ela riu, colocando os braços em volta dele.

— Obrigada pelas flores.

Desviei o olhar, não querendo me intrometer no momento privado. Dei-me uma sacudida e voltei para o meu café.

— Ei, Lucas.

Meu olhar levantou da caneca que eu estava prestes a tomar um gole e encontrei Toby vindo na minha direção.

— Ei.

— Como você está? — perguntou, batendo no meu ombro.

— Não tão mal. — Eu não via a Lily há alguns dias, mas, além disso, a vida estava perfeita pra caralho. Segurei uma zombaria com isso.

— Tem certeza?

Revirei os olhos.

— Como todo o resto está indo?

— O que você está me perguntando, Toby? — Eu gostava do cara, porém, com ele sendo o meu padrinho, se metia um pouco demais em alguns momentos e isso me deixava louco. Mesmo eu nem sempre sendo uma pessoa fácil de conviver, especialmente no início, mas isso não significava que eu queria falar para ele todas as minhas merdas.

— Você e a Lily estão juntos? — Ele fez um café para si mesmo e pegou um biscoito da bandeja antes de colocá-lo na boca.

— Não tenho certeza de que isso é da sua conta. — Não iria contar para ele nada mais sobre a Lily. Ele estava ciente que nós nos conhecíamos e era isso. E isso era tudo que eu queria no momento. Nós já tivemos problemas com Killian. Não precisava adicionar outro homem na história. Mesmo Toby sendo casado, ele ainda era um homem e Lily era linda. Ela só não sabia, o que a deixava ainda mais atraente.

— É da minha conta quando vocês dois são viciados em recuperação. Vocês podem se apoiar ou se derrubar. Eu sou seu amigo, mas também sou seu padrinho e, como seu padrinho, quero que saiba com o que pode estar lidando.

— Eu... — Esfreguei a nuca. — Eu agradeço.

— Só seja cuidadoso, é tudo que estou dizendo. — Uma sombra escura passou pelo rosto do Toby.

Meu peito apertou.

— Serei.

— Você vai compartilhar hoje à noite? — perguntou, olhando para a plateia se juntando.

— Não compartilho sempre? — Mesmo detestando falar, contar para essas pessoas sobre a minha vida era quase como uma limpeza. Eles não sabiam de tudo, mas sabiam o suficiente, que era como se o peso dos demônios tivesse sido levantado dos meus ombros. Não era muito, mas teria que ser o bastante. Porque se Lily descobrisse tudo o que aconteceu comigo e o que fui forçado a fazer com os outros, especialmente com Mel, eu não tinha certeza de que ela seria capaz de aguentar.

# CAPÍTULO 14

## LILY

Depois de sair atrasada do trabalho porque um dos amigos da minha avó quis que eu jogasse uma partida de carteado com ele, corri para a igreja onde eram os encontros que frequentava. Quando cheguei na porta e vi que ainda estava fechada por causa da reforma, engoli um palavrão e então rapidamente peguei o caminho para o centro. Eu estava tão distraída, que me esqueci de ir para o lugar certo.

Era perto de oito da noite. O sol estava se pondo por sobre a cidade. Estava em meados do verão, então as noites estavam mais frias que o normal, mas era quente o suficiente para apenas um casaco fino.

Eu deveria dirigir, mas, vivendo na cidade, tudo era perto, então não pensei muito e fui andando.

Quando virei a esquina, as luzes do centro apareceram. Apertei o ritmo. Ao passar por um beco, fui segurada por trás.

Meu coração pulou na garganta, meu estômago caindo no chão abaixo de mim.

Fui empurrada para a frente, jogada no chão e um peso pesado caiu em cima de mim.

— Por favor — supliquei. — Por favor, pare.

Mas a pessoa não falou nada. Seu bafo quente se espalhou pelo lado da minha cabeça. O cheiro de álcool rançoso entrou no meu nariz, forçando bile para a minha garganta.

Lutei embaixo da pessoa, tentando com tudo de mim me livrar de quem estava por cima cima.

— Para. Eu não tenho nada de dinheiro.

Mãos rasgaram minhas roupas, um punho pesado bateu contra a lateral do meu rosto. Minha cabeça foi puxada para trás e batida no chão.

Manchas dançaram na minha visão, um gosto metálico cobrindo minha língua. Agonia surgiu pelo meu rosto e minha cabeça soou. Era isso. Eu iria morrer.

— Por favor, pare — gemi.

A pessoa se elevava sobre mim, o fedor de seu bafo fez meu estômago revirar.

Um barulho soou à distância, seguido por um gato gritando. Sirenes tocaram não muito depois. A pessoa levantou e me chutou forte na barriga.

Eu gritei, me curvando em uma bola, dor explodindo pelas minhas costelas.

Chutou-me novamente antes de sair correndo do beco.

Um soluço escapou de mim. Levantando-me com braços tremendo, fiquei de pé. Minhas pernas cambalearam. Cada centímetro de mim doía. Eu não podia ir assim para casa.

*Lucas.*

## LUCAS

Depois da reunião, fui para casa. Era perto o suficiente de onde eu morava para poder só andar até lá sempre. Era uma bela noite de verão. Não tão quente. Não tão fria. Era perfeita, se você me perguntasse. A minha época preferida do ano. Mesmo não tendo praias na região, ainda gostava do clima da estação.

Um som à distância interrompeu meus pensamentos sobre areia, sol e água. Os pelos do meu braço levantaram o mais perto que cheguei do meu carro que estava estacionado no beco ao lado do meu apartamento.

Um gemido soou, seguido de um palavrão.

Dei a volta no meu carro, encontrando um monte enrolado na base da minha porta.

— Que porra é essa?

— Lucas?

— Lily? — Corri para ela. Seu cabelo estava uma bagunça, sujeira e detritos cobriam seu rosto. Suas roupas estavam rasgadas. Seu nariz estava deslocado. Ela estava segurando o casaco contra si, o material cheio de sangue. — O que aconteceu?

Sua respiração falhou, seus olhos brilharam.

— Certo, Lily Bela. Você está comigo. — Peguei-a em meus braços, segurando-a contra o peito. Destrancando a porta do meu apartamento, fechei com o pé, tranquei e carreguei a Lily para dentro. Jogando as chaves na mesa encostada na parede, eu a levei para o banheiro.

Quando chegamos ao cômodo menor, eu a sentei na pia e acendi a luz. Seus cachos castanho-claros caíram na frente do rosto. Eles tinham folhas e gravetos neles.

— Olhe para mim — pedi, minha voz mais dura do que eu gostaria.

Olhos verdes brilhantes encontraram os meus.

Um rosnado escapou de mim. Apoiei a mão na bochecha dela.

Seus olhos fecharam.

— Me diz o que aconteceu. — Olhando o nariz dela, peguei seu casaco quando notei que o sangramento havia parado.

— Eu estava a caminho de uma reunião. Parei na igreja porque nós fomos ditos que a reforma já teria acabado, mas, quando cheguei lá, vi que não acabou. Esqueci que estavam encontrando problemas que atrasaram um pouco. Então comecei a andar para o centro, passei por um beco e fui... eu fui... — O queixo dela tremeu. — Eu fui atacada. Não sei por quem. Não vi.

Minha visão embaçou.

— Você deveria ir para o hospital.

— Não. — Ela sacudiu a cabeça, fazendo uma careta para o movimento. — Eles só vão me fazer perguntas que eu não sei as respostas e então vão envolver a polícia. Como você, estou tentando ser uma boa menina e ficar longe da polícia. Eu...

— Certo, docinho. Eu entendo. Mas você vai explicar essa última parte para mim.

Ela acenou com a cabeça.

**CICATRIZES DO PASSADO**

— Ok.

— Eu tenho que fazer uma ligação, mas vamos cuidar desse nariz antes. — Inclinei a cabeça dela para trás. — Se um médico fizer isso, vai ficar mais bonito.

— Eu confio em você, Lucas — ela murmurou.

Meu coração pulou.

— Ok, bebê. Isso vai doer.

— Faz logo. — Ela segurou na minha cintura. — Ok. Vai.

— Um. Dois. — *Pop*.

Ela gritou, lágrimas escorrendo pelas bochechas.

— Sinto muito. — Segurei seu rosto, beijando a testa. — Sinto para caralho. — Eu ia matar o bastardo que a atacou.

— Está tudo bem. — Ela respirou fundo uma vez, e então outra. — Como está?

Olhei para ela. Mesmo estando suja, sangrando e machucada, com suas sardas e olhos verde-escuros me encarando, ela era absolutamente perfeita.

## LILY

Eu doía. Deus, eu doía em todos os lugares. Até lugares que não foram atingidos ou quebrados por aquele bastardo doíam.

— Como você está se sentindo? — Lucas perguntou, passando uma toalha em minha bochecha.

— Estou dolorida em lugares que nem sabia que podiam ficar doloridos.

Ele me deu um sorriso suave.

— É a adrenalina.

— Ah. — Franzi as sobrancelhas. — Como você sabia o que fazer para o meu nariz?

— Eu quebrei vários ossos na minha vida, Lily. Não tinha acesso a cuidados médicos adequados em alguns momentos, então precisava me virar sozinho.

— Ah. — Meu peito doeu. Toda porra de lugar doeu. — Obrigada.

— Você não tem que me agradecer, só estou feliz que você está bem. Mas preciso que esclareça uma coisa para mim. — Seu olho escuro encontrou o meu, sua mandíbula cerrando. — Mais alguma coisa aconteceu?

— Não chegou tão longe. Algo o assustou. Ou estou assumindo que era um homem. Ele era forte. — Toquei o braço de Lucas. — Eu não fui estuprada.

— Caralho. — Ele apoiou a testa na minha. — Graças a Deus.

— Sim. Eu já passei por um bando de merda na minha vida, mas isso... — Engoli em seco. — De qualquer modo, sinto muito que arruinei a sua noite.

— Você nunca poderia arruinar a minha noite. — Lucas me ajudou a descer da pia e a sair das minhas roupas sujas. — Eu não tinha mesmo nenhum plano.

— Ah. Ok. — Levantei a mão quando ele começou a encher a banheira para mim. — Eu posso fazer isso.

— Sem chance — falou, me ajudando a entrar na banheira.

— Lucas. — Apoiei a mão na bochecha dele. — Ei.

— Está sendo difícil, Lily. Difícil para caralho. Eu não te vejo ou falo com você por alguns dias, e aí venho para casa e te encontro na minha porta quebrada e espancada. — Seu olhar veio para o meu. — Então me desculpa por querer matar o filho da puta que encostou em você.

— Eu pensei... senti que algo estava estranho da última vez que te vi. Eu não queria ficar grudenta. Pensei que talvez você quisesse que eu mantivesse distância. Sei que quando começamos tivemos problemas de confiança, mas isso está no passado. Eu confio em você, Lucas. Mas eu... sinto muito. Eu só... — Respirei fundo. — Sou nova nisso tudo.

— Eu também. E confio em você, Lily. Nunca estive em um relacionamento antes. Sei que sou novo nisso. — Ele me colocou na banheira, ajoelhando no chão ao meu lado. — Mas, por favor, não passe novamente dias sem pelo menos me mandar uma mensagem de texto. Certo?

— Ok. Sinto muito. — Eu me inclinei, dando um beijo suave em sua boca. — Me perdoa?

Ele bufou.

— Sim, bebê. Eu te perdoo. Se você não estivesse quebrada e ensanguentada, espancaria seu traseiro por me assustar.

— Me dê uns dias para me curar. — Gentilmente acariciei a bochecha dele. — E então você pode fazer todo o espancamento que quiser.

**CICATRIZES DO PASSADO**

Ele riu, sacudindo a cabeça.

— Deita.

Fiz o que fui mandada quando uma dor forte passou pelo meu abdômen. Eu estava tão focada no meu nariz, que esqueci que tinha sido chutada nas costelas. — Ah, Deus.

— O quê? — Lucas apertou os dedos nas minhas costelas abaixo do meu seio esquerdo.

Gritei, meus olhos enchendo de lágrimas com a agonia explodindo por mim.

— Acho que as suas costelas estão quebradas, ou pelo menos luxadas. Caralho. Eu vou matá-lo. — Quando Lucas foi se distanciar, segurei o braço dele.

— Não. Eu preciso de você aqui comigo. Por favor, Lucas.

— Estou aqui. — Ele soltou a mão da minha e no lugar segurou minha bochecha. — Prometo que não vou a lugar nenhum.

— Ok. — Expirei devagar. — Ok.

Depois que o Lucas me limpou e me ajudou a colocar um par de suas cuecas boxer e uma camiseta, ele me levou para a sala de estar e me sentou no sofá. Voltou um momento depois com dois pratos e dois copos.

Eu ri.

— Outro sanduíche de manteiga de amendoim com geleia?

— Só o melhor para a minha garota. — Ele beijou minha cabeça e se sentou ao meu lado. Colocou o copo de leite na mesa na nossa frente.

— Obrigada. — Mesmo estando com dor, eu me sentia melhor. Ele me deu analgésicos, passou um creme na minha pele que ajudaria a melhorar a dor muscular e me alimentou. Minha avó surtaria quando me visse, mas, por fora, eu manteria o que aconteceu hoje à noite somente entre mim e o Lucas. Mandei uma rápida mensagem para ela, a deixando saber que estava com ele e passaria a noite aqui.

Ela nem hesitou em mandar eu me divertir. Deus, eu a amava.

— Acho que você deveria instalar um sistema de segurança na casa da sua avó.

Olhei para Lucas.

— Você acha?

— Sim. Algo está errado com Killian, e então você é atacada hoje à noite. Eu só acho que seria melhor.

Acenei com a cabeça.

— Pegarei alguns materiais amanhã de manhã e vou configurar tudo.

— Bom. — Lucas expirou devagar, seu corpo largo relaxando. — Bom. Preciso fazer uma ligação, mas volto em um momento.

— Ok.

Ele me deu o controle remoto e beijou o topo da minha cabeça.

Liguei a televisão.

Lucas saiu da sala.

Enquanto comia meu sanduíche, não tinha como não imaginar o que teria acontecido hoje à noite se meu atacante não tivesse se assustado. Tremi com o pensamento.

— Lily.

Pulei, encontrando Lucas perto de mim.

— Não pense sobre isso. Você está segura.

— Eu... como você sabe? — perguntei.

— Você estava com um olhar distante no rosto. — Ele se sentou do meu lado. — Já estive no seu lugar. Eu entendo. Mas você está segura. Prometo que está segura.

— Obrigada — sussurrei, me encostando a ele e entregando o controle remoto.

Lucas passou pelos canais até parar em uma comédia. De vez em quando, nós riamos com algo idiota que os atores faziam ou diziam, mas nenhuma conversa entre nós. Não era preciso. Foi perfeito.

Quando acabei meu sanduíche, bebi o leite e coloquei minha louça suja na mesa. Deitando-me de lado, me encolhi com a dor e apoiei a cabeça no colo do Lucas.

— Durma, Lily. Você está comigo. — Lucas me cobriu com uma manta, colocando a mão por baixo da camiseta que eu estava vestida. Ele passou os dedos delicadamente por minhas costelas doloridas.

— Para quem você ligou? — perguntei, me deitando.

— Só um amigo. Pedi para ele olhar algumas coisas.

— Ok. — Bocejei, um pensamento passando pela minha cabeça. Sentei-me.

— O que está errado? — Lucas indagou, um franzido profundo aparecendo entre suas sobrancelhas.

— A pessoa que me atacou se assustou com um barulho. Era no beco entre dois negócios. Eles podem ter câmeras. Estava escuro, mas talvez possamos ver alguma coisa.

Lucas cerrou a mandíbula.

**CICATRIZES DO PASSADO** 131

— Vou trabalhar nisso. Você precisa descansar.

— Mas eu posso ajudar.

— Não — ele falou bruscamente, se levantando.

Eu me levantei do sofá, chorando de agonia com a dor rasgando pelas minhas costelas.

— Merda. — Lucas segurou meus braços, me forçando a voltar para o sofá. — Você precisa descansar.

— Me deixa te ajudar. Eu só... — Meu corpo tremeu. — Eu não quero ficar sozinha.

— Eu não ia te deixar. O meu amigo está procurando alguma coisa, mas eu ia ver se também podia achar algo. — Lucas segurou minha nuca. — Venha comigo. — Ele esticou a mão.

Coloquei meus dedos nos seus, deixando-o me ajudar a ficar de pé.

Nós andamos para uma porta que ficava no canto, perto da cozinha. Eu nunca a vi antes de agora.

— Nunca mostrei esse cômodo para ninguém, Lily. — Ele passou os dedos pela minha bochecha. — Não me faça me arrepender.

— Não farei. — Um tremor desceu pela minha coluna com a ameaça escondida por trás de suas palavras. — Me mostre, Lucas.

Ele destrancou a porta e a abriu antes de me colocar na frente dele. Acendendo a luz, ele apoiou a mão nos meus ombros e me moveu para dentro do cômodo.

Meus olhos arregalaram com o que estava na minha frente. Eu sabia que Lucas era um hacker e que havia se metido em confusão por isso, mas eu ainda assim não estava esperando ver quatro telas olhando para mim.

— Eu faço todo o meu trabalho aqui. Tenho um laptop que posso usar quando preciso ser mais móvel. Mas isso aqui tem todas as coisas que nós precisamos para encontrar o que podemos sobre o ex da Lena e o seu atacante. Se nós pudermos ver o rosto.

— Eu me esqueci do ex da Lena. — Deus, eu prometi para ela, e esqueci.

— Ei, não se preocupe com isso. — Ele segurou minha mão, me levando para uma cadeira na frente da mesa, e se sentou antes de me colocar em seu colo. — Faça o que sabe, Lily Bela.

— Tem um bom tempo desde que brinquei com uma configuração assim — eu disse para ele. — Geralmente trabalho do meu laptop.

— Já foi pega?

Acenei com a cabeça, mordendo o lábio inferior e desviei o olhar.

Passando a mão pelo teclado sofisticado, engoli um gemido de quão brilhante ele era. Quão mais avançada essa configuração era do que a porcaria do meu laptop.

— Me conte tudo que aconteceu — Lucas colocou um braço em volta da minha cintura, apoiando o queixo no meu ombro.

— Depois do incêndio, fiquei bastante dentro de casa por causa das minhas cicatrizes. Eu não saia no verão, nem usava belos vestidos, ou nada assim. Sentia como se as pessoas pudessem ver através das minhas roupas, mesmo sabendo que isso não era possível. Mas eu era uma garota que perdeu ambos os pais, teve que mudar para o outro lado do país e frequentar uma nova escola, e tudo isso. Tive que abandonar meus amigos. Mas eles não eram bons amigos, porque nunca tentaram entrar em contato comigo. — Eu ri levemente. — Estou divagando.

— Eu estou gostando da sua divagação. — Lucas beijou o meu ombro. — Continua.

— Bem, minha avó sugeriu que eu fosse para a biblioteca, então eu fui. Foi quando brinquei com um computador pela primeira vez. Mesmo não podendo fazer muitas coisas no início. E eventualmente eu pude ter o meu próprio computador e bem… fui pega invadindo o computador do advogado da minha avó. Ele estava tirando mais dinheiro do que deveria quando meu avô morreu, mas ela não possuía nenhuma prova. Eu peguei a prova e ele foi demitido, teve a licença suspensa, e nós também descobrimos que ele estava envolvido em lavagem de dinheiro. Então foi uma vitória para todos nós. — Dei de ombros. — Deus, tem tanto tempo disso.

— Como você foi pega?

— Me perguntaram como eu encontrei a informação e é… hum… — Minhas bochechas coraram. — Minha avó acidentalmente me entregou. Dizendo que encontrei a informação naquele "treco de computador". Palavras delas. Foi inocente, mas recebi serviço comunitário como punição. Fico feliz que não foi mais que isso.

— Você trabalhou nas suas habilidades para não ser mais pega? — Lucas perguntou, ligando o computador.

— Eu nunca faria uma coisa dessas. Não toquei em um computador desde então. — Dei uma piscadela.

Ele riu.

— Certo, e eu sou seu príncipe encantado.

— Você é? — Beijei sua bochecha. — Meu herói.

**CICATRIZES DO PASSADO** 133

Ele sorriu, sacudindo a cabeça.

— Vamos fazer umas pesquisas.

— Certo. — Bati em algumas teclas. — Eu na verdade te pesquisei para ter certeza de que você não era casado — confessei.

— Sério?

— Sim. Mesmo Killian e eu não namorando por muito tempo, ainda doeu. — Eu tossi quando o Lucas tensionou embaixo de mim. — De qualquer jeito, já foi. Mas essa foi uma das razões por que tentei encontrar o máximo de informações sobre você que eu podia.

— Eu entendo. — Lucas beijou minha nuca. — Eu prometo que não sou casado e nunca fui casado.

— Ótimo. — Depois de descobrir que as câmeras entre os dois prédios onde o meu ataque aconteceu não mostraram nada, fui procurar o ex da Lena. Invadindo os registros da polícia, procurei o nome dele.

Geoffrey MacKan. Até o nome dele parecia pretencioso.

Meia hora depois, e não achamos nada.

— Ele não tem nada registrado.

— Ele tem que ter feito algo. — Lucas saiu debaixo de mim e começou a andar de um lado para o outro.

— Não tem nem uma multa por alta velocidade. — Continuei a procurar. Talvez eu tenha perdido algo. — Eu posso procurar os pais dela. Sabe o nome deles?

Lucas sacudiu a cabeça.

— Vou ligar para a Lena. — Ele saiu do cômodo.

Acenei com a cabeça, voltando para o computador. Não havia nada sobre o ex dela.

Lucas voltou um momento depois.

— Aqui. — Ele me entregou um pedaço de papel com dois nomes escritos.

— Ok. Deixe-me fazer minha mágica. — Mesmo a minha mágica parecendo não funcionar muito, fui capaz de achar que os pais da Lena não eram perfeitos como faziam parecer. — Mas acho que sonegação fiscal não vai impedi-los de ter a custódia da filha dela.

— Tem que ter mais alguma coisa — Lucas adicionou.

— Não tenho certeza. — Massageei minha nuca. — Detesto não ser capaz de achar nada.

— Nós vamos descobrir essa merda. — Lucas disse.

— Sim.

— Vamos fazer um intervalo. Você também precisa descansar. — Lucas esticou a mão para mim.

Coloquei meus dedos nos dele, o deixando me colocar gentilmente de pé. Ele desligou o computador, me tirou do cômodo e trancou a porta.

— Preciso melhorar a segurança desse cômodo — murmurou.

— Posso ajudar. Talvez você devesse colocar um leitor de digitais, ou algo do gênero, — sugeri.

— Viu? — Ele beijou minha têmpora. — Por isso que gosto de você.

Eu ri, fazendo uma careta quando uma dor forte atingiu minhas costelas.

— Preciso que elas curem.

— Elas irão. Com o tempo. — Lucas foi para a cozinha.

Eu me sentei no sofá na sala de estar e cobri as pernas com a manta. Ele voltou um momento depois com duas garrafas de água.

— Tenho certeza de que você está desejando uma cerveja ou algo mais forte.

— Sim. — Peguei a garrafa da mão dele e removi a tampa antes de tomar um belo gole de água gelada. — Mas serve. Acho que é mais seguro assim.

— Conheço o sentimento. — Ele colocou o braço no meu colo. — Como você está se sentindo?

— Só dolorida, mas a minha dor de cabeça sumiu. — Olhei para ele. — Obrigada por cuidar de mim.

Ele acenou com a cabeça uma vez.

Virando para ele, puxei uma linha na manta.

— Lucas?

— Sim, Lily?

— Posso perguntar o que aconteceu com o seu olho, ou as cicatrizes na sua boca, ou qualquer outra cicatriz que você tem? — Limpei a garganta. — Sei que não é da minha conta, mas só queria saber mais sobre você. Sei que você já me contou, mas...

— Meu passado não é bom, Lily, e passei anos tentando esquecê-lo. — Ele se levantou do sofá e foi na direção da cozinha. — Você ainda está com fome?

Eu suspirei.

— Não. Estou bem, obrigada.

— Certo. — Ele desapareceu na cozinha, sem responder minhas perguntas. Eu sentia que demoraria antes que conseguisse tirar dele o que aconteceu.

Se conseguisse.

# CAPÍTULO 15

## LUCAS

*Olhos pretos, frios, me encaravam. Dor passava pelos meus lábios forçando lágrimas a escorrerem livremente pelas minhas bochechas, mas não gritei. Não emiti um som. Eu me recusava. Porque eles saberiam que venceram. Foi o que me colocou nessa situação, para começar. Eles gostavam quando nós gritávamos, mas não quando eles tinham companhia. Fazia com que passassem vergonha. Fazia com que parecessem que não estavam fazendo o trabalho deles de cuidar adequadamente de nós. Fazia com que parecessem seres humanos horríveis se nós gritássemos. Mesmo as paredes do porão sendo a prova de som, algumas vezes eles levavam convidados para a sala que era bem acima de onde ficávamos. E, se tentássemos o bastante, se gritássemos alto o bastante, podíamos ser ouvidos. Talvez não muito. Mas um pouco. O suficiente para irritá-los e nos arrependermos por abrirmos a boca em primeiro lugar.*

*Por que ninguém nunca perguntava pela gente?*

*— Você acha que é esperto, moleque, tentando gritar e achando que vão te escutar? — Os olhos frios me encaravam, a voz áspera ao escorregar pela minha pele.*

*— Vá se foder — murmurei, mas saiu abafado. Não estava certo de que ele me entendeu, mas, quando levou a mão para trás e um punho bateu na lateral do meu rosto, claramente pensei errado.*

*Cuspindo o sangue que cobria minha língua, lutei contra minhas amarras.*

*— Senta quieto. — Ele segurou meu rosto, os dedos apertando minhas bochechas. Pegando a agulha com a linha pendurada em meus lábios, continuou a costurar minha boca fechada. Quando terminou, cortou a linha com a tesoura e deu um passo para trás. Cruzou os braços embaixo do peito e sorriu. — Agora você não pode falar nada daquelas merdas e interromper nossa produção. Eu realmente não sei por que nunca pensei nisso antes.*

— É porque fui eu que pensei nisso. — Ela chegou do lado dele, colocou o braço em volta dos seus ombros e beijou sua bochecha.

Ele virou e colocou a mão no rosto dela, dando um beijo forte em seus lábios.

— Você assiste a muitos filmes de terror.

— Mas funciona. — Ela sorriu. — Não funciona?

Ele sorriu, cobrindo a sua boca com a dele.

Desviei o olhar, mas o barulho de beijos só ficou cada vez mais alto. Rapidamente aumentou até que eles estavam ambos arfando e sem fôlego.

— Você está enojado conosco, moleque? — o homem indagou. — Ela não é boa o suficiente para assistir? Sei que você gosta quando ela esfrega aquele óleo de rosas em você.

Engoli em seco, tentando ignorar o que estava acontecendo na minha frente.

O barulho de pele batendo em pele, seguido de gemidos, entrou em meus ouvidos. Eu contava os dias até poder assisti-los morrerem. Até poder descobrir o nome deles e os fazer implorar para eu terminar suas vidas. Iria acontecer. Talvez não agora. Talvez não amanhã. Mas eu havia tornado isso a missão: acabar com eles.

— Olhe para mim, moleque — a mulher demandou.

Olhei na direção deles, mas não deveria. O homem a tinha inclinado em cima da mesa, seu corpo batendo no dela. Os olhos dela estavam brilhando de desejo e os sons de prazer só cresciam, enquanto ele a fodia forte e rudemente.

Algo no canto da minha visão chamou minha atenção.

Mel estava de pé no canto, escondida pelas sombras, mas eu ainda podia vê-la. Ela levou o dedo para a boca. Pensei que estava dizendo para eu ficar quieto. Não era como se eu pudesse dizer alguma coisa. Mas quando ela no lugar enfiou o dedo na boca, os pelos curtos do meu corpo ficaram de pé. Seu olhar prendeu o meu. Ela levou a mão para dentro do short, colocando abaixo da cintura e descendo. Quando chegou na parte entre suas pernas, mordeu o lábio inferior.

Eu não deveria estar assistindo, mas não tinha como. Eu não conseguia desviar o olhar. Ela me sugou para o mundo dela, me seduzindo com um mero toque de seu dedo. Seu olhar foi para o meu colo, um sorriso lento abrindo em seu rosto.

Eu não deveria ter reagido como reagi.

Era errado em tantos níveis. Meu corpo me traiu, mas eu não podia não assistir Mel se tocar.

O homem notou.

Eu paguei por isso.

Tudo por causa dela.

**CICATRIZES DO PASSADO**

# LILY

Acordei com o lugar ao meu lado vazio e frio. Sentei-me, sem saber onde o Lucas estava. Talvez ele tivesse ido tomar um copo de leite. Eu fazia o mesmo quando não conseguia dormir.

Depois de nossa noite assistindo filmes e nos empanturrando de pipoca, eu caí no sono no sofá, só para o Lucas me carregar para sua cama. Ainda estava dolorida do ataque, mas, com ele cuidando de mim, eu me sentia muito melhor do que me sentiria se tivesse que fazer tudo sozinha.

Saindo debaixo das cobertas, fui para o banheiro. Quando terminei, voltei para a cama, só para encontrar o Lucas encolhido no canto do chão.

— Ah, Deus. — Corri para ele, ficando de joelhos na sua frente.

— Lucas, o que está errado?

Ele não respondeu, mas seu corpo grande e tatuado tremeu e sacudiu.

Toquei o ombro dele, a pele fria e pegajosa.

Ele pulou, se jogando nos meus braços e me derrubando.

— Ei. — Enrolei-me em volta dele, segurando-o contra mim. — Você está bem, Lucas. Está comigo. Foi só um pesadelo. Estou aqui. Sempre estou aqui — murmurei essas palavras sem parar até ele deixar de tremer. Ele não me soltou. Só me segurou mais forte. O aperto que ele tinha no meu corpo me fez fazer careta, a dor cortando pelas minhas costelas, mas eu não ligava. Estava ali por ele. Não importa o que acontecesse.

— Quer conversar sobre isso? — perguntei, passando os dedos pelo cabelo em sua nuca.

Ele pressionou o rosto na curva do meu pescoço, sua respiração quente se espalhando sobre mim.

— Lucas — sussurrei, montando nele.

Mesmo nós usando roupas, eu ainda podia sentir cada centímetro dele empurrando entre as minhas coxas. Mas não era a hora certa. Eu sabia disso. Mesmo o corpo dele claramente não sabendo.

— Ei. — Inclinei-me para trás, segurando o rosto dele. — Por mais que eu goste de você entre as minhas pernas, agora não é a hora certa.

Ele desviou o olhar, beijando minha palma.

— Lucas. — Dei um beijo leve em seus lábios marcados antes de levantar e esticar a mão.

Ele colocou os dedos nos meus, me deixando o ajudar a ficar de pé. Mesmo estando escuro no quarto, eu podia ver a silhueta do volume em suas calças por causa da iluminação da lua. Eu tremi. Deus, ele era bonito. Feroz. E todo meu.

Com sua mão na minha, eu o levei para o banheiro e abria a água da banheira.

— Tira sua calça — pedi.

Ele tirou, seu pau tatuado orgulhosamente de pé e apontando para seu umbigo.

Limpando a garganta, também tirei a roupa e entrei na banheira.

Lucas fez o mesmo, sentando-se na minha frente.

Sentei atrás dele, colocando as pernas ao seu redor e o puxando na minha direção.

— Conversa comigo.

— Eu odeio conversar — murmurou, sua voz rouca de sono.

— Também odeio. Parece que a minha avó foi a única pessoa com quem conversei até você aparecer — contei, dando um beijo de leve em seu ombro.

— Eu tive um pesadelo. Ou mais como uma memória. — Ele esfregou a mão no rosto antes de esfregar a nuca. — Não tive uma boa infância. De jeito nenhum.

— Você disse… você disse que foi molestado. — Eu não queria ter essa conversa, e sabia que ele também não, mas eu também sabia que podia ser uma forma de terapia.

— É, sobre isso. — Lucas limpou a garganta. — Preciso ver o seu rosto.

Eu me movi de trás dele e então me sentei na sua frente.

Ele segurou minha bochecha, soltando o ar devagar.

— Eu fui jogado no sistema. Fui enviado para várias famílias temporárias e a última me adotou. Talvez eles não pudessem ter filhos deles mesmos, não sei, mas eles adotaram quantas crianças possíveis. Quando finalmente pude escapar, eles haviam adotado seis. Não sei por que ninguém procurou por nós. Ou foram ver se estávamos bem. Questionei isso

**CICATRIZES DO PASSADO**

na época e fiquei em apuros. Mas eu só posso assumir que, porque fomos adotados, o assistente social os considerou pais adequados.

— Uau. — Peguei a esponja na beira da banheira e passei por seu bíceps grosso.

Lucas limpou a garganta novamente, o que rapidamente percebi que ele fazia sempre que estava nervoso.

— Ei, o que for que você vai me contar, não vou julgar.

Lucas então olhou no meu olho.

— Meus pais adotivos gostavam de pornografia infantil e todos nós crianças fomos vítimas.

Fiquei boquiaberta.

— Aconteceu pelo tempo todo que posso lembrar. Mesmo eu tendo tentado esquecer bastante.

— Você conversou com alguém sobre esse assunto? — perguntei, gentilmente.

— Não. A tecnologia não era como é agora. Então as coisas demoravam um pouco mais para serem provadas.

— Ah, Lucas. — Segurei as mãos dele. — Sinto muito pelo que você passou.

Ele se distanciou, se apoiando na lateral da banheira.

— Eu...

— Lucas?

— Caralho. — Ele esfregou o pescoço. — Ninguém sabe o que aconteceu conosco. Exceto pelas pessoas envolvidas.

— Nem mesmo as autoridades?

Ele negou com a cabeça.

— Pelo menos não por mim. Só tem uma pessoa que sabe, mas na verdade nunca contei para ele. Ele só descobriu sozinho. Então eu na verdade nunca disse isso em voz alta. Até agora.

— Obrigada por confiar em mim o suficiente para me contar. — Segurei as mãos dele novamente, agradecida por não ter tirado a mão dessa vez.

Coloquei meus dedos entre os dele, descendo a outra mão pelo seu antebraço. Minha palma roçou por sulcos irregulares.

— Nós não éramos só estuprados repetidamente — Lucas murmurou. — Também éramos torturados.

Meu peito contraiu, minha garganta trabalhando pesado sobre a pedra que apareceu nela de repente. Meus olhos encheram de lágrimas.

— Eu... — Minha voz falhou.

— Não, Lily. — Ele segurou minha nuca, apoiando sua testa na minha. — Não.

— É como um filme de terror fodido.

— Era pior que isso, bebê. — Ele beijou minha cabeça. — Mas estou bem.

— Está mesmo? — insisti, olhando para ele.

— Nós éramos forçados a usar drogas, mas também é a razão que continuei a usá-las — ele disse, ignorando a pergunta. — Me ajudava a esquecer. Meus demônios são barulhentos. Especialmente quando estou dormindo ou tentando dormir. É como se o meu cérebro só ficasse mais barulhento no silêncio da noite. — Segurou meu queixo, inclinando minha cabeça para trás. — Mas eles têm estados mais quietos que o normal desde que te conheci.

— Sério? — Coloquei as mãos nos ombros dele.

— Sim, Lily Bela. — Ele me colocou em seus braços, passando os dedos pelo centro do meu torso. — Nunca fiquei com alguém como você. E sei que é novo para nós dois, mas eu gosto de você. Gosto muito de você.

— Eu também gosto de você, Lucas. — Passei a mão pelos designs intricados na lateral de sua cabeça raspada.

Ele sorriu.

— Podemos mudar de assunto agora?

Acenei com a cabeça.

— Obrigada por me contar o que me contou até agora. Imagino que não foi fácil.

— Não foi, mas me sinto um pouco melhor colocando para fora. Sei que tem muita coisa que eu não disse e quero te contar, mas preciso de tempo.

— Eu sei. — Beijei-o de leve na boca. — Eu entendo.

— Ótimo. — Ele me colocou colada a si. — Eu sei de outra maneira que poderia me fazer sentir bem também.

Eu ri contra seus lábios.

— O que é?

Lucas desceu a mão pela minha coluna até minha bunda. Seus dedos roçaram entre as nádegas do meu traseiro.

Eu tremi.

— Lucas — sussurrei.

— Meus pais adotivos costumavam nos fazer assistir eles transando. Alguém... alguém que eu era forçado a... eu a peguei se tocando. — Lucas beijou meu ombro. — Eu sabia que era errado, mesmo assim me excitava. E seria

**CICATRIZES DO PASSADO** 141

chicoteado por isso. Ele dizia que a esposa dele que me excitava e me forçava a fodê-la quando não era eles de jeito nenhum que me deixavam duro.

— Lucas. — Bile subiu pela minha garganta pelo que ele passou. — Era... você estava assistindo... — Eu não podia entender o que ele acabou de me revelar.

— Ele me forçava a fazer coisas...

— Para. — Silenciei Lucas com um beijo. — Nós podemos conversar mais tarde. — Era errado em tantos níveis. A depravação que ele passou. Como alguém se tocava só para Lucas ficar em apuros por causa disso. Quão duro o pau dele estava entre nós. Era eu que o excitava, ou era o que ele passou? Não era natural. Era?

— Eu te enojo — Lucas disse, colocando os dedos entre as minhas pernas. Eu gemi.

— Mas também te excito. — Seu braço apertou em volta de mim. — E isso confunde você. Não confunde?

— Eu... — Confundia? — Eu não sei. Não sei o que está acontecendo. Você está duro e está falando sobre sua infância fodida e o abuso que passou. Sinto pena de você. Eu sinto tanta pena, porém, ao mesmo tempo, quero que você me foda. O que está errado com a gente?

— Eu sou ferrado na cabeça, Lily. — Lucas passou o dedo indicador por aquele lugar apertado na minha bunda. — Eu sempre fui ferrado. E sei que você também tem problemas. — Ele enfiou o dedo em mim, inflamando um gemido nos meus lábios. — Você é uma alcoólatra. Quer ser uma pessoa melhor e tenta tanto ser, mas tem um pouquinho de escuridão ainda em você — ele disse, enfiando dois dedos na minha boceta. — Você me viu e me queria naquela primeira noite. Eu talvez seja cego de um olho, mas posso dizer quando uma mulher quer me foder até quase morrer.

— Ah, Deus — eu disse, montando sua mão. — Nunca quis alguém do jeito que te quero, e nós tivemos a conversa mais pesada de todas, e agora você está me fodendo com os dedos. Eu não... isso não... — Gemi quando sua mão ganhou velocidade. — Isso não é normal.

Lucas mordeu meu queixo.

— Nós já fomos normais, Lily?

— Eu... eu não... você estava sonhando com outra pessoa.

— Não da maneira que você pensa. Eu não tinha ninguém. — Lucas me segurou apertado contra si. — Eu não tinha ninguém — repetiu, sua voz profunda deslizando por minha pele.

— Isso não está certo. — Mas estava tão gostoso. Mesmo eu estando dolorida, mesmo Lucas tendo confessado algumas coisas pelas quais passou, eu nunca o quis mais do que agora. Eu não entendia meu desejo por ele. Era um desejo feroz. Queria que ele me fodesse e me rasgasse. Eu queira tudo dele. — Preciso de você.

— É bom. — Ele enfiou os dentes na lateral do meu pescoço.

— Por favor — choraminguei. — Preciso de você dentro de mim.

— Você quer o meu pau grande alargando essa bocetinha?

— Sim! — gritei, forçando contra sua mão.

Lucas me soltou, me tirando de cima dele e saindo da banheira. Ele me colocou de pé e, em um movimento rápido, me inclinou em cima da pia do banheiro. Eu gemi, a dor do ataque passando pelas minhas costelas.

— Olhe para nós, Lily. — Ele agarrou meu cabelo, me forçando a olhar o nosso reflexo. — Olhe como somos fodidos. — Ele meteu em mim ao mesmo tempo em que enfiou o dedão no anel apertado do meu traseiro.

Gemi, batendo as mãos na pia e o encontrando a cada investida.

— Me diz o que você vê. — Ele cobriu meu seio com uma larga mão tatuada. — Me diz.

— Você. Quebrado. Tatuado. Lindo — disse, entre arfadas. — Eu. Sem tatuagens. Mas tão excitada. — Ele me olhou no olho, percebendo os hematomas no que meus olhos vidraram.

Lucas segurou minha coxa, puxando minha perna para o lado e a colocando na pia para se dar melhor acesso.

— O que mais? — exigiu, colocando a mão em volta do meu pescoço. — Me diz, Lily. — Ele me puxou de encontro a si.

— Eu vejo nós dois nos movendo juntos e fazendo o outro se sentir bem.

Seus olhos encontraram os meus no espelho. Um era escuro. O outro era pálido. E, mesmo só podendo enxergar de um deles, ainda olhava para mim como se eu fosse a única coisa que existia em seu mundo.

— Goza para mim, bebê. — Ele colocou a mão no alto das minhas costas, me empurrando para a frente. — Goza forte. Aperta o meu pau.

— Quanto mais forte ele metia, mais alto o meu prazer por ele chegava. Nunca senti nada assim. Esse desejo carnal por acasalar. Esse desejo por mais. Esse desejo feroz por outro ser humano.

O que me incomodava era como ele me fodia após me dar algumas informações sobre sua infância. Eu sabia que precisava conversar com ele. Só esperava que não terminasse em briga. Porque, não importava quão bem ele me fez sentir, isso não estava certo. Não estava certo mesmo.

**CICATRIZES DO PASSADO**

— O que está errado? — Lucas me perguntou uma hora depois, enquanto estávamos deitados na cama.

— Nada. — Mas eu não olhava no olho dele. Uma parte de mim se sentia suja pelo que fizemos.

— Conversa comigo. — O Lucas deu um tapinha na minha bunda.

— Lily.

Suspirei, virando de barriga para baixo. Fiz uma careta quando as dores nas minhas costelas me lembraram do que aconteceu naquele beco escuro. Limpei a garganta, forçando esses pensamentos para o fundo da minha mente.

— Sinto como se nós não devêssemos ter transado depois que você me contou o que aconteceu com você. Sinto como você tivesse se excitado falando sobre isso. Quando o seu sonho era sobre outra pessoa. Seus pais adotivos. Seus irmãos. Quem quer que seja... e não sei como isso me faz sentir. Sinto muito pelo que aconteceu com você. Realmente sinto. Mas não entendo a parte do sexo. Me ajude a entender, por que eu realmente não quero te julgar e não quero que você fique bravo comigo e eu... eu...

— Ei. — Lucas me colocou em seus braços. — Não estou bravo com você. Eu não... — Ele pausou. — Não sei por que precisei te foder. Talvez tenha sido para fazer eu me sentir melhor. Eu costumava me cortar, então o sexo pareceu mais seguro.

— Você costumava? — perguntei, me sentando de pernas cruzadas na frente dele.

Ele se sentou, se apoiando na cabeceira antes de continuar:

— Costumava. Eu nunca cortei fundo demais, mas ainda tenho algumas cicatrizes leves. — Ele tirou a manta do colo e apontou para o interior das coxas. Leves linhas rosas marcavam sua pele. Elas estavam envoltas em tatuagens. — Eu tentei cobrir, mas só acabei me cortando mais. — Ele deu de ombros. — Sei que não faz sentido. Eu entendo, e sinto muito por ter te usado.

— Não. Não se desculpe por isso. Fico feliz por ter sido capaz de te ajudar. Eu só... eu acho que depois que você me contou que era forçado a assisti-los, era quase como se você gostasse.

— Eu não gostei no início. Mas quando minha... quando eu a vi nas sombras, eu não... meu corpo... — Ele limpou a garganta.

— Quem? — sussurrei.

— Não importa.

— Lucas. — Coloquei a mão na bochecha dele. — Me conta.

— Minha irmã adotiva. Nossa situação era fodida, Lily. — Ele apoiou a testa na minha. — Eu não queria assistir. Não queria reagir. Sabia que não era certo. Eu sabia. Mas não podia impedir meu corpo de...

— Reagir. — Terminei por ele.

Ele acenou com a cabeça.

— Então, ela se tocou, o seu pai adotivo viu e pensou que você estava reagindo a ele foder a esposa e você foi espancado por isso?

— Sim — murmurou. — Acontecia bastante. Eu era culpado por coisas que não fiz.

— Parece... — Segurei-me.

— O quê? — Ele procurou no meu rosto. — Me diz.

— Eu não quero julgar. Eu também tive uma infância fodida, mas nada se compara ao que você passou. Sua irmã adotiva... estou só dizendo que não é justo o que ela fez. Te incriminar assim.

— Eu sei.

— Você era próximo dela? Quero dizer, tão próximo quanto se possa esperar?

— Nós ajudamos um ao outro passar por isso — foi tudo que ele disse. — Quando aconteceu primeiro, eu não estava certo do que estava acontecendo com o meu corpo naquele momento. Eu mal tinha atingido a puberdade. Mas meu pai adotivo definitivamente não gostou... — Lucas limpou a garganta. — De qualquer modo, apanhei por isso e fui forçado a foder a esposa dele. — Ele esfregou a nuca. — Eu conheço muita coisa. Passei por muita coisa. Mas nunca vou entender pessoas como eles.

— Não acredito que você foi feito para entendê-los.

— Você provavelmente está certa. — Ele apagou as luzes e se deitou, me colocando ao lado. — Me desculpe, Lily.

Não respondi, mas fiquei agradecida quando ele caiu no sono. Sua respiração ficou mais uniforme e, pelo resto da noite, não estava mais se remexendo com os restos de seus pesadelos. Mas eu não dormi. Nada.

# CAPÍTULO 16

## LUCAS

O pesadelo não deveria ter me excitado da maneira que excitou, mas, depois de anos sendo forçado a transar com os outros ou, nesse caso a me tocar, eu não podia controlar como o meu corpo reagia com esse pensamento. Lily disse que não julgaria, mas julgou. Eu não podia culpá-la. Era fodido e eu não podia explicar.

Enquanto Lily dormia ao meu lado, a manhã havia avançado antes dela se mexer. Era minha culpa. Depois de tomar vantagem da situação, eu a fodi como um animal. Mesmo ela tendo recebido de braços abertos, eu ainda não deveria tê-la usado dessa maneira. Novamente, eu estraguei tudo.

Meu telefone tremeu, indicando uma mensagem chegando.

> Lena: Lily já achou algo para mim?

> Eu: Estamos trabalhando nisso.

> Lena: Eu entendo, é um não?

Minha mandíbula cerrou.

> Eu: Venha no estúdio hoje à noite.

> Lena: Boas ou más notícias.

> Eu: Nenhuma das duas.

> Lena: Foi o que pensei.

Suspirei, colocando o telefone de volta na mesa de cabeceira.

— Quem era? — Lily perguntou, levantando a cabeça. Ela esfregou os olhos, me dando um sorriso leve.

— Lena. — Saí de baixo de Lily e dei um beijo em sua testa. — Ela queria saber se nós encontramos alguma coisa, então falei para ela passar no estúdio hoje à noite.

— Espero que consigamos achar mais informações para ela. E... nós provavelmente deveríamos ver se conseguimos descobrir também quem me atacou.

Meu peito apertou com isso, ódio me cortando. Eu acharia quem a atacou. Eu iria encontrá-lo, e eu mesmo o mataria.

— Lucas?

Fui para o banheiro.

— Preciso tomar um banho.

Abrindo a água, coloquei no mais quente que conseguia aguentar e entrei embaixo do chuveiro. Não estava certo do que estava acontecendo. Eu gostava de Lily. Gostava de ser capaz de me abrir com ela. Mas não gostava de meu pesadelo me excitar a ponto de *ter* que fodê-la.

— Caralho — murmurei, colocando a cabeça embaixo da água quente.

O barulho da porta do banheiro abrindo e fechando fez um tremor descer pela minha espinha. A porta do chuveiro abriu e Lily entrou atrás de mim. Ela colocou as mãos nas minhas costas.

— A noite de ontem está te incomodando — ela disse suavemente.

Acenei com a cabeça.

— Você pensou em falar com um profissional?

Dessa vez, neguei.

— Ok, bem, estou aqui. Farei qualquer coisa que puder para te ajudar. Eu talvez não entenda, mas irei ajudá-lo. Prometo, Lucas.

Virei, segurando as mãos dela e as trazendo para a minha boca.

— Eu não te mereço, Lily Bela.

Seus olhos esmeralda encontraram os meus.

— Você merece, Lucas. Você merece toda a felicidade do mundo depois do que passou.

Ela não sabia nem da metade.

Virei, entrando embaixo da água quente. Mesmo ela dizendo as

**CICATRIZES DO PASSADO**

palavras, eu não acreditava. Eu fiz merda. Várias merdas. Mesmo que as pessoas que arruinei as vidas merecessem, não tornava o que fiz certo. Culpa pesava os meus ombros. Estava me afogando. Ameaçando me sufocar com o ar que não me deixava respirar.

— Quando eu era mais nova, usei o meu corpo para conseguir álcool.

Olhei por cima do ombro.

— Você fez o quê?

Lily mordeu o lábio inferior, suas bochechas avermelhando.

— Você disse que não me merecia. Bem, eu não sou perfeita. De jeito nenhum, Lucas. Antes de eu fazer vinte e um anos, precisava de modos para comprar álcool. Então usei o meu corpo para conseguir. Só queria que você soubesse que todos nós temos coisas que não nos orgulhamos.

Eu a encarei. Sua confissão era algo que nunca esperei escutar dela.

— Nem sei o que dizer.

Ela deu de ombros.

— Pensei em compartilhar, já que você parece pensar que sou tão perfeita, quando não sou.

Ela não era. Ela era humana. Cometeu erros e os assumia.

— Eu... — Ela limpou a garganta. — Eu destruí vários casamentos por causa disso. Eu me arrumava, fingia que era mais velha do que vinte e um também, porém mal tinha feito dezoito anos na época. Eu tenho vergonha do que fiz.

— Sua avó sabe?

Ela acenou com a cabeça.

— Foi como ela me colocou no AA. Mas tenho várias fichas de um ano. — Ela deu de ombros novamente. — Não sou perfeita, Lucas. Mas posso tentar por você.

Meu coração pulou. Ao invés de responder, porque eu não fazia ideia do que dizer, coloquei a mão na bochecha dela e capturei sua boca em um beijo forte.

Ela suspirou, se fundindo em mim.

— Obrigado, Lily — murmurei contra os seus lábios. — Só... obrigado.

# CAPÍTULO 17

## LILY

Passaram-se algumas semanas desde que eu e Lucas confessamos um pouco de nossas histórias um para o outro.

Nós tivemos dificuldade em achar alguma informação sobre o ex de Lena. Depois de encontrá-la e passar aquela informação, ela acabou caindo em soluços incontroláveis.

Partiu meu coração nós não conseguirmos dar a ela nada além de que continuaríamos tentando. Mas ele só não era um cara mau. Não mesmo. Se fosse, era bom em cobrir seus rastros, mas ele escorregaria. Se seria eu e o Lucas achando as informações, ou outra pessoa, iria acontecer.

Nós também instalamos a câmera de segurança na casa da minha avó. Eu olhava o aplicativo tão frequentemente, que estava obcecada por ele. Lucas me provocava toda hora, mas ele entedia. Eu precisava mantê-la segura.

Lucas e eu passávamos todos os dias juntos desde então e, mesmo ficando mais próximos, nunca discutimos nosso passado novamente. Também senti um muro se erguer entre nós. Era possível conhecer melhor alguém e ter um muro nos impedindo de saber mais? Eu não estava certa, mas parecia estar acontecendo.

Uma noite, estava deitada na cama, brincando no meu computador. Lucas estava trabalhando, e enquanto eu geralmente ia para a casa dele, minha avó queria jantar comigo. Então fiquei em casa com ela.

Quando ela saiu depois do jantar para ir jogar com os amigos, me enfiei no meu quarto e tentei encontrar alguma informação sobre o meu atacante. Nós invadimos os sistemas de segurança, mas as câmeras eram uma porcaria e não pegaram nada. Mesmo assim eu as verificava frequentemente.

Ninguém havia sido atacado naquela área pelo que eu podia dizer. O que era bom, mas frustrante do mesmo jeito. Claramente, eles queriam me pegar, e somente a mim.

Minhas costelas curaram e os hematomas diminuíram. Falei para a minha avó o que aconteceu, e ela reagiu da maneira que eu achei que reagiria. Chorando, se preocupando, e ficando em cima de mim. Mas agradecida que eu estava viva e bem.

Uma chamada de vídeo de repente apareceu na minha tela, indicando que Lucas estava me ligando.

Eu atendi, sorrindo quando seu belo rosto apareceu.

— Ei.

— Oi, Lily Bela.

Meu coração esquentou com o apelido.

— Como você está?

— Nada mal. E você?

— Bem. Recebi uma notificação no aplicativo de que havia movimento do lado de fora. Então verifiquei e era só um gambá. Me pregou um belo susto. — Minhas bochechas queimaram com a memória.

— Você devia ter me ligado.

— Não é grande coisa, Lucas. — Mas meu coração se encheu por ele se preocupar.

Ele bufou, sacudindo a cabeça.

— Mulher teimosa.

Sorri.

— Quer vir para cá? — Nós geralmente ficávamos na casa dele, mas eu havia trocado de roupa e não queria ir a lugar nenhum.

— Não está com vontade de sair?

— Bem, eu não estou vestida e... é.

— Hummm... — Ele esfregou a barba em sua mandíbula. — Me mostra.

Eu ri, agradecida que o ar pesado de alguns momentos atrás se dissipou entre nós.

— Espera aí. — Desci da cama e fechei minha porta antes de trancar. Correndo de volta para a cama, virei o laptop de frente para mim e dei alguns passos para trás. — O que você acha?

Seus olhos vagaram sobre mim.

— Vira.

Virei.

— Se inclina.

Meu corpo esquentou. Fiz o que fui mandada, olhando para ele por cima do ombro.

Lucas sorriu, passando o dedo pela boca.

— Acho que você deveria me convencer a ir para aí.

— Ah? — Levantei-me e virei. — Estou com uma camiseta regata e calcinha. Isso não é o bastante para te convencer, bebê?

Ele riu, o som suave e sombrio, mandando uma onda de calor pelo meu corpo.

— Não. Me convença, Lily. Me mostre o quanto você me quer aí.

Tendo uma ideia, tirei a cadeira debaixo da minha mesa e a movi para a frente da minha cama. Sentei-me, abrindo as pernas, e me inclinei para a frente.

— Me mostre os seus peitos.

Lambi os lábios, abaixando a regata e segurando meu seio.

— Incrível para caralho — grunhiu. — Você tem algum brinquedo, Lily Bela? Algo que deixe essa bocetinha boa e quente?

Eu ri, o rouco de sua voz deslizando por cada centímetro meu. Virei, estiquei a mão para a minha cômoda e peguei a Varinha Mágica da Hitachi.

— Ah, sim — Lucas disse. — Esse serve.

Eu ri.

— Também preciso te ver, Lucas.

Lucas empurrou a cadeira para trás e colocou a mão dentro de sua calça de moletom cinza.

— Coloque para fora.

— Colocar o que para fora, Lily Bela?

— Seu pau. — Lambi os lábios. — Seu belo pau grosso — enunciei cada palavra.

Lucas recostou, tirando seu pau duro de baixo do tecido de sua calça.

— Você quer isso aqui, Lily? — perguntou, acariciando da base até a ponta.

— Ah, sim. — Por mais que desejasse que ele estivesse comigo, isso era excitante. Meu corpo esquentou com o show na minha frente.

— Lily. — Lucas parou de se acariciar. — Não estou vendo você se tocando para mim.

Quase esqueci que estava segurando a varinha. Recostando-me, coloquei os pés na beira da cadeira.

— É isso que você quer, Lucas? — perguntei, jogando a pergunta de volta para ele.

— Eu quero vê-la.

Eu sorri.

— Ainda não. — Liguei a varinha, descendo pela parte interna da coxa. As vibrações de espalhavam por mim, me atingindo diretamente no clitóris. Massageando meu seio, belisquei o mamilo.

— Me mostra, Lily — exigiu, sua mão aumentando a velocidade. Ele lambeu sua palma e voltou a acariciar.

Tremi, sabendo que sua pré-ejaculação estava agora em sua língua. Deus, o que eu não daria para beijá-lo. Imaginava qual seria o gosto.

Abaixei minha camiseta ainda mais.

Ele grunhiu.

Eu sorri.

— Puta que pariu. — Lucas se sentou para a frente.

— Já te convenci? — perguntei, minha voz rouca de desejo.

— Não, bebê. Continue. Quero assistir essa boceta explodir. Esguiche por toda essa cadeira para mim, Lily.

Coloquei a varinha no chão e me levantei. Levantando a camiseta por cima da cabeça, eu a joguei para o lado e virei antes de ajoelhar na cadeira.

— Me mostra — demandou, sua voz áspera.

Um senso de poder me cobriu. Eu podia escutar a falta de controle em sua voz. Estava rouca, cheia de desejo. Prendendo os dedões na cintura da minha calcinha preta, eu a abaixei.

— Caralho. — Ele grunhiu. — Mais. Me mostra mais.

Segurando o encosto da cadeira, olhei para ele por cima do ombro. — O que você quer ver, bebê?

— Lily. — A mão dele ganhou velocidade.

— Não goze, Lucas — disse para ele. — Guarde para mim.

Seu olhar sombrio encontrou o meu, sua mão desacelerando.

— Me. Mostra.

Eu me levantei, abaixei a calcinha e a chutei para o lado antes de ajoelhar novamente na cadeira. Abrindo as pernas, desci a mão por entre as coxas e passei por cima do meu centro encharcado.

— Sim, bebê. Assim. Enfie o dedo na sua boceta. Quero escutar quão molhada você está.

Deus, eu amava suas ordens brutas. Inserindo dois dedos dentro de mim, tremi, um gemido baixo escapando do fundo da garganta. Minha mão ganhou velocidade.

— Use a varinha, Lily.

Peguei-a do chão, virei-me e coloquei os pés na beira da cadeira.

— Use. *Agora.*

Liguei o botão. Assim que pressionei a ponta da varinha no meu clitóris, gritei. Uma fagulha de desejo explodiu dentro de mim. As vibrações atingiram um ponto que nunca senti antes.

— Deus. Lucas. Eu...

— Não mova isso, porra. Goze para mim, Lily. — Ele se levantou, enfiando seu pau inchado de volta na calça. — Faça isso.

Eu movi a varinha em meu clitóris, meus quadris ondulando contra ela.

— Tão bom, Lucas. Eu preciso de você. Do seu pau. Dele todo. Cada centímetro dele. — Minhas palavras saíram embaralhadas. Eu havia usado a varinha antes, mas tê-lo me observando me excitava mais ainda. Essa foi a coisa mais quente e intensa que já fiz. — Por favor venha para cá.

— Ah, eu vou. Mas você vai gozar antes. Quero a sua boceta sensível. Goze, bebê.

— Lucas! — gritei, minha boceta contraindo e soltando. Um esguicho de líquido saiu de mim, mas eu não podia parar. O orgasmo foi tão forte, que eu não conseguia respirar. Meus olhos fecharam, seu nome saindo dos meus lábios em um grito forte.

A próxima vez que abri os olhos, Lucas não estava mais no vídeo. Meu coração pulou, meu estomago dando uma cambalhota. Ele estava vindo para cá. Mesmo nós tendo feito sexo várias vezes, eu sabia que dessa vez seria diferente. Intenso. Poderoso. *Bruto.*

Sabendo que a minha avó não estaria em casa por um tempo, rapidamente destranquei minha porta e desci correndo pelo corredor. Destranquei a porta principal da casa e corri de volta para o quarto, guardei o laptop e esperei.

Dez minutos depois e a porta do meu quarto abriu com força, revelando um Lucas desordenado. Ele estava respirando forte, o volume em sua calça grosso e orgulhoso.

Ele chutou a porta para fechar, arrancando o casaco de seu largo torso e abaixando as calças.

Levantei da cadeira na mesma hora que ele veio na minha direção. Dois passos largos e nós colidimos. Sua boca se fundiu à minha, suas mãos em meu cabelo. Nós caímos na cama em um monte de pele desnuda. Em um movimento brusco, ele empurrou entre as minhas pernas e meteu dentro de mim. Engoliu o meu grito e enfiou forte e fundo.

Minhas unhas arranharam suas costas fortes antes de segurarem seu traseiro e o receber mais fundo.

Lucas segurou minha coxa, a levantando e abrindo para o lado. Enquanto sua outra mão continuava em meu cabelo, ele segurou firme meu joelho.

Eu estava impotente enquanto ele fodia até eu quase morrer. Ele meteu em mim o mais fundo que o meu corpo permitia. Arfei, quebrando o beijo e arqueando sob ele.

— Lucas — solucei.

Ele beijou meu pescoço, segurou minha mão e juntou nossos dedos. Meu coração acelerou, minha respiração ficando forçada.

— Lucas! — gritei.

Ele continuou a penetrar, seu pau grosso atingindo aquele lugar dentro de mim que só ele podia alcançar.

Meu corpo vibrou, minhas coxas tremendo.

A abrasividade de sua barba arranhou minha pele.

Outro soluço escapou de mim, meus olhos enchendo de lágrimas pelo quão bem ele estava fazendo eu me sentir. Abri as pernas, tentando recebê-lo ainda mais fundo. Eu estava gananciosa. Faminta. Voraz por ele. Ele estava tão fundo dentro de mim, que eu sentia como se ele estivesse tentando foder minha alma.

Lucas foi para trás, seu pau saindo de mim. Em uma metida suave, ele estava de volta dentro de mim, mais fundo do que antes.

Gritei, minhas costas levantando da cama. Um orgasmo despedaçou através de mim, um líquido morno esguichando entre nós.

Ele rosnou, mordiscando a lateral do meu pescoço. O pau dele inchou, seu próprio orgasmo me cobrindo. Foi tão forte, que pude sentir o creme grosso espirrando contra as paredes da minha boceta.

— Caralho — ele arfou, apertando minha mão.

— Lucas — sussurrei, meu corpo tremendo.

Quando nós dois nos acalmamos, ele saiu de dentro de mim.

Arrepiei-me, olhando entre nós dois.

O pau dele pingava.

Minha boceta contraiu com a visão.

— Você é uma garotinha safada, Lily — murmurou, sua voz rouca. Ele enfiou a ponta de seu pau pelas sobras de minha boceta molhada, o passando pelo meu clitóris inchado.

Choraminguei, pulando com quão sensível eu estava.

— Nunca fui de pensar que paus eram bonitos ou algo assim, mas o seu... meu Deus, ele me excita para cacete.

Lucas riu, se deitando do meu lado e colocando a manta por cima de nós. Ele me virou de lado e entrou em mim novamente.

— Não posso — arfei. — Não mais.

— Não vou te foder, bebê. — Ele beijou meu pescoço, se enrolando em volta de mim. — Mas preciso estar dentro de você.

Minha boceta se contraiu em volta dele.

— Continue fazendo isso e você vai me deixar duro de novo — ele rosnou na lateral do meu pescoço. — E então eu *irei* te foder.

Eu ri, forçando minha bunda contra a cintura dele.

— Eu não reclamarei, Lucas. — Bocejei.

— Durma. — Ele me cobriu com metade do seu corpo e levantou meu joelho para o meu peito. — Nós vamos cair no sono assim e acordar assim.

— Ok — sussurrei, meus olhos se fechando. — Não vejo a hora.

— Que bom, docinho. — Ele beijou meu pescoço e colocou a mão no meu seio.

Eu não estava certa do porquê ele precisava estar dentro de mim, mas aceitaria.

— Eu nunca fiz isso antes. — Virei de barriga para baixo e dei a mão para Lucas. Estava perto de três da manhã e nós dois acordamos, impossibilitados de dormir novamente.

— Eu também não. — Ele beijou minha mão, apoiando o outro braço atrás da cabeça.

— Sempre fui tímida, mas você extrai alguma coisa de dentro de mim — confessei.

— Você? Tímida? — Ele grunhiu. — Acho difícil de acreditar.

— Ei! — Eu ri, batendo nele de leve. — Eu antes já fui tímida durante o sexo. Não tem nada de errado com isso.

— Não. — Ele me puxou para cima de seu corpo. — Não tem, mas não acredito que você já foi tímida.

Minha risada endureceu.

— Por quê? — perguntei, apoiando minhas pernas nas dele.

— Tudo que estou dizendo é porque você nunca foi tímida comigo. — Lucas se apoiou no cotovelo, passando a mão pelas cicatrizes na minha lateral. Ele me fazia esquecê-las. E eu sempre seria agradecida por isso.

— É porque fico confortável com você. Nunca me senti assim ou mesmo fiz metade das coisas que fizemos com outro cara antes.

— Ótimo. — Lucas me olhou nos olhos. — E tem mais de onde esses vieram.

— É? Como o quê? — indaguei, mexendo as sobrancelhas.

Ele riu.

— Hummm... Nós poderíamos fazer um vídeo.

— Ah! Um vídeo de sexo. Gosto disso. — Beijei a bochecha dele. — Nós também provavelmente poderíamos vendê-lo. Ganhar milhões.

Sua risada o sacudiu.

— O quê? Estou só dizendo. Nós ficamos bem juntos. E você é gostoso para cacete. Todas essas tatuagens e músculos. Você não vê sempre paus tatuados, então sei que só isso já venderia nosso vídeo.

Lucas levantou uma sobrancelha.

— Você é demais.

— Só dizendo. É uma ideia. Nós podíamos chamar de "O Show Sexual de Lucas e Lily". — Eu ri.

— Gosto do som disso.

— Do quê? Do título?

— Não. — Ele me beijou levemente na boca. — Sua risada. Mas "O Show Sexual de Lucas e Lily" só seria visto pelo Lucas e pela Lily. Ninguém mais pode nos ver fazendo amor.

Meu coração pulou uma batida com o termo que ele usou. Algo mudou entre a gente. Percebi que estava me apaixonando por ele. Com força.

# CAPÍTULO 18

## LUCAS

Minha língua passou por sulcos macios e irregulares. Meus dedos enfiaram, forte e fundo, no corpo se contorcendo embaixo de mim. Arfadas e gemidos deslizavam em meus ouvidos. Meus lábios roçaram por pele úmida. O som do meu nome acariciou meus ouvidos. Implorando. Suplicando. Exigindo. Tantas exigências. Algumas gentis. Outras, fortes.

Passei o nariz pela suave dobra entre a coxa e a boceta de Lily e respirei fundo. O doce cheiro dela entrou em mim, me cobrindo com uma manta de êxtase.

O som de uma porta fechando sacudiu o momento.

— Caralho.

Eu ri, beijando a parte de baixo da barriga da Lily e me levantando da cama.

— Até mais tarde, Lily Bela.

— Eu consigo ficar quieta — ela arfou.

— Não, você não consegue. — E essa era uma das coisas que eu gostava nela.

— Mas estava ficando tão bom — choramingou, se apoiando nos cotovelos. Ela lambeu os lábios, seus olhos cheios de desejo encontrando os meus.

Meu pau mexeu.

— Me admirando, bebê? — perguntei, colocando os dedos em volta do meu pau.

— Ah, sim — ela ronronou.

Neguei com a cabeça, sorrindo. Ela estava faminta por isso tanto quanto eu, mas, agora que a avó dela estava em casa, teria que esperar.

— Se vista. Nós vamos cumprimentar a sua avó e então vamos voltar para a minha casa. Se você quiser, claro. — Vesti-me, e Lily saiu da cama, vindo na minha direção.

— Claro que quero. — Ela passou as mãos pelo meu peito desnudo, me impedindo de colocar o casaco. — Lucas. — Os olhos dela brilharam. Algo estava escondido por baixo deles, fazendo o meu coração falhar.

— O qu... — Uma suave batida soou na porta.

Lily pulou para trás e pegou suas roupas no chão.

— Sim? — perguntou.

— Só vendo se você estava em casa — sua avó disse do outro lado da porta.

— Estou. Vou sair em um momento. — Lily revirou as gavetas da cômoda enquanto me vesti. Colocou um conjunto de calcinha e sutiã preto, seguido por uma calça jeans rasgada e camiseta branca.

Coloquei o casaco por cima da cabeça e senti sua mão pequena me segurar por cima da calça.

— Sério? — indaguei, abaixando o casaco e encontrando Lily sorrindo para mim.

— Estou obcecada. — Ela me deu um leve aperto seguido de um beijo na bochecha. — Não tenho como controlar.

Eu ri, batendo no traseiro dela.

Ela deu um gritinho, esfregando o local que acabei de acertar.

— Babaca.

— Você gosta, Lily Bela. — Segurei o braço dela e a puxei, grudada em mim. Eu espanquei a bunda dela novamente.

Ela suspirou, suas pupilas dilatando.

— Talvez eu devesse ver se consigo fazer você gozar da próxima vez espancando sua bunda. — Beijei o lado do seu pescoço. — Ou eu poderia espancar sua boceta. — Dei uma mordida de leve na orelha dela.

Ela tremeu, se distanciado de mim.

— Cruzes, Lucas. Dê um pouco de espaço para a garota. — Ela piscou e saiu do quarto.

Segui, negando com a cabeça. Percebi então que poderia me apaixonar por ela. Eu *estava* me apaixonando por ela. Não conseguia determinar qual dos dois estágios me encontrava. Fechei o meu coração há tanto tempo, não tinha mais certeza de como quebrar as paredes. Mas sentia que Lily podia quebrar o gelo que o envolvia.

Acompanhei-a pelo corredor para a sala de estar.

— Ei, vovó. — Lily beijou o rosto da mulher idosa. Ela estava sentada em sua cadeira de balanço, tricotando o que parecia ser um casaco.

— Oi, queridos. — Vovó sorriu para mim. — Como está sendo sua noite?

— Ah, você sabe. Nada de excitante aconteceu. — Lily se sentou no sofá, indicando com a mão o lugar ao lado dela. — Como foi sua noite de jogatina?

— Boa. — Vovó piscou. — Dei uma surra neles novamente. Eles deveriam realmente aprender a não jogar comigo.

Juntei-me à Lily no sofá enquanto elas conversaram sobre a noite de jogos da avó dela.

Lily se aconchegou ao meu lado, pegando uma manta no encosto do sofá e a enrolando sobre nossos colos. Se estivéssemos na minha casa, eu a teria pelada, para poder facilmente entrar novamente em seu calor apertado quando quisesse. Mas nós não estávamos, então eu não podia. Embora definitivamente desse para imaginar.

Ela se contorceu ao meu lado.

— Para — murmurou.

Eu movi a mão embaixo da manta.

— Parar o quê?

— Pare o que quer que seja que você está fazendo.

Eu ri, colocando a mão na parte interna de sua coxa.

— Não estou fazendo nada.

— Você não precisa estar fazendo nada, Lucas. — Ela olhou para mim. — Eu posso sentir. — Ela franziu a testa. — E não tenho ideia de como.

Eu a encarei. Não estava certo do que ela estava me dizendo, mas descobri que gostava.

— Ah, Lily. A Sra. Gould me falou para te dizer que não precisa de você amanhã.

— O quê? — Lily virou a cabeça. — Já são três turnos essa semana que ela cancelou.

— Sinto muito, querida. Eu só acho que não tem trabalho.

— Venha trabalhar para mim — despejei.

— O quê? — Lily olhou para mim, franzindo a testa.

— Eu... — Minhas bochechas queimaram. — Quer dizer, sou a única pessoa trabalhando no estúdio. Tenho clientes suficientes para me manter ocupado, mas preciso de alguém para marcar os horários, e receber pagamentos, e todas essas merd... coisas.

A avó da Lily riu.

**CICATRIZES DO PASSADO** 159

— Você não precisa controlar o que diz perto de mim, Lucas.
— Eu sei. — Limpei a garganta. — Mas irei, por respeito a você.
Ela sorriu.
— Eu gosto de você.
Eu ri.
— Me fale sobre esse emprego — Lily disse, nos ignorando.
— Eu preciso de ajuda, e confio em você. — Dei de ombros. — A oferta está aí se você quiser.
— Eu... — Lily se levantou do sofá, se sacudiu e foi para o corredor.
— Hum... — Levantei-me. — Nos dê licença. — Segui Lily. — O que está acontecendo? — perguntei, logo que ela entrou em seu quarto.
— Nada — murmurou.
— Lily. — Fechei a porta atrás de mim. — Você surtou por eu te oferecer um emprego?
— Eu... — Ela suspirou, se apoiando na cômoda. — Não sei. Realmente não sei. Eu gosto de você, Lucas. — Ela então encontrou meu olhar. — Realmente gosto de você, mas gostar de você está me assustando.
— O que você quer dizer? — Queria ir até ela, mas algo me segurou.
— Eu também não sei. — Ela olhou para os pés.
Então fui até ela. Beliscando seu queixo, a forcei a olhar para mim.
— Fala comigo.
— Não estou acostumada com isso. Sempre foi só diversão. Foi isso que pensei que estava tendo com você, e então se tornou algo mais. — Ela apoiou a mão no meu peito, logo acima do meu coração. — Eu não quero trabalhar para você. Agradeço a oferta. Mas trabalhar para você é... estranho.
— Você não iria trabalhar para mim. — Peguei a mão dela e beijei seu pulso. — Nós iríamos trabalhar juntos. Eu falo sério. Confio em você, Lily. Sei que só nos conhecemos há alguns meses, mas eu também gosto de você. Não continuaria te fodendo se não gostasse.
Ela mordeu o lábio inferior.
Passando o dedão sobre sua boca, retirei seu lábio do ataque de seus dentes.
— Lily.
— Lucas — suspirou. — Não. — Ela se distanciou de mim e começou a andar de um lado para o outro. — Não posso fazer isso,
— O que está acontecendo? Você não pareceu reclamar mais cedo quando eu estava prestes a comer sua boceta. Você também iniciou o sexo na chamada de vídeo na outra noite. Então me implorou para eu vir para cá.

Você teria mantido as portas trancadas se na verdade não me quisesse aqui. E então hoje. Quem mandou mensagem para quem? — Ela me mandou uma mensagem obscena seguida por uma foto dela nua. Eu não pude resistir, então fechei o estúdio mais cedo e dirigi para cá.

— Lucas. — Ela parou de andar. — Eu estou...

— Se você não quisesse nada com isso, não teria aceitado ir a um encontro comigo. Nós não teríamos continuado a nos vermos. Não teríamos passado todo esse tempo juntos. É isso que está te assustando? É isso que você está me dizendo?

— Eu não sei — ela respondeu bruscamente. — Está bem?

— Não. — Dei um passo na direção dela. — Não está bem. Não sei o que você quer de mim. Eu compartilhei as minhas merdas contigo. Contei coisas que ninguém sabe. E a maioria das pessoas que sabem ou estão mortas ou desapareceram. Mas eu contei para *você*. Contei sobre a minha infância. — A raiva dentro de mim estava crescendo. Eu podia senti-la se tornar algo que eu nunca senti.

— Você não compartilhou tudo comigo — jogou de volta para mim.

Eu ri então.

— Você está de sacanagem com a minha cara? Quer cada mísero, obsceno e depravado detalhe? Está bem. Vou te contar. — Eu a segurei pelo braço e a puxei para a cadeira na frente de sua mesa.

— Lucas, me solta. — Ela tentou soltar meus dedos do seu braço, mas eu só apertei.

— Senta. — Empurrei-a na cadeira.

— Lucas. — Ela se levantou.

— Senta a porra da bunda — exigi.

Ela me fulminou com o olhar, mas fez o que foi mandada. Cruzou os braços embaixo do peito, levantando o queixo.

Meu corpo se agitou com o desafio, mas eu ignorei.

— Você está reclamando porque não te contei tudo.

— Eu não estou reclamando.

— Cala a boca. Só para. — Apoiei as mãos no encosto de sua cadeira e olhei para ela. — Você quer ouvir sobre a minha infância. Eu fui estuprado. Abusado. Torturado. Todos nós fomos. Os filhos da puta doentes que deveriam cuidar de nós nos fizeram desejar que nos matassem. Eu lembro uma vez que fui estuprado tão brutalmente, que não podia parar de gritar. Quer saber o que me fez calar a boca?

— Lucas — ela disse, sua voz tremendo.

— Eles costuraram minha boca fechada. — Segurei a mão dela, trazendo para a minha boca e passei seus dedos pelas cicatrizes em meus lábios.

Lily me encarou com olhos arregalados.

— Mas você sabe o que doeu mais ainda?

Ela desviou o olhar.

Segurei o queixo dela, a forçando a me olhar.

— Eu fiz uma pergunta.

— Não — ela sussurrou. — Eu não sei o que poderia ser pior que isso.

— Você não sabe? Vou te dizer. — Não queria ser um babaca, mas ela se fechar me deixava puto. — Quando eu rasguei minha boca para abrir. Isso foi pior, Lily.

Os olhos dela encheram de lágrimas.

— Então não fica puta comigo quando eu voluntariamente não compartilho a minha história com você. — Soltei-a e dei um passo para trás, sentando na beira da cama. — Eu serei sortudo se puder ter filhos. Se é isso que você quer, caia fora agora, porque não sei se jamais poderia te dar um bebê.

— O quê? — Ela sacudiu a cabeça. — Não. Não é isso. Meu Deus, Lucas, nós nem chegamos tão longe ainda.

— Não? Certo então, Lily. Se isso não é um empecilho para você, o que é, porque claramente você está se forçando para longe de mim e eu gostaria de saber a porra do motivo. — Eu bati o punho contra o peito. — Me diga! — gritei.

Ela pulou.

— Minha avó está em casa, seu babaca.

— Eu não estou nem para aí para quem está em casa. — Pulei e, em um rápido passo, estava em cima dela.

# LILY

Lucas estava perdendo o controle que desejava, e era minha culpa. Quando ele veio na minha direção e me empurrou, tudo que pude fazer foi olhar para ele.

— Que porra você quer de mim? — exigiu.

— Eu quero levar isso um dia de cada vez. Nós não estamos juntos por tanto tempo e você já está falando em filhos? — Eu sabia que ele nunca mencionou filhos porque os queria comigo. Ele só estava me testando.

— Você sabe que sim... — Ele respirou fundo. — Estou perdendo a paciência aqui, Lily. Ou você quer continuar, ou não quer. Diga a palavra e ou acabou aqui para mim, ou vou te levar comigo para casa.

Deus, eu queria isso. Queria passar a noite com ele. Então por que eu estava brigando assim?

— Me diga. — Seu grunhido profundo me cobriu. Quando não respondi, ele pegou minhas mãos e me levantou da cadeira antes de me jogar na cama.

— Lucas. — Levantei as mãos, tentando mantê-lo à distância.

Ele as segurou, me virando de barriga para baixo, e ajoelhou entre as minhas pernas. Segurando meus pulsos nas minhas costas, se inclinou para o meu ouvido.

— Me diga o que você quer.

— Você, Lucas. Sempre só quis você. — Esse lado dele não deveria ter me excitado, mas excitou. Ele tomando controle total. Ele me imobilizando. Não me deixando mover nem um centímetro. Ele empurrando em mim.

— Você assim. Eu segurando seus pulsos e te imobilizando. — Ele bateu a mão na minha bunda.

— Lucas! — gritei.

Ele riu.

— Me diga como você se sente. Quer que isso acabe?

— Não — finalmente confessei. — Mas trabalhar no seu estúdio...

— O quê? — Ele espancou minha bunda novamente quando não respondi. — Lily.

— Trabalhar no seu estúdio me assusta, porque, se você me machucar, não sei o que farei. Estou com medo de sair do trilho. — Um suspiro de alívio passou por mim. Eu nunca esperei que essas palavras saíssem dos meus lábios.

Lucas me soltou.

Virei de costas.

**CICATRIZES DO PASSADO**     163

Ele estava olhando direto para a frente.

— Você acha que irei te machucar.

Sentei-me ao lado dele, segurando seu rosto e virando-o na minha direção.

— Eu não acho que você irá, mas, se me machucar... Não sou forte o suficiente para isso.

— Eu não tenho nenhuma intenção de te machucar. Você também não pode viver sua vida assim, Lily. Está me dizendo que não se abriu para ninguém por que tem medo de se machucar?

Dei de ombros, colocando a mão no colo e desviando o olhar.

— As pessoas sempre machucam umas as outras.

— Eu não vou te machucar. — Ele beijou minha testa.

— Você não pode prometer isso — sussurrei.

Ele segurou meu queixo, virando minha cabeça.

— Você precisa confiar em mim.

Como ele podia confiar tanto, depois de tudo que passou, eu não entendia. A história dele, as coisas que passou quando criança, deveriam tê-lo destruído. E talvez tenha destruído. Pelo menos uma parte dele. Descobri que queria ajudá-lo a encontrar aquela peça dele que estava faltando.

— Vem para casa comigo. — Lucas beijou o canto da minha boca.

Ao invés de respondê-lo, coloquei os braços em volta dele e só segurei.

# CAPÍTULO 19

## LILY

Eu não estava certa de por que trabalhar com Lucas me apavorava do jeito que apavorou. Não fazia sentido. Ele estava me oferecendo um emprego. Eu deveria estar agradecida, mas não, joguei a oferta de volta em sua cara e o fiz me contar mais sobre sua infância.

Suspirei, olhando pela janela. Sua mão quente segurou a minha. Meu coração falhou. Mas não olhei para ele.

Nós dirigimos de volta para a casa de Lucas em silêncio. Nosso relacionamento estava aflorando em algo mais. Nós dois seríamos idiotas e negaríamos. Talvez fosse por isso que me apavorou. E ele não podia ter filhos. Ou ele achava que não poderia. Eu não estava certa de como ele sabia disso ou o que aconteceu para pensar que era impossível gerar filhos, mas não perguntei. Eu queria saber?

Quando nós paramos no beco entre o estúdio e o prédio ao lado, ele desligou o motor.

— Olha para mim.

Encontrei seu olhar.

— Eu não estou certo de como você se sente. Óbvio, você sente algo por mim ou não estaria aqui, e não pode dizer que é só sexo. Mesmo sendo o melhor sexo que você já fez, eu sei que é algo a mais. — Ele levantou a mão quando abri a boca para dizer algo. — Não estou te pedindo em casamento, Lily. Eu quero te namorar. É isso. E gostaria de oferecer um emprego para você como minha parceira. Não minha funcionária. E antes que você me negue novamente, pense sobre isso. — Ele saiu do carro, batendo a porta atrás de si.

Soltei o ar devagar e saí do veículo, o seguindo para o seu apartamento.

Lucas fechou a porta atrás de nós e foi trancar quando uma batida forte soou na porta um segundo depois. Ele olhou para mim.

Dei de ombros.

Ele abriu a porta, revelando Killian.

— Você deve estar de sacanagem com a minha cara.

— O que você quer? — exigi, ignorando Lucas.

Killian franziu a testa, passando por ele.

— Que porra aconteceu com você? — Ele segurou meu rosto, dando a ele um rosnado.

Minhas costelas não doíam mais, porém eu ainda podia ver alguns dos hematomas no meu rosto, mesmo eles tendo diminuído drasticamente.

— Eu caí. — Dei um tapa para tirar a mão dele. — O que...

— Como que caralhos você sabe onde moro? — Lucas exigiu.

— Eu sou um federal, lembra? — Killian observou o meu rosto. — Eu não acredito pela porra de um segundo que você caiu. — Ele olhou para o Lucas. — Você bateu nela, cacete?

Lucas revirou os olhos.

— Sim, porque me excita bater em mulheres. É algo meu, sabia?

Infiltrei-me entre os dois e apontei para a porta.

— Eu não faço ideia de porque você está aqui, ou como conseguiu o endereço do Lucas quando até eu sei que você precisa de uma boa razão para conseguir essa informação. Então, se não vai nos dizer o que quer, cai fora.

— Lily — Killian disse gentilmente. — Se ele bateu em você...

— Cai fora, e da próxima vez que você insultar o meu namorado, vou te mostrar como se parece um verdadeiro espancamento. — Abri o braço novamente. — Cai. Fora. *Agora*.

Ele estava aqui obviamente por uma razão, mas eu estava cagando e andando para qual era. Eu não queria escutar. Só queria que ele fosse embora.

— Eu vou te ver novamente, Lily. — Killian foi embora.

Corri para a porta, a fechando e trancando.

— Eu não sei se a sua segurança... — Eu de repente fui levantada. — Lucas — gritei.

Ele me jogou em cima do ombro e foi na direção do quarto.

— O que você está fazendo? — exigi, quando ele me jogou na cama.

Mas ao invés de me responder, ele me puxou para a beira da cama e rasgou minha calça jeans para abrir.

Arfei, o botão pulando do material e aterrissando no chão. Meu corpo todo esquentou.

— Lucas?

Ele bruscamente tirou minha calça de mim e ajoelhou, me trazendo mais perto da beira da cama.

— Lucas — suspirei, olhando pelo comprimento do meu corpo.

Ele segurou meus joelhos, me abrindo e cobrindo meu centro com sua boca.

Eu gritei, meus dedos segurando em sua cabeça. Seu cabelo cresceu um pouco, mas ele ainda mantinha os lados raspados.

— Deus.

— Não — ele disse, contra a minha boceta. — Namorado. Diga.

Meus olhos se arregalaram. Então era sobre isso?

— Lucas.

— Diga — grunhiu, chupando meu clitóris entre seus lábios e mordendo.

Eu uivei, tentando tirá-lo de cima de mim.

Em um movimento rápido, ele me virou de barriga para baixo e me inclinou na beirada da cama. Sua boca estava novamente em mim, sua língua na minha entrada.

— Diga.

— Namorado — arfei, segurando as cobertas. — Você é o meu namorado.

Ele rosnou contra o meu centro.

— Novamente.

— Você é o meu namorado! — gritei, tremendo por um orgasmo inesperado.

Ele se ergueu, elevado sobre minha altura, e enfiou todos os seus centímetros em mim.

Eu gritei.

— Novamente. Diga. — Ele segurou meu cabelo, puxou minha cabeça para trás e enfiou os dentes no meu pescoço. — Diga.

— Você é o meu namorado. — Com cada metida, ele era meu dono. Percebi então que estava reivindicando sua possessão. Eu era dele. Eu pertencia a ele, e tendo Killian me tocando da maneira que tocou liberou o lado fera dele. — Mais. Deus, Lucas, me dê mais.

— Você é minha, Lily. — Sua boca roçou pela minha orelha.

— Sim. — Tremi. — Eu sou sua.

## LUCAS

Nunca tive nada que pertencesse a mim. Até eu comprar o prédio onde estavam meu estúdio e apartamento, eu não possuía nada.

Beijei o pescoço da Lily, inalando o fraco cheiro de sexo. Eu a usei bem e forte. Depois que ela disse ao Killian que eu era seu namorado e o colocou para fora, eu perdi o controle. Mesmo tendo brigado hoje à noite, escutá-la dizer essas palavras acendeu uma nova percepção dentro de mim. Era isso que eu estava procurando o tempo todo? Eu não tinha certeza, mas estava determinado para cacete a descobrir.

Beijei seu pescoço esbelto de novo.

Ela se mexeu, soltando um leve suspiro. Seus olhos abriram.

Mantive uma lâmpada ligada no quarto, para poder ver cada centímetro dela. Depois que a trouxe para o quarto e a fodi bem forte, não parei até ela estar à beira da exaustão.

— Acho que você me quebrou — ela disse, sua voz rouca de sono.

Dei um beijo de leve em sua boca, escorregando a língua entre seus lábios.

Ela aprofundou o beijo.

Eu ri.

— Não devo ter te quebrado tanto.

Lily sorriu para mim.

— Estamos bem?

— Estamos. — Rocei o dedão no seu lábio inferior. — Por que não estaríamos?

— Bem, eu surtei hoje à noite e então, quando Killian apareceu e...

— E você disse que eu sou seu namorado e eu te fodi como um animal raivoso — acrescentei para ela.

— Eu gostei.

— Eu sei. — Apoiei-me no cotovelo, descendo a mão por seu torso.

— Não. — Ela virou de lado. — Eu gostei muito. Me senti conectada a você em um outro nível que nunca senti antes. Com ninguém. É como se... — As bochechas dela avermelharam. — É como se você estivesse fodendo a minha alma.

Meu pau pulou com suas palavras.

— Nunca fui o namorado de ninguém antes. Eu estou com ciúmes de Killian? Sim. Ele esteve com você antes. Mas isso é além do ponto. Você o colocando para fora hoje foi gostoso para caralho. Eu também nunca tive alguém que fizesse algo assim por mim. Então obrigado.

— Não sei por que Killian estava aqui hoje. — Ela apoiou a cabeça no meu peito. — É frustrante. Ele é frustrante. É como se ele estive criando problemas só por criar. — Ela suspirou, se distanciando de mim.

— Ele é um babaca, Lily. Homens assim não precisam de uma razão para fazer qualquer coisa.

Ela se levantou da cama, revelando seu corpo desnudo e com cicatrizes para mim. Ela era baixa, mas curvilínea. Sua pele pálida era marcada por algumas sardas. Minha favorita era a que estava na parte de dentro de sua coxa direita.

— Por que você está me olhando assim? — perguntou, suas sobrancelhas franzindo.

— Porque você é bonita.

Ela zombou.

— Eu sou marcada, com cicatrizes.

— E eu também sou e você parece pensar que ainda sou gostoso. — Dei de ombros, me encostando à cabeceira com o braço atrás da cabeça. Dobrei o joelho, deixando cair para o lado. O lençol branco escorregou abaixo do meu umbigo, apoiando em cima do meu pau que agora estava semiduro.

Os olhos de Lily desceram para a minha virilha, sua língua aparecendo para lamber ao longo do lábio inferior.

Eu segurei uma risada.

— Você não pode fazer isso — afirmou, com a voz rouca.

— Não estou fazendo nada. — Passei a mão pelo peito e desci pela minha barriga definida.

— Lucas. — As narinas dela dilataram.

Meu pau aumentou. Me admirava que não importava quantas vezes nós transássemos, ou o quão brutos éramos, ela sempre queria mais.

— Quantos caras você fodeu por bebida? — perguntei, sabendo que a deixaria puta. Pode me chamar de masoquista, mas eu precisava saber tudo que existia para saber sobre essa mulher de pé a apenas alguns passos de distância.

— Cinco antes de eu perceber que era boa nisso. — O olhar dela veio para o meu. — Por quê?

— Quantos mais?

Ela fez uma careta.

— O suficiente.

— Está bem. Iremos trabalhar com isso. — Coloquei a mão embaixo do lençol, envolvendo os dedos no meu pau. — Nós já fodemos várias vezes hoje à noite, mas nós vamos foder novamente.

Ela veio na minha direção.

— Você vai foder os caras para fora de mim? Sabe que dormi com mais do que cinco, Lucas.

— É? Bem, eu dormi com mais do que só você. — Minha mão acariciou da base à ponta.

Lily tirou o lençol de cima de mim e montou na minha cintura.

— Eu quero que você as esqueça.

— E eu quero que você esqueça os homens com quem ficou. — Sentei-me, segurando sua nuca. — Acha que você pode me ajudar?

— Sim. — Ela tirou minha mão do seu pescoço e beijou minha palma. — Me ajude a esquecer, bebê.

Pelo resto da noite, ajudei.

# CAPÍTULO 20

### LILY

Passaram-se alguns dias desde que me apavorei com Lucas me oferecendo um trabalho em seu estúdio. Não estava certa se sentia como se ele tivesse um motivo oculto, ou o que era o meu problema, mas, quando a noite acabou, eu já havia superado.

Seis vezes. Nós transamos seis vezes antes de desmaiarmos. Alguns dias depois e eu ainda estava dolorida.

Enquanto estava encurvada sobre o balcão na *Crane's Ink*, não tive como não rir de como Lucas estava andando devagar.

Toda vez que ele passava por mim, ele batia na minha bunda e me dava uma resposta para a palavra-cruzada que eu estava fazendo. Graças à vovó, fiquei obcecada com elas. Mesmo eu geralmente tentando descobri-las sozinhas, fazê-las com Lucas era divertido. Fiz uma nota mental para transformar isso em um jogo sensual.

— Para que é esse sorriso? — Lucas perguntou, se sentando na estação de tatuagem.

— Só pensando em como poderíamos transformar palavras-cruzadas em um jogo sensual. — Bati o lápis no queixo.

— O quê? Como strip-tease de palavra-cruzada?

Eu ri.

— Algo assim.

Ele riu, sacudindo a cabeça.

O sino na porta tocou.

Levantei o olhar da palavra-cruzada e encontrei um homem grande entrando no estúdio. Ele tinha cabelo castanho-claro, barba grisalha por fazer e uma mandíbula forte e definida. Seus olhos verdes penetrantes encontraram os meus. Ele me deu um sorrisinho e um aceno com a cabeça.

— Shephard. — Lucas se levantou, cumprimentando o homem e o puxando para um abraço. — Como você está?

— Vivendo o sonho — o homem que agora eu conhecia como Shephard falou.

Lucas olhou na minha direção.

— Lily Noel, Donny Shephard. Shephard, Lily.

Eu sorri, dando um pequeno aceno para Shephard.

— Desde quando você tem alguém trabalhando para você? — Shephard olhou entre nós dois.

Lucas só me deu uma piscadela antes de virar para o seu amigo.

— Ela na verdade está trabalhando comigo. Não para mim.

Shephard olhou entre nós, um sorriso abrindo devagar em seu rosto.

— Interessante. — Virou para Lucas. — Você recebeu a imagem que te mandei?

— Recebi. — Lucas se sentou e mostrou o tablet para ele.

— Porra, cara. — Shephard assoviou. — É perfeito.

Enquanto eles continuaram a conversar sobre a tatuagem de Shephard, voltei a trabalhar na palavra-cruzada. Aprendi rapidamente que Lucas não marca muitos clientes para si mesmo. Ele gostava de ficar ocupado, mas não tão ocupado a ponto de ficar sobrecarregado.

*"Eu não quero perder a paixão pela tatuagem."*

Fazia sentido. Então espalhávamos os horários para ele. Eu também sentia que ele na verdade não precisava do dinheiro.

A porta soou novamente, revelando Lena.

— Ei. — Sorri para ela.

— Como você está? — perguntou-me.

— Nada mal. E você?

— Bem — ela disse, olhando para Lucas antes de se voltar novamente para mim.

Ele não olhou quando ela entrou, mas ergueu o rosto na nossa direção agora. Nossos olhos travaram.

Meu coração falhou. Deus, como eu amava o jeito que ele me olhava.

— Então, vocês agora estão oficiais? — Lena perguntou, baixo o suficiente para somente eu escutar.

— Sim. Acho que estamos. — Levantei-me, esticando os braços para cima e por cima da cabeça. Meus músculos tremeram. Uma dor forte me atingiu no lado. Eu arfei, esfregando o local.

— Lily. — Lucas se levantou.

— Estou bem. — Acenei para ele. — Faça a tatuagem de Shephard. Estou bem. — Revirei os olhos quando ninguém se mexeu. — Sério. Estou bem.

Lucas se sentou, resmungando para Shephard.

— Sobre o que foi isso? — Lena perguntou, um momento depois.

— E tive... ah... um acidente algumas semanas atrás e ainda estou um pouco dolorida. Depende de como me mexo. Eu geralmente estou bem, mas acho que quebrei uma costela, então ainda estou me curando. — Eu não queria dizer que na verdade fui atacada.

— Puta merda, garota. — Os olhos da Lena arregalaram. — Onde foi que aconteceu?

— Eu estava andando para casa. — Neguei com a cabeça. — Está tudo bem. Acabou e estou bem.

— Bem, fico feliz que esteja bem. — Lena assoprou para tirar uma mecha de cabelo dos olhos. — Quem é esse? — Ela acenou com a cabeça para Shephard.

— Um amigo do Lucas — disse para ela. — Ah, e ele é casado.

— Ele é? — Lena franziu a testa, — Que pena. Tem certeza?

— Vi a aliança e ele também não olhou na nossa direção. — Mesmo que ele não fosse casado, não notou a Lena, então claramente não estava interessado.

— Deve ser bom — Lena murmurou. — De qualquer modo, passei para ver se vocês foram capazes de achar algo sobre o meu ex.

— Eu te disse que não achamos — Lucas falou.

— É ela? — Shephard perguntou.

Lucas acenou com a cabeça.

Shephard acenou com a cabeça para a cadeira vazia ao lado da maca.

— Senta — ele disse para a Lena.

Ela abraçou a bolsa mais apetado, mas fez o que mandaram.

— Lucas me disse que você está tentando conseguir a custódia da sua filha — Shephard começou, enquanto o Lucas voltou a trabalhar em sua tatuagem.

— Estou — Lena murmurou.

— Eu sou um policial e amigo de Lucas há anos. Você pode confiar em mim. — Shephard então olhou na minha direção. — Ainda não temos nenhuma informação sobre o seu ataque.

Meus olhos arregalaram.

— Foi para ele que você ligou? — perguntei para Lucas.

Ele acenou com a cabeça.

— Eu queria apresentar vocês dois mais cedo, mas nós estivemos meio que ocupados.

— Bem, qualquer amigo do Lucas é meu amigo. — Sorri.

Shephard me deu um curto aceno de cabeça.

— O mesmo, menina.

— Acha que pode me ajudar? — Lena indagou, mordendo o lábio inferior.

— Eu definitivamente farei o meu melhor. — Shephard olhou novamente para a tatuagem que Lucas estava desenhando na parte de dentro de seu antebraço. — Seu ex está limpo. Estou determinado a te ajudar a ter sua filha.

Lena se levantou da cadeira.

— Obrigada. Eu agradeço. Realmente agradeço. — Ela andou de volta para mim.

Ela deveria ter vindo há algumas noites, mas finalmente decidiu frequentar uma reunião. Nós estávamos os dois orgulhosos dela, mesmo Lucas nunca tendo dito exatamente essas palavras.

— Prometo que faremos de tudo para te ajudar — afirmei. — Mas até agora não fomos capazes de achar nada. Sugiro você continuar indo às reuniões e se comportando. Eu sei que é difícil. Confie em mim, eu sei. Se eu estivesse na sua situação, provavelmente discordaria de mim. Mas é tudo que você pode fazer porque, se não for paciente e disser algo que possa provocar os seus pais, talvez nunca mais veja sua filha.

— Eu sei. — Lena esfregou a nuca. — Deus, eu sei. Só odeio não ter nenhum controle.

Lucas riu.

Revirei os olhos.

— Que tal nós marcamos de nos encontrar para um café e conversar sobre isso?

Lana cruzou os braços embaixo do peito.

— Você está no programa, não está?

Eu ri.

— O que te faz pensar que estou?

— Porque você é obcecada por café.

— Nem todos nós somos obcecados por café, mas sim. Eu na verdade sou alcoólatra. — Dei de ombros como se não fosse grande coisa. Eu não estava mais certa se era. Não estava controlando a minha vida no momento, então acho que não era.

Lena suspirou.

— Está bem. Eu te ligo. — Ela me deu um rápido abraço, murmurou um tchau para os caras, me agradeceu novamente e saiu do estúdio.

Pulando no balcão, continuei minha palavra-cruzada. Terminei três delas quando alguém enfim limpou a garganta.

Olhei para cima, encontrando Lucas e Shephard me encarando de volta.

— Já terminaram?

— Se passaram três horas, Lily. — Lucas deu a volta no balcão.

— Você pode marcar outra sessão para mim, por favor? Acho que Shannon quer fazer outra tatuagem também, mas ainda não estou certo. — Shephard tirou a carteira de sua jaqueta de couro preta e entregou um bolo de dinheiro para Lucas.

— Acho que não deveria discutir com você sobre isso, deveria? — Lucas colocou o dinheiro em um envelope e o enfiou na caixa registradora.

— Não. Eu sei que de qualquer jeito você não vai ficar com o dinheiro, mas minha esposa ainda insiste que eu o dê para você. — Shephard bateu os nós dos dedos no topo do balcão. — Deveria ir para casa. Foi bom te ver, meu rapaz. E um prazer finalmente te conhecer, Lily. Só escutei coisas boas.

— Foi um prazer te conhecer também — respondi. — E sério? Você conversou com ele sobre mim? — perguntei para Lucas.

— Claro. — Ele me deu um rápido beijo antes de andar com Shephard para o lado de fora do estúdio. Quando voltou, desligou o letreiro de *aberto* e trancou tudo.

— O que ele quis dizer com que você não ficaria com o dinheiro?

Lucas somente deu uma piscadela e confirmou que a porta estava trancada. Satisfeito, virou para mim.

— Eu guardo para os necessitados. Antes que você diga "ah, isso é tão fofo", estou só passando para a frente.

— Mas é realmente fofo.

Ele deu de ombros.

— Eu não tinha ninguém quando era criança. Shephard me salvou e, por mais difícil que eu possa ser, nunca me abandonou.

— Como vocês se conheceram? — perguntei, curiosa sobre o homem mais velho que era amigo de Lucas.

**CICATRIZES DO PASSADO**

— Ele foi um dos policiais que invadiu o lugar onde passei minha infância. Ele era só um novato na época, acabou indo para o endereço errado. Graças a Deus por isso também. — Lucas se arrepiou. — Ele é um bom cara.

— Parece ser. Especialmente se ele ajudou a salvar a sua vida.

— Eu me recuso a deixar outros passarem pela mesma merda, então faço o que posso. É por isso que ofereço tatuagens grátis para cicatrizes e queimaduras. — Ele terminou de limpar a estação de tatuagem.

Meu coração esquentou pelo homem que era tão grande e assustador, mas bom e gentil ao mesmo tempo.

Meu corpo aqueceu também. Cada centímetro meu ganhou vida sabendo que o teria pelo resto da noite. Todo para mim.

— Eu posso sentir você me olhando, Lily Bela. — Ele veio na minha direção e esticou a mão.

Eu a segurei, deixando-o me ajudar a descer do balcão.

— Não posso controlar. Você é bonito.

Ele riu, enrolando seu grande corpo em volta de mim.

— Eu não sou bonito, bebê.

Eu me inclinei para trás, colocando a mão em sua mandíbula áspera.

— Sim, Lucas. Você é. Você é bonito. Sua alma é bonita. E se ninguém sabe disso, então não estavam prestando atenção.

Sua respiração prendeu.

— Lily, eu acho que...

Um barulho alto soou dos fundos do lugar, nos fazendo pular.

— Merda. — Ele correu para o apartamento comigo seguindo atrás. Quando chegamos na porta que ia para a sua casa, ele destrancou e entrou no corredor. — Fique aqui.

— Sem chance. — Eu o segui de qualquer maneira.

— Lily — grunhiu, virando para mim.

— Estou mais segura com você, Lucas. — Eu não queria ficar sozinha. Especialmente não depois do que aconteceu comigo no beco.

— Está bem. — Ele virou novamente. — Fique perto.

Ele não precisava se preocupar com isso. Eu estava bem em seus calcanhares. Uma parada dele, e eu teria batido em seu corpo.

Nós descemos pelo corredor e, quando chegamos na porta do seu apartamento, Lucas soltou um palavrão.

Espiei em volta dele, encontrando a porta entreaberta. Meu coração acelerou.

— Como conseguiram entrar?

— Eu não tenho ideia. — Lucas abriu a porta devagar e entrou. Eu o segui.

— Lucas.

— Puta que pariu.

Meus olhos arregalaram quando chegamos à sala. A casa dele estava destruída. A televisão foi derrubada, vidro quebrado a envolvia no chão. As duas estantes de livros que ele possuía agora estavam no chão com livros espalhados por todo lugar.

— Como não escutamos nada? — indaguei, olhando para a bagunça na minha frente.

— As paredes são grossas — justificou, andando pela sala de estar. — Eles obviamente foram quietos até o último segundo. Provavelmente queriam causar uma impressão ou esperavam ser pegos.

— Ou saíram correndo e são rápidos para cacete — resmunguei.

— Fique aqui. Vou conferir se estamos sozinhos. — Ele andou pelo resto do apartamento, portas abrindo e fechando. — Caralho! — gritou.

Meu estômago revirou, meu coração pulando em meu peito.

— E o seu quarto? — questionei, quando ele voltou um momento depois.

— Ninguém está aqui, mas... — Ele olhou para a porta de entrada de seu cômodo de computadores. — Eu juro para o caralho... — Ele soltou o ar devagar e foi para aquela direção. Uma risada dura saiu dele. — Não faz sentido. Não tem como eles terem sido capazes de entrar.

Juntei-me a ele.

Lucas estava de pé dentro do cômodo que agora estava vazio.

— Ah, Deus. — Coloquei a mão sobre a boca. — Nós precisamos ligar para a polícia.

— Puta que pariu. — Ele esfregou a nuca e tirou o telefone do bolso da calça jeans. — Sim, eu gostaria de reportar uma invasão.

— Tenham uma boa noite, policiais — escutei Lucas dizer.

Comecei a limpar assim que me liberaram. Os dois policiais fizeram o inventário de tudo que foi levado, que era tudo no quarto dos computadores de Lucas. Mas nenhuma outra coisa foi roubada.

Enfiando o resto do lixo em um largo saco preto, amarrei as pontas e coloquei com os outros.

Lucas voltou para o quarto dos computadores sem me olhar. Eu não sabia ao certo porque exatamente o motivo, mas me incomodava. Eu sabia que ele precisava de espaço. Aquele cômodo estava bem trancado e guardava memórias que ele não estava pronto para compartilhar. Era também prova de uma vida que ele costumava viver para se sustentar.

— Eu não tenho ideia de quem poderia fazer isso — Lucas disse, se juntando a mim novamente na sala.

— Algum inimigo? — sugeri, agachando para levantar a estante que foi derrubada.

— Bebê, eu tenho inimigos pra caralho. Mas nenhum deles iria... Na verdade, eu nem sei o que fariam para conseguir as informações que estão atrás. — Ele agachou ao meu lado e levantamos a estante juntos. Eu sabia que ele poderia ter levantado sozinho, mas estava agradecida por não ter me tirado da frente e me deixou ajudar em vez disso.

— Que informação você tem nesses computadores? — perguntei, pegando livro atrás de livro e colocando nas prateleiras.

— Nada que ninguém sabia sobre. É também o fato que posso conseguir qualquer informação que quero, o que geralmente constitui o problema. Mas todo mundo que me pede para procurar por algo para ele, eu confio. Eu não faço isso para estranhos da rua.

— Mas alguém que não saiba disso não teria como descobrir só ligando o seu computador. Eles teriam que saber exatamente onde procurar lá.

— É verdade. — Ele me olhou nos olhos. — Mas se nós estivéssemos aqui, quem sabe a merda que poderia ter acontecido. Nós dois sabemos como acessar o meu computador. Eu nem me preocupo comigo, mas com certeza eu me preocupo...

— Comigo? — completei, levantando uma sobrancelha.

— Sim.

Fiquei nas pontas dos pés e beijei sua bochecha.

— Mas eu também me preocupo com você.

Ele bufou lentamente.

— Você sempre sabe a coisa certa a dizer.

Dei de ombros.

— Sou talentosa mesmo.

— Você é. — Ele me deu uma piscadela.

Nós continuamos a arrumar o melhor que podíamos. Felizmente, as estantes não foram quebradas, mas a televisão sim. Lucas teria que substitui-la. Mas ele estava certo, poderia ter sido bem pior. Nós ainda estávamos aqui. Mesmo se não estivéssemos no mesmo lugar, estávamos na parte de negócios do prédio. O que poderia ter acontecido... Abracei-me, esfregando os braços.

— Ei. — Lucas veio para o meu lado. — O lugar está ótimo. — Ele colocou os braços em volta de mim, dando um beijo suave na lateral do meu pescoço. — Obrigado.

— E se nós estivermos aqui da próxima vez? — Virei em seus braços. — E se não conseguirem a informação que estão procurando e vierem atrás de você?

— Eu vou lidar quando a hora chegar. — Lucas apoiou a testa na minha. — Todas as minhas coisas são protegidas por senha. Eu tenho sido um menino comportado. Uso meu computador para jogar e fazer alguns trabalhinhos sujos, mas nada que possa me colocar na cadeia novamente. Não tenho orgulho das merdas que fiz. — Ele se distanciou, olhando em volta do cômodo. — Caralho. — O punho dele atingiu a parede.

Eu pulei, correndo para ele quando foi socar novamente. — Ei, já o chega. Você vai se machucar. — Segurei a mão dele, esfregando os nós dos dedos que agora estavam vermelhos. — São só coisas. Você é mais importante que essa merda. Nós podemos ficar na minha casa por alguns dias. Sermos discretos até a polícia entrar em contato. Deixou o número do seu celular com eles?

— Sim, eles podem entrar em contato comigo. Eu geralmente trabalho com o Shephard e alguns caras do FBI. — Ele pausou. — Se Killian tiver alguma relação com isso...

— O quê? Por que ele teria alguma relação com o que aconteceu?

— Não sei. Estou atirando para todo lado. Mas ele está com ciúmes. Talvez... — Lucas sacudiu a cabeça. — Não, nem faz sentido.

— Você acha que aquele filho da puta é esperto o suficiente? Não. Lucas, ele é um babaca. Eu sei disso, mas não consigo vê-lo fazendo isso. Porra, ele não sabia sobre você até começarmos a nos ver.

— Verdade, mas olha que o que aconteceu durante o seu encontro com ele.

**CICATRIZES DO PASSADO**

Revirei os olhos e passei por ele.

— Não foi um encontro. Falei para você. Eu quero você. Só você. Não ele. Não se faça de ciumento comigo.

— Bebê.

— Não. — Apontei para ele.

Lucas parou, me olhando.

Eu tremi com a sombra escura passando sobre o rosto dele quando lhe disse o que fazer.

— Escuta, *você* é o meu namorado. Certo? Estou em um relacionamento com *você*. Não com ele. Nunca pensei nele como algo sério. Só conveniente. Mas ele era um babaca egoísta, então por esse motivo só ficamos juntos algumas vezes. De qualquer modo, não importa. Só... por favor, não fique com ciúmes dele.

— Ele é um homem, Lily. Ele é competição. — Lucas foi para a cozinha e voltou um momento depois com uma vassoura e pá de lixo. — Eu vou varrer a alcova. Tem um aspirador de pó no armário do corredor.

— Está bem. — Claramente a conversa acabou, então fiz o que ele sugeriu e aspirei a sala de estar. Quando terminamos, me sentei no sofá com o joelho cruzado por cima do outro.

Um prato e um copo de leite apareceram.

Suspirei, mas peguei e comi o sanduíche de manteiga de amendoim com geleia.

Lucas se sentou ao meu lado, fazendo o mesmo.

Quando terminamos, peguei os pratos e os coloquei na pia. Um corpo rígido chegou atrás de mim.

— Lucas. — Eu não queria brigar com ele.

Ele apoiou as mãos nos meus ombros.

— Me desculpa. Eu não deveria ter ciúmes. Confio em você.

— Eu não o quero — murmurei.

Lucas me virou.

— Eu sei. — Passando o dedo pelo comprimento da minha mandíbula, ele deu um beijo forte em meus lábios.

Aprofundei o beijo, segurando em seu casaco. Eu o puxei para mais perto de mim, recebendo sua respiração em meus próprios pulmões.

Lucas soltou minha boca.

— Preciso ligar para Shephard. Ele pode me ajudar. Também preciso descobrir por que pegaram meus computadores.

— E nós precisamos descobrir *quem* os pegou. Podemos ir para a minha casa e usar o meu laptop. Podemos rastreá-los de lá. E então, se virmos alguma atividade, podemos avisar os policiais.

— É, nós podemos avisar aos policiais — repetiu. — Certo.

Franzi a testa, colocando as mãos nos quadris.

— Você *não* vai atrás deles.

— O cacete que não vou. Eles levaram a minha vida, Lily.

— E daí? São só computadores.

— Não são só computadores. — Lucas perdeu a paciência.

Levantei uma sobrancelha.

Ele soltou o ar devagar, esfregando a nuca.

— Caralho.

— Entendo que você está puto, mas não precisa gritar comigo. — Cruzei os braços embaixo do peito.

— Merda. Eu... — Ele suspirou novamente. — Odeio não ter controle. Minha casa, o estúdio e os computadores... essas são as coisas que tenho controle.

— E está te incomodando que esses bastardos tomaram esse controle — completei.

— Sim. — Lucas saiu da cozinha.

— Eu entendo que você esteja chateado, mas não te quero indo atrás deles. Eu faço o que puder para ajudar. Nós podemos falar com Shephard. Mas claramente esses filhos da puta estão procurando alguma coisa. Estão tentando achar algo sobre você. Não é seguro. Me recuso a te perder.

Ele desceu o corredor para a porta do apartamento.

— Lucas. — Eu o segui e bati em suas costas. — Por favor. Eu não vou te perder quando acabei de te encontrar. — Soltei um grito de frustração. — Está bem. Você quer ser um cretino? Vá em frente. Estou indo para casa com ou sem você. — Forcei passar por ele e saí do apartamento.

— Não dê as costas para mim, cacete.

— Eu? — Virei para ele e o empurrei. — Você não está falando comigo. Você está se fechando em si mesmo e isso... isso está me assustando.

— Eu... — Lucas hesitou, algo brilhou em seu olhar sombrio. — Está bem. Eu não irei atrás deles.

Sacudi a cabeça, surpresa que ele cedeu tão rapidamente.

— Você não irá?

Sua mandíbula cerrou.

**CICATRIZES DO PASSADO**

— Não.

— Ok. — Soltei um fôlego de alívio, meus ombros caindo. Olhei em volta do apartamento. Não era perfeito, mas estava melhor do que quando chegamos.

Lucas veio para o meu lado e colocou os braços em volta de mim. Enfiando o rosto na dobra do meu pescoço, sua boca roçou no lugar embaixo da minha orelha.

— Sinto muito por brigar com você.

— Eu sei. Eu também. — Segurei seus braços que estavam em volta de mim. — Me diz o que está acontecendo. — Virei e coloquei as mãos no peito dele.

— Estou apavorado para caralho de que eles irão voltar, e você estará comigo. — Lucas colocou a mão no meu rosto. — Se algo acontecesse com você...

— Nada vai acontecer. — Mas algo já aconteceu.

— Eu chego em casa uma vez e você foi espancada. Se eu vejo essa merda novamente, vou perder o controle, Lily Bela.

Meu peito apertou.

— Você gosta de mim?

— Claro que gosto de você. — Ele me virou completamente em seus braços e me envolveu.

Apoiei a cabeça no peito dele, seu coração batendo forte sob meu ouvido.

— Me conta.

Seu corpo ficou rígido.

— Contei.

— Não. — Inclinei-me para trás. — Me conta mais.

— Não tem nada para dizer. — Ele me soltou e foi novamente na direção da porta da frente.

— Lucas. — Eu o segui. — Por favor. Fale comigo.

Ele me virou, me forçando a dar um passo para trás.

— Falar? Você quer que eu fale? Está bem. Eu falarei. Estou apaixonado por uma mulher que me deixa louco. Eu te contei coisas que nunca contei para ninguém. Ninguém mesmo. E hoje à noite, esses bastardos tiraram meus computadores de mim, me apavoraram. E se você *estivesse* comigo e algo acontecesse, eu nunca me perdoaria. Eu morreria antes de deixar algo acontecer com você. — Ele virou novamente. — Feliz?

— Você está apaixonado por mim? — sussurrei, espantada com sua confissão.

— Isso foi tudo que você absorveu? — perguntou, me olhando por cima do ombro.

— É a parte mais importante — disse para ele.

Ele só me olhou, algo passando por trás do seu olhar.

— É?

Acenei com a cabeça, engolindo em seco.

— Ninguém nunca me disse antes. Quer dizer, minha avó me diz, claro, mas nunca um homem. Eu...

Lucas esticou a mão.

Segurei-a. Nós saímos de seu apartamento em silêncio.

Ele trancou a casa, mesmo a porta tendo sido arrombada.

— Me desculpe por brigar com você — começou, um momento depois. — Eu não deveria ter feito isso. Você está só tentando ajudar e eu estou sendo um babaca.

— Não se preocupe com isso — murmurei.

Ele acenou com a cabeça, beijou o topo da minha e foi na frente para o carro.

Nós dirigimos até a minha casa de mãos dadas, mas nenhuma palavra além foi dita. Ele estava apaixonado por mim. Deus, eu não fazia ideia. Explicava tudo.

Quando estacionamos na frente da minha casa, saí do veículo e fui na direção dela. As luzes estavam desligadas, então a minha avó deve estar dormindo.

Destranquei a porta.

— Nós podemos voltar até a sua casa de manhã, para você pegar algumas coisas.

Lucas somente grunhiu.

Fechei a porta atrás dele, tranquei e fui para o meu quarto com ele me seguindo.

Quando chegamos ao quarto, virei ao mesmo tempo em que Lucas colidiu comigo. Descendo sua boca até a minha, ele engoliu meu suspiro.

— Me diz. — Ele soltou minha boca com um estalo. — Diga, Lily.

— Eu também te amo, Lucas — sussurrei. E eu amava. Deus, como o amava.

— Eu nunca tive uma mulher me dizendo essas palavras. — Suas mãos desceram pelas minhas costas. — Como você, eu nunca experimentei isso. Teve uma pessoa que eu gostava, mas só. Nunca me apaixonei. Mas você tem sua avó. — Ele me soltou e se sentou na beira da minha cama. — A coisa mais próxima que tive de uma família foi um antigo amigo. Alguém que eu podia contar quando precisava mais dele. Eu... — Ele suspirou. — Existem outros por quem eu faria qualquer coisa, mas ele nunca pediu pela minha ajuda. Qualquer ajudar que dei a ele foi porque ofereci. — Ele deu de ombros. — Não sei. É diferente com ele. — Carinho brilhou no rosto de Lucas pelo homem que claramente esteve com ele quando mais precisou.

— Eu gostaria de conhecê-lo — disse suavemente.

Lucas sorriu.

— Você conheceu.

— Shephard? — questionei, e ele respondeu com um aceno de cabeça.

— Mas você também tem a gente. Nós somos a sua família, Lucas. Isso é tudo que importa. — Fiquei em pé entre seus joelhos e passei a mão pelo cabelo na parte de trás de sua cabeça. — Eu te amo, Lucas. Deus, é bom falar essas palavras.

Ele apoiou a testa no espaço entre os meus seios, passando a mão pelas minhas costas.

— Você se sente melhor? Depois do que aconteceu hoje à noite, quero dizer?

— Me sinto bem o suficiente. Ainda estou puto, mas essa bela bocetinha vai me ajudar a relaxar mais tarde. — Ele reiterou seu ponto colocando a mão em mim.

— Definitivamente mais tarde. — Eu ri, o empurrando para trás e pulando na cama ao lado dele. — Agora, não tenho mesmo poder computacional que você, mas tenho dois laptops e um tablet. O que eu jogo meus jogos e o outro, que faço coisas aleatórias. Foi assim também que te rastreei e passei pelos *firewalls* que você colocou aleatoriamente.

— Eles não eram aleatórios, Lily Bela. — Ele se deitou do meu lado.

— Me mostra os seus computadores e tablet. Talvez nós consigamos descobrir algo.

Eu o saudei.

— Sim, senhor.

## LUCAS

Eu a amava. E ela me amava. Eu sabia que ainda tínhamos muitas coisas para resolver e que nós dois tínhamos demônios e nossas próprias batalhas, mas eu absorveria isso tudo.

Quando a Lily se sentou na frente do computador, liguei para Shephard.

— Já está com saudades? — veio sua voz grossa.

Eu ri, me sentando ao lado de Lily.

— Sempre. Escuta, aconteceu uma situação. — Eu contei para ele sobre a invasão e como levaram meus computadores.

— Merda. Ok. Deixa comigo. Mas você está bem? Lily está segura?

— Sim. Ela está e eu estou... lidando. — Eu podia usar algo, qualquer coisa, para sentir aquela deliciosa sensação.

— Lucas! — Shephard bradejou.

Lily olhou para mim, um franzido profundo aparecendo entre suas sobrancelhas. Ela deve tê-lo escutado.

— Estou aqui — balbuciei.

— Bom. Vou te liberar e ver o que consigo descobrir. E Lucas?

— Sim?

Ele pausou.

— Fique seguro — finalmente disse. Ele desligou, me deixando com meus pensamentos.

Sempre gostei dele. Era o único policial que me tratava decentemente sempre que eu precisava lidar com a polícia. Os outros sentiam a necessidade mostrar sua autoridade, porque eu era maior que eles.

— *Você deveria se juntar à força.*

— *Dificilmente* — zombei. — *Além disso, você não pode ter ficha para ser um policial.*

Shephard piscou.

— *Qual ficha?*

Isso foi há tanto tempo, quase esqueci que me ofereceram um emprego como policial. Um policial. Eu. Rá.

— Você está bem? — Lily perguntou suavemente.

Acenei com a cabeça.

Ela voltou a focar no computador à sua frente.

Enquanto ela procurava por maneiras para achar os bastardos que invadiram meu apartamento, eu não podia não a observar. Seu dedo indicador estava pressionando a boca. Seu cotovelo apoiado no joelho dobrado. Um franzido profundo entre suas sobrancelhas escuras. Seus brilhantes olhos verdes se moviam de um lado para o outro da tela enquanto digitava e clicava. Eu provavelmente podia descobrir como encontrá-los, mas entregar o poder era revigorante. Então, deixei Lily fazer a mágica dela e me deitei de lado, só observando.

— Eu posso sentir você me encarando, sabia? — disse, uma hora depois, sem me olhar.

— Estou me divertindo te observando.

Ela então olhou para mim.

— É? Tem certeza de que não está te deixando louco que não é você mesmo fazendo?

— Eu nem sempre preciso estar no controle.

Ela riu.

— Certo. E eu não sou uma alcoólatra.

Passei a mão nas costas dela antes de movê-la para baixo da camisa.

Ela tremeu quando a mão entrou em contato com a pele. Um suspiro suave saiu dela.

— Eu amo que você sempre sabe o momento certo de me tocar.

— Todo momento é o momento certo, bebê.

Ela sorriu, se inclinou e deu um beijo forte em minha boca. Virando, deitou e se apoiou em mim antes de colocar o laptop na barriga.

— Eu não consigo achar nada, mas estou rastreando o seu computador. Eles ainda não tentaram usá-lo. Mas vou criar um programa que nos notificará se tiver qualquer atividade. Você receberá uma notificação no seu telefone e eu também.

Meu pau se mexeu.

— Caralho, eu te amo.

Ela riu, me assoprando um beijo.

— Eles irão fazer alguma merda. Eu só queria conseguir descobrir quem é.

— Eles devem ser bons se você não consegue descobrir.

Ela riu.

— Eu não sou uma especialista, mas gosto de pensar que sei como usar um ou outro computador.

— E sobre quem te atacou? Alguma informação nas câmeras?

— Eles têm um sistema de segurança antigo. Mas entrei em contato com o dono e pedi para me avisar se vir algo suspeito. Mas não teve nenhum outro relato de ataques lá. — Lily deu batidinhas na boca. — Agora... — Ela limpou a garganta. — É só uma ideia, então não fique puto.

— O quê? — questionei, meu estômago revirando.

— Eu poderia falar com o Killian.

— Não.

— Lucas.

— O que eu disse? — Saí de trás dela e me levantei da cama. Sem chance que eu a deixaria falar com aquele filho da puta. Por mais que isso me fizesse parecer um babaca controlador, eu estava cagando e andando. Ela era minha.

— Nada vai acontecer. — Lily se levantou. — Venha comigo então. Nós podemos conversar juntos com ele. Nós podemos fazer o "policial bom/policial mau". — Deu de ombros. — Ele pode saber de algo.

— Não vai acontecer. — Apoiei-me na cômoda, cruzando os braços embaixo do peito.

— Sabe. — Ela apontou para mim. — Eu te amo, mas você está sendo um cretino agora.

**CICATRIZES DO PASSADO** 187

— Eu pareço ligar? Não confio naquele bastardo.

— Então venha comigo — insistiu.

— Certo — zombei. — E ele definitivamente te contará tudo se eu estiver lá. Fala sério, Lily. Use sua cabeça.

— Nós estamos desesperados, Lucas. Alguém me atacou. Não acho que foi aleatório. Eu já andei naquela rua, à noite, e nada nunca aconteceu comigo. Eu conheço as pessoas ali. Não todo mundo, mas o suficiente. Estou segura. Algo estava diferente naquela noite. Você também sabe disso. Killian está aprontando algo. E se não for ele, outra pessoa. Mas tudo dentro de mim me diz que é alguém que conhecemos.

Desviei o olhar, sabendo que ela estava certa. Porra, eu também estava sentindo. Mas ainda não significava que queria encontrá-lo.

— Por favor. — Lily veio na minha direção, colocando os braços em volta de mim. — Vem comigo. Você pode assustá-lo em nos dizer o que sabe.

— E se ele não souber nada?

— Bem... — Ela mordeu o lábio inferior. — Talvez ele conheça alguém que saiba.

— Ele já insinuou que fui eu que te espancou, Lily. — Só isso já era o suficiente para me fazer odiar o cara.

Lily suspirou, apoiando a cabeça no meu peito.

— Só quero respostas. Não estou acostumada a não conseguir. Eu geralmente descubro todas as porcarias que quero saber no computador, mas quem quer que seja que pegou suas coisas é bom.

— Nós vamos conseguir as respostas, Lily. — Segurei a nuca dela, a encostando em mim. — Eu prometo. — E era uma promessa que com certeza cumpriria, porque sabia que faria de tudo para descobrir quem atacou minha garota.

# CAPÍTULO 21

## LILY

Lucas nunca concordou em encontrar com Killian. Eu não iria sozinha. Não era idiota. Especialmente se ele tivesse relação com meu ataque. Mas precisávamos de respostas. E ele era a única pessoa que eu poderia pensar que possivelmente conseguiria a informação que estávamos procurando.

Ao invés de discutir mais, Lucas e eu desligamos os computadores, o tablet e nos aconchegamos na cama. Mesmo a minha sendo menor que a dele, era gostoso tê-lo aqui. Seu corpo grande estava enrolado em volta do meu, seu rosto pressionado na curva do meu pescoço. Sua respiração quente se espalhava pela minha pele, suas costas subindo e descendo. Ele caiu no sono bem rápido. Senti-me bem por poder ajudá-lo com isso.

Uma batida suave soou na porta.

Soltando-me de Lucas, rapidamente coloquei uma camiseta e um short, e encontrei minha avó na porta.

— Bom dia, querida. — Ela sorriu para mim.

— Bom dia. — Beijei sua bochecha e fechei a porta atrás de mim.

— Não estava certa se você estava em casa. É cedo. Quer eu faça um pouco de café?

— Seria maravilhoso. Obrigada. — Eu a segui para a cozinha e me sentei à mesa. — Eu também preciso conversar com você sobre algo.

— Ah? — Ela se ocupou na cozinha, fazendo nosso café. — Está tudo bem?

— Bem... alguém invadiu o apartamento de Lucas ontem à noite.

— Ah, não! — Ela exclamou. — Ele está bem?

— Além de estar puto, sim, ele está bem. Ele tem um amigo, que é policial, e está olhando tudo. Lucas na verdade está aqui — eu disse para ela, logo que colocou uma caneca na minha frente.

— Imaginei que sim. — Ela se sentou, tomando um gole de sua própria caneca. — Eu entendo que as coisas estão oficiais agora?

— Sim. — Minhas bochechas queimaram e ri levemente. — De qualquer modo, eu disse a ele que era tranquilo ele ficar aqui por alguns dias. Nós limpamos a casa dele o melhor que podíamos, mas caso quem quer que seja que destruiu a casa dele volte, não o quero lá.

Ela acenou com a cabeça.

— Faz sentido. E o trabalho?

— Ele na verdade já ligou para os clientes que estavam marcados e disse que apareceu uma emergência familiar. — Eu me arrepiei com o pensamento, lembrando que o pau dele estava na minha garganta enquanto ele estava no telefone. Eu o estava provocando e ele me calou enchendo minha boca com seu pau. Funcionou.

— Ok. Eu definitivamente não ligo se ele ficar aqui. Será bom ter um homem na casa. — Vovó mexeu as sobrancelhas.

Eu ri.

— É muita felicidade para essa hora do dia — Lucas reclamou, entrando na cozinha. Ele beijou o topo da minha cabeça e se sentou na cadeira à minha esquerda.

— Alguém precisa de um café — Vovó falou, apontando para ele.

Lucas riu, esfregando a nuca.

— Foi uma longa noite.

— Fiquei sabendo. Você ligou para a polícia? — Vovó encheu uma caneca de café e colocou na frente dele na mesa.

— Obrigado. — Deu um longo gole, soltando um suspiro. — Liguei. Dois policiais vieram e anotaram o que estava faltando, mas duvido que serão capazes de achar alguma coisa. Liguei para um amigo de outra delegacia que está olhando tudo.

— Por que você diz que eles não serão capazes de achar alguma coisa? — vovó perguntou, abrindo o jornal na palavra-cruzada.

— Porque só levaram meus computadores e sinto que estavam atrás de algo específico. Só não sei ainda o quê.

— Bem, tome cuidado. — Vovó sorriu para ele, olhando entre nós dois. — Vocês estão apaixonados, não estão?

— Hum... — Minhas bochechas queimaram.

Lucas segurou minha mão, dando um aperto leve.

Vovó só sorriu, sacudindo a cabeça.

— Você me lembra do meu Stanley. — Ela suspirou. — De qualquer jeito, você é bem-vindo aqui pelo tempo que precisar.

— Obrigado. — Lucas roçou o dedão de um lado para o outro nas costas da minha mão. — Eu não ficarei mais do que necessário e irei ajudar na casa o máximo que puder.

— Você é um homem habilidoso? — vovó perguntou, colocando os óculos.

Lucas me olhou.

— Sim, eu sou habilidoso com as mãos.

Eu tossi.

— E com isso, vou tomar banho.

# LUCAS

— Estou certa. — Ethel apontou para mim. — Você está apaixonado pela minha neta.

— Estou. — Não tinha por que negar. Ethel estava por aí há bastante tempo. Ela não era idiota.

— Acho que não preciso te dizer o discurso padrão de "se você machucar minha neta, eu te mato", preciso?

Eu ri.

— Se quiser.

Ethel observou meu rosto.

— Algo aconteceu com você, há um bom tempo, e você está tentando descobrir uma maneira de não deixar esses demônios dominarem sua vida. — Ela se sentou para a frente. — Não estou tentando me meter. Você não precisa me contar o que aconteceu. Eu nem quero saber. A única coisa que me preocupo é a minha neta.

— Não tenho planos de machucá-la. E sim, não tive uma boa infância. Porra, também não tive uma boa adolescência, mas a sua neta... — Esfreguei minha nuca. — Eu não estava nem procurando por um relacionamento, mas ela apareceu no meu estúdio do nada e ficou marcada em mim.

— Ela tem uma mania de fazer isso. — Ethel levantou e pegou as canecas antes de colocá-las na pia. — Você me lembra do meu Stanley. Sei que continuo falando isso, mas você realmente me lembra. Ele foi adotado quando bebê e seus pais adotivos eram pessoas horríveis. Eles vieram de uma família de classe alta, então achavam que ficaria bonito adotar um bebê necessitado. — Ela franziu a testa. — De qualquer modo, não foi muito depois de casarmos que cortamos todos os laços com os pais dele.

— Posso entender.

Ethel veio na minha direção e colocou a mão na minha bochecha.

— Você seja bom para ela, e ela fará o mesmo. Ela também teve uma vida difícil, mas não deixa ninguém ver. Seus sorrisos são somente no exterior.

— Minha missão será fazê-la sorrir todo dia pelo resto de nossas vidas. Pelo tempo que estivermos juntos, eu manterei aquele sorriso no rosto dela, e vou torná-lo tão grande, que ela o sentirá em seus ossos.

Os olhos da Ethel brilharam. Ela acenou com a cabeça.

— Bem, vou sair.

— A essa hora? — perguntei, levantando uma sobrancelha.

Ela riu.

— Eu posso ser velha, mas ainda tenho necessidades. — Ela me deu uma piscadela e me deixou sozinho na cozinha. O barulho da porta da frente fechando um momento depois passou por mim.

Limpando as louças que estavam na pia, eu as coloquei no secador de louças e voltei para o quarto da Lily. O som do chuveiro ligado acendeu uma necessidade dentro de mim. Eu chutei a porta para fechar e tirei a roupa.

Indo para o banheiro, inalei o aroma doce de algum tipo de sabonete corporal. Ao invés de anunciar minha chegada, entrei quieto no chuveiro.

— Eu estava pensando quando você se juntaria a mim. — Lily virou, seus olhos cor de jade encontrando os meus. Ela me deu uma piscadela, colocando a cabeça embaixo da água e a deixando escorrer por ela.

Antes que ela saísse debaixo do jato de água, segurei seu rosto e esmaguei a boca na sua.

Ela arfou, segurou meus braços, e partiu meus lábios com a língua. Aquele movimento tirou um grunhido do centro do meu peito.

Lily riu. Quebrou o beijo, lambendo seus lábios inchados.

Eu sorri, descendo a mão por suas costas.

— Percebi que tem algo que ainda não fizemos. — Beijei o canto de sua boca. — Algo que eu sei que você gostaria. — Meus dedos dançaram pela sua pele, antes de empurrar na linha entre suas nádegas.

Ela pulou.

— Acho que você é grande demais para isso.

— Não. — Beijei seu pescoço exposto. — Eu nunca sou grande demais para isso.

Lily me empurrou e virou.

— Acho que você vai ter que me preparar para o seu pau. Pegar algum plugue anal ou algo assim.

Eu ri.

— Eu amo você pra caralho.

— Estou falando sério, sabia? — Ela me olhou por cima do ombro, seu olhar descendo pelo meu corpo desnudo. Parou na minha virilha. — Sim. Definitivamente terá que me preparar.

— Você sabe como fazer um cara se sentir bem, Lily Bela.

Ela deu de ombros.

— Tenho talentos.

Levantei uma sobrancelha.

— Você tem, mas eu sou o único que posso experimentar esses talentos.

Ela revirou os olhos, batendo no meu peito.

— Sim, sim. Agora me ajuda a lavar o cabelo.

Bati na bunda dela.

Ela gritou, me encarando e esfregando o lugar que acabei de bater.

— Eu sou o único que pode fazer exigências. — Inclinei-me e peguei o xampu na prateleira. — Não é?

— Você tem sorte de ser gostoso. — Ela me mostrou a língua.

Uma gargalhada saiu de mim.

Seu rosto se abriu em um sorriso.

— Mas falando sério, gosto dessa ideia.

— Você gosta? — Meu pau cresceu.

— Sim. — Ela sorriu, apontando para a minha virilha. — Acho que o Pequeno Lucas também gosta.

— Pequeno Lucas? — Virei-a e coloquei xampu na minha palma. — Você não acha que ele é pequeno quando está fundo dentro de você.

**CICATRIZES DO PASSADO**

E você definitivamente não vai pensar que ele é pequeno quando estiver fodendo seu traseiro.

Ela deu de ombros.

— Modo de falar.

— Mulher.

Sua gargalhada virou risada.

— Só lava o meu cabelo. Por favorzinho.

— Sim, senhora. — Beijei o ombro dela e esfreguei as mãos antes de passá-las em seu cabelo.

— Deus, preciso que você faça isso o tempo todo. — Ela se apoiou em mim.

— É bom? — Eu ri.

— Ah, sim. — Ela gemeu. — Você pode ir mais forte. Não vou quebrar.

— Caralho — sussurrei, meu pau agora duro como pedra e empurrando a bunda dela.

— Você gosta, Lucas? — Ela esticou a mão, segurou meu pau e começou a acariciar.

— Porra, bebê. Sim, eu gosto. Gosto de tudo isso — grunhi. Deus, a mão dela era tão gostosa. Continuei a lavar seu cabelo enquanto ela bombeava meu pau. Um arrepio passou por mim.

— Hummm… — Lily bombeava forte, acariciando da base à ponta. — Goze na minha bunda, Lucas.

Eu não sabia como, mas meu pau ficou ainda mais duro com essas palavras.

— Vai, por favor. — Ela me apertou. — Deus, você é tão grande. Quase não cabe na minha mão.

— Lily. — Eu não ia durar se ele continuasse a falar essas coisas para mim.

— Tão grande, bebê. — Ela apoiou a cabeça no meu peito, me acariciando por trás. — Por favor goze.

Agarrei o traseiro dela, metendo meu pau entre suas nádegas quando meu orgasmo me atingiu. Meu gozo cobriu aquele lugarzinho que eu queria foder.

— Lily — rosnei, enfiando o dedo pelo creme e o espalhando por aquele cuzinho.

Ela gemeu.

— Coloca em mim.

Caralho, essa mulher dá tão bem quanto recebe.

Ela choramingou, batendo a mão na parede do chuveiro.

— Meu gozo está dentro de você agora, Lily Bela. E vou fazer o que disse. — Mordisquei a lateral do pescoço dela. — Vou alargar bem esse cuzinho para poder enfiar meu pau grande. Eu farei você desejar meu pau na sua bunda. Vou te foder tão forte, que você vai me agradecer por isso.

Ela arfou.

— É uma boa fala para quem gozou tão rápido.

Em um rápido movimento, a coloquei contra a parede do chuveiro com a mão em volta do seu pescoço e meu rosto no dela.

— É assim? Você acha que sou um homem de dois segundos, bebê? É sobre isso? Eu pareço me lembrar de todas as vezes que fodemos, e você me implorou para parar porque não aguentava mais. Qual foi novo maior tempo? Ah é. Seis vezes. Durou a porra da noite inteira. Então não jogue o meu orgasmo rápido na minha cara.

— Humm... — Ela passou os dedos pelo meu abdômen. — Eu gosto desse seu lado. Bom e ranzinza. Malvado. Rabugento. E ainda duro para caralho. — Ela reiterou seu ponto segurando meu pau.

Essa mulher oficialmente causaria minha morte.

## LILY

Mexendo as pernas para frente e para trás, eu batia a caneta no meu queixo.

— Everest — Lucas disse, apontando para o papel.

— Ah! Obrigada. — Escrevi na palavra-cruzada que estávamos fazendo pela última meia-hora. Depois do nosso delicioso banho, nos vestimos e agora estávamos na cama.

Lucas desapareceu na cozinha e voltou um momento depois com dois pratos, um sanduíche em ambos.

— E se eu na verdade não gostasse de sanduíche de manteiga de amendoim com geleia? — perguntei para ele, engolindo a última mordida do sanduíche que fez para mim. — E só estou comendo para ser educada?

— Todo mundo gosta de sanduíche de manteiga de amendoim com geleia.

— Nem todo mundo. Alguns são alérgicos a manteiga de amendoim, sabia?

— Sinto pena dessas pessoas. — Ele segurou o peito. — Eu morreria se fosse alérgico a manteiga de amendoim.

Eu ri.

— Tão dramático.

Tomei um gole do meu café. Lucas poderia fazer esses sanduíches para sempre e eu ficaria feliz. Quem precisa de uma refeição chique quando tem sanduíche de manteiga de amendoim com geleia?

Nós colocamos nossos pratos vazios no chão e continuamos a trabalhar na palavra-cruzada. Quando terminamos, coloquei a caneca no chão e peguei o laptop embaixo da cama.

Lucas verificou seu telefone.

Assim que os dois computadores e o telefone ligaram, avisos começaram a soar em nossa volta.

Nossos olhares se encontraram.

— Puta merda. — Verifiquei o programa que criei para monitorar o uso do computador de Lucas, e encontrei quase uma centena de tentativas de invadir seus *firewalls*. — Por favor, me diga que esses *firewalls* são mais difíceis de invadir do que os que eu invadi.

— Claro. Aqueles eram só uma fachada. — Ele pegou o laptop de mim e se sentou à mesa.

Pulei da cama e fiquei em pé atrás dele.

— Imagino o que estão tentando achar.

— Não tenho ideia. Tudo que tenho neles já foi entregue para as respectivas pessoas. Eu não salvo nada mais desde que fui colocado na cadeia por algo que não fiz.

Eu ri.

— Certo.

— Eles não têm provas, bebê. — Piscou. — Enfim, qualquer foto que tiro está em um pen drive.

— Onde está o pen drive?

— Ah, merda. — Lucas se levantou da mesa.

— O que foi? — Bati no braço dele. — Lucas, fala comigo.

Ele pegou o casaco, o enfiando na cabeça antes de olhar para mim.

— Eu acho que sei o que estavam procurando.

# CAPÍTULO 22

## LUCAS

Eu nunca era atrapalhado com as coisas que pesquisava, pessoas que entrava em contato, ou fotos que tirava. Mas, de vez em quando, mesmo a melhor pessoa poderia cometer um erro. Esse não era o caso. Eu nunca cometia erros. Mas se cometesse, limpava minha bagunça e apagava meus passos antes que pudesse ser pego. Algo me dizia que essa não era uma dessas vezes e que iria pagar por um erro que não limpei.

— Lucas. — Lily colocou uma calça jeans rasgada. — O que está acontecendo? — perguntou, fechando o sutiã.

— Acho que talvez tenha algo no pen drive que essas pessoas possam querer.

Ela levantou uma sobrancelha.

— Sério? Eles andaram assistindo filmes demais?

Dei de ombros.

— Não tenho certeza, mas preciso descobrir.

— Bem, eu vou com você. A não ser que você tenha o pen drive aqui.

Segurei o peito.

— Agora, por que eu faria isso?

Ela revirou os olhos.

— Onde está?

— Você já foi pega? Por todas as coisas que fez no seu computador, já foi pega pela polícia, FBI, ou algo pior?

— Hum... não. — Ela franziu a testa. — Só o que eu te contei depois de investigar o advogado da minha avó. Além disso, nunca fui pega.

— Sua avó tem um computador? — Eu precisava de respostas e precisava delas rápido.

— Ela tem. Comprei há alguns anos, mas ela só usa para jogar Paciência.

— Serve. — Fui para a porta. — Me mostra onde está.

Lily colocou uma camiseta vermelha e me seguiu para o corredor, liderando o caminho para a parte de trás da casa.

— Está no quarto de costura e tricô dela. Mesmo ela não usando tanto esse quarto desde que ficou com artrite nas mãos. — Ela parou na frente de uma porta no final do corredor e a abriu. — Não ligue para a bagunça.

Eu a segui para dentro do quarto, sem me surpreender com os novelos de lã, uma máquina de costura e outros materiais espalhados por todo canto.

— Acho que é perfeito.

Lily me deu um sorrisinho antes de tirar algumas revistas da mesa.

— Eu comprei um laptop para ela poder jogar seu jogo enquanto assistia televisão. — Ela abriu a tampa e o ligou.

Sentei-me na cadeira e tirei meu telefone do bolso. Tirando a capa traseira, peguei o pen drive antes de montar o telefone novamente.

— Eu nunca adivinharia.

— Que bom. — Coloquei o pen drive no computador.

— O que tem aqui? — Lily pegou um banco e se sentou ao meu lado.

— Somente fotos. A maioria de tatuagens que fiz ou outras coisas que desenhei. Eu tenho alguns clientes aqui e suas crianças. — Passei pelas fotos primeiro, pensando que poderia acidentalmente ter tirado alguma que não deveria.

— Nenhuma dessas parece fora do comum.

Nós passamos pelo resto das fotos, e claro, nada chamou nossa atenção.

— O que mais você tem aqui?

Pensei por um momento. Abrindo os arquivos que armazenei no pen drive, passei por cada um, mas novamente, nada que valesse destruir a minha casa.

— Isso não faz sentido. — Lily colocou a mão no meu ombro. — Quer dizer, você teve uma boa ideia. Mas nada parece fora do normal.

— Eu sei. — Passei por todas as fotos novamente, mas não achei nada. — Tem que ter alguma coisa. Esses arquivos não significariam nada para mais ninguém. Eles são na maioria contratos com clientes que marcaram tatuagens grandes ou outros negócios que queriam algum design gráfico feito. Eu tenho listas com os nomes das pessoas com quem trabalhei, que vieram para os meus dias gratuitos para ter suas cicatrizes cobertas também. Mas nada disso é tão importante para invadir minha casa. E a questão é, eu não mantenho muitas coisas pessoais no meu computador, só no pen drive.

— Tipo você não colocar todos os seus ovos na mesma cesta?

— Exatamente.

— Mas poderia ser isso?

Olhei para ela.

— O que você quer dizer?

— Pode ser algum trabalho que você fez para alguém que envolva algo ilegal? Provavelmente parece idiota, mas nunca se sabe.

— Não, não é idiota. — Eu não poderia imaginar alguém que poderia querer saber dessas coisas. Era somente o nome de clientes de tatuagem e outros designs gráficos que fiz.

— Você fez algum trabalho para alguma empresa duvidosa, ou algo do gênero? — Lily pegou o mouse da minha mão e passou por cada foto novamente.

— Não. Não que eu sabia. Todas elas pareciam idôneas.

— Claro que pareceriam idôneas. Tenho certeza de que não anunciam seus trabalhos duvidosos em letreiros de neon.

— Cuidado. — Dei um beliscão no quadril dela.

Ela pulou, batendo na minha mão.

— Estou falando sério.

— Sim, e eu também. — Mas ela tinha razão.

— Lucas, o que é isso?

Segui o olhar dela.

— Você pode dar zoom?

Ela aumentou. A imagem era de uma mulher em pé com um homem e uma criança. O casal era mais velho. Também tinha um homem mais novo com eles.

— Eu não me lembro de tirar essa foto.

— Mais alguém tem acesso ao seu telefone? — Lily perguntou.

— Não. Eu estava tirando uma foto da frente do meu estúdio. Nem notei essas pessoas. Eu sou cego de um olho, sabia?

Lily bufou.

— Por favor. Sua visão é boa mesmo você só podendo ver de um dos olhos.

— Sim, bem, eu ainda não me lembro de tirar essa foto. Tira o zoom. Todo.

Ela fez. Agora parecia uma foto normal. *Crane's Ink* estava totalmente à vista, mas como eu não havia visto o casal, a criança e o outro homem?

— Talvez você tenha tirado a foto antes deles aparecerem e não olhou para ver como a foto ficou — Lily sugeriu.

— De qualquer jeito, não pode ser isso que essas pessoas estão procurando. O que é isso para eles? Só parece ser uma família.

— Verdade. — Lily passou pelo resto das fotos. — Não faz sentido. Essa é a única que chamou a minha atenção até agora, e não parece nada que esses bastardos iriam querer.

— Me deixa olhar meus arquivos novamente.

Nós passamos as próximas horas olhando no meu pen drive. Nenhuma outra foto chamou nossa atenção. E nenhum dos arquivos parecia se destacar também. Mas algo estava errado. Eu podia sentir no fundo da minha alma. Eu só não conseguia descobrir o que era.

— Nós não vamos desistir. — Lily esticou os braços acima da cabeça antes de descê-los para seu lado e massageou sua nuca.

— Obrigado por me ajudar. — Apertei o ombro dela, assumindo a massagem e esfregando a torção em seu pescoço, tudo porque ela ficou debruçada sobre a mesa, tentando me ajudar a descobrir que porra estava acontecendo.

— Eu não fiz nada. — Ela me beijou suavemente no rosto. — Mas, de nada.

— Nós deveríamos voltar para o meu apartamento. Talvez pudéssemos encontrar alguma outra coisa lá. Eles podem ter deixado algo para trás. — Eu estava desesperado, mas precisava de respostas. — Quem sabe.

— Ok. — Ela acariciou minha mão. — Vamos lá.

## LILY

Eu sabia que Lucas estava desesperado para conseguir respostas. Quando chegamos ao apartamento dele e entramos em sua casa, ele foi direto para o quarto dos computadores. Mesmo lá tendo sido destruído como o resto do lugar, nós nos abaixamos e procuramos por cada papel espalhado no chão.

— Alguma coisa? — perguntei, de joelhos ao lado dele.

— Não. Está tudo aqui. Exceto pelos meus computadores. Eles não levaram mais nada. Poderiam ter levado minha televisão, aparelho de som... — Lucas esfregou a nuca. — Caralho.

— Ei. — Coloquei a mão no ombro dele. — Nós vamos conseguir. Vou continuar a te ajudar a descobrir quem fez isso, porque claramente os policiais não vão fazer porra nenhuma, já que eles consideram esse um roubo de rotina.

Ele cerrou os dentes.

— Eu odeio isso... eles roubaram uma parte da minha vida e me fizeram me sentir vulnerável. — Seu olhar veio para o meu. — Eu não gosto dessa porra, Lily.

— Eu sei. — Ajudei-o a procurar pelos papéis antes que ele perdesse o controle, mas, como ele disse, nada fora do comum. Tirando meu telefone do meu bolso de trás, verifiquei o programa que criei e vi pelo menos mais cinquenta tentativas de invadir os *firewalls* de Lucas. — Eles estão determinados, eu reconheço — disse, mostrando a tela para Lucas.

Ele grunhiu, levantando-se.

— Essa não foi uma boa ideia.

— Não. Foi uma boa ideia porque te assegurou que não tem nada aqui que pode nos ajudar. Se você não tivesse verificado o apartamento, estaria imaginando e te deixando louco. — Peguei os papeis e os coloquei numa pilha arrumada em sua mesa.

— Você é boa demais para mim. — Lucas beijou o topo da minha cabeça e saiu do quarto.

— Você teve notícias de Shephard?

— Não, nada ainda — Lucas resmungou. — Mas ele não sabe porra nenhuma sobre computadores. Você é a única pessoa que confio que sabe algo sobre eles.

— Ah. — Eu sorri. — Você confia em mim, bebê?

Ele revirou os olhos.

Eu ri.

— Bem... você deveria ligar para ele. Ver se descobriu alguma coisa.

— Ele disse que ligaria, mas tudo bem. — Lucas passou a mão pela cabeça antes de pegar o telefone no bolso da calça. Colocando-o no ouvido,

**CICATRIZES DO PASSADO** 201

esperou. — Shephard, alguma notícia? — Ele esperou. — Eu sei. Ok. Sim, estamos bem. Estou bem. — Ele revirou os olhos. — Certo, obrigado, meu amigo. — Lucas desconectou a ligação e enfiou o celular de volta no bolso. — Eu amo aquele filho da puta, mas às vezes ele me deixa insano.

Eu ri.

— Estou assumindo que ele não achou nada?

— Ainda não, mas disse que ficaria em contato. — Lucas passou a mão pelo cabelo. — Ele não é parte da delegacia daqui, mas é o único em quem confio. Alguns desses policiais locais são suspeitos para cacete. Não quero lidar com isso.

— Eu entendo. — Olhei o horário no meu telefone. — Acho que talvez nós devêssemos ir para as nossas reuniões? — Havia semanas desde que fui a uma. Estava surpresa por Toby não tentar me contatar.

— Sim. — Lucas franziu a testa. — Estou surpreso por Toby não tentar nos procurar — comentou, lendo o meu pensamento.

— Ele tem muitas coisas acontecendo. Pegou mais pessoas, e acho que ser padrinho está ficando pesado para ele. Eu sei que pesaria para mim. — Pediram-me algumas vezes para ser madrinha, mas nunca concordei. Ainda estava batalhando com as minhas coisas.

— Faz sentido. Eu só sou padrinho de Lena e já é o suficiente para mim. — Lucas sacudiu a cabeça. — Ela definitivamente me mantém alerta.

— Hum... — Limpei a garganta, um súbito desejo de caçar a mulher e socá-la no rosto assumindo.

— O quê? — Ele inclinou a cabeça. — Você está com ciúmes.

— Não. Por que eu estaria com ciúmes? Ela só quer te foder. Ela quer que o Pequeno Lucas a preencha e a faça gritar por seu papai. — Levantei-me e fui para a cozinha. — Por que eu teria ciúmes?

— Lily. — Lucas riu. — Isso já faz tempo. Ela não sugeriu nada desde então. Pensei que vocês estivessem se aproximando?

— Estamos. Mesmo sendo estranho, mas não quer dizer... — Apertei os lábios, cruzando os braços embaixo do peito. — Não estou com ciúmes.

Sua risada aumentou.

— Sim, bebê, você está. Você não tem motivo para ficar com ciúmes. Juro. Eu não a quero.

— Talvez não, mas ela com certeza te queria no início.

— Não, ela queria minha ajuda. Estava desesperada — corrigiu. — Não tem mais ninguém para mim. Só você.

— Sério? E alguém do seu passado?

Sua mandíbula cerrou.

— Eu... cacete. Me desculpa, bebê. Não tem mais ninguém. — Ele se inclinou para a frente, segurando minha bochecha. — Você lembra o que aconteceu quando te encontrei jantando com Killian? Quão ciumento eu estava?

Meu peito apertou com as memórias.

— Sim.

— Eu não me incomodaria se os papeis se invertessem. — Ele desceu a mão pela minha coluna e segurou minha bunda.

Bati as mãos no seu peito.

— Eu também não me incomodaria se você me prendesse contra a parede, ficasse de joelhos e me colocasse na boca. — Ele mordeu o lado do meu pescoço. — Eu não me incomodaria se você me mostrasse a quem eu pertenço.

Coloquei os braços em volta do pescoço dele.

— É isso que você quer? Quer foder minha cara porque estou com ciúmes?

— Não, bebê. — Ele mordeu minha orelha. — Quero foder sua garganta.

Eu o empurrei e fiquei de joelhos antes de abrir seu cinto.

— Então me dê isso bem gostoso, bebê. Me deixe te lembrar a quem você pertence.

Suas narinas dilataram, e um sorriso malicioso abriu em seu rosto quando suas mãos seguraram minha cabeça.

— Abra bem, Lily.

## LUCAS

Cada centímetro meu doía. Nunca estive com uma mulher que desejava sexo tanto quanto eu. Mas também nunca estive com ninguém que eu queria foder tanto quanto quero foder Lily. Ela me dava tão bem quanto eu dava para ela, e agora estávamos horas depois deitados no sofá, pelados, cansados e doloridos.

— Acha que eles vão voltar? — Lily perguntou, levantando a cabeça e apoiando o queixo no punho. — Quer dizer, nós não estamos exatamente vestidos para fugir.

— Não tenho certeza. Acho que deveríamos voltar para a sua casa, mas não tem mais nada aqui que eles poderiam querer. Já levaram tudo.

— Ok. — Ela apoiou a bochecha no meu peito, passando o dedo devagar no meu mamilo.

— O que foi? — Bati levemente na bunda dela quando não respondeu.

— Eu nunca tive ciúmes de ninguém antes. — Lily levantou a cabeça. — Mas saber que Lena te queria... — Ela deu de ombros. — Me incomoda.

— Não deixe incomodar, porque você é a única que eu quero. Ok?

— Ok — ela repetiu.

— Acho que estamos atrasados para a reunião. — Notei que agora já estava escuro lá fora.

— Podemos ir em uma mais tarde. — Lily deu um beijo no local acima do meu coração. — Eu gosto disso. Ficar nua com você. É como se não pudéssemos guardar nada, já que nós não temos roupas no caminho.

— Sem barreiras, bebê? — perguntei, roçando o dedão no lábio inferior dela.

— Sim. Algo assim. — Ela me deu um sorrisinho.

Ela era absolutamente de tirar o fôlego. Passei o dedão por sua mandíbula, colocando a mão nos cachos caindo livremente em seu rosto. Seus olhos verdes brilhavam. Sua boca carnuda partiu, um suspiro escapando dela.

— Por que você está me olhando assim? — indagou, sua voz baixa e rouca.

— Você é linda. — Meu corpo ficou duro embaixo dela.

Suas bochechas avermelharam.

— Estou falando sério — afirmei, sabendo que ela não acreditava em mim. — Você me olha como se eu fosse a única pessoa que importa no mundo. Você me faz sentir coisas que nunca senti antes. Seu coração é tão grande, que posso sentir sua quentura toda vez que nos tocamos. — Eu nos virei, então ela estava deitada embaixo de mim. — E isso? — Entrei nela. — É perfeito. Toda vez com você é perfeita.

Suas bochechas avermelharam ainda mais.

— Lucas.

— Lily. — Tirei o cabelo de sua testa. — Falo sério. Tudo que falo para você é sério.

Seus olhos brilharam.

— Deus, você sabe como fazer uma garota se sentir bem consigo mesma.

Eu ri, dando um beijo suave em sua boca.

— Não quero que você chore — murmurei, passando o dedão na lágrima que caiu do canto do seu olho. — Só quero que saiba o que eu sinto. Eu não falo. Nunca. Compartilho nas reuniões, mesmo assim é só coisa básica. Mas estou tentando falar com você.

— Eu sei — garantiu, sua voz falhando.

— Não, bebê. — Beijei-a novamente. — Eu quero te falar tudo, mas é difícil para mim. Me leva de volta para lá e eu não... me assusta para caralho. Não posso voltar para lá, porque vai me foder e eu não quero isso. Não quero que você veja isso.

— Eu entendo. — Ela passou a mão para cima e para baixo nas minhas costas. — Podemos fazer algo amanhã?

— Nós podemos fazer o que você quiser. Só falar.

— Bem... — Ela mastigou a lábio inferior.

— Me diz.

— Eu quero ir para a praia. Depois de tudo que aconteceu, eu só quero... eu quero você. Quero sair com você. Nós podemos ir para a praia durante o dia e então jantar à noite?

— Você quer? — questionei, sentando e a colocando no meu colo. — Comigo?

Lily montou em mim.

— Claro que quero. Não tem praia perto daqui, mas tem umas a algumas horas de distância. Está bem?

— Claro.

— Que bom. — Ela me beijou suavemente na boca. — Eu te amo, Lucas. E falei sério, em tudo que te contei. Eu quero mais. Eu quero você. Eu quero... eu quero um dia de cada vez com você. — Ela riu. — Meu Deus, estou tagarelando. Estou nervosa.

— Não fique nervosa comigo, Lily Bela — pedi, minha voz firme. — Nunca. Você me entende?

Ela acenou com a cabeça.

— Então...

Eu ri, me inclinando para um beijo.

Ela sorriu, me empurrando.

CICATRIZES DO PASSADO

— Me diz.

— Sim, Lily. — Mordi seu queixo. — Eu vou te levar para a praia amanhã e depois para jantar. Nós podemos ficar bêbados com água. Podemos fazer tudo isso. O que você quiser.

Ela riu.

— Mal posso esperar.

Nem eu podia.

# CAPÍTULO 23

### LILY

Nós acabamos perdendo a reunião na noite anterior e apenas voltamos para a casa da minha avó. Toby iria chutar nossos traseiros, mas ele não ligou. Novamente. Uma parte de mim ficava imaginando o motivo.

Enquanto Lucas tomava banho, peguei algumas coisas que iríamos precisar nos nossos dias na praia, no nosso final de semana fora. Eu estava excitada. Excitada demais. Fazia anos desde que senti areia entre meus dedos e escutei a água bater na orla. Eu não ligava que estava mais frio e que nós provavelmente éramos loucos de irmos para a praia. Eu precisava disso. *Nós* precisávamos disso.

A água desligou e não tive como não imaginar Lucas de pé no chuveiro com gotas de água escorrendo por seu corpo rígido. Eu tremi. *Meu Deus, se controla, Lily.* Ele era só um homem. Não era como se eu nunca tivesse visto um. Mas, para ser sincera, nunca vi ninguém que se parecesse com ele. Nunca.

Colocando os pensamentos obscenos no fundo da mente, terminei de arrumar minha bolsa com uma manta e duas toalhas e a coloquei na porta perto da bolsa que Lucas arrumou na noite anterior. Não que fossemos entrar na água, porque eu estava certa de que provavelmente estaria fria, mas, só para garantir, coloquei na bolsa.

Tirando minha camiseta e calcinha, procurei na gaveta de roupas íntimas pelo meu biquíni.

— Humm... mas que bela visão.

Eu ri, encontrando o olhar de Lucas no espelho.

Ele passou a toalha na cabeça, a jogou no cesto de roupa suja ao lado da cômoda, e colocou o tapa-olho de volta na cabeça.

— Eu não sei qual usar. — Peguei alguns biquínis. — Vermelho, preto... ou... branco?

— Branco. — Ele chegou atrás de mim. — E então, quando estiver molhado, posso ver tudo embaixo.

— Mas todas as outras pessoas também poderão ver — eu o lembrei, colocando a parte de baixo e a subindo para os quadris.

— Caralho. — Ele passou o dedo embaixo da minha nádega, lambendo os lábios.

— Lucas, você precisa para de me olhar assim, ou nunca vamos sair. — Entreguei para ele as tiras do sutiã. — Amarra?

Ele as pegou de mim e fez o que pedi. Quando o sutiã estava no lugar, continuei a procurar nas gavetas por um short, uma camiseta regata e um casaco.

— Continue fazendo isso, Lily.

Levantei a cabeça.

— Na noite passada, essa manhã e no chuveiro não foi o suficiente para você? — Eu ri.

— Não quando você está assim. — Ele se segurou. — Porra, bebê. Nunca fiz tanto sexo na vida. Você me transformou em um viciado.

Nossos olhos se encontraram no espelho.

— Não pensa nessa porra — falou, a tensão no ar ficando pesada.

Limpei a garganta, empurrando esses pensamentos sombrios para o fundo da mente.

— Posso fazer uma pergunta?

— Depende. — Ele colocou uma camiseta branca por cima da cabeça. — Você vai me perguntar sobre o meu passado?

— Sim — respondi, automaticamente.

Ele se jogou na beira da cama.

— Está bem. Vai em frente.

— Quanto tempo demorou para você gostar de sexo?

Seu olhar veio para o meu.

— Não muito. Mesmo sendo forçado nisso bem novo, eu ainda sou humano e também sou homem.

— Você alguma vez fez sexo com alguém que gostava? Antes de mim, quero dizer.

Lucas ficou em pé, vindo na minha direção. Quando ele estava diretamente na minha frente, segurou meus quadris e beijou minha testa.

— Sim, mas não foi nada. E eu não fodi ninguém que gostasse desde então. Não até você. Você é a única mulher que quero continuar fodendo. A única que quero enfiar meu pau dentro e ficar lá. — Ele beijou o lado do meu pescoço. — Você me faz me sentir seguro — sussurrou.

Tremi, colocando os braços envolta do pescoço dele. Meus mamilos endureceram, empurrando contra os triângulos do sutiã do meu biquíni.

— Você está sempre seguro comigo.

Segurando o meu traseiro, me levou para a cama e me deitou nela antes de se ajoelhar entre as minhas pernas.

— Nós precisamos ir — sussurrei, enfiando os calcanhares na bunda dele.

Em vez de dizer alguma coisa, ele beijou a lateral do meu pescoço e colocou a mão entre nós. Seu dedo segurou a cava do meu biquíni e o colocou para o lado ao mesmo tempo em que entrou em mim.

Eu gritei, a queimação de seu pau entrando no meu corpo despreparado se espalhando por mim.

— Aguenta, Lily — rosnou, mordendo ao longo do meu pescoço. — Eu sei que essa boceta bruta gosta de ser usada.

— Sim — choraminguei. A dor me transpassou, meu corpo ficando molhado para ele.

Ele grunhiu.

— Você é minha putinha masoquista, não é?

Suas palavras deveriam ter me ofendido, mas elas só fizeram minha boceta apertar e o chupar mais para dentro.

Ele riu, metendo em mim o mais fundo que meu corpo permitia. Depois parou, segurando minha cabeça no lugar. Meu corpo estava preso na cama por sua força poderosa.

— Eu te amo, Lily Bela. — Ele sugou meu lábio inferior na boca.

— Meu Deus, eu também te amo, Lucas. — Levantei a cabeça para encontrar o duro impacto de seus lábios contra os meus. — Por favor, me fode.

— Não. — Ele apoiou os cotovelos em cada lado da minha cabeça. — A primeira vez que transei, fui forçado a gostar. — Ele se inclinou, seu hálito quente queimando minha orelha. — Eu gozei. Gozei forte para caralho.

— Por que você está me contando isso agora? — Ansiedade se espalhou por mim.

— Porque eu preciso saber.

— Saber o quê? — perguntei, minha voz tremendo.

— Que você pode lidar com isso. — Lucas mordeu minha orelha.

— O que você quer dizer? — Franzi a testa. — Se está perguntando

**CICATRIZES DO PASSADO**

se consigo lidar com você falando sobre sua infância quando está fundo dentro de mim, tente.

Algo brilhou atrás dos olhos dele.

— Você não pode me assustar — completei.

— Eu tinha doze anos quando fodi uma mulher pela primeira vez.

— Eu tinha treze anos quando senti um pau dentro de mim — joguei de volta para ele. — Você está tentando me deixar com ciúmes?

Lucas riu.

— Bebê, você não tem nenhuma razão para ter ciúmes de ninguém que eu fodi. Lembre-se de que nem todos os meus encontros foram consensuais. Certo?

— Então por que você está me contando isso enquanto está me fodendo? — Eu o empurrei e saí debaixo dele. — Eu te amo, mas você está sendo um babaca agora. — Corri para o meu banheiro, batendo a porta atrás de mim. Meu Deus, ele era um babaca e eu não fazia ideia de que porra acabou de acontecer.

## LUCAS

Enfiei meu pau dolorido de volta na calça e me sentei na beira da cama. Colocando a cabeça nas mãos, soltei um suspiro profundo. Que porra estava de errado comigo? Eu estava deliberadamente tentando arruinar a coisa boa que finalmente chegou na minha vida?

— *Você é corrompido, moleque.* — *Unhas feitas apartaram minhas bochechas.* — *Você sempre será corrompido. Nada de bom vai acontecer com você, e se tiver?* — *a mulher desdenhou.* — *Não vai durar. Você deseja sexo. O lado obscuro dele. O lado sensual. Tudo isso. Você não será capaz de encontrar alguém que possa acompanhar e lidar com a fera que tem dentro si. Você é um pervertido do caralho e meu objetivo é te transformar em um viciado.*

E eu era. Drogas, álcool, sexo. Café era a única coisa me eu me permitia ter. E sexo. Sexo sempre vinha com um preço. Especialmente agora que envolvia uma mulher que eu amava.

Criando coragem para falar com Lily, fui até a porta do banheiro e dei uma batida de leve. Quando ela não respondeu, apoiei a testa na porta.

— Sinto muito. Sinto pra caralho. Não sei o que deu em mim. Eu não estava de jeito nenhum tentando te deixar com ciúmes. Eu tenho... eu tenho problemas. Muitos problemas. Nem sei mais. Você é a primeira coisa boa na minha vida e não sei como receber. Eu te amo, Lily Bela.

A porta abriu devagar. Lily me olhou.

— Você queria sexo com raiva?

— Não. Eu não sei. — Coloquei as mãos nos bolsos da minha calça de moletom cinza. — Eu só queria você.

— Você me tem. Sempre. — Ele enfiou um dedo no meu peito. — Mas você não precisa falar do seu passado quando estiver dentro de mim. É estranho para cacete e ferra com a minha cabeça.

— Eu sei. — Limpei a garganta. — Era esse o ponto.

Ela levantou uma sobrancelha.

— O que isso deve significar?

Eu a empurrei mais para dentro do banheiro e a levantei na pia.

— Eu não sou somente viciado em drogas, Lily. Também sou viciado em sexo.

— Vou ter que me preocupar com você fodendo outras pessoas? — perguntou, se inclinando para trás e observando meu rosto.

— O quê? — Eu devia ter esperado isso. — Não. Claro que não.

— E se eu não for suficiente para você? Eu sou só uma pessoa, Lucas. E se eu não puder te dar o que você precisa?

Abri a boca para discutir, para dizer que ela era louca de pensar desse jeito, mas fazia sentido. Ela era somente uma pessoa. A pergunta não era se ela era o suficiente para mim, mas se podia aguentar a mim e aos meus demônios.

Saí do banheiro, pegando a bolsa que Lily arrumou para nós.

— Você é o suficiente para mim, Lily — afirmei, quando a senti chegar atrás de mim. — Você tem que ser o suficiente, porque eu me recuso a aceitar de outro jeito.

— Nós vamos então levar um dia de cada vez, Lucas, mas eu não competirei com outras pessoas.

Bile subiu na minha garganta quando ela não disse *outras mulheres*. Ela sabia. Puta que pariu, ela sabia.

**CICATRIZES DO PASSADO**

Derrubando a bolsa no chão, agarrei sua mão e a puxei para a cama.

— Lucas. — Ela soltou a mão da minha. — Eu não vou foder...

— Para! — Perdi o controle.

Seus olhos arregalaram.

— Quer dizer... — Soltei o ar devagar, tentando arrumar meus pensamentos, tentando muito para realmente falar com ela ao invés de me fechar. Se nós vamos ficar juntos e passar pelas minhas coisas, precisamos conversar.

— Primeira coisa. — Segurei suas mãos nas minhas, tirando dela a força que eu precisava. — Eu não sou gay e não sou bissexual. Não tenho nada contra, mas não é o que eu gosto. Eu sou hétero. Mas fui estuprado quando criança tanto por homens quanto mulheres, e forçado a fazer coisas com outras crianças da minha idade que faria o próprio Diabo estremecer.

Lily desviou o olhar.

— Não, olhe para mim, por favor. Eu preciso que olhe para mim. Não consigo colocar isso para fora se você não olhar.

Ela acenou com a cabeça, mastigando o lábio inferior, e me encarou.

— Continua — sussurrou.

— Eu... eu não lembro qual era a minha idade na primeira vez que aconteceu. Não entendi para que éramos usados até ser mais velho. Mas me lembro da dor. Não era como nada que senti antes. Eu...

— Me conta sobre a primeira vez que você gostou. Quando não foi forçado ou manipulado e na verdade queria fazer sexo.

Meus músculos apertaram, contraindo sob minha pele.

— Você quer saber sobre isso?

Lily me deu um sorrisinho.

— Eu quero saber sobre você, Lucas. Tudo sobre você. Quero saber sobre o homem que amo. O lado bom e o ruim.

Meu coração inchou.

— Eu tinha quinze anos. Era uma das outras crianças adotadas. Ela tinha dezessete anos e contava os dias até poder sair daquele inferno. Eu sempre fui grande para a minha idade. Em... um... todos os sentidos da palavra. — Minha mente voltou no tempo. Aquele tempo sombrio e perigoso, mas que era a única luz na escuridão que cercava a minha vida. Até Lily.

— Por favor, Lucas. Só quero sentir algo além de dor.

— Nós vamos nos encrencar. — Não era como se Mel não fosse bonita, mas eu não queria ser pego e jogado de volta na jaula.

— Eu estou quase fora daqui. — Seus olhos azul-escuros brilharam — Eu queria poder te levar comigo.

— É, como se isso fosse acontecer. Mas eu vou sair daqui. Eventualmente. — Se não me matarem antes.

— Acha que nos veremos novamente? — Mel me perguntou, tirando sua franja loira dos olhos.

— Não sei. — Honestamente, não estava certo de que queria. Nós passamos por muitas coisas. Todos nós. Juntos e separados. Vê-la novamente seria dolorido demais.

— Lucas. — Mel veio até mim e segurou minhas mãos. — Por favor.

Observei o rosto dela.

— Por que eu?

Seus olhos foram para o meu colo antes de voltar para o meu rosto.

— Você sabe o motivo. Eu também confio em você. Sei que não me machucaria. Não como...

Eu me inclinei para a frente, inalando o aroma de rosas de seu perfume, e segurei seu rosto.

— Eu também confio em você, Mel.

— Lucas? — Lily franziu a testa.

Eu tossi, esfregando a nuca.

— O nome dela era Mel Huff. Nós fizemos sexo antes, mas nunca pela nossa própria escolha. Ela estava indo embora logo depois, então ela queria... enfim. Foi a primeira e única vez que tirei qualquer satisfação do sexo enquanto estive preso naquele inferno. Depois disso, fodi qualquer pessoa aleatória que conseguisse. E nunca gostei daquele contato físico até você.

— Onde ela está agora? — Lily perguntou.

— Eu não sei. Muitos de nós não sobrevivemos. Era o que os nossos pais adotivos queriam. Menos bocas para contar os segredos sujos deles, acho.

Tentei procurar por ela novamente, mas ela deve ter trocado de nome ou casado. Ou talvez tenha morrido. Não sei.

— Você tem sentimentos por ela?

— Eu... não. Não do jeito que tenho sentimentos por você. — Coloquei a mão na bochecha da Lily. — Eu gostava dela. Não vou mentir e dizer que não gostava.

— Tenho certeza de que todos esses antigos sentimentos estão voltando — Lily disse, me dando um sorrisinho.

Coloquei a mão no colo, olhando para ela.

— Você é incrível para cacete. Estou te dizendo sobre a primeira garota com quem transei e você está agindo como se estivéssemos falando do clima. — Não que eu esperasse que ela fosse ficar com ciúmes, mas ela *tinha* ciúmes de Lena, então eu assumi que ela reagiria do mesmo jeito sobre a Mel.

— Não estou, sério. — Lily riu levemente. — Sei que surtei sobre Lena, mas acho que é diferente. Você e Mel estavam juntos em uma época perigosa para a vida de vocês dois. Só tinham um ao outro. Sei que não tenho nada para me preocupar e que você me ama.

— Amo. — Segurei seu rosto. — Eu te amo, Lily. — Dei um beijo forte em sua boca. — Eu te amo mais que tudo. Você me dá uma força do cacete, não sei se posso te compensar.

— Só me ame — pediu, suavemente. — É toda a compensação que irei precisar.

## LILY

Escutar sobre a primeira vez completamente consensual de Lucas me fez me sentir... estranha. Eu não estava certa do que era. Eu estava com ciúmes? Raiva? Irritada? Eu não tinha certeza, mas uma parte de mim imaginava por que eu nunca havia escutado antes sobre essa garota Mel. Outra parte de mim estava agradecida por ela não estar mais na vida de Lucas. Eles passaram por muitas coisas juntos. Como eu poderia competir com isso?

Quando saímos da minha casa, me sentei no banco do carona com sua mão na parte interior da minha coxa. Eu não conseguia não pensar em nossa conversa de mais cedo. Ele não continuou me contando mais, porém eu tinha tantas perguntas. Ele já havia amado Mel? Ela foi, tecnicamente, a primeira dele. Ela significava algo para ele?

— Você está chateada — Lucas soltou, um tempo depois.

— Não, não estou. — Mas continuei a olhar pela janela.

— Você está. Não disse nada desde que nos sentamos no carro. Você tem perguntas. Então me pergunte.

— Me faz me sentir uma idiota ciumenta se eu perguntar — murmurei.

— Não estou nem aí. Me pergunte mesmo assim.

Suspirei, virei na direção dele e me apoiei na porta, mantendo sua mão na minha. Eu precisava sentir sua pele, sentir seu toque e a fúria de seu poder. Eu precisava dele. Sempre dele.

— Você pensa nela com frequência?

— Não com frequência, mas o suficiente. — Sua mandíbula travou. — Eu penso no que ela pode estar fazendo. Espero que tenha sido capaz de passar por tudo. E também imagino se ela foi capaz de seguir em frente. Nós passamos por muitas coisas juntos.

Acenei com a cabeça.

— Você a amava?

O olhar de Lucas veio para o meu antes de voltar para a estrada na nossa frente.

— Não. Era diferente com ela. Nós éramos os mais usados. Ela tinha o corpo perfeito, de acordo com eles, e eles gostavam dessa merda. As outras crianças ficavam sozinhas, mas eu e a Mel nos unimos. Ela também foi a primeira com quem eles me colocaram.

— Não sei o que isso significa.

Seu olhar voltou para o meu.

— Eles me fizeram estuprá-la, Lily.

Bile subiu para minha garganta.

— Por favor, me diz que eles ganharam o que mereciam.

Lucas acenou com a cabeça.

— Foi como a maioria de nós conseguiu escapar. Shephard era, na verdade, um novato na época. Ele foi para o endereço errado depois de

**CICATRIZES DO PASSADO** 215

receber uma chamada, mas nos escutou gritando. Seguiu seu instinto e investigou. Ajuda foi chamada e, eventualmente, o FBI apareceu. O lugar foi invadido pelos federais. As crianças se espalharam. Eles provavelmente pensaram que as autoridades os machucariam do mesmo jeito. Sei que foi isso que pensei. Levou um bom tempo para eu confiar em Shephard.

— Ele é um bom homem — sussurrei.

— Ele é. — Lucas levou nossas mãos até a boca. — O que quer que seja que você está pensando, o que está te preocupando, eu sou seu, Lily. E somente seu. Nunca me entreguei para ninguém como me entreguei para você. Você entrou no meu coração gelado com um mero olhar. Me deixou de joelhos com uma risada. Você fez esse filho da puta ranzinza sorrir mais em alguns meses do que eu sorri na porra da minha vida toda.

Meus olhos encheram de lágrimas, minha garganta trabalhando sobre o caroço que de repente se alojou ali.

— Meu Deus, as vezes você diz as coisas mais doces.

— E eu falo sério cada palavra. — Ele roçou a mão na minha bochecha. — Eu te amo, Lily. Nunca senti isso antes. Essa necessidade por outra pessoa. Nós podemos nos conhecer somente por um período curto, mas sinto como se tivesse te conhecido minha vida inteira.

— Eu também me sinto assim. — Limpei uma lágrima que escapou e escorreu pela minha bochecha.

— Chorando por mim, bebê?

Eu ri, socando levemente seu braço.

— Dirija mais rápido, Lucas.

Ele sorriu, me dando uma piscadela.

Puxando meus joelhos até o peito, segurei sua mão e beijei as cicatrizes nos nós de seus dedos.

— Você vai me contar o que aconteceu com o seu olho?

— Hum... — Ele riu, esfregando a barba em sua forte mandíbula. — Eu sempre fui grande para minha idade. Um garoto tentou me atacar, eu o ataquei, mas não vi a faca. Ele também pensou que eu estava de olho na sua garota. — Ele sacudiu a cabeça. — Foi uma situação ferrada que nunca vou entender. De qualquer modo, ele acabou me esfaqueando no rosto. Quase pegou os dois olhos, mas consegui lutar com ele antes que isso acontecesse.

— Uau. — Soltei o ar devagar. — E aqui eu pensando que tive uma infância ferrada. — Neguei com a cabeça.

— Não quero comparar as nossas coisas, Lily. Nós lidamos diferente com as coisas, mas gosto de pensar que o meu passado me deixou mais forte. — Ele deu de ombros. — Pelo menos é o que espero.

Era possível? E se ele visse Mel novamente? E se Killian tentasse dar em cima de mim novamente: eu não estava certa se estava com ciúmes dela. Ah, a quem eu estava enganando, claro que estava com ciúmes dela. A garota ajudou Lucas durante um período terrível em sua vida. Por causa dela, ele foi capaz de passar por isso.

— Você alguma vez viu a Mel novamente? — perguntei para Lucas.

— Não. — Ele colocou seu carro imenso no estacionamento do hotel que ficaríamos naquela noite, a conversa terminada. Mas, porque eu gostava de fazer perguntas, não tinha como não imaginar o que aconteceria se Mel aparecesse novamente. E se eu seria capaz de competir com ela.

# CAPÍTULO 24

### LUCAS

Quando entrei no estacionamento do hotel que ficava a algumas horas da cidade onde vivíamos, ajudei Lily a pegar as bolsas na mala. Nós entramos no prédio que era numa parte rural da pequena cidade e fizemos *check-in*.

— Eu nos coloquei no último andar — informei, quando descemos o corredor para o elevador. O prédio possuía doze andares, e sabia que, com a vista para a cidade antiga, Lily acordaria feliz na manhã seguinte.

— Mal posso esperar para ver o nascer do sol amanhã de manhã — comentou, sorrindo para mim.

— Mal posso esperar para colocar novamente esse sorriso no seu rosto. — Segurei seu queixo, dando um suave beijo em sua boca.

O elevador abriu, e uma mulher vestida no uniforme de camareira passou por nós.

— Dá licença — murmurou, desaparecendo no corredor que acabamos de passar.

O cheiro de rosas entrou no meu nariz.

*"Óleo de rosas. Deixa o seu pau pronto e duro, não deixa, Lucas?"*

Meu estômago revirou. Sacudi a cabeça, me livrando da memória. Esse foi o momento em minha vida onde aprendi que aromas podiam ser afrodisíacos. Mas sem chance de ser ela. Era só uma coincidência e não uma que eu queria experimentar novamente tão cedo. Precisei me lembrar de que não era nada como das outras vezes que senti o cheiro, e que não era nada dessa vez.

— Lucas? — Lily inclinou a cabeça. — Está tudo bem?

— Sim. — Dei um sorrisinho para ela, mas algo ainda parecia estranho sobre a camareira. Coloquei isso para o fundo da minha mente e segui Lily para dentro do elevador.

— Tem certeza? — insistiu, colocando a mão gentilmente no meu braço. Eu acenei com a cabeça, segurei a mão dela e beijei as pontas de seus dedos.

Ela sorriu, mas o sorriso nunca chegou em seus olhos. Algo mudou entre nós desde que acordamos juntos na cama naquela manhã. Revelações foram trazidas à luz e eu não estava mais certo de como acertar as coisas. As perguntas que ela fez, respondi completa e sinceramente, mas todos esses sentimentos que nunca pensei que tinha ganharam destaque na minha mente do mesmo jeito. Nunca amei a Mel. Eu gostava dela o suficiente para não a machucar quando o sexo entre nós foi consensual, mas, além disso, não sentia nada.

Quando chegamos ao último andar e fomos para o nosso quarto, passei o cartão na fechadura e abri a porta. Deixando Lily entrar primeiro, olhei para o corredor. Uma mulher agora de pé estava no final dele, mas eu não podia identificar suas características. Tudo dentro de mim dizia que eu a conhecia. Ou que uma vez a conheci. Não tinha como ser *ela*, mas aquela vozinha dentro de mim me disse que era a Mel. Não era possível. Meu nariz formigou quando a memória de rosas passou por mim. Não podia ser.

— Lucas?

Virei com o som da voz de Lily. Olhando para o corredor, vi que a mulher sumiu. Olhei nos olhos da Lily.

Ela estava de pé dentro do quarto, olhando para mim. Seus olhos se moveram pelo meu rosto. Algo apareceu por trás deles. Dor. Medo. Confusão. Ela sabia. Caralho, ela sabia. Como ela sabia, eu não fazia ideia, mas ela sabia que havia algo. *Alguém*. Eu estava sendo puxado e não fazia ideia em que direção acabaria.

**LILY**

Eu estava com ciúmes de Lena, mas de Mel? Eu não sabia como me sentia. Lena e Lucas não dormiram juntos, mas ele dormiu com Mel. Ou a fodeu. Quem sabe se eles dormiram? Estava obcecada, e sabia que não deveria estar. Mas ele estava estranho. Desde que me contou sobre ela, e agora que estávamos no hotel, ele mal me tocou. Estava se fechando em si mesmo e eu não sabia como trazê-lo de volta.

Eu queria fazê-lo se esquecer dela, mas então outra parte de mim estava agradecida de que ela foi capaz de ajudá-lo no momento mais sombrio de sua vida. Não era justo. De jeito nenhum.

Depois de colocar nossas bolsas no quarto do hotel, nós saímos do prédio e descemos a rua na direção da praia. Eu podia sentir o cheiro de sal no ar. Deveria estar feliz. Queria vir para a praia desde que era uma menininha, mas agora tudo que eu podia pensar era sobre Lucas entre as pernas de outra mulher. Eu sabia que ele ficou com muitas outras mulheres além de mim, mas havia algo sobre essa que me incomodava. Se ele a visse novamente seria um problema? Ela tentaria tê-lo de volta? Eu confiava nele. Confiava completamente nele, mas um passado como o seu era diferente. Ela o ajudou. E se ela aparecesse novamente, todos esses sentimentos antigos poderiam voltar e talvez então ele perceberia que deveria ficar com ela e não comigo.

— Lily. — Lucas desceu os dedos pelo meu braço antes de me dar a mão. — Pare de pensar nela.

— Eu não tenho como controlar quando o meu namorado também está pensando nela. — Suspirei, soltando minha mão da dele e cruzando os braços embaixo do peito. Eu sabia que tínhamos problemas antes disso. Nós tínhamos problemas em conversar. Estávamos trabalhando nisso e ele me revelou tantas coisas nessa manhã, mas era quase como se ele tivesse revelado demais. Eu não sabia como lidar com isso.

— Lily. — Lucas segurou meu braço, me parando e me virando. — Para com isso. Por favor.

— Eu não estou fazendo nada — murmurei, me soltando e continuando a andar na calçada.

— Lily. — Lucas me enfiou em um beco até estarmos longe do olhar do público. — O que está errado?

— Não sei! — gritei. — Está bem? Não faço deia. Eu não gosto dessa sensação. Não sei se estou com ciúmes. Não sei se estou com inveja. Eu não faço ideia e é frustrante, porque nunca me senti assim antes.

— Eu não devia ter dito nada, mas queria ser honesto com você. — Ele esfregou a nuca. — Quero que saiba tudo sobre mim.

— Eu também quero saber. — Apoiei a testa no peito dele e respirei fundo. Ele cheirava a especiarias e café e era absolutamente delicioso. Soltei um suave ronronado.

— Vamos lá. Quanto antes fizermos a parte da praia, antes podemos voltar para o hotel e passar uma ou duas horas na cama antes do jantar.

— Gosto dessa ideia. — Eu precisava empurrar os pensamentos sobre Mel para o fundo da minha mente. Se eu quisesse fazer isso funcionar com Lucas, teria que superar a mim mesma e me comportar como adulta. Não era como se ele soubesse onde ela estava ou algo do gênero.

Nós saímos do beco de mãos dadas e fomos em direção à praia. Era um dia nublado, então a praia não estava lotada, mas tinha um bocado de gente nela.

De vez em quando, eu pegava garotas rindo e falando entre si. Elas apontavam para nós e sussurravam.

Olhei para Lucas, meu corpo esquentando.

— Você não vê isso, vê?

— Ver o quê? — perguntou, franzindo a testa.

— As garotas te olhando. As mulheres que vão pensar em você quando seus namorados ou maridos as foderem hoje à noite. — Eu ri, apertando sua mão. — Você é a fantasia delas, Lucas.

Ele grunhiu.

— Sim. Certo.

— Olhe em nossa volta, Lucas. — Passei o braço na minha frente. Homens fechavam a cara. Mulheres batiam as pestanas. Garotas novas se envergonhavam, mas desejavam que Lucas estivesse prestando atenção nelas. Até alguns homens o encaravam maravilhados. Ele era um filho da puta assustador, mas de tirar o fôlego do mesmo jeito.

— Eles estão provavelmente imaginando como essa fera feia conseguiu uma bela como você — Lucas reclamou.

Eu parei, puxando sua mão e batendo com o dedo na minha boca.

Ele se inclinou, dando um beijo suave nos meus lábios.

Segurei sua nuca, aprofundei o beijo e dei um show para as pessoas em nossa volta. Colocando a língua em sua boca, suguei o grunhido dele para dentro dos meus pulmões.

— Caralho, Lily. — Ele terminou o beijo, passando o dedão em minha boca inchada. — Você vai pagar por isso.

**CICATRIZES DO PASSADO** 221

Eu ri, fiquei nas pontas dos pés e beijei sua bochecha.

— Mal posso esperar.

Ele negou com a cabeça, me levando pela calçada.

A plateia se moveu, virando o olhar para qualquer lugar quando passamos por eles.

*Morram de inveja, garotas.*

E eu cortaria qualquer vadia que tentasse tirá-lo de mim. Não ligava quem elas eram ou o tipo de passado que tinham. Lucas Crane era meu.

# CAPÍTULO 25

## LUCAS

Eu não era do tipo de prestar atenção na minha aparência. Malhava porque me ajudava com as questões do meu vício. Não para ter uma boa aparência para ninguém além de mim mesmo. Eu tinha cicatrizes que faziam meus sorrisos parecem mais caretas. Beleza estava nos olhos de quem vê, e toda aquela merda. Mas Lily me fazia me sentir... especial. Como se eu fosse o único que ela via. Como se eu fosse seu mundo inteiro. E quando ela me beijava em público, acordava algo feroz dentro de mim. Eu não estava certo se ela notava, mas os caras também olhavam para ela. Como podiam não olhar?

Enquanto eu me deitava no meu lado da canga que ela abriu para nós na areia, ela tirou o short, mas ficou de camiseta. Escondia suas cicatrizes do mundo.

— Tira a camiseta — pedi, gentilmente.

— Estou bem. — Ela se deitou na canga, apoiando a cabeça no meu colo. — É perfeito.

— É sim. — Eu queria que ela tivesse tirado a camiseta, mas eu entendia. Uma parte de mim ficava eufórico que ela só deixava que eu as visse.

— Eu posso sentir você olhando, Lucas — comentou, dobrando os joelhos e cruzando um por cima do outro, sacudindo o pé para cima e para baixo.

— Você é linda. Não tenho como não olhar. — Apoiei a cabeça na mão.

— Você também é lindo. Posso ver as moças olhando para você.

Eu ri.

— Elas estão me escondendo de suas crianças.

— Por favor. — Lily bufou. — Elas vão para casa hoje à noite para foder seus maridos pensando em você.

Foi minha vez de zombar.

— Você já falou isso duas vezes, mas eu ainda não acredito.

Lily se sentou, olhando para mim.

— Ou você é cego nos dois olhos, ou é realmente modesto.

Dei um beliscão no lado do seio dela.

— Cuidado.

Ela pulou, tirando minha mão com um tapa.

— Falo sério, Lucas. Você não se vê? — Ela se deitou de barriga para baixo, chutando o pé para frente e para trás. — Você é sexy pra cacete.

— Ahhh... é? — Dei um beijo de leve em seu nariz. — Me conta mais.

Ela riu, suas bochechas corando.

— Precisando de uma massagem no ego, bebê?

Eu ri. Agora isso eu gostava e podia me acostumar.

— Me diz. O que você vê quando me olha? E o que você acha que os outros veem?

— Hummm... — Ela bateu com o dedo no queixo. — Vejo um homem belo, destroçado, que tenta pra cacete não mostrar seu coração. Também vejo um homem que ama com cada centímetro de si e se importa profundamente. Acho que os outros veem um cara rebelde. Uma fantasia.

— Foi isso que você viu quando me conheceu, Lily? — O calor entre nós inflamou em um inferno. Nós provocamos e flertamos. Tocamos e beijamos. Estávamos em público, então não podíamos fazer mais, mas eu a queria agitada. Queria que Lily explodisse por mim.

— Eu vi um homem que me viu por quem eu sou. Era como se eu pudesse sentir você entrando na minha alma e preenchendo todas as fantasias que já tive.

— É? — Minha voz saiu baixa e rouca. — O que mais?

— Eu... — Seu olhar passou por mim. Ela franziu a testa.

Eu virei, seguindo a direção que ela estava olhando.

— O que está errado? — questionei, não vendo nada fora do normal.

— Não sei. Vi alguém nos observando.

Sentei-me, olhando em volta de nós. Meu estômago revirou, aquele sentimento familiar do hotel me atingindo. *Ela* estava por aqui. Tinha que estar. Ou era outra pessoa do meu passado. De qualquer jeito, eu não estava certo de se queria vê-los. Não importa quem fosse.

# LILY

Alguém arruinou nosso momento. Eu não sabia quem era, mas podia senti-lo nos observando. Sabia que tínhamos problemas. Talvez eu tivesse problemas com ciúmes, mas, deitada na canga com Lucas e flertando com ele, era divertido e revigorante. E agora nosso humor voltou para como estava antes.

— Acho que tenho areia em lugares que não sabia que a areia podia chegar — murmurei, sacudindo meu biquíni e o passando pela água.

Lucas riu atrás de mim.

— É o que você ganha por jogar areia em mim.

Fingi uma arfada.

— Eu nunca faria uma coisa dessas. Não é culpa minha que você não tirava as mãos de mim.

— Então no lugar você joga areia? — ele perguntou, levantando uma sobrancelha.

Dei de ombros.

— Tive que pensar rápido. — Pendurei o biquíni na borda da banheira. Quando me levantei, encontrei o olhar sombrio de Lucas. — O quê? — indaguei, um tremor descendo pelo meu corpo.

— Você é... — Uma batida forte soou na porta da frente. — Espera aqui. Eu atendo.

— Ok, mas antes. — Bati na minha boca.

Ele sorriu, me dando um rápido beijo e saindo do banho.

Terminei de limpar a areia. Depois que acabei, desliguei a água quente e enrolei uma toalha na cabeça e outra no corpo, quando ouvi vozes do outro lado da porta fechada. Uma era de Lucas, a outra de uma mulher. A não ser que fosse um homem com voz fina. Meu estômago revirou. *Não, não fique com ciúmes, Lily. Você confia em Lucas. Ele não faria nada para fazer você pensar diferente.*

Coloquei um vestido vermelho, o arrumei no meu torso e dei uma voltinha. Era justo, apertando todas as minhas curvas, e levantava meus amplos seios ainda mais. Dava-me um decote que faria Lucas implorar aos meus pés e mostrava minha bunda que eu sabia que ele amava. Eu tinha todas as intenções de usar calcinha, mas algo me disse para não colocar. Eu estava me sentindo estranha. Com ele. Comigo mesma. Com tudo em geral. Talvez estar completamente nua embaixo desse vestido deliciosamente pecaminoso ajudaria. Não tinha certeza, mas estava pronta para tentar qualquer coisa.

## LUCAS

— O que você acha que vai acontecer agora? — Mel perguntou, entrelaçando seus dedos com os meus.

— Não tenho certeza. Acho que, quando sairmos dessa merda de lugar, iremos para caminhos separados. — Dei de ombros.

— É isso que você quer? — perguntou, seus olhos azuis brilhantes me encarando.

— Não é isso que você quer? Sabe que não podemos ficar juntos. É muito difícil.

Mel me soltou e se levantou. Ela virou seu corpo nu da minha frente, mas não antes que eu pudesse ver as lágrimas escorrendo por suas bochechas.

— Mel — chamei, gentilmente.

— Não. — Ela limpou as lágrimas bruscamente.

— Eu sinto muito — murmurei.

— É. — Ela colocou sua calcinha preta. — Eu também. — Pegou o resto de suas roupas e saiu do quarto.

Eu deveria tê-la seguido? Eu era novo, então ainda não entendia bem as mulheres, mas algo me dizia que deveria ter ido atrás dela. Claro, eu sentia culpa, mas não era como se pudéssemos passar o resto de nossas vidas juntos. Ela era bonita. Era agradável comigo, quando outros não eram. Ela era a minha rede de segurança enquanto estávamos trancados nesse inferno, mas, além disso, eu não sentia nada por ela.

*Levantei do colchão no chão e vesti minha calça jeans rasgada e a camiseta branca manchada. Olhando de volta para o colchão, a vergonha pesou nos meus ombros. Eu a usei. Mesmo ela tendo implorado, ainda a usei. O fraco cheiro de sexo entrou no meu nariz. Foi a primeira vez que fodi uma mulher e gostei. Mas ela não era uma mulher. Ela mal tinha dezessete anos e eu tinha quinze. Claro, era ilegal em alguns estados, mas para nós? Nós já éramos adultos. Sábios além da nossa idade.*

*E eu sentia que acabara de perder a única pessoa que poderia me ajudar pelo resto do meu tempo nesse inferno fodido que eu chamava de vida.*

— Mel — minha voz falhou.

Ela olhou para mim, um sorriso abrindo em seu rosto.

— Sinto muito por te perturbar, mas eu não podia continuar a trabalhar sem checar se era você. Eu estava certa. Meu Deus, Lucas. É... — Ela jogou os braços em volta de mim, enfiando o rosto no meu peito. — Tem muito tempo. Tempo demais.

Fiquei de pé ali, completamente parado. Minha mão estava no batente da porta enquanto a outra se apoiava na parede. Lily estava no banheiro. Se ela saísse e visse Mel agarrada em mim, ela surtaria e com razão. Porque eu faria a mesma coisa se os papéis estivessem invertidos.

— Mel. — Tentei tirá-la de cima de mim, mas ela só segurou mais forte.

— Senti sua falta. Eu senti tanto sua falta. — Ela chegou para trás, me olhando através de lágrimas não liberadas. Seu cabelo loiro estava preso em um rabo de cavalo alto. Sardas adornavam suas bochechas. Seus lábios estavam pintados com um batom vermelho-vivo. O uniforme preto e dourado do hotel abraçava seu corpo pequeno, mas curvilíneo. Era uma coisa que nossos pais adotivos amavam sobre ela. Ela era alta, magra, mas seu peito era grande. Ela tinha o corpo perfeito, de acordo com eles e cada outro pervertido que encontramos.

— Eu... — Eu não podia falar. Não tinha ideia como ela me achou. A vira era fodida. Absolutamente fodida.

— Você está bem. Ainda tão bem. — Mel deu um beijo suave em minha bochecha.

O cheiro de rosas entrou em meu nariz, desencadeando memórias que forcei para o fundo da minha mente tempos atrás.

Em um movimento rápido, empurrei Mel para o corredor e fechei a porta atrás de mim.

— O que você está fazendo aqui?

— Eu trabalho aqui. — Mel franziu a testa, passando a mão na frente de si mesma. — Obviamente.

— Não, quero dizer, o que você está fazendo aqui? Nessa cidade?

— Ah. — Ela franziu a testa. — Eu quis uma mudança e sair da cidade. Percebi que a única maneira de fazer isso seria vir para cá. Essa cidade é fofa, não é? — perguntou, um sorriso largo abrindo em seu rosto.

— Eu não entendo como você está aqui. — Era uma coincidência muito grande.

— Era para ser, claramente. — Seus olhos azuis brilharam.

— Não. — Era demais. Levou-me de volta para quando eu era criança. Nós vivíamos horas longe daqui. Como que eu podia acabar na mesma cidade que Mel trabalhava? Passei a minha vida inteira tentando me livrar dessas memórias, só para bater de frente com uma quando eu estava levando minha namorada para a praia. A vida era cruel pra caralho.

— Lucas — Mel disse, gentilmente. — Está tudo bem.

— Não, não está. — Sacudi a cabeça. — Então era você. Eu te vi no final do corredor. Senti o cheiro daquela porra daquele perfume de rosas que você sempre usava. Porra, por que você ainda o usaria? E você estava na praia. Estava nos seguindo.

— Eu ainda o uso porque ele me lembra do meu tempo com você. — Mel agarrou minha blusa. — Eu precisava ter certeza de que era você, Lucas. Senti sua falta. Senti tanto sua falta.

— Para — eu disse, entre dentes cerrados.

— O que está errado? Sei que você não está sozinho, mas isso... — Ela colocou a mão embaixo da minha blusa, seus dedos passando no meu abdômen. — Isso é certo. É como deveria ser. A vida não nos juntaria novamente se não fosse destinado a ser.

— Não. — Segurei as mãos dela, as tirando debaixo da minha camiseta. — Você não pode fazer isso. Passaram-se anos, Mel.

— Sim. — Ela soltou as mãos das minhas e as colocou em volta do meu pescoço. — Anos que nós temos que pegar de volta. Eu saio em uma hora. Podemos nos encontrar. Como fizemos uns anos atrás. Meu Deus, senti falta disso.

— Para. — Eu não podia fazer isso. Por mais que precisasse dela quando era criança, isso não acontecia mais. — Eu não estou... — A porta atrás de mim abriu. — ... solteiro.

— Não, você não está. — Lily passou por mim e esticou a mão. — Oi, eu sou a Lily. Namorada do Lucas. E você deve ser a Mel.

Mel me soltou, olhando para ela e de volta para mim. Algo passou por trás dos olhos dela. Ela cruzou os braços embaixo do peito, levantando ainda mais os seios. Anos atrás, eu tenho certeza de que esse movimento teria causado uma reação em mim, mas agora, não causou. Uma risada escapou dela.

— Uau. Bem, isso é novo. Tem um tempo, mas não achei que era tanto tempo. — Ela sacudiu a cabeça. — De qualquer modo, foi bom te ver. — Ela virou, descendo o corredor.

Um tapa forte atingiu meu peito.

Olhei para a Lily.

— O quê?

Ela franziu os lábios, colocando as mãos nos quadris.

— Essa é ela? Essa é a mulher que te ajudou quando vocês eram crianças? — Ela bufou, entrando novamente no quarto do hotel. — Essa é a Mel?

— Lily. — Bati a porta e fechei a distância entre nós. — O que está errado?

— O que está errado? — repetiu, virando para mim. — Aquela mulher é linda pra cacete! — gritou, me empurrando. — Eu estava esperando... — Ela fechou a cara. — Bem, não era isso que eu estava esperando. Ela podia vestir um saco de lixo e ainda teriam homens enfileirados para ficar com ela. Porra, até eu dormiria com ela.

Sacudi a cabeça.

— Não faço ideia do que está acontecendo agora.

Lily tirou a toalha da cabeça e começou a secar o cabelo.

— Eu não posso competir com ela.

— Espera aí. — Peguei a toalha e joguei no chão antes de tomá-la nos meus braços. — Você não tem que competir com ninguém. Você é minha. E eu sou seu. Você me entende?

— Eu de repente me sinto bem insegura no momento e não gosto disso. — Lily se soltou do meu abraço e pegou a toalha antes de voltar para o banheiro.

Mel aparecer estragou o nosso humor, mas o fato de que isso fazia a Lily se sentir insegura sobre nós me emputecia mais ainda.

# CAPÍTULO 26

## LILY

Ela era linda. Claro que era linda. Mel podia ser uma modelo. Mesmo tendo anos desde que ela e Lucas dormiram juntos, eu apostaria minhas economias que ela também era perfeita na época. Ela era alta, longo cabelo loiro preso em um rabo de cavalo. Sua boca era grossa e pintada de vermelho. Bronzeada, como se o sol beijasse sua pele da maneira mais deliciosa. Eu estava sendo irracional. E sabia disso, mas não conseguia não ver em minha mente eles dois fodendo. Meu estômago revirou.

Nunca me senti insegura sobre as minhas curvas até agora. Eu era baixa. Mal tinha um metro e sessenta. E amava comida. Não importava o quanto eu malhasse, minhas curvas sempre estariam aqui. Eu tirava vantagem delas. Para conseguir que os homens fizessem o que eu queria. Usar sutiã cinquenta e dois e ter uma bunda grande ajudavam. Mas agora eu odiava o meu corpo. E isso me deixava puta.

Não era justo eu reagir dessa maneira, mas não conseguia controlar. O meu relacionamento com Lucas era novo e eu não tinha o melhor dos históricos com homens.

— Lily? — Uma batida suave na porta forçou um suspiro dos meus lábios. — Por favor, me deixe entrar. — A maçaneta mexeu. — Por favor.

Meus olhos encheram de lágrimas. Eu odiava me sentir desse jeito. Confiava em Lucas. Sim, confiava. Mas o jeito que Mel olhou para ele me fez perceber que o relacionamento deles era mais do que sexo. Mesmo se fosse só do lado dela. A mulher também provavelmente conseguia qualquer homem que quisesse. Não importava que ele foi forçado a transar com ela. Não importava que o relacionamento deles fosse fodido e que eles tivessem sido instruídos a foder outras pessoas. Meu Deus, eu não podia acreditar que aquele pensamento passou pela minha mente.

— Lily, bebê.

Assim que destranquei a porta, Lucas a abriu e colidiu comigo.

— Nunca mais faça isso comigo novamente. — Ele enfiou o rosto na dobra do meu pescoço, me segurando grudada nele e me tirando do chão. Esfregou sua barba em minha bochecha. Tinha deixado crescer um pouco e eu gostava. Gostava muito.

Eu me agarrei nele, colocando os braços em volta do seu pescoço e passando os dedos por seu cabelo. Ele o deixou crescer também. Tudo por mim. Tudo que ele fazia era por mim.

— Me promete — suplicou, seus lábios encontrando o ponto abaixo da minha orelha. — Me promete que, se tiver um problema, não vai fugir de mim novamente — murmurou, encostado em meu pescoço.

Eu tremi, virando a cabeça e cobrindo sua boca com a minha. O beijo se tornou rápido, quente e desesperado. Era quase tóxico, o prazer estalando entre nós.

Lucas me colocou na pia do banheiro, prendeu minhas pernas em volta de sua cintura e ficou entre elas.

Ele engoliu meus suspiros. Isso era nosso. Era onde deveríamos estar. Ele era meu. Eu era dele. Era quebrado e marcado, mas era tudo que nos fazia sermos nós.

Inclinei-me para trás, trazendo-o comigo e tirei sua blusa de dentro da calça. Passando as mãos por baixo do tecido, levantei-a em seu torso. Meus dedos passaram por seus músculos, encontrando cada elevação e sulco. Seu corpo contraiu e sua língua entrou mais ainda em minha boca. Quando meus dedos chegaram no lugar em cima do seu coração, deleitei-me com a sensação do poderoso músculo batendo dentro de seu peito.

Lucas colocou a mão entre nós, roçando os dedos no interior da minha coxa antes de chegar ao ponto que pertencia a ele. Que sempre só pertenceu a ele.

Ele soltou minha boca, olhando para mim.

— Eu te amo, Lily.

— Eu também te amo, Lucas — sussurrei. — Por favor, não me deixe duvidar disso.

— Nunca. — Ele deu um beijo forte em meus lábios. — Você é minha. Eu sou seu. E não quero mais ninguém. Só você. Sempre você.

**CICATRIZES DO PASSADO**

Lucas beijou o lado do meu pescoço, lambendo e sugando até eu estar me remexendo embaixo dele. O som de uma batida leve na porta do hotel quebrou o nosso momento.

— Caralho. — O dente dele entrou na minha pele.

— Eu... eu acho que tem alguém na porta — arfei.

Lucas levantou a cabeça, olhando no corredor antes de voltar para mim. Ele foi se distanciar, mas então enfiei os calcanhares em sua bunda.

— Fica, por favor — supliquei.

— Você quer que eu te foda? Quer que ela escute?

Desviei o olhar.

— Nunca senti isso antes. Esse desejo ciumento de reivindicar você como meu.

Lucas colocou a mão na minha nuca, puxando minha cabeça para o seu peito.

— Eu te amo, Lily Bela. Você não tem motivo para ficar com ciúmes dela.

Escutei suas palavras, mas ainda não acreditava nelas. Eu confiava nele, mas com certeza não confiava nela.

— Casa comigo.

Meus olhos arregalaram. Cheguei para trás, olhando para ele.

— Oi?

Ele me deu um sorriso torto.

— Você é minha, Lily, e eu sou seu. Me deixa provar isso para você.

— Então, você está me pedindo em casamento? — Tossi, sacudindo a cabeça e o empurrando para longe de mim. — Nós não estamos juntos nem por seis meses ainda.

— Algumas pessoas se casam em um tempo ainda mais curto.

Desci da pia e me sentei no vaso sanitário.

Lucas se apoiou no portal.

— Eu te amo, Lily.

— E eu te amo, mas casamento? Sério? Essa é a resposta? — Terminei o que estava fazendo, sem ligar de ele estar me observando o tempo todo. Por que casamento? Sem chance que poderíamos nos casar.

— Por que não? — Ele foi para a frente do espelho e ajeitou sua blusa, o que só agora percebi que era uma camisa social preta. Ele a colocou dentro de sua calça social preta. Deus, ele parecia bom o suficiente para comer.

— Você está só me pedindo em casamento por que a Mel apareceu? — Bati no seu braço quando não respondeu. — Lucas.

— Eu não sei, está bem?

Eu abri a boca para berrar, gritar, não estava mais certa do que, mas, em vez disso, o que saiu foi calmo e controlado, me deixando ainda mais nervosa.

— Se nós ainda estivermos juntos em um ano e você então quiser se casar, eu direi sim. Mas preciso saber que você quer se casar comigo por mim ou porque quer enfiar na cara dela que não está mais solteiro.

— Está bem. — Lucas dobrou as mangas da camisa até os cotovelos.

— Está bem? Isso é tudo que você tem para dizer?

Ele deu de ombros.

— O que você quer de mim?

— Eu quero a verdade. Eu quero você. Quero voltar para antes de Mel aparecer. Só quero ser feliz. Nós merecemos ser felizes, Lucas.

Ele virou para mim, segurou meu queixo, e deu um beijo suave em minha boca.

— Eu sou feliz com você, Lily. É você quem tem um problema com a aparição da Mel.

— Eu? — perguntei, surpresa. — Você não pode ficar em pé aí e me dizer que sentimentos antigos não apareceram. Não sou idiota. Posso não ter passado pelo que você passou, mas sei que ficar preso em uma situação com alguém está fadado a criar um vínculo inquebrável. E se ela quiser esse vínculo novamente com você?

Ele pausou.

— Não importa — garantiu, um momento depois. — Eu estou com você. — Ele saiu do banheiro comigo logo atrás de si.

— Isso importa, Lucas. Se ela sente algo por você, especialmente... — Engoli em seco. — ... se ela te ama.

— Me ama? — Ele virou para mim. — Amor nunca existiu entre nós. Nós não tínhamos mais ninguém, então nós grudamos um no outro.

— Exatamente, Lucas! — gritei. — Esse é um vínculo que eu nunca poderei ter com você.

— Que porra você está me dizendo, Lily?

— Eu... — O que eu estava tentando dizer? — Se você... quer dizer... eu saio da frente...

— Não se atreva a terminar a porra dessa frase. — Ele colocou o sapato. — Agora, termine de se arrumar. Nós temos uma reserva para o jantar. — Ele saiu do quarto do hotel, batendo a porta.

Todo o ar saiu dos meus pulmões. Um leve soluço saiu de mim. Eu

**CICATRIZES DO PASSADO** 233

não queria terminar com ele, mas também não queria que ele ficasse comigo porque achava que precisava. Eu não fazia ideia do que fazer.

## LUCAS

Eu estava puto. Não, estava com uma raiva do caralho. Lily ia sair da frente... o cacete. Eu a queria e somente ela. Nós estávamos juntos por pouco mais de quatro meses e ela estava certa. Casamento não resolveria nada, mas era um passo na direção certa. Ou eu pensei que seria. Eu falei sério neste ponto. Se ela tivesse falado sim, nós dirigiríamos para o primeiro cartório que eu encontrasse. Mas ela não falou. Porque ela era a pessoa racional em nosso relacionamento.

Eu estava apoiado na parede quando Lily apareceu na minha frente.

— Nós vamos ter um bom jantar, ou vamos ter essa carranca no seu rosto a noite toda?

Eu abri a boca para dizer algo, mas no lugar saiu uma gargalhada.

— Você me deixa louco, mulher.

— Sim, bem, eu posso dizer a mesma coisa sobre você. — Ela esticou a mão.

Puxei-a bruscamente para mim.

Ela arfou, batendo a mão no meu peito.

— Sinto muito — pedi, a beijando suavemente na boca.

— Também sinto muito — sussurrou contra os meus lábios. — Não estou acostumada a lidar com ex-namoradas e isto está ferrando com a minha cabeça.

— Ela não é uma ex.

— Você a fodeu. Ela é sua ex alguma coisa. Eu também tenho ex, mas não continuei a fodê-los.

Graças a Deus por isso.

Lily franziu a testa.

— Você só transou com ela quando vocês eram mais novos, certo?
Limpei a garganta, mas não respondi.
— Sabia — Lily murmurou. — Quanto tempo?
— Nós perdemos contato e nos reencontramos alguns anos atrás.
Lily soltou o ar devagar.
— Você disse...
— Eu sei o que disse. Eu só a vi uma vez desde que éramos crianças. Desde que vivemos naquele inferno que chamávamos de lar. Eu não deveria ter deixado isso de fora, e sinto muito, mas não gosto de falar sobre isso. — Eu usei Mel para me sentir melhor e não me orgulhava disso.
— Por que não me contou? — Lily perguntou, olhando para mim com toda a esperança do mundo.
— Eu estava envergonhado. Minha vida sexual nunca foi convencional, e com ela... eu não quero conversar disso com a mulher que estou fodendo no momento. — Distanciei-me de Lily, esfregando a nuca.
— Está bem, não vou mais perguntar. — Lily veio para o meu lado. — Mas obrigada por me contar.
Acenei com a cabeça, segurando a mão dela.

— Nós não deveríamos ter feito isso. — Mel colocou as pernas para o lado da cama.
— Por que não? Você aparece, nós transamos, fim. Não é nada demais.
A cabeça dela virou.
— Sempre é alguma coisa com você. Com todos vocês. — Ela bufou, enrolando o lençol em volta de sua pele bronzeada. — Eu te amo, Lucas.
Eu gargalhei.
Ela me fulminou com o olhar.
— Fala sério, Mel. Você não pode seriamente me amar. O que nós temos não é a porra do amor. A primeira vez que te fodi, eu te estuprei porque fui forçado. Eu era uma criança. E não era forte o suficiente para lutar contra eles. E então você ainda me queria.
— Que porra você está me dizendo?

CICATRIZES DO PASSADO 235

*— Que você é uma viciada. Uma ninfomaníaca. O que quer que seja que você queira chamar. — Eu me levantei da cama, ganhando um pequeno suspiro. Sempre recebia aquela reação e meu pau pulou por causa disso.*

*— Eu não sou viciada em sexo — ela sussurrou.*

*Virei para ela.*

*— Não? Deita na cama e eu vou te provar que você é.*

— Lucas?

Pulei, minha mente me trazendo de volta para o presente.

Lily franziu a testa.

— Você está bem?

— Sim. — Esfreguei o rosto. — Me desculpa. Más memórias. Eu realmente não sei por que você me ama. Eu era um babaca tão grande.

Lily levou minha mão para sua boca.

— Você não é um babaca comigo. E se foi um babaca com ela, ou com qualquer outra mulher que dormiu, claramente você ainda não havia encontrado sua pessoa.

Meu coração inchou.

— Você é a minha pessoa, Lily. Sempre será a minha pessoa.

— Ótimo. — Ela me deu um sorrisinho. — Agora me alimente.

Eu ri.

— Sim, senhora.

**LILY**

As coisas não estavam perfeitas, mas teria que ser o suficiente por agora. Enquanto eu e Lucas estávamos sentados no restaurante, tirei meu salto e coloquei os pés no colo dele.

Ele sorriu, os cobrindo com sua mão grande e enfiando o dedão no arco do meu pé.

Suspirei, tomando um gole de água.

— Obrigada por isso.

— De nada, Lily Bela. — Ele tomou um gole de sua própria água, se apoiando no banco em frente ao meu. — Você se sente melhor?

— Agora que não estamos no hotel onde a mulher que você costumava foder trabalha? Sim, me sinto.

Lucas revirou os olhos.

— Esse atrevimento vai te fazer levar umas palmadas, Lily Bela.

— Mal posso esperar — murmurei.

— Agora você sabe como me sinto.

Meu olhar foi para o dele.

— Com Killian. — Ele deu de ombros. — Ele não me deixa inseguro, mas é competição.

— E quantas vezes tenho que te dizer que você não tem nada para se preocupar?

— É. — Lucas se sentou para a frente. — E quantas vezes eu te disse que você não tem nada para se preocupar, Lily? Eu não quero a Mel. Não importa o que ela fala ou faz, ela não significa nada para mim. Nós ficamos juntos em uma época que eu precisava de conforto e um toque gentil. Mas você entrou na minha vida quando eu mais precisava.

Fui tirar meus pés do colo dele, que os segurou mais forte.

— Passei anos da minha vida só vivendo porque precisava. Você sabe quantas vezes tive uma overdose? Eu deveria ter morrido, mas tem uma razão para eu estar vivo. Você é essa razão. Eu vejo isso agora.

Meu estômago revirou.

— O que você quer dizer?

— Eu quero dizer que claramente tem algo me mantendo aqui. É você, Lily. Sempre foi você.

Meus olhos encheram de lágrimas. Cobri meu rosto.

O banco ao meu lado abaixou.

— Eu não queria te fazer chorar — Lucas sussurrou, beijando minha cabeça.

**CICATRIZES DO PASSADO**

— Você sempre diz as coisas mais doces quando preciso escutá-las, e então você me faz chorar. — Solucei. — Eu te odeio.

Lucas riu.

— Eu te amo, Lily — murmurou, roçando a boca na minha orelha. — Eu te amo com cada centímetro de mim.

— Mas faz sentido. — Estiquei a mão para tirar a franja que cresceu um pouco da testa dele. Meus dedos passaram pelas tatuagens na lateral da sua cabeça. — Eu entendo por que ela ainda te querer. Você seria difícil de esquecer.

— Nunca vai acontecer, bebê. — Ele apoiou a testa na minha. — Nunca.

Espero que ele esteja certo.

# CAPÍTULO 27

## LUCAS

Depois que terminamos nossa refeição em um silêncio confortável, não tive como não observar Lily. Ela era absolutamente de tirar o fôlego. Em seu vestido vermelho justo que abraçava cada centímetro de suas curvas, ele cabia perfeitamente nela. Seus olhos estavam brilhantes ao observar nossos arredores. Nós não podíamos beber, mas tomamos coquetéis não alcoólicos. Mesmo eles sendo mais doces do que eu estava acostumado, gostei do líquido frutado.

— Acho que agora quero um Shirley Temple — Lily disse, brincando com o guardanapo. — Ou bem... eu realmente só quero a cereja.

Eu ri.

— Pode deixar. — Chamei a garçonete.

Ela veio com um largo sorriso no rosto.

— O que posso pegar para vocês?

— Nós queremos dois Shirley Temples, por favor. E podemos também ter uma porção de cerejas?

Ela olhou entre mim e a Lily.

— As cerejas são para você? — Ela perguntou para Lily.

Lily riu.

— Sim, eu gosto demais delas.

A garçonete riu.

— Entendo. Volto em um momento com suas bebidas e cerejas. — Ela virou nos calcanhares e foi na direção do bar.

— Obrigada. — Lily me deu um sorriso suave.

— Qualquer coisa para você, Lily Bela. — Depois que eu inesperadamente a fiz chorar, voltei para o meu lado da mesa. Nós pedimos algo leve para comer. Eu não estava com muita fome, especialmente depois de tudo que aconteceu hoje à tarde. Estava mais faminto pela mulher sentada na minha frente. Mas precisava deixá-la quieta. Pelo menos um pouco.

Um momento depois, a garçonete voltou com nossos coquetéis e um pote de cerejas.

Nós a agradecemos, e ela voltou a servir outros clientes.

— É engraçado. Nunca pensei que veria um homem como você bebendo um Shirley Temple. — Lily riu, colocando uma cereja na boca.

— O que tem de errado com Shirley Temples? — indaguei, dando um gole na doce bebida frutada.

— Ah, nada. Mas você bebê-los é um pouco estranho.

— Por quê? Por que eu sou grande e tatuado?

Lily sorriu.

— Sim. Algo assim.

— Eu não ligo para o que as pessoas pensam. Você, de todas as pessoas, deveria saber disso. Se eu ligasse, não teria todas essas tatuagens. — Tatuagens eram definitivamente meu vício. Elas também eram mais seguras que as drogas que eu costumava gostar.

— Eu gosto das suas tatuagens — Lily disse, piscando para mim por cima da borda do seu copo.

— É? — Eu sorri. — E qual é a sua favorita?

— Hummm... — Ela chegou para a frente, lambendo sua boca grossa. — Acho que minha favorita é o seu polv...

— Lucas.

Nós dois viramos com o som do meu nome.

Mel estava chegando à nossa mesa. Ela não estava mais em seu uniforme de trabalho, mas com um vestido preto justo. O decote era profundo, mostrando os seios de um modo que deixou os homens do restaurante salivando. Seus olhos azul-escuros me queimavam.

— Você está de sacanagem com a minha cara — Lily murmurou.

— O que você quer, Mel? — questionei.

— Nós precisamos conversar. — Mel olhou para Lily. — Sozinhos.

— Eu meio que estou ocupado. Pode esperar? — Algo pressionou na minha virilha. — Nós estamos em um encontro — afirmei, quando percebi que era o pé de Lily no meu colo. Nossos olhos se encontraram.

Lily cerrou a mandíbula, empurrando mais forte o pé em mim. Ela estava fazendo com que eu a entendesse.

J. M. WALKER

*Devidamente registrado, doce menina. Eu sei a quem pertenço.*

— Me desculpa, Mel — comecei, segurando o pé de Lily e pressionando o dedão no arco. — O que quer que seja, vai ter que esperar.

— Nós estamos na cidade até amanhã — Lily comentou, roçando o pé em mim.

Meu pau endureceu. A exibição de posse fez algo engraçado comigo.

Mel pressionou os lábios, suas bochechas ficando salpicadas de vermelho.

— Eu... eu preciso falar com você.

— Senta. — Lily passou a mão na frente dela. — Fala, mas meu namorado não vai a lugar nenhum com você. — E pressionou fortemente o pé contra mim.

Pulei, segurando um rosnado.

Lily levantou uma sobrancelha.

Limpando a garganta, eu me recostei, passando a mão até a panturrilha dela.

— Ela está certa.

— O quê? Agora você é a guardiã dele? — Mel rebateu.

— Não. — Lily cruzou os braços embaixo do peito. — Mas eu conheço mulheres como você. Lucas é bem grandinho e pode fazer o que quiser. Mas, nesse momento, nós estamos em um encontro, se você não notou. Obviamente você não liga para isso ou não estaria aqui.

— Puxe uma cadeira, Mel. — Essa era uma má ideia. — Mas Lily está certa, eu não vou a lugar nenhum.

Mel bufou, virou em seus calcanhares e saiu do restaurante.

— Sinto muito. — Segurei a mão de Lily do outro lado da mesa. — Sinto pra cacete.

— É. — Lily entrelaçou seus dedos com os meus. — Eu também, Lucas. Eu também.

— Não, eu não posso. — Eu me recusava a fazer o que eles queriam. Eu não podia, sabendo que iria me destruir.

— Se você não fizer, ela morre.

*Fui empurrado para ficar de joelhos.*

*— Por favor, não está certo. — Não que nada que eu fizesse estivesse certo, mas isso era pior. Tão pior do que a vida já havia me dado.*

*— Não importa se é certo ou não. — A mulher se abaixou até o meu ouvido, passando a mão pelo comprimento da minha coluna. — Eu sei que você quer. Seu pauzinho perfeito está ficando duro só de pensar. Ela é linda, Lucas. Eu sei que você quer fodê-la.*

*Meus olhos foram para o colchão.*

*Mel estava presa, esticada na cama como a porra de uma estrela do mar.*

*— Não. — Eu não queria isso, mesmo que meu corpo pensasse diferente.*

*— Sim. — A mulher me empurrou.*

*Caí para a frente, me apoiando nas mãos.*

*— Não posso.*

*— Você pode e vai também fazer para a gente um bom dinheiro. — A mulher colocou o braço em volta do meu ombro, sua outra mão entre as minhas pernas. Ela segurou, puxou, puxou e acariciou.*

*Um grunhido escapou de mim.*

*— Esse é o meu garoto. — Ela beijou minha bochecha e me soltou, ainda movendo a mão para cima e para baixo no meu pau. — Fique duro, Lucas. Duro para cacete, que ela vai gritar quando você meter nela.*

*Fui forçado a ficar de pé por dois homens atrás de mim e empurrado no colchão.*

*Mel me olhava com olhos arregalados. Eles estavam implorando, suplicando. Ela era tão pequena. Eu não era. Eu iria machucá-la. Era isso que eles queriam, eu não podia. Não tinha como eu caber.*

*— Faça — a mulher ordenou. — Agora.*

Pulei da cama, caindo no chão com um barulho. Meu corpo doía. Meus músculos tremiam sobre meus ossos e vibravam sob minha pele. Meus pulmões queimavam, a falta de ar forçando pontos em minha visão. Eu arfava por ar que não era permitido ter.

Tantas memorias. Pesadelos. Terríveis imagens depravadas rodavam pela minha cabeça.

*A primeira metida forçou um grito de seus lábios.*
*A segunda metida me deu um forte choro.*
Sexo. Tanto sexo.
*A terceira metida e um grunhido caiu entre nós.*
— Lucas. — Uma mão gentil tocou minha pele molhada. Ela moveu do meu ombro para a minha nuca antes de me colocar em um abraço delicado.

Pulei, meus quadris movendo para a frente como se o meu pau tivesse uma mente própria.

— Ei.

Lily. Eu estava com Lily.

Olhei em nossa volta. Estávamos de volta no quarto do hotel. Nós fomos a um encontro hoje à noite. Mel apareceu. *Mel.* Vê-la desencadeou todas essas velhas memórias que eu estava tentando ignorar pela maior parte da minha vida adulta. Eu não podia fazer isso. Não podia vê-la e ter as coisas de volta ao normal instantaneamente.

— Lily — minha voz saiu áspera, minha garganta seca.

— Estou aqui — ela sussurrou, enrolando seu corpo nu em volta do meu. Meu pau estava duro entre nós.

— Não. — Tirei-a de cima de mim, pressionando a palma em meu grosso comprimento e tentando repelir a necessidade que estava percorrendo em mim.

O olhar de Lily foi para a minha virilha, sua respiração falhou.

— Com quem foi o seu sonho?

Um palavrão saiu de mim, meu corpo vibrando com os resquícios do meu sonho.

— Lucas. — Ela se ajoelhou na minha frente, segurando o meu rosto. — Me diz.

— Foi uma memória. A primeira vez que eu fodi... eu... — Apertei os olhos, sacudindo a cabeça e pensando em qualquer coisa sem ser sexo. Mas o corpo nu de Lily estava perto do meu, eu não tinha como não esticar a mão para ela. Tanto sexo. Sexo demais. Era demais. Não era o suficiente. Era tudo que eu precisava e ao mesmo tempo tudo que eu odiava.

— Me conte, Lucas. Me conte sobre o seu sonho. — Lily cobriu a minha mão. — Você vai se machucar. — Ela tirou meus dedos do meu pau.

Soltei o ar devagar, sem perceber que estava apertando muito forte.

— Eu fui forçado a transar com ela. Eles. Todos eles. As mulheres queriam. Gostavam. Eles fizeram um bando de dinheiro. Caralho, eu... —

Eu me mexi para frente e para trás. Eu estava perdendo o controle. Estava quebrando. Estava indo muito bem até Mel voltar para a minha vida. Pesadelos demais. Demônios demais e eu não fazia ideia de como lutar contra eles sozinho.

— Você não está sozinho. — Lily passou a mão pelos meus ombros. — Você nunca está sozinho.

Eu não percebi que falei alto.

— Eu não te mereço. — Olhei-a então. — Você merece alguém que não está tão destroçado.

— Eu te amo, Lucas. — Ela colocou a mão no meu rosto. — Seus demônios, seus pesadelos, seu terrível passado, o que quer que seja, eu vou te ajudar a superar.

— Por quê? — rebati.

Ela inclinou a cabeça, um franzido profundo aparecendo entre suas sobrancelhas.

— Eu te amo. Esse é o motivo.

Eu acreditava nela, mas aquela voz, aquela vozinha irritante me dizia que ela estava mentindo e que me deixaria na primeira oportunidade.

— Não faça isso, Lucas. Não duvide do meu amor por você. — Lily segurou meu rosto. — Nós encontraremos com Mel mais tarde essa manhã, para você poder descobrir o que ela quer. Ou você pode encontrar com ela sozinho.

— Não. Eu quero você comigo. — Era mais seguro assim. Eu não confiava nela. Mesmo nós tendo passado pelo inferno juntos, eu não tinha certeza de que ela não tentaria alguma coisa. E com Lily lá, ela não poderia me tocar. Lily era a única pessoa permitida a me tocar. Qualquer parte minha.

Lily se levantou, me estendendo a mão.

Coloquei os dedos nos dela e deixei-a me ajudar a ficar de pé. Nós nos deitamos na cama, comigo enrolado nela. Ela voltou a dormir rapidamente, mas o sono não me recebeu novamente. No lugar, não tive como não imaginar o que Mel queria.

— Vem comigo — eu disse na manhã seguinte e coloquei a minha calça jeans e fechei o zíper e o botão.

— Eu sei que disse na noite passada que iria com você, mas pensei melhor. Ela não vai falar se eu estiver lá. Deve ser importante para ela interromper o nosso encontro. — Lily colocou o cardápio do hotel na cama na sua frente. — Eu vou pedir serviço de quarto enquanto você sai.

— Eu não gosto disso. — Coloquei uma camiseta branca por cima da cabeça e engatinhei na cama.

Lily colocou a mão no meu rosto.

— Confio em você.

— Eu não confio nela. — Coloquei o rosto na dobra do seu pescoço. — Por favor, vem comigo.

— Você está preocupado que ela vai tentar alguma coisa? — Lily perguntou, recostando.

— Não sei. — Eu a beijei suavemente na boca.

— Eu confio em você, Lucas. — Lily roçou o dedão nos meus lábios. — Agora vai. Encontre com ela para nós podermos passar o resto do dia na cama antes de termos que voltar para casa.

— Está bem. — Bufei, dando um último beijo nela.

— Ah, espera. — Lily pulou da cama e foi para a pilha de roupas na cadeira no canto. Ela procurou e voltou um momento depois com uma calcinha. Enfiou-a no bolso da minha calça. — Volta para mim.

Segurei a nuca dela e a puxei para um beijo profundo.

— Eu sempre voltarei para você, Lily. Sempre.

Soltando-a, saí do quarto do hotel antes de mudar de ideia. Eu precisava descobrir o que Mel queria e por que se esforçaria para interromper o meu encontro com Lily. Eu não tinha como contatá-la, então fui para o piso principal. Assim que pisei no saguão, vi Mel sentada em um dos sofás. Ela estava vestida casualmente e com uma revista no colo. Sua cabeça se levantou.

— Lucas. — Ela ficou de pé.

— Não esperava te ver — comentei. — Ia perguntar na recepção como entrar em contato, por que, claramente, você tem algo importante para me dizer que não pode esperar. — Passei por ela e fui para o lado de fora, sabendo que ela seguiria.

— Tem um café logo abaixo na rua, podemos andar até lá — Mel informou, vindo para a minha esquerda.

— Está bem. — Coloquei as mãos nos bolsos, meus dedos entrando em contato com a calcinha de Lily. Meu corpo reagiu. Caralho, eu a amava.

— Sinto muito por interromper o seu encontro ontem à noite — Mel murmurou.

— Você não sente, mas boa tentativa.

— Lucas. — Mel delicadamente tocou meu braço.

— Não. — Parei, olhando para ela. — Você quer conversar, estou aqui, mas não ouse colocar a porra da mão em mim.

Ela recuou como se eu tivesse batido nela.

— Sinto muito.

— Pare. Você *não* sente muito. Você nunca sentiu muito. Você só me diz a porra que acha que eu quero, Mel.

A respiração dela falhou.

— O Bobby morreu na prisão.

*Bobby*. Caralho, não escuto esse nome há muito tempo. Ele deveria ter sido um modelo, alguém para nos manter seguros, mas ele destruiu nossas vidas.

— É isso que você queria me dizer? Não parece ser algo ruim, Mel. — Ele foi acusado depois que os policiais invadiram a casa deles e sua esposa se livrou, porque ficou contra o marido.

— Não. — Ela suspirou. — Isso não é tudo que eu queria falar.

Quando chegamos ao café, ela empurrou a porta para abrir e a segurou para mim.

— Obrigado — murmurei, e a segui.

Sentamos em uma mesa vazia, esperando para sermos servidos.

— Café? — a garçonete perguntou, segurando um bule fumegante com o meu vício favorito.

— Sim, por favor — respondi.

A mulher me colocou uma caneca.

— Café? — Voltou-se para Mel.

— Não, obrigada. Só um suco de laranja, por favor — Mel pediu, sem desviar o olhar de mim.

Eu me mexi desconfortavelmente e coloquei a mão no bolso. Meu dedão rolou sobre o tecido macio da calcinha de Lily.

— Voltarei com dois cardápios e o seu suco de laranja. — A garçonete saiu e voltou um momento depois com os cardápios e colocou um copo de suco de laranja na frente de Mel.

— Me diz o que está acontecendo — pedi, quando ficamos sozinhos.

— Bem, o Bobby morreu, mas você não parece muito chateado com isso.

— Por que eu estaria? Tanto ele quanto sua esposa deveriam apodrecer no inferno. — Encostei-me no banco. — Como ele morreu?

Mel deu de ombros.

— Ataque cardíaco, presumo. Carole alegou abuso. Você sabia disso? Ela disse que ela também era uma vítima. Foi por isso que ela se livrou da prisão. Não tenho certeza se eles disseram no noticiário. Não assisto muita televisão.

Ter essa conversa com ela forçava esses muros a subirem em minha volta. Não era seguro, as merdas do nosso passado que ela estava trazendo à tona. Eu sabia que tinha problemas. Era por isso que não falava sobre isso.

— Você ainda fala com alguém?

— Algumas pessoas. Algumas das crianças morreram. Overdose, alcoolismo, acidentes de carro, as merdas típicas. — Mel deu de ombros de novo, passando o dedo pela borda do copo.

— Tem mais alguma coisa, não tem? — Ela não se daria todo esse trabalho só para me dizer que nosso pai adotivo morreu. — O que está acontecendo?

— Você a ama. — Mel me olhou. — Lily.

— Nós não vamos discutir a minha vida pessoal, Mel.

Ela riu levemente, sacudindo a cabeça.

— Você se tornou meio que um babaca.

— Imagino o motivo — resmunguei. — Escuta, se você não vai me dizer por que precisava se encontrar comigo, eu vou embora.

— Eu ainda te amo, Lucas. Sempre te amei. Nós somos bons juntos. Mesmo quando éramos forçados. Nós... nós ficávamos bem na câmera.

— Nós éramos crianças, Mel — rosnei. Era doentio. Não estava certo.

— Quero você de volta — sussurrou.

— Não. — Anos atrás, eu provavelmente queria escutar essas palavras, mas não mais e especialmente não agora. — Estou com Lily. Eu a amo.

— Eu sei que você sente algo por mim — Mel murmurou.

Eu ri, esfregando a mão no rosto.

— Isso não é real. Eu não sentia nada por você na época e não sinto nada por você agora. — Tentei ser gentil, mas ela obviamente não estava se tocando.

— Ela sabe que nos encontramos alguns anos atrás? — Mel perguntou, seus olhos azuis brilhantes encontrando os meus. Ela se inclinou para a frente, empurrando contra o topo da mesa, o que aumentava o decote de sua camisa. — Ela sabe o quão bruto você gosta? Ou como costumava se cortar? Ela sabe as coisas que você costumava me forçar a fazer? — Sua língua passou pelo lábio inferior. — Eu me lembro da última vez e como você segurou a minha cabeça enquanto fodia minha garganta. Foi tão gostoso, Lucas. Eu preciso disso. Preciso do seu controle. Preciso de você.

Minha mandíbula cerrou.

— Pare com essa porra.

— Ela sabe sobre a nossa primeira vez e o que você foi forçado a fazer comigo?

— Para — falei bruscamente. — Sim, ela sabe de toda essa merda. Ela sabe de tudo, porque contei a ela. Porque é isso que as pessoas fazem quando estão em um relacionamento. Elas conversam. Elas se comunicam. — Posso ter demorado para contar tudo para Lily, mas eventualmente contei. — Eu contei para ela sobre você também, porque ela perguntou. Mas ela sabe que nunca te amei. Sabe que não sinto nada por você.

Os olhos de Mel encheram de lágrimas.

— Você está mentindo.

— Não. Não estou. Te ver está sim trazendo à tona sentimentos antigos, mas não é amor. É medo. Dor. Vulnerabilidade. O que quer que seja que você quer chamar, mas eu não te amo. — Pode ser pesado, mas Mel precisava escutar. Ela precisava saber que o que tivemos, acabou. — Eu não teria te fodido uma segunda vez se não tivesse sido forçado em primeiro lugar.

— Agora eu sei que você está mentindo sobre isso. — Mel encostou, cruzando os braços embaixo do peito. — Você pode negar o quanto quiser, mas não podia resistir a mim. Nenhum de vocês podia. Eu me lembro da última vez, mesmo sendo somente alguns anos atrás. Lembro como se fosse ontem. Você era tão gostoso dentro de mim.

— Porra, por que você está fazendo isso?

— Porque nós somos destinados a ficar juntos. Eu preciso de você, Lucas. Não importa o que passamos, nós éramos bons juntos.

— E você tem orgulho dessa porra? — perguntei, um pouco alto demais. Os outros clientes nas mesas próximas viraram na nossa direção. — Escuta, Mel — pedi, abaixando a voz. — Nós passamos pelo inferno juntos, sim, mas você precisa superar. Nós dois precisamos. Agora, se não vai me dizer o que está acontecendo, tenho que voltar para o hotel. — Quando me levantei, suas próximas palavras me pararam.

— Eu tenho os vídeos.

Eu franzi a testa, olhando para ela por cima do ombro.

— O quê?

— Os vídeos — ela repetiu. — Eu os tenho.

— Como você os conseguiu?

— Carole agora está em um lar de idosos. Franzi a testa.

— Mas isso não explica como você os conseguiu. — Nada disso estava fazendo sentido. Nem um pouco.

— Eu fui uma das primeiras, você sabe. — Mel se sentou para a frente, empurrando o peito na beira da mesa. — Eu também fui a primeira menina a ser usada.

— Estuprada, Mel. Você foi estuprada. Não foi usada. Diga a porra que aconteceu.

Ela deu de ombros.

— É jeito de falar. — Ela começou a passar o dedo pela borda do copo. — Eu ainda não os assisti. Só alguns de você e eu. Mesmo nós sendo crianças, nós parecíamos bem. Eu ainda posso sentir os seus lábios nos meus, Lucas.

Sentei-me de volta na mesa.

— O que você vai fazer com eles? — questionei, ignorando sua última frase. Por mais que eu não os quisesse, precisava destruí-los antes que caíssem nas mãos erradas.

— Eu queria dá-los para você como uma lembrança de como éramos bons juntos.

Minhas sobrancelhas se levantaram na minha testa.

— Desculpa?

— Nós poderíamos também fazer um bom dinheiro com eles, Lucas. Minha mãe gostaria disso. — As bochechas da Mel ficaram vermelhas. — Quer dizer...

— Que porra você acabou de dizer? — A mãe dela. Não, não pode ser. Tentei lembrar, mas não conseguia. Minha mente era um bloco em branco ao tentar me proteger do meu passado.

Mel suspirou.

— Bem, acho que não tem como negar. Carole é minha mãe verdadeira. Eu não sei onde meu pai verdadeiro foi parar. Não era Bobby, graças a Deus. — Ela fez uma careta.

— Como você conseguiu os vídeos? — insisti.

— Mamãe deixou a casa para mim quando foi para o lar de idosos. Eu as encontrei enquanto limpava. Bobby disse que se livrou delas, mas obviamente não se livrou.

Sacudi a cabeça, impossibilitado de acreditar no que estava escutando.

— Em que lar Carole está? — Sentir o gosto do nome da minha mãe adotiva forçava bile na minha garganta. Eu também queria ter certeza de que estava o mais longe possível daquela mulher.

— Algum lugar ao norte da cidade. Fica a algumas horas daqui. Ela nunca se meteu em encrenca. Só liberdade condicional. Ela disse que Bobby a manipulou. — Mel riu. — Ela é uma bela de uma mentirosa. Ela gostava daquela merda tanto quanto ele. — O humor dançando em seus olhos rapidamente saiu. Era como uma chicotada emocional o quão rápido seu humor mudava. Mel esfregou a nuca. — Eu preciso de você, Lucas. Não posso fazer isso sem você.

— Você não precisa de mim, Mel. Precisa conversar com alguém. Faça terapia. Mas eu não posso te ajudar.

— Sim, você pode. — Mel se levantou do seu lado da mesa e, para minha surpresa, sentou-se do meu lado. — Eu preciso de você.

— O que você está fazendo? — questionei, meus olhos arregalando.

Ignorando-me, ela colocou a mão na minha perna.

— Você é o único que sabe pelo que passei. O único que pode me ajudar a me curar. Eu preciso de você. — Seu olhar foi para a minha boca. — Por favor, Lucas. Lily não entende pessoas como nós. Nós precisamos de sexo. Muito sexo. Também não é nossa culpa. Nós fomos forçados. Nós não devemos ficar com uma pessoa só.

— Mas você quer que eu fique com você.

— Sim, porque eu posso te dar todo o sexo que você precisa. Você pode fazer o que quiser comigo, Lucas. Todas as fantasias doentias que eu sei que você ainda tem, eu sou sua submissa voluntária. Pode me bater, me machucar, me cortar. Eu não ligo. Lily não pode te dar isso.

— Mel, você precisa parar. — Segurei a mão dela, prevenindo-a de subir e tirei-a do meu colo.

— Eu preciso de você — sussurrou, tirando a mão da minha e indo para o meu cinto.

— Que porra, Mel? Nós estamos em um restaurante. — Tirei a mão dela com um tapa.

— Isso não teria te impedido anos atrás. — Ela beijou meu ombro. — Lily está te transformando em um homem tímido? — Ela colocou a mão no meu cinto novamente, abrindo o fecho.

— Para. — Segurei a mão dela, cuidadoso para não a machucar, porque não fazia ideia se ela faria uma cena ou não. Eu não precisava disso. Não quando estávamos em um lugar público. Meu coração acelerou. Bandeiras vermelhas apareceram em minha mente. Mas, porra, eu não confiava em mim naquele momento. Eu não faria nada com Mel. Eu não era esse tipo de cara. Amava a Lily. Pertencia a ela e somente a ela, porém ver Mel fez esse lado adormecido de mim acordar.

— Você também pode sentir. — Mel colocou a mão em mim por cima da calça. — Eu sei que você pode sentir. Você está duro agora.

Só porque eu tinha uma mulher no hotel que usaria para me sentir melhor. Segurei a mão da Mel, apertando até o ponto de um gemido sair de seus lábios, mas antes que eu pudesse compreender o que estava acontecendo, ela me beijou.

# CAPÍTULO 28

## LUCAS

Sangue escoava pelos meus dedos, escorrendo do corte na parte interna da minha coxa graças à lâmina entrando em minha pele. Uma dor lancinante passava por mim, forçando um grunhido no fundo da minha garganta. Não era nada como eu sentia antes. Era medo, prazer, fúria, e puro êxtase.

Um persistente aroma de rosas entrou no meu nariz e a agonia dominou.

Uma pequena mão se enrolou em volta da minha, forçando a faca a me cortar mais fundo.

Meus olhos reviraram para o fundo da minha cabeça.

— Caralho.

— Lucas.

A boca encostada na minha era errada. Familiar. Mas errada pra cacete. Empurrei a Mel, interrompendo o beijo antes que ela pudesse ir mais longe.

— Se você sabe o que é bom para si mesma, vai para longe de mim — rosnei.

Seus olhos brilharam, mas o que quer que seja que ela viu no meu rosto a forçou a levantar do banco e voltar para o lugar na minha frente. Garota esperta.

— Eu vou te dar mais uma chance para me dizer que porra está acontecendo antes de eu voltar para a minha namorada e contar o que acabou de rolar.

— Lucas — Mel chamou, delicadamente.

— Eu *vou* contar a ela, por que é a coisa certa a fazer. Mas você não saberia, porque acabou de se jogar em um cara que está na porra de um relacionamento. — Meu corpo vibrava, minha pele pulando sobre os músculos. Eu precisava de Lily. Precisava explicar. Eu precisava... porra, nem sabia mais do que precisava. Mas sabia que precisava me distanciar desse momento.

— Se você quiser os vídeos, estarei no hotel hoje à tarde. — Os ombros de Mel abaixaram, quase como se ela estivesse aceitando a derrota.

— Estarei lá. — Levantei-me da mesa e saí do restaurante. Eu teria que contar para Lily sobre o beijo e todo o resto. Ela ficaria puta, mas não a culpo. Culpa pesava nos meus ombros. Se eu não estivesse com Lily, teria afastado Mel? Não importava. Eu não podia voltar para aquela época sombria da minha vida. Mel trazia lembranças demais de onde eu vim. E me recusava a voltar para lá.

# LILY

Estava aconchegada na cama, jogando um jogo no meu telefone, quando o número de Lena apareceu.

— Ei — atendi.

— Oi!

Tirei o telefone do ouvido, rindo.

— Alguém está excitada.

— Sim, ah, Lily. Eu vi a minha filha.

— Isso é maravilhoso! — Sentei. — Estou tão feliz.

— Obrigada! Estamos indo devagar, mas meus pais vão me deixar vê-la uma vez por mês e então trabalharemos para ter mais visitas. Não é muito, mas aceito. Meu Deus, como aceito.

— Estou tão feliz por você, Lena. Sinto muito que não fomos de muita ajuda para encontrar coisas sobre eles ou o seu ex.

— Não, garota, não se desculpe. — Lena suspirou. — Também tudo aconteceu naturalmente. O doador de esperma se ferrou. Ele se ferrou bastante. Ele tomou uma multa por velocidade. Primeira vez na vida, e acho que ele estava se comportando estranhamente. O policial suspeitou e acabaram achando drogas com ele e no porta-malas do carro. Ele será indiciado, e certamente não será uma boa para sua batalha pela guarda... ele pode ser declarado inapto.

— Bem, fico feliz que funcionou para você. Realmente é uma excelente notícia, Lena.

— Obrigada por se oferecer para ajudar. Você não precisava depois de eu ter dado em cima de Lucas. Me desculpe por isso. Sinto muito.

Meu coração pulou.

— Não sinta. Ele é difícil de resistir.

Ela riu.

— É. Mas posso encontrar com vocês em breve? Adoraria que conhecessem minha filha.

— Nós podemos — garanti, quando a porta do quarto do hotel abriu. — Mas preciso ir. Conversamos em breve.

— Ok. Obrigada novamente, Lily.

Nós nos despedimos e desliguei a chamada no mesmo momento que Lucas entrou no quarto. Seu corpo estava rígido. Ele fechou a porta e se apoiou nela.

— Lucas? Você está bem? — perguntei, minha garganta fechando.

Ele me olhou. Saindo da porta, fechou a distância entre nós e me puxou em seu abraço.

Joguei o telefone na cama, colocando os braços em volta do seu pescoço.

Com as mãos em meu cabelo, ele fundiu sua boca na minha e colocou a língua entre meus lábios.

Eu o inalei, o trazendo mais para dentro. Ele tinha gosto de café e algo mais doce. Franzi a testa, o empurrando para trás.

— Seu gosto está diferente. E... alguma outra coisa aconteceu, não aconteceu? — Observei-o. — Eu sei que algo aconteceu, mas não sei o quê.

Seus ombros abaixaram.

— O que você quer dizer?

— Quero dizer que estou com você tempo suficiente para saber que você só bebe café de manhã. Café preto. Então por que seu gosto está doce?

Ele desviou o olhar.

— Lucas. — Bati no braço dele. — Me diga.

Seu olho bom encontrou o meu, fitando dentro de mim, enxergando fundo no meu interior.

— Mel me beijou.

Eu ri, o empurrando para trás e pulando da cama.

— Claro que beijou. — Comecei a andar de um lado para o outro.

— Lily, isso não é tudo.

Parei de andar.

— Diga.

— Ela quer um relacionamento. Comigo. Ela também deu em cima de mim. Ficou mencionando coisas do nosso tempo juntos. E coisas que eu costumava gostar. Coisas sombrias. — Ele enfiou as mãos nos bolsos. — Ela disse que você não aguentaria tudo e que eu te daria nojo.

— Eu gostei de tudo que nós fizemos. — Franzi a testa. — Por que ela diria isso? Que outras coisas você gosta?

— Sempre que eu me cortava, não estava sozinho. — Ele se sentou na beira da cama. — Ela me ajudava.

Eu me apoiei na cômoda, esfregando a nuca.

— OK... bem, você não se corta mais. O que mais você gosta que ainda não tenhamos feito?

— Eu gosto de tudo mais bruto. Ela tentou me tocar no restaurante. — Ele soltou o ar devagar. — Sinto muito. Eu a empurrei, mas ainda sinto muito, bebê.

Bile subiu para a minha garganta. Esse novo sentimento se espalhou por mim. Eu não sabia o que era. Era algo que nunca senti antes. Era mais que ciúmes. Era mais até que posse.

— Você é meu — sussurrei.

— Eu sou — garantiu. — Sou seu para caralho. Eu todo. Cada centímetro. Cada respiração. Eu vivo e respiro por você.

Meus olhos encheram de lágrimas.

— Ela vai ser um problema para nós?

— Não sei. Você pode confiar em mim. Por favor, bebê, confie em mim. Eu nunca te trairia, mas não posso te dizer que ela não tentará algo novamente, porque eu não sei. — Ele tirou minha calcinha do bolso, passando o dedão pelo tecido preto. — Ela me disse que ainda me ama. Também quer me encontrar para me entregar vídeos e fotos que me envolvem.

Para eu poder destruí-los. — Ele então me olhou. — Eu a empurrei, mesmo ela me implorando por mais.

— Escove os dentes — eu disse para ele. — Não posso te beijar quando você está com o gosto dela.

Ele se retraiu.

— Lily.

Levantei as mãos, me defendendo.

— Para. Eu não... não estou chateada com você. Não é sua culpa. É dela. Mas eu preciso que você escove os dentes.

Ele acenou com a cabeça, indo para o banheiro.

Joguei-me na beira da cama antes de cair no chão. Parecia que não importava quantos passos déssemos para a frente, nós éramos forçados a dar um milhão para trás.

Apoiando a cabeça na beira da cama, coloquei os joelhos no peito.

Lucas saiu do banheiro um momento depois e se sentou no chão na minha frente. Ele puxou meus pés e colocou minhas pernas em volta de sua cintura. Passando as mãos para cima e para baixo nos meus braços desnudos, apoiou a testa na minha.

— Sinto muito — murmurou, o cheiro de menta entrando no meu nariz.

Acenei com a cabeça, engolindo o nó na minha garganta.

— Seu corpo está rígido.

— As coisas que ela disse trouxeram memórias. Do quanto eu gostava de estar no controle. Não era quem eu fodia, mas *como* fodia. — Ela passou o dedão na minha clavícula. — Não faz sentido. Eu sei, mas... — Ele me puxou mais para perto. — Mel quer me encontrar hoje à noite para me entregar os vídeos.

— Por quê? — Segurei a bainha de sua camiseta, colocando minha mão por baixo.

— Ela os está usando como uma desculpa para me ver novamente.

— Você vai encontrá-la? — Se fosse por mim, destruiria esses vídeos. Talvez tacar fogo neles e assistir minha vida passada queimar.

— Deveria. E então posso pedir para Shephard destruí-los. — Ele apoiou a testa na minha. — Essa parte da minha vida encerrou. Mas destruir os vídeos pode de algum modo ser terapêutico.

Acenei com a cabeça.

— Faz sentido.

— Talvez possa ser algo para me ajudar a curar. Mas preciso que você venha comigo.

— Está bem.

— Então é isso, Lily Bela? — sussurrou, segurando meu rosto. — Isso vai acabar com a gente?

— Não sei — falei, rouca. — Depende de você e do que você decidir.

— Eu quero você, Lily. Não tem uma decisão que precisa ser tomada. Somente você. Sempre você. — Ao invés de dizer mais alguma coisa, Lucas esmagou a boca na minha.

O fato de ele não estar mais com o gosto de Mel, fez algo comigo. Um rosnado saiu de mim, e o empurrei.

Um suspiro chocado saiu dele, mas só o fez me beijar mais forte. Ficou frenético, nossas mãos passando pelo outro até que eu só podia senti-lo. Ele cresceu embaixo de mim, mas nunca foi mais longe. Era tudo eu. Minha escolha. Meu controle. Ele estava me entregando tudo. Queria agradecê-lo e machucá-lo ao mesmo tempo. Eu não estava chateada que Mel o beijou. Não, eu estava furiosa pra caralho. Mas não com ele.

— Eu queria voltar para cá e te foder até você delirar — sussurrou na minha boca.

— Por quê? — Arranhei seu peito com as unhas. — As coisas que ela disse te excitaram?

— Não, mas me lembraram do que eu gostava. — Ele enfiou os dentes na minha mandíbula. — Me lembraram de como eu era.

— Me diz que você a afastou — sussurrei. — Me diz novamente, Lucas.

— Eu a afastei, Lily. — Ele colocou as mãos embaixo da minha camiseta regata. — Eu a afastei porque não era você. Eu sou seu. Caralho, bebê, eu pertenço a você.

Choramingei, um soluço saindo de mim. Lágrimas espetaram por trás dos meus olhos.

— Eu odeio isso. Eu te amo. Mas estou assustada. Tão assustada, Lucas.

— Eu o beijei, ficando de joelhos e o empurrando de costas. — Nunca me senti assim com outra pessoa. Você me consome completamente. — Enfiei os dentes em seu pescoço. — Eu quero te destroçar e fazê-lo esquecer que já a tocou em primeiro lugar. Quero que me mostre como você é. Como realmente é. Eu quero sua fúria. Sua raiva ao forçar seu pau para dentro de mim. — Levantei a cabeça, o encarando. — O que está errado em mim?

— Nada. — Suas mãos entraram em meu short, segurando minha bunda. — Nada está errado com você. Não é sua culpa. É minha. Eu sou ferrado. Eu sou ferrado desde criança.

# CICATRIZES DO PASSADO

— Normal é chato — falei, minha voz tremendo.

Ele me deu um sorrisinho.

— Sim, bebê. É.

— Eu só quero seguir em frente. — Apoiei a cabeça no seu peito, meu corpo tremendo. — Eu quero que ela vá embora e suma da sua vida. E quero que você pare de se sentir tão culpado.

— Lily.

— Não diga que não se sente culpado, porque eu sei que se sente. — Levantei a cabeça, colocando as mãos no seu peito e montando seu colo.

Sua grossa ereção forçou contra mim.

Movi meus quadris para frente e para trás em círculos lentos.

Ele engoliu em seco, os músculos fortes de seu pescoço trabalhando com o movimento.

— Eu sei que você se sente culpado por não poder impedir aquela merda de acontecer. Também sei que você se sente culpado por ela ter te beijado.

Lucas se sentou, segurou meu queixo, e me forçou a olhar para ele.

— Sinto.

— Mas não deveria — murmurei.

— Eu sinto como se tivesse te traído — ele disse, sua voz falhando.

— Não. — Coloquei os braços em volta dos ombros dele. — Não foi sua culpa. Ela começou.

— Lily.

— Você gostou quando ela te tocou?

— Não. — Ele sacudiu a cabeça. — Nem um pouco.

— Queria que ela continuasse? Você não a afastou?

— Não, eu não queria que ela continuasse e sim, eu a afastei, mas também queria voltar para cá e te mostrar quão bruto eu posso ser. — Ele soltou o ar devagar. — Eu não te mereço.

— Para. Você não me traiu. Não traiu. — Coloquei o rosto na dobra de seu largo pescoço e o segurei. Nós ficamos assim pelo que parecia uma eternidade. Só segurando. Tocando. Respirando. Fiquei com muitos caras, mas nada se comparava a isso. Eu não só amava Lucas. Era obcecada por ele.

E ele era mais do que meu mundo. Ele era minha existência.

# CAPÍTULO 29

### LILY

Fui ao final da tarde com Lucas encontrar Mel, mas ela na verdade nunca apareceu. Entregou um pacote na recepção do hotel. Talvez ela estivesse com medo. De qualquer maneira, fiquei agradecida por não termos que encontrá-la novamente.

Depois disso, nós decidimos sair do hotel na mesma hora e voltar para casa.

— Não posso acreditar que Mel não apareceu. Ou que ela trabalha no hotel que nós decidimos alugar para o final de semana — comentei, quebrando o silêncio e dando voz para as perguntas passando pela minha cabeça. — A vida é cruel, se você me perguntar.

Lucas grunhiu, apertando minha mão na dele.

— Nós também não moramos nada perto daquela cidade. — Ele suspirou. — Mas sim, a vida é cruel. Vou entregar os vídeos para Shephard e ele vai se livrar deles.

— Como você sabe que esses são os vídeos?

Lucas olhou na minha direção antes de voltar novamente para a estrada na nossa frente.

— Não sei. Mas não posso assisti-los para ter certeza de que são o que a Mel diz serem. Então vou pedir para Shephard assistir.

— Meu Deus, eu não queria esse trabalho. — Tremi, bile subindo pela minha garganta.

— Eu sei, bebê. Eu mesmo assistiria, mas sei que iria me destruir. Eu sou homem o suficiente para admitir... Estou com medo de assisti-los e o que eles fariam comigo.

Meus olhos queimaram.

— Eu sei. — Ainda não fazia sentido para mim. Como poderia a Mel trabalhar no hotel em que decidimos passar o final de semana? Ela sabia que o Lucas iria estar lá? Não. Eu me dei um tapa mentalmente. Não teria como ela saber.

Quando chegamos ao apartamento dele, passamos a noite limpando e o tornando habitável novamente; ele não falou muito desde que chegamos em casa.

— Você está com fome? — Lucas perguntou algumas horas depois.

— Sempre posso comer. — Dei um sorrisinho para ele. Não era curvilínea a toa.

Ele acenou com a cabeça, deixando a vassoura apoiada na parede e indo para a cozinha. Voltou alguns minutos depois com dois pratos.

Eu nunca me acostumaria com os sanduíches de manteiga de amendoim com geleia que ele fazia para mim.

— Eu gosto disso — afirmei, me sentando no sofá e trazendo os joelhos para o peito.

— É? — Ele se sentou do meu lado.

— É. É meio que uma coisinha nossa. — Dei uma mordida no sanduíche.

— Uma coisinha nossa? — Ele esticou as pernas na frente, colocando o prato no colo e levando o sanduíche para a boca. — Gosto de ter uma coisinha nossa.

Ri suavemente.

— Eu também.

Uma batida leve soou na porta, afastando nosso momento confortável.

— Quem será? — Lucas resmungou, colocando o prato na mesa na nossa frente. Ele foi para a porta. — O que você está fazendo aqui?

Meu coração pulou na garganta.

— Eu consegui achar algumas informações.

Um fôlego de alívio saiu de mim quando escutei a voz grossa de Shephard.

— O que você achou? — Lucas trancou a porta. — Não tenho nenhuma cerveja.

— Está bem. — Shephard entrou na sala de estar. — Oi, Lily.

— Ei. — Peguei os pratos e os coloquei na cozinha antes de me juntar aos caras na sala de estar.

— Desculpe por ser tarde. Foi um dia infernal. — Lucas entregou para ele a bolsa preta. — Preciso que você veja o que tem aí. Se for o que nós pensamos que é, eles precisam ser destruídos.

Shephard acenou com a cabeça, pegando a bolsa.

— Você tem a minha palavra.

— Ótimo. — Lucas se sentou no sofá. — Então, sobre o que é isso? — perguntou, esticando a mão para mim.

Sentei ao lado dele.

— Depois que você ligou e me disse que Lily foi atacada e o seu apartamento invadido, dei uma pesquisada e descobri que os computadores na verdade foram entregues na delegacia.

— Quem os entregou? — Claramente a pessoa que não achou o que estava procurando.

— Você não escutou essa informação de mim. — Shephard empurrou o arquivo para mais perto de Lucas.

— Não tenho ideia do que você está falando — Lucas balbuciou, abrindo o arquivo.

— Ótimo. — Shephard apontou para o arquivo. — Esse é...

— Killian — arfei, cobrindo a boca com a mão ao ver a imagem preta e branca de Killian nos olhando do arquivo.

— Você o conhece? — Shephard levantou uma sobrancelha.

— Sim. — Lucas se mexeu ao meu lado. — Ele tem uma queda pela minha garota.

— Interessante. — Shephard recostou, puxando um joelho para o peito.

— Por que você diz isso? — perguntei, porém Lucas continuou virando uma página depois da outra.

— Porque Killian na verdade foi chutado da agência há mais ou menos um ano. Ele atirou em um suspeito em uma possível quadrilha de tráfico.

— O quê? — Meus olhos arregalaram. — Ele nunca falou sobre isso.

— Porque ele atirou em quem podia ou não estar envolvido com tráfico é além do ponto. — Shephard apontou para Lucas. — Lembre, você mais do que ninguém deveria saber que algumas pessoas fazem coisas boas como um acobertamento.

Lucas esfregou a nuca, rolando a cabeça nos ombros.

— Eu sei.

— Por que ele foi chutado da agência por causa disso? — perguntei. — Não seria uma coisa boa?

— Certamente. Se o suspeito acabasse sendo culpado. Mas ele infelizmente estava no lugar errado na hora errada. — Shephard negou com a cabeça. — E não ajudou que Killian estivesse fazendo buscas ilegais no novo namorado de sua ex-mulher. Ele estava só procurando por maneiras de ser demitido.

— Quem é esse caralho de cara? — Lucas resmungou.

— Alguém que queria os seus computadores. Ainda não tenho nenhuma prova, mas os rumores são que ele estava tentando achar algo sobre você. Agora faz todo sentido. Se ele te quer... — Ele parou de falar.

— Não, não faz sentido. Nós namoramos, mas não foi por muito tempo. E foi meses atrás. Ele apareceu aqui há algumas semanas, mas foi a última vez que o vi — expliquei, sem gostar onde tudo estava indo não mais do que Lucas.

— Tem certeza? — Shephard pegou o arquivo de Lucas e virou as páginas para o final. — Parece familiar?

Nós dois nos inclinamos para a frente.

— Que porra nós estamos vendo? — Lucas exigiu. — É o...

— Sou eu — sussurrei. Peguei o arquivo da mão dele e olhei mais de perto. — Era uma foto do beco. Mesmo sendo à noite, a câmera pegou uma imagem limpa de mim no chão e meu atacante em cima de mim. — Como você conseguiu? Nós tentamos achar...

— Você tentou hackear as câmeras — Shephard completou. — Lucas me disse que você era boa com computadores.

— Ela é melhor do que eu — Lucas informou, me dando um sorrisinho.

— Realmente não sou — murmurei.

— Você é. — Ele beijou minha têmpora. — Fique orgulhosa. Eu estou.

— Obrigada, mas eu não me consideraria uma hacker. Só sei uma coisa ou outra sobre computadores — expliquei para Shephard.

— Ela está sendo modesta — Lucas garantiu. — Suas habilidades excedem e muito as minhas.

Shephard sorriu.

— Meu menino está apaixonado.

Eu ri.

Lucas só sacudiu a cabeça e me puxou para mais perto de seu lado.

— De qualquer jeito. — Shephard limpou a garganta. — Essa imagem foi tirada e removida da câmera antes que vocês pudessem colocar as mãos nela.

— É o... — Meus olhos se movimentaram de um lado para o outro entre os dois homens me olhando. — É o Killian. Não é?

— É sim. — Shephard esfregou a nuca. — Mas, infelizmente, seu rosto não está claro o suficiente nessa imagem. Só sei que é ele porque o escutei falando com outra pessoa sobre isso. Eles estavam planejando. Ele disse algo sobre a garota que estava saindo estar a fim de outra pessoa. Ele estava com ciúmes. Não de um modo possessivo e excitante. — Shephard levantou e começou a andar de um lado para o outro.

— Não faz sentido. Eu não sou ninguém importante. Ele poderia ter quem ele quisesse. Por que eu? — Eu era só uma mulher aleatória que ele namorou por conveniência. Eu não era ninguém.

— É só isso. — Lucas virou para mim. — É porque ele não pode te ter. Esse é o problema dele.

— Mas por quê? — insisti. — Eu não sou ninguém especial.

— Eu sei que não te conheço por muito tempo, mas o fato que você abocanhou Lucas diz alguma coisa. — Shephard deu de ombros.

— Ah… sério? — Segurei o ombro de Lucas. — Por quê? Você é inabocanhável, ou algo assim?

— Essa não é uma palavra — Lucas resmungou, suas bochechas ficando vermelhas.

Eu sorri, dando um beijo leve em sua bochecha.

— De qualquer modo, não faz sentido. Nenhum. Se ele não tivesse se assustado, poderia ter me estuprado. Ou me matado. — Forcei essas imagens para o fundo da mente, não querendo pensar no que poderia ter acontecido.

— É porque você está com o Lucas e não com ele. Algumas pessoas são assim. Eles não podem te ter, então ninguém pode. Esse tipo de merda. — Shephard apontou para o arquivo. — Tem mais ali dentro.

Lucas esfregou a nuca, virando uma página atrás da outra.

— Isso não explica quem invadiu o meu apartamento e roubou… *merda*.

— O quê? — Olhei por cima do ombro dele. — É o…

Shephard acenou com a cabeça, dando tapinhas em suas próprias costas. — Você me ensinou uma coisa ou outra sobre computadores. Lembra? Lucas grunhiu.

— Sim, mas eu nunca esperei que você lembrasse metade das coisas que te mostrei. — Ele olhou para mim. — Eu fui capaz de ter tempo reduzido da minha sentença ajudando esse filho da puta.

— Você tem como fazer isso? — questionei, maravilhada.

— Provavelmente não, mas fiz de qualquer maneira. — Shephard se sentou no sofá ao lado de Lucas. — E você precisa elaborar, Lucas. Eu na verdade o coloquei embaixo da minha asa — Shephard explicou.

— Sério? — Olhei entre os dois homens. — Você mencionou que ele te salvou.

**CICATRIZES DO PASSADO**

— Ahhh. — Shephard pestanejou.

Lucas se engasgou.

Eu ri.

— Mas com toda seriedade… — Shephard pausou, soltando um suspiro pesado. — Eu só fui sortudo de estar no lugar certo, na hora certa.

— Essa é a porra da verdade. Ele me ajudou quando ninguém mais ajudaria. Ele também foi quem me levou para o Narcóticos Anônimos em primeiro lugar.

— Você estava péssimo, Lucas. — Shephard fez uma careta. — Eu não quero voltar para aquilo. Nunca.

Lucas grunhiu.

— Nem eu.

— Ótimo. — Shephard bateu no ombro dele. — Agora, chega de nostalgia. Seu computador conseguiu uma imagem clara de quem roubou tudo. Claramente esses caras são amadores.

— Claramente. — Lucas me mostrou a imagem.

Meus olhos arregalaram.

— Eu não entendo. Por quê? — perguntei, encarando a foto perfeita de Killian que a câmera do computador de Lucas tirou.

— Porque Killian é um filho da puta que faria de tudo para fechar as contas. E, felizmente, Lucas é inteligente e colocou sua câmera para gravar tudo que ficava na frente dela. — Shephard se levantou, acenando com a cabeça na direção do arquivo na mão de Lucas. — Fique com esse. Eu tenho outro.

— O que Killian iria querer com os seus computadores? — questionei ao Lucas.

— Ele provavelmente queria ver se tinha algo neles que poderia me jogar de volta na cadeia. — Lucas se levantou, dando um abraço lateral em Shephard. — Obrigado.

Shephard acenou com a cabeça.

Lucas o soltou.

— Eu ainda não entendo — disse suavemente.

— Eu também não entendo tudo, mas estou trabalhando nisso. Vou descobrir o que está acontecendo. Prometo. Mas preciso perguntar… — Shephard hesitou. — Você pesquisou algo sobre Killian?

— Ah… caralho. — Lucas jogou o arquivo na mesa. — Eu queria, mas fui distraído. Eu devo… — Ele limpou a garganta.

— Bem, nós vamos acertar tudo. Mas agora vou deixar vocês dois sozinhos. Se precisarem de qualquer coisa, não hesitem em me contatar. Entrarei em contato quando descobrir algo a mais. — Shephard bateu no ombro de Lucas, pegou a bolsa e foi embora.

Quando ficamos sozinhos, Lucas ajoelhou na minha frente, segurando minhas mãos.

— Killian está tentando me derrubar para chegar em você. Ele provavelmente pensa que, se puder mostrar que sou uma má pessoa ou algo assim, você vai me deixar.

— Nunca. — Segurei o rosto de Lucas. — Você poderia ser o próprio Diabo, mas, enquanto você for bom para mim, ainda o amarei.

— Isso é um pouco extremo — Lucas murmurou.

— Talvez.

— Eu deveria ter feito a busca nele como eu pretendia. — Lucas esfregou a nuca. — Não posso acreditar que me esqueci dessa merda.

— Ei. — Segurei sua mão, beijando os nós dos dedos. — Está tudo bem.

— Não, não está, Lily. — Ele foi se soltar, mas apertei a mão.

— Eu prometo que está. Killian é um babaca e está procurando por algo. Nós vamos descobrir o quê. Mas não quero você se culpando.

— Você é boa demais para mim — Lucas murmurou.

— Nada disso. — Cheguei mais perto, precisando senti-lo. Tocá-lo. Parecia ter tanto tempo, eu só queria que ele me segurasse. Para me dizer que tudo ia ficar bem. Que Killian e Mel nos deixariam em paz. — Lucas — suspirei.

— Sim? — Ele lambeu os lábios, chegando mais perto.

— Não sei o que fazer. — Sua respiração quente espalhou pelos meus lábios. — Mas eu sei que, nesse momento, quero você.

Suas narinas expandiram, seu olho bom escurecendo.

— Me pegue, bebê. Tenha cada centímetro meu. É seu. — Ele beijou o canto da minha boca, roçando os lábios pela minha mandíbula até a orelha. — Até a última gota, Lily.

Eu gemi, meu centro contraindo, mas não podia me mexer. Não podia me mover. Eu queria que ele me controlasse. Não. Eu queria que nós controlássemos um ao outro. Queria que nosso amor estalasse até que tudo que pudéssemos sentir fosse nossa paixão bruta efervescendo entre nós.

— Eu posso sentir o cheiro da sua boceta. — Ele enfiou os dentes no meu pescoço. Em um movimento rápido, me tirou do sofá e me colocou no colo.

**CICATRIZES DO PASSADO**

Minha respiração saía em arfadas.

— Posso sentir quão duro você está.

— Por você, bebê. — Sua boca desceu pelo comprimento do meu pescoço. — Sempre duro pra cacete por você.

— Dói? — Agarrei sua camiseta, colocando a mão por baixo dela para tocar sua pele quente.

— Dói, Lily. Dói para caralho.

— Eu posso beijar para melhorar. — Mordi o ombro dele. — Posso fazer a dor ir embora.

— Não, bebê. — Ele agarrou meu cabelo, forçou minha cabeça para trás, olhou fixamente em meus olhos. — Eu quero que você faça piorar.

## LUCAS

— Você sabe o que será feito sobre Killian? — Lily perguntou mais tarde naquela noite. Ela estava em cima da minha cama, nua, de barriga para baixo, seus pés mexendo para frente e para trás atrás no ar. Ela apoiou o queixo nas mãos, sorrindo para mim enquanto eu me vestia.

— Vou me encontrar com Shephard, garantir que ele destruiu os vídeos e também ver o que posso descobrir. Mas não quero você se preocupando. — Dei um beijo leve em sua boca. — Tenho que passar no estúdio. Preciso mandar e-mails para meus clientes e avisar que estou de volta.

— Esse não é o meu trabalho? — indagou, virando de barriga para cima.

— É, mas se você ficar aqui, nua, vai me motivar a ser rápido.

Ela riu.

Inclinei-me sobre ela, dando um beijo suave em seu belo clitóris.

Um gemido escapou dela.

— Você precisa ir.

Eu ri.

— Eu vou e, quando voltar, podemos tentar essa posição. — Dei um beijo final em seu clitóris antes de dar um em sua boca. — E então eu posso assistir meu pau foder sua garganta.

Suas pupilas dilataram.

— Deus, você diz coisas tão doces.

— Não se vista. — Saí de perto dela antes que me distraísse ainda mais. Fui para a porta e olhei de volta para ela.

Lily virou novamente de barriga para baixo, seu cabelo castanho-claro cacheado caindo em volta do rosto. Ela me deu um sorriso suave. O brilho em suas bochechas por minha causa. As marcas em seu corpo? Todas minhas. Ela soltou algo dentro de mim que eu gostava, e eu mal podia esperar para continuar explorando com ela.

# CAPÍTULO 30

## LUCAS

Com meu toque embutido na pele de Lily e meu gozo dentro dela, a deixei nua na minha cama e fui para a parte de negócios do prédio.

Quando destranquei o local, acendi as luzes. Uma sensação de terror me cobriu. Era um sentimento estranho. E um que também não gostava.

Fui na direção da frente do estúdio. O sol estava se pondo, mas ainda era cedo o suficiente para as luzes da rua não terem acendido. Foi um dia do caralho, mas pelo menos a noite terminaria bem. Meu rosto se abriu em um sorriso. Eu ainda podia sentir o toque de Lily em mim, seu cheiro, seu gosto. Seus *sons*.

Meu corpo acordou. Limpando a garganta, me dei uma sacudida e verifiquei meus e-mails. Não eram muitos, então enviei os que precisava. Estava prestes a fechar tudo quando vi Mel de pé na porta.

Meu estômago revirou.

Ela me deu um pequeno aceno, apontando para a maçaneta.

Bufei, indo para a porta e a destrancando.

— O que você está fazendo aqui? — exigi, sem deixá-la entrar.

— Você recebeu o pacote? — perguntou, seus olhos descendo por mim.

— Recebi e eles vão ser destruídos. — Eu fui fechar a porta quando ela bateu a mão nela.

— Você não vai me deixar entrar?

— Não. — Minha mandíbula apertou tão forte, que uma dor lancinante subiu pelo lado do meu rosto. — Você deveria ir embora.

— Você está sozinho? — Ela olhou além de mim. — Onde está sua namoradinha?

Na minha cama. Onde ela pertence.

— Ela está por aqui. O que você quer, Mel?

— Conversar. — Ela se encostou em mim. — Por favor, Lucas. Eu não te vi na noite passada.

— Você precisa ir embora — repeti, me distanciando dela. Eu não estava certo de que porra ela queria, mas ela não deveria estar aqui.

— Por favor, Lucas. — Mel olhou para baixo, suas narinas expandindo.

Mexi-me, não gostando que ela me olhasse como um pedaço de carne. Eu estava fantasiando sobre Lily, meu pau semiduro por causa dela e a Mel notou. *Caralho.*

— Eu só quero conversar. — Seu olhar voltou para o meu. — Prometo.

Observei seu rosto. Um momento de pena me atingiu, então dei um passo para trás, a deixando entrar. Mas não a deixei chegar perto de mim e fui para os fundos.

— O que você está fazendo aqui? — repeti.

— Você foi embora do café do nada ontem de manhã. — Mel me seguiu. — Eu queria conversar com você de novo. Mas não com Lily por perto.

— O quê? — Virei para ela. — Para então podermos conversar sobre esses vídeos? Não, obrigado.

— Foi a minha infância também, Lucas. — Ela franziu a testa. — Sou uma vítima como você.

— Certo, bem, esses vídeos provaram que você gostou bem mais do que deu a entender — zombei.

— Vá se foder. — Ela diminuiu a distância entre nós e me empurrou para trás.

— Pare. — Segurei os ombros dela, a empurrando contra a parede mais próxima. — Que porra você quer?

— Você, Lucas. — Ela esticou a mão para mim, mas segurei suas mãos, as colocando acima da sua cabeça. As suas pupilas dilataram. *Merda.* Ela se arqueou contra a parede. — Então, você mostrou para ela esse seu lado, o lado que você vem tentando ignorar? Esse lado delicioso? Eu me lembro da primeira vez que te ajudei a se cortar. O sexo mais quente e obsceno que já tive.

Minha mandíbula cerrou, meu estômago revirando com as merdas que eu costumava fazer.

— Eu te quero — repetiu.

— Que caralho há de errado com você? Estou com Lily. — Soltei-a

CICATRIZES DO PASSADO                                                                                          269 bruscamente e fui para os fundos do estúdio. Não queria que ela me seguisse para o apartamento. De qualquer modo, eu precisava checar o estoque, mas não planejei fazer isso hoje à noite.

— Lucas.

Ignorei-a e fui para o depósito. A porta fechou atrás de mim, seguido de um click. Eu me virei.

— Que porra é essa?

Mel puxou o vestido para os quadris.

— Eu sei que você me quer. Posso ver no seu rosto, Lucas. Não sou idiota. E nem a Lily. Ela sabe que não pode competir comigo. Também vejo esse volume delicioso na sua calça. Você a fodeu? Deixou sou gozo escorrendo de sua boceta encharcada? — Mel lambeu os lábios e tirou o vestido por cima da cabeça, ficando nua.

— Coloque o seu vestido de volta. — Virei-me, desviando o olhar.

— Lucas. — Mel veio por trás de mim, colocando as mãos nas minhas costas e pressionando seu corpo contra o meu. Eu podia sentir o calor saindo dela e o cheiro daquela porra de perfume de rosa.

— Para — eu disse, mas minha voz não estava firme como eu gostaria.

*Fode ela, Lucas. Eu sei que você quer. Todos nós sabemos que você quer.*

Eu não podia. Tentei tirar Mel de cima de mim, mas ela segurou, enfiando as unhas na minha pele.

— Eu sei que você me quer. — Mel colocou as mãos por baixo da minha camisa, a levantou até os meus ombros, e deu beijos nas minhas costas. — Você contou para Lily como ganhou essas cicatrizes? Como implorou por elas e pela dor que fazia você gozar forte pra caralho?

— Pare, por favor, pare. — Caralho, eu me sentia como um menininho novamente. Eu estava preso sem ter para onde fugir.

— Fale, Lucas. Fale que você me quer. Fale que a Lily não pode nunca te satisfazer como eu posso. — Mel passou as mãos pelo meu abdômen antes de enfiá-las na cintura da minha calça de moletom.

Pulei, dando alguns passos para trás até chegarmos na parede.

Mel arfou, colocando a mão em volta do meu pau.

— Pare — supliquei.

— Aceite, Lucas. Me deixe te mostrar o que você está perdendo. Lily não pode te dar isso. Mas eu posso.

*Mãos macias me circularam, acariciando, puxando o prazer que nunca senti antes, direto do meu próprio corpo. Eu grunhi, arqueando com o toque bruto.*
 *— É isso, Lucas. Faça o que quiser comigo. — Lábios quentes desceram pelo meu peito. — Eu sei que você me quer. Você sempre me quer.*
 *— Mais — supliquei.*
 *Olhos azuis e brilhantes encontraram os meus.*
 *— Mamãe me disse que você gostaria assim. — Dentes arranharam o comprimento do meu pau, o doce cheiro de rosas esvoaçando ao nosso redor.*
 *Eu chiei, a dor se espalhando por mim.*
 *— Mais.*
 *— Isso mesmo, Lucas. Meu amor. Eu vou te dar mais. Sempre mais. Sempre eu. Mamãe não iria querer de nenhuma outra maneira.*

 — Não. — Despertei, sacudindo a cabeça e me soltando de Mel. Distanciei-me dela, colocando a mão na frente da minha ereção.
 — Lucas, você claramente me quer, ou não estaria duro agora. — Ela veio para o meu lado, colocando a mão em mim por cima da calça. — Vamos lá, bebê. — Ela beijou meu queixo. — Faça como você costumava. Me fode. Você pode usar cada centímetro do meu corpo. É seu. Ele é todo seu.
 — Pare. — Meu corpo tremeu.

*Uma dor intensa me rodeou. A agonia era quente, brutal, mas satisfatória pra cacete ao mesmo tempo. Eu estava confuso. Excitado. Enojado com a maneira que eu gostava. Mas não podia controlar. Não podia controlar nada.*

*— Aceita, Lucas. A mamãe e o Bobby precisam do dinheiro. Nós ficamos bem na câmera.*

*Uma boca quente desceu do meu abdômen para o meu pau. Eu tentei tanto não gostar. Não sentir nenhum prazer. Mas eu não podia parar.*

*Lily.*

Algo em minha mente partiu. Eu podia sentir o prazer passando por mim. Ficou mais quente. Mais claro.

Um som de engasgo entrou em meus ouvidos.

Olhei para baixo, esperando ver Lily quando meu olhar pousou em Mel. Meu pau estava fundo em sua boca.

— Não! — Empurrei-a para longe de mim, seu dente raspando em meu pau com o movimento brusco. Sibilei, a dor cortando meu coração. — Você... — Rosnei. Fúria percorria meu corpo. Eu nunca bati em uma mulher. Não por escolha própria. Mas isso... minhas mãos fecharam em punhos. — Eu lembro. Caralho, eu me lembro de tudo. Como você usava essa porra desse perfume de rosa para entrar na minha cabeça. Como você ainda está usando essa porra. É por isso que você o usa. Eu também me lembro de como você me seduziu. Como seduziu a todos nós. Tudo porque sua mãe e o Bobby te colocavam para fazer isso. — Andei para trás até bater na prateleira, itens caindo no chão. Enfiei meu pau de volta na calça. Precisava de um banho. Precisava lavá-la de mim. Ela não era Lily. Não era a minha Lily. Mas ela me colocou em sua boca. Puta que pariu. — Você sabia... você sabia que sou ferrado. Você sabia que me dizer essas coisas me quebraria. Que o perfume de rosas iria... — Meu peito subiu e desceu. Eu estava à beira de perder o controle. Isso quebraria o coração de Lily. Eu iria perdê-la. Porra, eu não a merecia. Não era uma desculpa. Não era. — Cai fora. Sai da porra da minha frente.

Mel andou na minha direção.

— Eu lembro como você gostava de me assistir. Me fazia gozar ainda mais forte quando seus olhos estavam em mim.

Segurei minha camiseta, meu coração disparado dentro das paredes da minha caixa torácica.

— Era a única maneira de conseguir o seu belo pau dentro de mim — ela continuou. — Mesmo sendo somente na minha boca. — Deu de ombros. — Seu gosto é tão bom quanto eu me lembrava também. Gosto especialmente desse belo polvinho. E o que aconteceu quando éramos crianças. — Ela deu de ombros como se não fosse nada demais. — Você não teria feito de nenhuma outra maneira. Então eles fizeram você me estuprar. Mas eu amava, Lucas. — Em um movimento rápido, ela ficou de pé bem na minha frente com as mãos no meu peito. — Tão bom. O melhor pau que já senti. Mamãe e Bobby amavam assistir você me fodendo. — Ela beijou meu queixo. — Lembro-me da primeira vez que você gozou dentro de mim. Pensei que com certeza você teria me engravidado. Todo aquele gozo. — Ela gemeu.

— Para. — Sacudi a cabeça, as memórias começando a voltar. Minha mente tentava me proteger, mas agora, lembrei. Lembrei tudo. Empurrei-a para trás. — Isso não está certo.

— Mas nós temos mais filmes para fazer. — Mel segurou seus seios, beliscando os mamilos. — Por favor, Lucas.

— Não. — Passei por ela e destranquei a porta quando uma mão bateu nela.

— Você é meu, Lucas. Você sempre foi meu. Por isso que você não podia ter um relacionamento com ninguém. Sei que sou eu que você quis esse tempo todo. — Ela colocou a mão em mim por cima da calça, pressionando sua palma em mim. — Você ainda está duro. Eu te disse que você sempre iria me querer.

Eu virei, forçando suas costas nas prateleiras em um movimento brusco. — Eu só vou te dizer isso uma vez. Eu amo a Lily. Eu pertenço a ela e ela pertence a mim. Eu me sentia culpado por não ter mantido contato com você, mas agora não sinto mais. Você pode ir se foder, Mel. — Distanciei-me dela e destranquei a porta. Abrindo-a, saí do depósito quando encontrei Lily me encarando.

Seus olhos estavam arregalados. Ela olhou atrás de mim.

— Olá, Lily. Ele é todo seu agora — Mel disse por trás de mim. — Nós acabamos de terminar.

**CICATRIZES DO PASSADO** 273

Olhei por cima do ombro, meu estômago afundando. Mel estava apoiada na mesa, ainda completamente nua. Ela passou o dedo no canto da boca.

Uma respiração forte me forçou a virar a cabeça de volta.

As bochechas de Lily estavam vermelhas, suas mãos em punhos dos seus lados.

— Lily. — Dei um passo na direção dela.

Ela levantou a mão e me estapeou. A ardência de sua palma explodiu por mim.

— Eu estava pensando onde você estava. Claro... — O queixo dela tremeu. Ela sacudiu a cabeça e virou nos calcanhares.

— Lily, espera, por favor. — Corri para ela, segurando meu braço e a impedindo de ir embora. — Me deixa explicar.

— Me solta — ela soluçou.

— Não, eu...

— Bem, foi divertido, Lucas. — Mel estava finalmente vestida e passou por nós para a porta. — Até a próxima vez. — Ela olhou para Lily. — Mantenha-o quentinho para mim, ok?

Lily gritou, se jogando para cima dela.

Eu a peguei pela cintura, a segurando para trás.

Mel só riu e saiu do estúdio.

Coloquei Lily em pé novamente.

— Lily, eu...

— Não. — Ela foi para a porta, mas entrei na sua frente.

— Por favor, me deixe explicar. O que quer que você pense que aconteceu, não aconteceu. — Mas algo *aconteceu*.

— Certo, Lucas. — Lily cruzou os braços embaixo do peito, se apoiando no balcão — Me diz então. Ela te tocou?

Eu recuei.

— Lily, eu...

— Responde a porra da pergunta. — Ela perdeu a paciência. — Ela te tocou?

— Sim — respondi, rouco.

— Onde?

Minha respiração saiu de uma vez só.

— O quê? — Sem chance de ela querer saber disso.

— Onde ela te tocou? — Seus olhos desceram para a minha cintura.

— Ela obviamente tocou o seu pau, porque posso ver que você está duro. Então, o que você fez? A fodeu? Ela te masturbou? Ela chupou o seu pau?

Desviei o olhar.

Ela gargalhou.

— Meu Deus, sou tão idiota.

— Não. — Estiquei a mão para ela e, antes que pudesse sair, eu a tinha em meus braços. — Me desculpa. Ela entrou aqui, me implorando, mas juro por Deus que não queria fazer nada. Eu tentei empurrá-la. Juro que tentei. — Enchi o rosto da Lily de beijos. — Por favor, bebê. Você precisa acreditar em mim. Eu não sabia o que estava acontecendo. Prometo que não sabia. Eu... — Como que eu podia explicar que meu corpo reagiu por que o toque dela me levou de volta para quando eu era uma criança? E, durante as memórias, ela começou a chupar meu pau? Eu estava ferrado, ela com certeza não acreditaria em mim, porque eu não acreditaria se os papéis fossem trocados. Não fazia sentido.

— Pare. — Lily lutou contra mim. — Lucas.

— Por favor. Não posso te perder. Caralho. — Meu peito apertou. — Não posso. Me recuso.

— Você deveria ter pensado nisso antes de deixá-la te tocar. — Seus olhos queimavam com fúria. — Antes de você deixá-la te beijar. Antes de você deixá-la colocar seu pau na boca. Você a fodeu?

— O quê? — Meus olhos arregalaram. — Não. — Sacudi a cabeça. — Não. — Segurei o rosto dela. — Você é a única que quero. Eu não a fodi. Eu prometo, não a fodi.

— Mas ela chupou o seu pau — ela sussurrou. — Ela te fez gozar? Ou não? É por isso que você está duro? Você ainda não gozou? Quer que eu faça você gozar? Porque eu posso. É disso que você gosta? Ter várias mulheres?

— Pare. — Sacudi a cabeça. — Pare com essas perguntas. Você sabe que não é verdade. Eu quero somente você. O que aconteceu... o que você viu... eu não sei como explicar, mas, por favor, me deixa tentar. Eu preciso tentar.

— Ela pareceu querer mais? — Lily perguntou, me ignorando. — Eu obviamente interrompi algo. Me diga. Você me deixou sozinha na sua cama depois de me foder. É disso que você gosta também?

— Não, bebê, não. — Eu a tirei de perto da porta, precisando levá-la de volta para o meu apartamento para então sentar com ela e conversar. Para dizer como me arrependia de ela ter que ter encontrado aquilo. Para provar que ela era a única que eu queria. Ela era minha vida. Era a luz na escuridão que encobria meu mundo desde que eu era criança. — Por favor, Lily — minha voz falhou. — Preciso de você.

— Não posso. — Um soluço escapou de Lily. — Ela estava nua. Eu entrei e ela estava nua, Lucas. Ela chupou o seu pau.

— Eu...

— Você desviou quando perguntei. Não sou idiota. Ela estava com o seu pau na boca. Uma parte sua que é minha pelos últimos meses. Ou você ficou também com outras mulheres nesse tempo?

— Porra, não. — Eu caí aos pés dela, colocando os braços em volta de sua cintura. — Foi só você. Sinto muito. Ela estava falando coisas que engatilharam memórias. Mas então eu pensei em você e despertei. Mas ela já estava... Eu já estava na sua...

— Ela estava te chupando. — A respiração de Lily falhou. — Você me traiu.

— Não. — Apertei-a. — Não traí. Ela me forçou. — Eu me sentia um menininho novamente, sendo molestado e abusado repetidamente. Mel não era melhor do que aqueles bastardos. — Eu sinto muito. Não queria que acontecesse. Sei que não faz sentido.

— Me explica, porque as imagens na minha cabeça não estão ajudando. Eu só consigo ver você dois juntos e isso me deixa enjoada. Eu posso vê-la de joelhos.

— Sinto muito. Eu não toquei nela. Mas me lembro. Preciso te contar tudo.

— Eu não posso... não posso competir com isso. Não posso competir com *ela*. Não quando ela ainda te quer.

Pulei de pé.

— O que você está me dizendo? — sussurrei, roçando o rosto na curva de seu pescoço.

— Eu acho... — Seu corpo tremeu. — Eu acho que terminamos.

— Não! — gritei, a grudando em mim. — Eu te amo.

— Amor não é o suficiente. — Ela chorou, me empurrou, e começou a andar de um lado para o outro. — Não depois de tudo que vocês dois passaram juntos. Eu vejo como ela te olha. Mesmo que o que você diz seja verdade... mesmo que você não a queira, seu corpo com certeza quer.

— Não é a mesma coisa, Lily. — Eu não podia acreditar no que estava acontecendo. Depois de todo esse tempo. Depois de tudo que demos um para o outro. — Eu não reagi a ela porque eu queria. Sei que não faz sentido. Porra, vou conversar com um psiquiatra, para ele poder explicar.

Eu não me lembrei de tudo até esse momento. É ferrado. Eu sei que é, mas... por favor, me deixe explicar.

— Explicar? — Lily parou de andar. — Lucas, não tem nada para explicar.

Caí novamente de joelhos, colocando os braços em volta da cintura dela.

— Por favor, Lily. Preciso de você. Eu estava destroçado até você aparecer. Você me consertou. — Minha garganta queimava, lágrimas espetando por trás dos meus olhos. Eu não era um homem emocionado, mas isso era muito pior do que qualquer coisa que passei. Eu receberia o abuso da minha infância de novo e de novo, antes de lidar com perder a Lily.

— Eu te amo, Lucas. — Lily agachou na minha frente e segurou meu rosto. — Mas eu te amo demais para fazer você ficar comigo quando claramente você ainda tem sentimentos por ela.

— Não tenho. Ela é um monstro. É tão ruim quanto seus pais reais, meus pais adotivos. — Coloquei meu corpo em volta de Lily, a apertando e a segurando forte contra mim até nenhum de nós dois podermos respirar. — Não é a mesma coisa com ela. Eu não tinha mais ninguém quando ela estava na minha vida. Não é a mesma coisa, bebê. Caralho, Lily, não posso te perder. Eu me recuso a te perder. Não sinto nada por ela. Não mais.

Lágrimas escorriam pelas bochechas da Lily.

— Você me perdeu no momento que ela voltou para a sua vida.

Beijei o rosto dela, suas lágrimas cobrindo meus lábios.

— Não fala assim.

— É verdade, Lucas. O estúdio estava fechado. Por que você a deixaria entrar? Eu sei que ela não invadiu.

— Eu estava sendo legal. — Porra, percebi o quão idiota parecia.

— Sendo legal? — repetiu.

Naquele momento eu vi a posição rígida dos seus ombros desabar em derrota, e sabia que a próxima porrada estava chegando.

— Lucas, depois de tudo que ela já nos fez passar, você estava sendo legal? — Lily ficou de pé, esfregando a mão no rosto. — Não posso fazer isso. Não posso ficar com alguém que tem sentimentos por outra pessoa.

— Não tenho. — Caí para a frente, esticando a mão para ela. — Eu te amo. Eu amo tudo em você. Eu preciso de você. Preciso dos seus sorrisos. Suas gargalhadas. Preciso compartilhar meus sanduíches de manteiga de amendoim com geleia com você. Preciso de nossos encontros para tomar café.

Seus soluços aumentaram.

— Eu... eu não posso.

Minha garganta fechou, meu peito apertando com o que ela estava me dizendo.

— Então é isso?

Outro soluço saiu dela.

— Eu... eu acho que é.

— Não, me recuso a achar que é. Eu te amo, Lily Bela. — Meu corpo tremeu.

— E eu amo *você*, Lucas, mas você pode honestamente sentar aí e me dizer que não quer reviver as coisas com ela? — A respiração dela falhou. — Vocês dois viveram no inferno juntos. É uma ligação que nenhum de nós pode ignorar.

— Não foi assim. Agora eu lembro. Eu lembro o que aconteceu. Minha mãe adotiva era mãe verdadeira dela. Eles faziam com que ela nos seduzisse. Não faz sentindo. Eu não estou fazendo sentido, mas prometo que, se me escutar, posso explicar tudo que lembro.

— Não posso. — Lily se soltou de mim.

— Lily — supliquei. — Não posso fazer isso sem você.

— Acho que eu deveria ir embora. Não vou te dar um ultimato. Não sou esse tipo de mulher, então estou deixando fácil para você. — A voz de Lily falhou, seu queixo tremendo.

Nossos olhos se encontraram, nossas almas colidiram e ali mesmo senti sua dor somar à minha. Deixou-me sem fôlego e impossibilitado de lutar.

— Você será o único homem que amarei.

Eu desviei o olhar, o som da porta fechando um momento depois.

Antes de pensar duas vezes, levantei e dei um murro na parede. Os ossos nos nós dos meus dedos estalaram, mas a dor se espalhando por mim só inflamou a necessidade, esse desejo por mais. A agonia se transformou em um ruído em minha cabeça, me lembrando de que estava vivo e era humano. Um humano ferrado, destroçado, mas ainda humano.

# LILY

Quando encontrei Lucas com Mel, meu mundo desabou embaixo de mim. Tantos pensamentos passaram pela minha cabeça. Como ele poderia? Depois de tudo que compartilhamos. Eu sentia como se nós finalmente tivéssemos começado a ir para a frente quando ele jogou tudo novamente na minha cara como se eu fosse um cocô na sola do seu sapato. Eu não sabia muito sobre condições de saúde mental. Estresse pós-traumático, ou o que quer que seja que Lucas tenha. O que quer que seja que Mel disse para ele, desencadeou memórias ao ponto de ela ser capaz de sugar o pau dele sem a sua permissão?

Bile subiu em minha garganta. Eu não sabia que era possível.

Lágrimas escorreram pelas minhas bochechas e as esfreguei asperamente. Eu não estava certa se ele ainda sentia algo por Mel, mas o que vi também não provava que eu estava errada. Eu estava confusa. Adicione o fato de que ele não veio atrás de mim, e eu estava um desastre.

Era isso? Não valia a pena lutar por mim? Tive a minha resposta quando ele me deixou ir embora.

Um soluço me atingiu, forçando mais lágrimas quentes a descerem pelas minhas bochechas. Eu estava esmagada pelo peso das minhas emoções, derrota ressoando em meus ombros.

— Lily.

Parei de repente, encontrando Toby vindo em minha direção.

— Nós estávamos dirigindo para uma reunião no centro, mas Sandra notou você andando. Então, eu parei. — Ele apontou para o carro estacionado do outro lado da rua. Sandra estava sentada no banco do carona, olhando na nossa direção. — Está tudo bem?

Olhei de volta para Toby, negando com a cabeça.

— Lily.

Minhas costas ficaram rígidas logo que escutei Lucas vindo na minha direção por trás.

— Você pode me levar para casa, Toby? Por favor?

Toby acenou com a cabeça, olhando por cima de mim.

— Você tem certeza?

— Sim. Por favor. — Corri para o outro lado da rua.

— Lily, espera.

Ignorei Lucas e corri para o carro, pulando no banco de trás.

Toby veio na nossa direção e se sentou no banco do motorista.

— Para casa?

Acenei com a cabeça.

Lucas bateu na janela.

— Lily, por favor. Sinto muito. Sinto pra cacete.

— O que você quer que a gente faça? — Sandra me perguntou gentilmente.

— Só dirige — pedi, minha voz falhando. — Por favor, só dirige.

Toby acenou com a cabeça, saindo com o carro.

Olhei atrás de nós, encontrando Lucas correndo atrás do veículo. Um soluço escapou de mim. Virei-me.

— Dirige mais rápido. Por favor, dirige mais rápido.

Toby fez o que eu pedi e acelerou.

— Ele se foi — avisou, uns minutos depois.

Eu acenei com a cabeça, cobrindo o rosto.

— Sinto muito.

— Quer conversar? — Sandra perguntou gentilmente.

— Não. Eu... — Meu telefone tocou nesse momento. Esqueci que o coloquei no bolso de trás. — Alô?

— Senhorita Noel?

Minha garganta secou.

— É ela.

— Aqui é a Doutora Proulx, no Hospital Geral. Sua avó teve um ataque cardíaco.

# CAPÍTULO 31

## LILY

— *Você vai parar com essa merda agora mesmo.*
Meus olhos arregalaram com a linguagem saindo da boca da minha avó.
— *Eu...*
— *Cala a boca!* — gritou, seu rosto avermelhando. — *Só cala a boca. Estou cansada de ver você usar o seu corpo para conseguir aquela merda. Você tem um problema. Não é só álcool para você. É a porra de uma droga. Todos os caras que entram e saem desse lugar? Estou cansada disso. Abri minha casa para você quando os seus pais morreram. Tomei conta de você. Estava ao seu lado todas as porras dos dias naquele caralho de hospital. E para quê? Só para você jogar na minha cara. Bem, cansei. Eu fui gentil, paciente. Agora é hora de um amor mais duro. O que você diz?* — Suas sobrancelhas franziram. — *Me responde. Ou eu vou ligar para a polícia e dizer que você está vendendo o seu corpo. O que você está fazendo pode ser considerado prostituição, e isso é ilegal nesse país.*
— *Você não faria isso* — sussurrei.
— *Experimenta.* — Fúria emanava dela em ondas.
— *Eu...* — Eu não sabia o que dizer. O que poderia dizer? Fiz merda. Fiz merda das grandes.

Daquele momento em diante, não tomei uma gota de álcool. Minha avó estava certa. Não era só álcool para mim. Eu não podia beber socialmente. Não tinha controle em relação a isso. Então parei de beber completamente. E senti falta cada segundo desde então.

— Lily?

Soluços de esmagar os ossos me destruíam. Eles eram tão fortes, que eu não podia controlá-los.

— Me entrega o telefone dela.

— Encosta o carro.

Eu não sabia quem estava falando. Não ligava. Precisava de uma bebida. Precisava de Lucas. Eu precisava ser feliz. Precisava que nós fossemos felizes. Precisava que Mel e Killian nos deixassem em paz.

Ar frio me encobriu, seguido por braços gentis. Eu não sabia quem estava me tocando. Eu não ligava, mas absorvi a quentura deles e chorei. Chorei tanto que minha alma doía.

— Shhhh… — a pessoa sussurrou, fazendo com a mão círculos reconfortantes nas minhas costas.

— Sim, aqui é Toby. Sou um amigo da Lily. Ok.

— O que está acontecendo? — Sandra perguntou, e percebi então que era ela que estava me abraçando.

— A avó dela teve um ataque do coração.

— Ah, querida. — Sandra me abraçou mais forte.

— Você quer que a gente ligue para alguém? — Toby perguntou.

Eu me sentei, esfreguei as lágrimas e olhei pela janela.

Mesmo estando puta com Lucas, a minha avó gostava dele. Nós não estávamos juntos há muito tempo, mas ela falou sério quando disse que o consideraria como família.

— Sim — minha voz falhou. — Para o Lucas.

# LUCAS

A mais pura fúria corria por mim. Ia tão fundo, que eu podia sentir dentro da minha alma. Vendo Toby ir embora com Lily no banco de trás forçou uma nova fúria através de mim.

— Caralho! — urrei, enfiando o punho na parede uma segunda vez. O gesso quebrou, pedaços caindo para o chão.

Um telefone tocou à distância, mas ignorei e soquei outro buraco em uma parte diferente da parede. Dor subiu pelo meu antebraço, meus dedos sangrando o quanto mais eu socava, e quanto mais eu socava, mais minha raiva aumentava. Eu não fazia nada para segurar a agonia dentro de mim.

Lily me deixou. Ela me deixou, porra.

Fiquei de joelhos, caindo para a frente. Não sabia quanto tempo passou, mas eu não ligava. Precisava dela. Precisava da minha Lily. Minha doce Lily Bela.

Um forte soluço escapou de mim, forçando toda a angústia que senti pelos últimos anos, a sair junto. Eu não chorei na época. Não chorei quando meu corpo foi usado para o prazer de outra pessoa. Nem quando eu estava sendo rasgado ao meio. Nem quando a minha boca foi costurada. Quando fui chicoteado, espancado e deixado para morrer. Eu não chorei. Nem uma porra de uma lágrima. Mas agora, me atingiu como se um prédio tivesse aterrissado no meu corpo. Eu não podia respirar. Meu peito estava apertado. Meus pulmões pareciam que explodiriam pela falta de ar que eu não podia dar a eles. E por quê? Tudo porque Mel não podia manter suas mãos para si mesma. Tudo porque ela queria algo que não podia ter. Tudo porque nós fomos forçados quando crianças em uma situação que nenhum de nós podíamos controlar. Mas eu saí. Ela não. Pelo menos não na mente dela. E o fato de que ela ainda possuía controle sobre o meu passado me levantou e me forçou a arremessar a coisa mais perto de mim.

— Lucas!

Escutei meu nome, mas não sabia quem estava me chamando. Não ligava. Deixe-os dizerem meu nome. Deixe-os verem como eu era um mostro e que a única maneira que eu poderia ser domado era tendo Lily de volta nos meus braços.

A fera dentro de mim estava solta quando passei pela sala de estar.

Levantando. Arremessando. Destruindo.

— Lucas! Calma, caralho!

Mãos me seguraram, mas empurrei, meu punho atingindo osso antes que pudesse me segurar.

**CICATRIZES DO PASSADO**

— Caralho!

— Lucas, vou te derrubar com a porra do *Taser*.

Fúria incandescente dançava em minha visão. Ela provocava e brincava, escorregando sobre a minha pele. Controlava minhas ações, me deixando cego de raiva.

— Faça alguma coisa! — Uma mulher.

Virei pensando que era a minha Lily, mas, quando vi uma mulher mais alta, minha visão clareou e percebi que não era ela.

— Lily — falei, por entre dentes cerrados.

— Lucas, olha para mim.

Virei-me novamente, ficando na cara de Shephard.

— Que porra você está fazendo aqui?

— Você está calmo? — ele perguntou, franzindo as sobrancelhas e dando um passo para trás.

— Eu fiz uma pergunta. — Minha voz estava tão grossa, que nem a reconheci.

Shephard levantou as mãos, se protegendo de mim quando Sandra entrou no meio de nós.

— Lily precisa de você. A avó dela está no hospital. Nós vamos te levar para ela — Sandra disse correndo.

— Nós estamos tocando direto a campainha. Quando você não atendeu, liguei para Shephard vir ajudar. — Toby ficou ao lado de sua esposa.

— Por quanto tempo? — Olhei em volta da sala, tentando achar o relógio, mas aparentemente o derrubei da parede. A sala de estar estava destruída como se o próprio Godzilla tivesse passado pelo apartamento. A evidência da minha fúria me encarava, me provocando.

— Passaram-se quase oito horas, Lucas. — Toby colocou sua mão gentil no meu ombro.

— Oito horas? — Apertei a ponte do meu nariz. — Eu perdi oito horas. — Tudo porque não conseguia me controlar e fiquei preso dentro de mim mesmo. Eu não percebi que tanto tempo havia passado. — Me leva para ela, mas antes... — Fui na direção de Shephard. — O que está acontecendo?

— Killian. — Ele enfiou um arquivo no meu peito.

— Me diga. — Peguei o arquivo da mão dele e joguei no chão. — *Agora*.

— Está feito. Peguei alguns caras da força para conduzir uma busca, e nós reviramos a casa dele. Encontramos os seus computadores e podemos devolvê-los para você.

— Meus computadores. — Franzi a testa. — Pensei que eles tivessem sido entregues?

— Eles foram, mas Killian tinha alguém de dentro que os roubou do setor de evidências para levar de volta para ele. Nós também descobrimos que ele era uma das crianças. Uma das outras crianças que foram adotadas pelas mesmas pessoas que te adotaram.

Todo o sangue desceu do meu rosto.

— O quê?

— Vamos continuar essa conversa no caminho para o hospital — Toby sugeriu.

— Andem — ladrei. — Agora.

Toby e Sandra correram para a porta, comigo e com Shephard seguindo.

— Explique — exigiu.

— Ele mudou de nome. Nasceu como Ronald Olle. Era a atração principal e quem fazia dinheiro para eles antes de você chegar.

— Eu estive lá a minha infância toda, como que isso faz sentido? — perguntei para ele. Nós chegamos ao carro de Toby e Sandra, entrando no banco de trás.

— Acho que foi antes de você chegar na puberdade e crescer. Não sei, Lucas. Só estou falando o que ele disse. — Shephard olhou para Toby e para Sandra.

— Estou cagando e andando se eles sabem — falei bruscamente. Não fazia mais sentido continuar guardando isso para mim. Passei anos fazendo isso e olha o que ganhei. Estava na hora de ver a luz do dia.

Shephard acenou com a cabeça.

— Killian se alistou na força e subiu para detetive, para então poder acabar com bastardos como os seus pais adotivos, mas ele tinha um plano secreto. Queria te colocar na cadeia.

— Eu? — Franzi a testa. — Por que porra de motivo? — Esperei e, quando Shephard não falou nada, eu ri. — Tem que ter relação com Lily. Não tem? Como você disse, ele não pode tê-la, então mais ninguém pode.

— Foi originalmente por causa da Mel. Você ficou com as duas garotas que ele queria. — Ele tirou o telefone do bolso interno da jaqueta e pressionou um botão.

— *Ele roubou as duas de mim. Mel e Lily. Ele merece sofrer. Merece ser trancado.*

*Então fiz a Mel jogar um joguinho com ele.* — Killian riu. — *Eu a paguei para seduzi-lo. Mas ela provavelmente teria feito de graça. Porém, afinal de contas, sou um cara do bem. É um mundo pequeno que ele só aconteceu de aparecer no lugar onde ela estava trabalhando. E olha só. Não foi nem na mesma cidade onde crescemos.* — A risada de Killian aumentou. — *Ele é uma bagunça. A mente é uma coisa frágil, sabe? Se você cutuca da maneira certa, consegue que ela faça o que você quiser. E ela fez. Sabe o que é ainda melhor? Lily os encontrou.* — Ele riu ainda mais. — *Foi bom para ele por foder com o que é meu.*

Quando a gravação acabou, Shephard colocou o telefone de volta no bolso da jaqueta.

— Sinto muito, Lucas.

— Não. — Apertei a ponte do nariz. — Preciso ver a Lily — afirmei, assim que paramos na frente do hospital.

— Lucas, ele será tratado legalmente. Mas ele não só roubou de você. O que aconteceu quando vocês eram crianças não só ferrou com ele, como também levou embora aquela parte que tinha alguma moral sobrando. Nós encontramos pornografia infantil nos computadores dele. Ele estava carregando no seu. Estava tentando fazer parecer como se você gostasse dessa merda, mas nós o pegamos a tempo.

— Caralho. Conversamos mais tarde. — Saí do carro. — Obrigado pela carona — disse para Toby e Sandra e fechei a porta atrás de mim, sem esperar por resposta.

Eu sabia que Killian era ferrado na cabeça, mas nunca esperei por isso. Essa era uma virada que nem vi chegando. Eu precisava contar para Lily, mas, antes, precisava reparar a merda que Mel fez comigo.

# CAPÍTULO 32

## LILY

Eu não conseguia comer. Não conseguia funcionar. Não conseguia fazer nada. Sentia-me como se estivesse no hospital há anos, quando na realidade era somente desde ontem à noite. Ou pelo menos esse era o tempo que eu achava que havia passado. Talvez fosse mais ou menos. Não tinha mais certeza.

— Lily.

Minha cabeça levantou, meu olhar encontrando Lucas. Ele estava com as mãos enfiadas nos bolsos, seu olho bom sem encontrar o meu. Parecia uma criança que tomou esporro.

Vestia calça de moletom cinza com um casaco preto. Sua roupa preferida quando queria ficar confortável. Estava vestido casualmente, mas ainda parecia letal e aquela parte perigosa dele acordava algo dentro de mim.

Aquela parte sombria. Aquela parte submissa. Aquela parte que precisava dele.

Pulando do meu assento, eu tinha toda a intenção de correr para ele, mas algo me parou. Eu podia confiar nele? Mel era um problema. Um grande problema. Se o que Lucas disse era verdade, ela possuía controle total dele, desencadeando suas memórias. Eu poderia competir com isso? Poderia ajudá-lo a passar de seu esgotamento mental, para nunca mais acontecer? E, se acontecesse, eu poderia estar lá por ele?

Tomei uma decisão. Sim, sim, eu poderia.

Corri na direção dele e me joguei em seus braços, um soluço saindo de mim.

Ele me agarrou, colocando os braços ao meu redor e me segurando tão apertado, que eu não conseguia respirar, mas descobri que não ligava. Eu precisava dele. Disso. De tudo isso.

Seu toque estava marcado em minha pele desde o primeiro momento. Todo ele estava pressionado contra mim toda e era perfeito. Era nosso. Tudo isso era nosso e ninguém poderia tirar de nós.

— Lily — sussurrou, passando a mão na minha cabeça. — Porra, senti saudades de você. Saudades disso. Pensei que nunca mais a veria. Pensei que nós tínhamos... eu pensei...

Eu caí em um choro inconsolável. Meu corpo tremeu. Tudo que aconteceu desde que Mel apareceu caiu em cima de mim. E então minha avó teve um ataque cardíaco. Eu não podia perdê-la. Não podia perder o Lucas. Não podia perder nenhum dos dois.

— Ei. — Lucas me levantou em seus braços, me carregando para uma cadeira próxima e me colocando em seu colo como uma criança. — Fala comigo, bebê.

Eu não sabia o que dizer. Segurei-o. Segurei-o muito apertado.

Lucas me segurou contra si, nos movendo para frente e para trás. Ele fez círculos leves na parte de cima das minhas costas, reconfortando a dor correndo por mim.

— Você está me assustando, Lily Bela. — Ele encheu meu rosto de beijos, secando as lágrimas.

— Minha avó — comecei, minha voz falhando. — Ela teve um ataque cardíaco.

— Merda. — Lucas me segurou contra si. — Sinto muito. Já conversou com os médicos.

— Na noite passada. Acho. — Eu estava perdida, tão perdida, que não sabia quantas horas se passaram desde que apareci no hospital. — Que horas são?

— É de manhã. Tem quase oito horas. — Ele me deu um sorriso torto. — Você já a viu?

— Brevemente. Ela está descansando, e não queria a incomodar, ou que me visse chorando. Eu sabia que podia acontecer. Ela está ficando velha. Mas ela é a pessoa mais forte que conheço. Não está certo. Os médicos disseram que foi brando, mas...

— Eu entendo. — Lucas deu um beijo suave em minha boca. — Sinto muito. Sinto pra cacete. Por tudo. Pela dor que te causei. Não importa o que passei, te perder foi o pior.

— Você não…

— Não. — Ele segurou meu queixo, me forçando a fitá-lo. — Vamos conversar sobre isso depois. — Ele passou os dedões embaixo dos meus olhos.

Nós ficamos sentados ali encarando o outro. Deus, eu o amava. Eu o amava tanto. Ele disse que eu era a luz na escuridão que havia tomado sua vida, mas a verdade era que ele também era a minha luz. Toda vez que entrava em um cômodo, minha respiração prendia. Meu corpo aquecia. E meu amor por ele crescia.

Ele parecia que havia envelhecido anos em uma questão de horas. Notei pela primeira vez que um pouco de grisalho cresceu em sua barba. Esticando a mão, meus dedos passaram por sua barba. Nós não tínhamos muitos anos de diferença. Ele tinha trinta e poucos, mas o grisalho já estava aparecendo.

— Gosto do grisalho — sussurrei.

Ele apoiou a testa na minha, segurou minha mão, e a apertou entre nós.

— Sei que temos muita coisa para resolver, mas estou torcendo, rezando para que possamos passar por isso.

— Só me segura, Lucas. Por favor. — Eu não queria falar sobre nada mais nesse momento. Me movi para a cadeira ao lado dele e me apoiei ali.

— Descansa, Lily Bela — ele murmurou em meu ouvido e colocou o braço em volta da minha cintura. — Você está comigo. Todo o resto pode esperar.

Segurei sua mão, passando o dedão por cima de seus dedos machucados.

— O que aconteceu?

— Entrei numa briga com uma parede ou duas — murmurou.

— Entrou? — Virei, olhando para ele. — Quem ganhou?

Seu olhar veio para o meu.

— Eu ganhei. Sempre ganho, Lily, e passarei o resto da minha vida tentando te ganhar de volta. — Sua mão tocou minha coxa, me segurando, me apertando, me dando a força que precisava para passar por isso.

— Eu… — Minha respiração prendeu em minha garganta, as palavras morrendo em minha língua. Eu não queria ficar longe dele, mas a imagem de Mel nua no depósito não saía da minha cabeça. Acrescente o fato de que ele confessou que ela chupou seu pau. Mesmo se fosse verdade e ele estivesse preso em sua mente, ainda não é certo. Me ferrou. Eu ainda podia ver cada centímetro dela. Suas curvas perfeitas. Seus seios cheios. Sua cintura esbelta. Tudo que eu não era. — Ela é linda — sussurrei. — Eu ainda posso vê-la. E quando você confessou… — Engoli o nó que fez residência permanente em minha garganta.

**CICATRIZES DO PASSADO**

— Caralho. — Lucas virou na minha direção. — Eu não sei como explicar isso. Eu mesmo não entendo, mas foi o que aconteceu. Só estou sendo honesto com você. Mas posso dizer que *você* é linda, Lily. Você não tem razão para ficar insegura, mas entendo. Está bem? Entendo. Como você acha que me senti quando descobri que você dormiu com Killian? Tem um bando de merda sobre ele que você não sabe, mas podemos discutir depois. — Ele sacudiu a cabeça. — O que estou dizendo é que eu senti... você não acha que tenho meus momentos de insegurança? Eu sou ferrado, Lily Bela. — Ele beijou minha testa. — Tenho cicatrizes. Tenho certeza de que você já ficou com outros homens que são perfeitos.

— Não. — Agarrei seu casaco. — Nenhum deles se compara a você. Você é lindo, Lucas.

Lucas segurou meu queixo, virando minha cabeça para eu encontrar seu intenso olhar.

— E você é perfeita. Não precisa se comparar com Mel. Não mesmo. Você é curvilínea em todos os lugares perfeitos. Eu amo você nos meus braços. Amo as sardas que dançam na sua pele porque o sol beijou seu corpo. Amo o verde profundo de seus olhos que escurece quando você está puta ou excitada. Às vezes os dois. Amo quando você morde seu lábio inferior e ele fica vermelho ao ponto de parecer que está usando batom. Tenho certeza de que a maioria das mulheres mataria por isso.

Eu ri levemente.

— Amo aquela manchinha castanha no seu olho direito. É tão fraca, mas posso ver. É uma falha perfeita.

— Você pode ver? — perguntei, surpresa que ele poderia notar algo assim.

— Posso. — Ele beijou meu nariz. — Também amo o quão forte você é quando sei que você luta. Nós todos lutamos. Mas não importa quão difícil é, você coloca os outros na sua frente. Você *me* colocou na sua frente e nunca poderei te recompensar por isso.

Lágrimas espetaram meus olhos, meu nariz queimando.

— Eu...

— Eu te amo, Lily. Farei o que puder para te compensar. Você tem perguntas e responderei da melhor maneira que puder. Nós iremos conversar sobre isso, mas precisamos antes garantir que a sua avó está bem. Essa é a coisa mais importante no momento.

Acenei com a cabeça, colocando os braços em volta de seu pescoço grosso. Meu Deus, eu o amava. Ele me deixava puta e maluca, mas eu o amava. Amava com cada fibra do meu ser. Só rezava que nosso amor fosse o suficiente.

# LUCAS

Eu não estava certo se eu e a Lily estávamos bem. Nunca estive em um relacionamento antes, então não estava certo de quais eram os sinais. Mulheres eram confusas sozinhas, mas acrescente as minhas próprias merdas na mistura, e eu não fazia ideia de que porra estava acontecendo.

O médico veio e falou para Lily que ela poderia ver a avó. Mesmo o ataque cardíaco sendo brando, com a idade dela, eles queriam mantê-la no hospital em observação por mais uns dias. Para o desgosto dela.

— Por que preciso ficar aqui? Me sinto bem.

— Vovó, você sabe por que precisa ficar aqui. — Lily acariciou a mão da avó. — Prometo que vai sair em breve, mas precisa descansar e pegar leve.

— Eu jogo cartas. — Ethel zombou. — O que é mais leve do que isso?

— É tudo que você joga? — devolvi, levantando a sobrancelha.

As duas mulheres olharam na minha direção.

— Só quero dizer... — Dei de ombros. — Você sabe.

Ethel gargalhou.

— Você não consegue dizer as palavras? Vamos lá. Já escutei vocês dois.

— Vovó. — Lily arfou, suas bochechas avermelhando.

Uma gargalhada saiu de mim.

— Não faço ideia do que está falando.

— Certo. Porque eu sou velha, não significa nada, Lucas. — Ela apontou para mim. — Eu também gosto de sexo, querido.

— Ai, Deus. — Lily cobriu o rosto. — Não posso acreditar que vocês dois estão tendo essa conversa.

Eu ri.

— Eu acho que significa que você precisa pegar leve.

— Bem, aparentemente esse velho coração não aguenta. É uma merda. — Ethel suspirou. — Uma boa merda.

— Ok, bem, isso ficou bem esquisito. — Lily se levantou da cama. — Nós deveríamos ir para você descansar.

— Está bem. — Ethel se inclinou para a frente. — Mas antes eu preciso saber de uma coisa. — Ela colocou a mão no lugar na frente dela. — Sentem. Vocês dois.

Nós fizemos o que nos foi dito, com Lily em um lado dela e eu no outro. Ethel pegou nossas mãos, as juntando e segurando.

— Vocês dois se amam. Eu vejo. Meu Deus, posso sentir. Sei que alguma coisa aconteceu. Não preciso saber o que foi. — Ela olhou diretamente para mim. — Eu não vou te ameaçar, mas, quando o assunto é a minha neta, ela é a minha vida. Ela é a única família que eu tenho. O que aconteceu, eu sei que, juntos, vocês podem passar por isso. — Ela então olhou para Lily,

— Eu a pedi em casamento — falei sem pensar.

O olhar de Ethel voltou para o meu.

— Mas não era a hora certa — completei.

— Você saberá quando for — Ethel garantiu. — Só, por favor, não desistam um do outro. Lucas, eu sei que você teve uma infância difícil. Não sou idiota. Posso sentir. E enquanto vocês dois tem suas próprias dificuldades, não pensem que devem lidar com elas sozinhos. Vocês têm um ao outro. Têm a mim. O amor que vocês têm é difícil de achar, então, por favor, não desistam.

Meu peito apertou.

Lily fungou, enxugando embaixo dos olhos.

— Eu te amo, vovó.

— Eu também te amo. Agora dê um abraço nessa velha mulher e vão embora para eu poder flertar com os médicos gostosos e dormir um pouco. — Ela mexeu as sobrancelhas.

Lily riu e deu um abraço nela.

— Quero um abraço seu também, grandão. — Ethel abriu os braços.

Meu rosto queimou, mas fiz o que me foi ordenado.

Ela me deu um aperto que era forte para alguém tão pequeno.

— Ela te ama. Trate-a direito e recompense pelo que aconteceu e tudo entrará no lugar.

Engoli a seco, chegando para trás.
— Me prometa. — Ela segurou meu rosto.
Acenei com a cabeça.
— Prometo.

# LILY

— Fico feliz em saber que ela ainda tem seu bom humor — comentei com Lucas, logo que saímos do hospital.
— Eu também. — Ele sorriu para mim.
— Como você chegou aqui? — perguntei, quando saímos no ar fresco da noite.
— Toby me trouxe. — Lucas pegou o celular no bolso. — Vou chamar um táxi.

Alguns minutos depois, um parou na nossa frente. Dei o endereço da minha casa para o motorista.
— Você vai ficar comigo, certo?
Lucas segurou minha mão.
— Se você quiser.
Acenei com a cabeça.
— Sim, por favor.

Um suspiro saiu dele, seus ombros relaxando como se estivesse esperando a vida toda para que eu dissesse essas palavras.

Segurei a mão dele na minha. Nenhuma palavra passou entre nós, mas elas não precisavam. Eu queria resolver tudo. Amava Lucas e, embora não entendesse o que aconteceu, estava disposta a tentar. Por nós.

Quando paramos na frente da minha casa, Lucas pagou o motorista e saímos do carro.

Andávamos de mãos dadas para a casa quando alguém limpou a garganta, nos parando no caminho.

— Caralho — Lucas resmungou.

Virei devagar, encontrando Killian vindo na nossa direção.

— Bem, vocês dois parecem confortáveis. — Killian esfregou a grossa barba em sua mandíbula, seu olhar se movendo entre nós. — Claramente, vocês se entenderam.

— Isso não é da porra da sua conta — Lucas jogou nele. — Como você saiu? Shephard mostrou aquela gravação para mim. Você pagou para alguém?

Killian sorriu.

Lucas entrou na minha frente.

— Por que você está fazendo isso?

— Porque eu quero assistir você quebrar. — O rosto de Killian ficou vermelho. — Eu quero que você sofra pra cacete.

— Você perdeu o juízo — Lucas cuspiu, suas costas rígidas. — Foi isso que aconteceu? Você foi fodido até ficar burro?

Meu coração pulou.

— Lucas?

Killian deu um passo na direção dele.

— Que porra isso quer dizer?

— Eu sei quem você é — Lucas disse para ele. — Eu não te reconheci de cara, Ronny. E estava distraído demais para fazer qualquer pesquisa sobre você. Você deu sorte aí. Porque, se eu tivesse feito, teria descoberto quem você era semanas atrás. E então você não teria sido capaz de usar Mel.

— Eu teria encontrado uma maneira, e a porra do nome é Killian. — Ele perdeu a paciência, empurrando Lucas em cima de mim.

Dei um passo para trás, segurando o seu casaco.

— Você está bem, Lily Bela? — perguntou, sem tirar os olhos de Killian.

— Sim. — Mas não significava que não estava preocupada com o que estava prestes a acontecer.

— Que bom. — Ele esticou a mão para trás.

Segurei a mão dele.

— O que você quer, Ronny?

— Para de me chamar assim! — Killian gritou.

— Mas é o seu nome. Ou era. Lily sabe quem você é? Não. Provavelmente não. Vendo que ainda não tive a chance de contar para ela. Então que tal nós explicarmos agora? — Lucas olhou para mim por cima do ombro. — Ronald Olle. Você o conhece como Killian Hayes. Ele é meu irmão adotivo.

Meus olhos arregalaram.

— Killian, Ronny, como você quiser chamá-lo, tem um problema comigo, porque Mel me quis e não a ele. E agora você me quer.

— E não a ele — completei.

— Ele está se sentindo excluído, parece. — Lucas olhou novamente para Killian, cujo rosto estava vermelho-pimentão. — Não é verdade?

— Você só não morre. Não importa o quanto tentei te meter em problemas, você aceitava. Você aceitava tudo. O que quer que tivessem para te dar. Você não morria. — O peito de Killian subia e descia com uma respiração ofegante. — Eu te odeio. Odeio por chegar na nossa casa. Eu era a porra da estrela. E então você apareceu.

— Você está orgulhoso desse fato, Killian? Nós fomos estuprados, abusados, torturados. Nós aparecemos em filmes e você está com ciúmes de *mim*? Isso não é sobre quem tem o maior pau. É sobre vida e morte. Mas eu implorei para morrer. Implorei repetidamente, mas eles gostavam dessa porra. Você sabe disso. — Lucas soltou minha mão, dando um passo na direção de Killian. — Eu tentei proteger vocês. Tentei proteger todos vocês. Eu não queria que nada daquela porra acontecesse.

— Você a tirou de mim! — Killian gritou, atacando Lucas. — Você a tirou de mim e a fez se apaixonar por você. Mel era minha. Ela sempre foi minha. — Ele puxou o braço para trás, enfiando o punho no rosto do Lucas.

Eu ofeguei.

Lucas ficou completamente parado, uma gargalhada sombria saindo dele.

— Me acerte novamente, filho da puta. Nunca pedi por aquela merda. Nunca pedi para Mel se apaixonar por mim. Eu não a quero. Você pode fazer o que quiser com aquela mulher. Cansei dessa merda.

Mesmo Lucas dizendo para Killian que estava cansado, isso só o fez dar outro soco nele. Dessa vez, Lucas segurou o seu punho e o jogou no chão.

Portas bateram. Dois policiais vieram em nossa direção, armas em punho.

— Lucas. — Corri para ele. — Os policiais estão vindo. Lucas, pare.

Ele soltou Killian.

— Você está morto para mim.

— Como se eu ligasse, babaca. — Killian ficou de pé, seus olhos escuros me fulminando. — Eu devia ter te matado naquele beco.

Meu estômago caiu no chão embaixo de mim.

Um rosnado soou ao meu lado.

— O que fiz para você? — exigi, empurrando Killian. — Você é um monstro.

**CICATRIZES DO PASSADO** 295

— Não! — Ele apontou para Lucas. — Ele é o mostro e você está apaixonada por ele. Como é o sentimento, Lily? Como é sentir estar apaixonada por alguém que se esconde nas porras das sombras? Eu vi o que ele fez. As crianças que ele abusou.

— Não. — Empurrei-o novamente. — Ele fez para sobreviver. Pare com isso. Por favor. Vocês dois estavam no inferno juntos. Deveriam se apoiar.

— Por favor, caralho. — Killian se virou e começou a andar. — Prenda eles.

— O quê? Você não pode fazer isso! — gritei, quando os dois policiais foram na direção de Lucas. — Killian. Pare com isso!

— Shephard, nós precisamos de você. — Escutei Lucas dizer.

— Killian. — Mas ele me ignorou e continuou a andar para sua caminhonete.

— Você nem é mais um agente federal, seu bastardo! — Lucas gritou. — Você os tem na sua folha de pagamento?

Killian olhou por cima do ombro, um sorriso malicioso abrindo em seu rosto.

— Continue a falar. Sua sentença está crescendo a cada segundo.

Killian segurou meus pulsos, chutou meus pés e me derrubou no chão. Caí pesado, o ar saindo dos meus pulmões em um suspiro afiado.

— Solta ela! — Escutei Lucas urrar.

Eu não podia vê-lo. A única coisa que podia focar era nos olhos frios e sem alma me encarando.

— Eu devia ter aproveitado minha cota de você naquele beco. Aposto que você é gostosa e apertada também. Eu podia ter quebrado você para ele. Talvez foder esse doce cu também. — Killian se abaixou no meu ouvido. — Eu deveria ter te destruído e deixado para os ratos se deliciarem.

Meu sangue queimou através de mim. Lutando embaixo dele, chutei e empurrei. Fui capaz de soltar uma das mãos e, antes de pensar melhor, meu punho atingiu a bochecha dele.

— Me bata novamente, Lily. Eu gosto quando é bruto. — Killian levantou de cima de mim, agarrou meu cabelo, e me colocou de joelhos.

Gritei quando cabelo foi arrancado da minha cabeça.

— Solta ela, caralho — Lucas rosnou.

Então eu o vi. Ele estava de joelhos, suas mãos algemadas nas costas.

— Leve-os. — Killian me chutou nas costas, me jogando para a frente. Eu gritei.

— Eles não valem isso. Especialmente a porra dessa vadia.

Um dos policiais veio na minha direção.

Antes que eu pudesse correr, ele agarrou minhas mãos. O som da algema prendendo em volta dos meus pulsos forçou lágrimas para os meus olhos. Ele apertou até beliscar a pele.

— Levanta — o outro policial mandou, empurrando Lucas.

Lucas se levantou, vindo na minha direção.

— Não diga nada — sussurrou. — Liguei para Shephard. Ele vai nos ajudar. Mas, se fizerem perguntas, peça um advogado, bebê. Por favor, peça um advogado.

— Pedirei. — Inclinei-me para a frente e dei um rápido beijo em sua boca antes de eles nos separarem e me empurrarem no banco de trás da viatura.

Lucas foi empurrado do meu lado, a porta fechada atrás dele.

— Olha para mim.

Virei a cabeça na direção dele.

— Você é forte — murmurou. — Está me escutando?

Acenei com a cabeça, meu coração batendo em meus ouvidos.

Ele apoiou a testa na minha.

— Não fale nada.

Acenei com a cabeça novamente.

Os policiais estavam sentados na frente. Fomos para a delegacia em silêncio. Isso não estava certo. Não estava certo mesmo.

# CAPÍTULO 33

## LUCAS

Depois do que pareciam anos, Lily e eu fomos finalmente liberados. Graças ao Shephard. Quando saí, encontrei Lily e ele conversando calmamente.

Ela me viu, abrindo os braços.

Corri para ela, pegando-a no colo e segurando-a bem forte. Eu deveria estar preocupado em machucá-la. Mas não estava, porque sabia que ela era forte. Forte pra cacete.

— Estou bem — sussurrou, colocando os braços em volta de mim. — Estou bem, Lucas.

Coloquei-a cuidadosamente de pé, segurando seu rosto.

— Me conte tudo — eu disse para Shephard, mantendo o olhar no de Lily.

— Os policiais que prenderam vocês são novatos. Eles estavam no intervalo quando Killian ligou para eles. Não sabiam que existia um mandado de busca para ele. Mas eu consegui limpar o nome de vocês e o indiciar.

Olhei então para Shephard, colocando Lily no meu lado.

— E?

— Eu tenho alguém de olho em Mel, mas ainda não tive notícias. Só tome cuidado. Pelo amor de Deus, tome cuidado. — Ele sacudiu a cabeça. — É de se pensar que, depois do que vocês passaram, iriam ficar juntos.

Grunhi.

— É de se pensar.

— Deixa eu levar vocês para casa. — Shephard começou a andar.

Lily e eu seguimos.

— Lucas? — ela chamou, suavemente.

— Sim?

— Você está bem? — perguntou, gentil.

— Sim. — Mas não estava. Meu corpo estava vibrando. Mesmo nenhum de nós dois termos sido indiciados com nada, o fato de que Killian a tocou em primeiro lugar me fazia desejar sua morte. Minhas mãos fecharam em punhos. Minha pele tremeu sobre meus ossos. Meu sangue estava queimando por mim. Eu precisava de um escape.

— Shephard? — Lily parou de andar. — Acho que devíamos andar até em casa. Lucas precisa liberar um pouco dessa fúria.

Shephard olhou entre nós dois.

— Quer que eu te siga?

— Não — ela respondeu por nós. — Mas obrigada. Obrigada por tudo. — Ela deu um passo para a frente, mas não soltei a sua mão. Ela levantou uma sobrancelha. — Lucas?

— Não vou te soltar, bebê — falei. — Não vou te soltar nunca mais.

A respiração dela prendeu.

— Está bem. — Gesticulou para Shephard vir na direção dela.

Ele veio.

Eu rosnei.

— Sério. — Ele riu. — Não sou idiota o suficiente para querer a sua garota.

Lily riu de leve, dando um abraço lateral nele.

— Obrigada por tudo. Mantenha o seu telefone perto. Só por garantia. Mas tenho certeza de que ficaremos bem.

Ele acenou com a cabeça.

— Você está bem? — perguntou para mim.

— Sim. — Mas eu não estava. Nem um pouco.

## LILY

— Olha para mim. — Coloquei as mãos no peito de Lucas. — Ei.

Seu olho bom focou no meu, sua mandíbula cerrando. Ele segurou mais forte no meu pulso, passando o dedão de um lado para o outro no ponto da minha pulsação.

— Nós estamos bem — reconfortei-o. — Estou bem. Prometo.

— Ele encostou em você, Lily. É tudo que consigo ver. E estou certo de que ele também disse coisas horríveis para você. — Lucas colocou o outro braço em volta dos meus ombros. — Isso não é sobre eu ser possessivo com você. É sobre ele ter ameaçado a sua vida.

— Eu sei — sussurrei, colocando a mão na nuca dele. — Mas ele se foi. Eu estou bem, bebê. Estou.

— Caralho. — Lucas tremeu, apoiando a testa na minha e respirando fundo. — Estou perdendo o controle aqui.

— Também sei disso. — Coloquei a cabeça para trás e bati o dedo na boca.

— Não posso, Lily Bela. — Ele segurou minha mão mais forte e nos tirou da frente da delegacia, indo para a casa da minha avó.

— Você vai me beijar. — Coloquei a mão em volta do braço dele. — E eu vou te beijar de volta, Lucas. E então vamos conversar. Nós vamos comer sanduíches de manteiga de amendoim com geleia e tomar muito café. — Puxei seu braço quando ele não falou nada. — Mas você *vai* me beijar.

— Cacete, Lily. Claro que vou te beijar, mas não posso te beijar agora porque estou perdendo o controle. Não posso te beijar sabendo que as mãos dele estavam em você, porque eu quero beijar e fazer você esquecer que já o fodeu em primeiro lugar. Se não fosse contra a lei, eu te jogaria no chão e te foderia aqui mesmo até não restar mais nada. E então eu esperaria você fazer o mesmo por mim. Nós seríamos donos um do outro e faríamos nós dois esquecermos.

Tremi com o pensamento.

— Pensei que você disse que não era sobre ser possessivo?

Lucas grunhiu.

— Menti.

— Certo, Lucas. Me leve para casa para podermos lavar a delegacia da gente. — E conversar. Deus, como nós precisávamos conversar.

Nós andamos o resto do caminho para casa em silêncio. Era angustiante de muitas maneira. Por mais que eu soubesse que o sexo nesse momento seria explosivo, não ajudaria nenhum de nós dois. Então eu precisava segurar o controle que Lucas estava perdendo.

Quando chegamos à minha casa, destranquei a porta e entramos.

A dor bateu atrás de mim.

Pulei, virando para Lucas.

— Desculpa. — Ele respirou fundo, esfregando a mão na cabeça. — Só preciso de um momento.

— Vem comigo. — Estiquei a mão.

Ele segurou, me deixando levá-lo pelo corredor e para o meu quarto.

— Nós vamos tomar um banho. — Levantei a mão quando ele foi falar. — Mas não vamos transar. Pelo menos não esse segundo.

Ele franziu as sobrancelhas.

— Confie em mim, por mais que eu fosse amar, e sei que nós dois precisamos, nós precisamos conversar.

Ele franziu a testa.

— Eu sei, mas preciso de você.

— Nós precisamos conversar — insisti, entrando no banheiro.

— Eu não posso tomar banho com você e não...

— Você pode me tocar e não me foder, Lucas. — Virei no mesmo momento em que ele colidiu comigo.

— Preciso de você — sussurrou, sua voz áspera escorregando por cada centímetro de mim.

— Eu sei — murmurei. — Mas você precisa mais disso. Confie em mim. Nesse momento, eu preciso... — Olhei para ele. — Nós precisamos disso. Nós precisamos da intimidade de só tomar banho juntos.

— Eu não... — Ele estremeceu, seu corpo grande tremendo. — Você está se segurando por causa da Mel. Não está?

— Eu... — Estava? — Não. Não exatamente. Preciso saber que somos só eu e você. Preciso saber que posso confiar em você de novo. Por favor, prove para mim que posso confiar em você, Lucas.

Ele acenou com a cabeça, dando um beijo no meu nariz.

— Eu vou te dar isso nesse momento, Lily Bela. Mas, hoje à noite, é só você dizer e a sua submissão é *minha*.

Meu estômago revirou. Distanciando-me dele, tirei a roupa.

A respiração de Lucas prendeu em sua garganta, mas ele também tirou as roupas.

Nós tomamos banho em silêncio, a evidência do nosso dia descendo pelo ralo. Quando terminamos, Lucas me enrolou em uma tolha e me levantou na pia. Ele enrolou uma toalha em seus quadris e saiu do banheiro. Voltou um momento depois com duas bolsas de gelo.

Peguei uma dele. Estiquei a mão, tirando seu tapa-olho e pressionei o gelo na sua maçã do rosto.

Ele segurou a minha mão e colocou sua bolsa nos meus dedos, entrando entre os meus joelhos.

Eu me arrepiei com o toque gelado mesmo que tendo ele tão perto de mim mandasse uma onda de calor pelo meu corpo.

— Dói muito? — perguntou, passando o dedão pelos nós dos meus dedos.

Dei de ombros, flexionando a mão.

— Não está quebrado. Só sensível.

Ele acenou com a cabeça.

— Você se saiu bem. Eu não estava esperando que você batesse nele.

— Ele me atacou. Meu Deus, depois de todo esse tempo, eu torcia para não ser ele. Até pensei que ele só tivesse problemas. Mas para me atacar? — Fiz uma careta, meu estômago revirando.

— Ele é um bastardo, Lily.

— Mas estou certa de que a cara de Killian está doendo mais. — Eu só podia torcer por isso.

O rosto de Lucas abriu em um sorriso.

— Ah, sim. Você o acertou bem. Ainda não posso acreditar que aquele filho da puta nos jogou na cadeia.

— Eu também. — Tirei a bolsa de gelo do olho dele. O lugar estava machucado, mas foi o único lugar que Killian pode acertar antes de Lucas quase o esmurrar no chão. — Se eu não tivesse te impedido, você teria ido mais longe?

— Quer saber se eu o teria matado? — Lucas colocou a bolsa na pia e passou os braços em volta da minha cintura. — Provavelmente, Lily.

Engoli em seco.

— Nós estamos... isso é. — Minha respiração falhou.

— O que você está me perguntando? — Lucas me encarou.

Segurei seu belo rosto marcado.

— Lily. — Ele forçou a bochecha na minha palma. — Preciso saber.

— Me pergunta — sussurrei.

— Nós terminamos? Eu não quero, mas entendo. E, por mais que vá doer, não posso te forçar a ficar comigo. — Ele me levantou em seus braços, me tirando do banheiro. Pôs-me de pé antes de levantar as cobertas. — Foi uma longa noite — afirmou, sem esperar por resposta.

Nós terminamos?

Acenei com a cabeça, removendo a toalha. Minhas bochechas queimaram quando lembrei o que havia encontrado. Quando eu disse a ele que nós tínhamos terminado. Quando percebi que não deveria estar nua na frente dele, mas era hábito.

— Me desculpa. — Abaixei para pegar a toalha quando sua mão gentil, mas firme, segurou a minha.

— Nós acabamos de tomar banho juntos — ele me lembrou.

— Eu sei. Eu só... isso parece...

— É um hábito. Não é? Ficar nua na minha frente? Me deixar te tocar. Te segurar. Fazer amor com você. É tudo um hábito.

Olhei para ele e devagar acenei com a cabeça.

— Eu não vou te pressionar por nada, Lily. Só quero te segurar. Só isso. Por favor, me deixa te segurar.

Deixei-o ele levantar. Deixei-o segurar o meu rosto e dar um beijo suave em minha boca. Afastei as imagens do que vi. Afastei a ideia de como parecia que ele e Mel transaram, mesmo ele devendo estar comigo. Eles não transaram. Eles não fizeram sexo. Era o que ela queria que eu pensasse. Mas ela o tocou. Engoli a bile que de repente subiu para a minha garganta, e só senti os lábios de Lucas nos meus.

Eu senti. Eu apreciei. Eu possuí.

Eu iria conquistar isso. O que quer que seja. Lucas era meu. Tinha que ser. Eu não aceitaria de outra maneira.

— Você disse que explicaria — disse suavemente, minha voz falhando.

— Quando eu entrei... eu queria vomitar. Fiquei insegura desde que ela apareceu, e a vendo com você, nua... — Sacudi a cabeça. — Nunca me senti tão autoconsciente sobre as minhas curvas até ela.

— Suas curvas são perfeitas pra cacete — Lucas grunhiu. — Não pense que não são, porque são.

— Obrigada por dizer isso, mas ainda assim não me faz me sentir melhor.

— Eu preciso explicar uma coisa para você. — Ele me colocou na cama, enrolando as cobertas em mim, protegendo minha nudez dele. Esfregou a nuca, expirando devagar. — Lembrei as coisas do meu passado. Não entendo a psicologia por trás disso, mas meu cérebro bloqueou uma parte. Tive apagões aleatórios através dos anos. Eles não ocorrem sempre, porém, quando ocorrem, coisas acontecem e não lembro. Acho que deve ser por isso que me esqueci de investigar o Killian. — Ele fechou a cara. — De qualquer modo, minha mãe adotiva era a mãe verdadeira dela.

— Você me contou. Eu deveria ter te escutado. Eu deveria…

— Não. Não se culpe. — Ele segurou minhas mãos, as segurando forte. — É tudo culpa minha. Eu vou ser honesto com você. Talvez você não goste de tudo que tenho para dizer. — Ele levou minhas mãos para a boca. — Mas preciso colocar para fora. Preciso que você me conheça por completo. Cada detalhe fodido.

Respirei fundo.

— Me conte.

## LUCAS

— Não me lembro de nenhuma parte boa da minha infância. Do momento em que nasci, até o momento que escapei, minha infância foi fodida. — Lily colocou a mão no meu antebraço. Tirei forças de seu toque. — Eu lembro agora que os meus pais adotivos me forçaram a foder Mel. Ela agia como se não quisesse, mas eu rapidamente percebi que ela queria. Era fodido. Era como se fosse um filme pornô doentio. Eu a estuprei repetidamente. Mas não era o único. Outros caras da minha idade. Outros mais novos. Outros mais velhos. Até outras garotas. Eles eram forçados a sodomizar a ela, uns aos outros. — Meu estômago revirou. — Nossos pais adotivos nos faziam assisti-los um fodendo o outro. Bobby, meu pai adotivo, me forçava a foder sua esposa. Eu era o mais usado, porque eu tinha… meu…

— Eu entendo — Lily disse, levemente.

— Eu nunca pedi para ser desse tamanho — disse para ela. — Mas eu era o mais usado. O mais fodido. Porque sou grande. Eu… — Memórias se misturaram. Maus, depravados, terríveis pesadelos que ameaçavam me arruinar. Levar-me de volta para o passado.

— Nós não precisamos continuar. — Lily apertou minhas mãos.

— Não. — Soltei o ar devagar, virando o corpo na direção dela. —

Eu preciso colocar para fora. Preciso que você entenda. Porra, nem eu entendo, mas preciso explicar o que posso, para você. Eu deveria saber que algo estava errado. Ela costumava usar esse perfume de rosas. Era a única coisa que eu podia sentir o cheiro quando criança, era bem forte. Era usado contra mim ao ponto de agora ser um gatilho. Então, quando fomos para o hotel, eu podia sentir o cheiro. Eu deveria saber, Lily.

— Rosas são populares. — Ela colocou a mão na minha bochecha. — Como você poderia saber?

— Ela disse que usava porque a lembrava do nosso tempo juntos. — Tirei um fiapo do cobertor, meu olhar encontrando o dela. — Quando ela apareceu no meu estúdio na outra noite, disse coisas que trouxe de volta memórias horríveis — continuei. — Ela cheirava àquela merda de perfume de rosas e engatilhou algo ao ponto de eu não poder diferenciar o presente do passado. Mas algo me lembrou de você. Escutei seu nome. Não sei como. Mas o seu nome entrou na minha mente. E me fez acordar. Mas ela já estava... ela estava... caralho, ela estava me chupando. Eu nunca vou me perdoar por deixar chegar naquele ponto. Fui inocente de achar que ela só queria conversar e mais nada aconteceria. — Segurei o rosto de Lily. — Sinto muito. Sinto pra caralho por partir seu coração. Eu sei que não ajuda, mas não significou nada. — Ela...

— Te molestou sexualmente — Lily completou.

— É, acho que você poderia chamar assim. — Apoiei a cabeça na cabeceira. — Teve um ponto na minha vida que considerei virar celibatário. Até considerei virar um homem da igreja. Sei que não faz sentido, mas pensei que talvez, se fosse um clérigo, eu não seria tentado a transar, não importava o quando eu não gostava quando era criança.

— Eu entendo.

— Entende? — perguntei para ela.

Ela acenou com a cabeça.

— É quase como que se você virasse um padre ou o que quer que seja que decidisse, seria menos provável que outras pessoas dariam em cima de você, e coisas assim também. Elas teriam mais respeito por você.

— Eu sei que não é sempre o caso, mas... sim.

Ela me deu um sorriso leve.

— Obrigada por me contar.

— Lily? Estou perdendo o controle aqui. — Eu precisava saber. — Você vai me deixar? — Minha voz falhou. Eu detestava como soava desesperado.

CICATRIZES DO PASSADO

— Não, Lucas. — Ela se jogou nos meus braços. — Não vou a lugar nenhum. Eu ainda não entendo essa coisa mental, mas acho que você tem alguma forma de estresse pós-traumático.

Desviei o olhar.

— Ei. — Ela segurou meu rosto, me forçando a olhar para ela. — Não é nada para ter vergonha. Você passou por muita coisa, Lucas. Sobreviveu a mais do que a maioria das pessoas. Eu posso não entender, mas acredito em você. Sinto muito por surtar e não escutar o que você tinha para dizer.

— Não. — Apoiei minha cabeça no peito dela. — Não. Não ouse se desculpar. Você tinha todo o direito de surtar. Parece louco. Eu sei que parece. Mas foi o que aconteceu.

Lily chegou para trás.

— Acredito em você.

Suspirei de alívio.

— Graças a Deus.

Mais tarde naquela noite, eu estava segurando Lily grudada em mim quando percebi que ainda estávamos pelados. Bem pelados. Meu pau mexeu embaixo da bunda dela. Todos os sentimentos das últimas semanas voltaram. Eles eram pesados. Rápidos. E me atingiram direto no peito.

— Lily. — Dei um beijo em seu pescoço. — Preciso de você.

— Lucas — sussurrou.

— Preciso do seu gosto na minha língua. — Meu corpo vibrou e a segurei mais apertado. — Por favor, Lily. Preciso sentir seu gosto.

Ela começou a se mexer.

— Caralho. — Me arrepiei. — Não me provoca. — Eu nos virei, então ela estava deitada embaixo de mim. — Por favor, bebê. — Dei um beijo de leve no canto de sua boca. — Me deixa dar prazer para esse corpinho delicioso. Me deixa te mostrar o quanto senti falta dessa boceta na minha língua. Preciso de você. Me deixa me redimir. Me deixa saborear você. — Minha voz ficou mais baixa, minha pele tremendo sobre os meus ossos. Eu nunca a quis tanto.

Lily segurou meu rosto.

— Você pode esperar.

— Não quero esperar. — Beijei sua palma e desci pelo seu corpo antes de enfiar os dentes em seu quadril. — Eu quero te dar prazer. Quero fazer você explodir em minha língua. Quero beber seu delicioso mel. Por favor. Caralho. Estou implorando aqui.

Suas bochechas avermelharam, suas pupilas dilataram. Ela estava gostando pra cacete. Levantando os quadris, ela me provocou.

— O quanto você quer isso?

Grunhi, a doçura de seu desejo entrando nas minhas narinas. Olhei para a boceta raspada dela. Seu clitóris estava aparecendo através das dobras de seu centro, uma gota de prazer escorrendo de seu corpo.

— Tanto quanto você, claramente.

Ela riu, suas bochechas avermelhando ainda mais.

— Eu te amo.

— Caralho, bebê — eu disse, minha voz áspera. — Eu também te amo. — Beijei o joelho dobrado dela, descendo meus lábios pelo interior de sua coxa. — Eu te amo tanto. Você inteira. Tudo que faz parte de você. Minha doce garota. Minha Lily Bela.

— Sou sua — ela arfou.

Um rosnado saiu de mim.

— Preciso da sua boceta.

Sua respiração ficou presa, seu peito subindo e descendo. Ela passou a mão na minha cabeça, pelo meu cabelo e, quando seus dedos roçaram a cicatriz do meu olho cego, ela lambeu os lábios.

— Estou perdendo a porra da cabeça — rosnei, dando uma mordida forte em sua coxa.

Ela gritou, seus olhos brilhando com um calor que nunca vi nela.

— Faça. *Agora*.

# LILY

Ele cobriu minha boceta em um movimento brusco. Era tão forte, que podia senti-lo alcançando minha alma. Gritei, agarrando seu cabelo e o puxando para a frente. Eu estava voraz por ele. Mesmo nós estando juntos por um tempo, isso era diferente.

Verdades foram reveladas. Nossas emoções estavam nuas e cruas. Isso não era a gente fazendo amor. Não. Isso era a gente reivindicando um ao outro.

Ele rosnou, sacudiu a cabeça e enfiou a língua fundo dentro de mim.

Eu choraminguei, levantando os quadris.

Lucas grunhiu, seus olhos revirando para trás. Ele segurou minha bunda, me levantando e me prendendo no lugar.

— Meu Deus, Lucas — solucei, um orgasmo rápido me atingindo. Mas isso não o fez parar. Estremeci. Senti dor. Arrepiei. Minhas coxas queimavam. Meu clitóris latejava. E só parecia fazer ele me comer mais forte. — Eu… — Um grito violento saiu dos meus lábios logo que outro orgasmo passou por mim.

Ele grunhiu sua aprovação e me virou de barriga para baixo, mantendo sua boca em meu centro.

Forcei contra o seu rosto, agarrando as cobertas embaixo de mim.

— Por favor, Lucas. Não posso…

Ele me soltou fazendo um barulho molhado, dando um forte tapa em minha bunda. Sua boca cobriu meu clitóris, o chupando entre os dentes.

Um soluço saiu de mim.

— Me fode, Lucas. Por favor, meu Deus, me fode.

Mas ele não fodeu. Sua boca se moveu por mim. Chupando. Lambendo. Mordendo. Ele cobriu cada centímetro meu até eu estar ansiando por ele.

Abrindo as pernas, fechei os olhos e aguardei quando algo quente e molhado se moveu por cima daquele lugarzinho apertado entre as minhas nádegas. Meus olhos abrindo, um suspiro saindo de mim. Sua língua acariciou e lambeu, forçando o prazer mais e mais. Ele entrou em mim, lambendo uma parte que nunca foi tocada por outra pessoa.

— Caralho — sussurrei, tremendo contra ele.

Lucas, grunhiu, rosnou e rugiu. Os sons animalescos saindo dele só me excitavam ainda mais.

— Lucas! — gritei, um terceiro orgasmo tremendo através de mim.

Ele finalmente me soltou, dando um beijo no meu cóccix.

— Por favor, me fode — choraminguei, meu corpo ainda tremendo.

— Não, bebê. Eu só queria comer sua boceta. — Sua língua entrou novamente naquele anel apertadinho. — E seu cu.

Arrepiei-me.

— Me fode, Lucas. Por favor. Eu não aguento mais.

— Pensei que não íamos transar. — Ele se debruçou sobre mim, apoiando um cotovelo no colchão. Ele deu um beijo de leve no meu ombro e segurou meus pulsos com a outra mão.

— Por favor — sussurrei.

Ele empurrou contra mim, colocando a mão entre nós e alinhando o seu pau com o meu centro encharcado. Mas, para minha surpresa, ele o moveu para o lugar entre as minhas nádegas.

Arrepiei de novo.

— Me diga não, Lily — murmurou, beijando o lugar abaixo da minha orelha.

— Nunca — sussurrei.

— Essa é a minha garota. — Ele riu, entrando em mim.

Meus olhos arregalaram, meu corpo esquentando.

— Mais.

— Caralho, você é uma coisinha obscena. — Em um movimento forte, ele meteu o pau todo em mim.

Gritei, um soluço escapando.

— Shhh... — ele reconfortou. — Dê um segundo.

— Me sinto tão cheia — ofeguei.

— Meu pau está no seu cu, Lily. — Ele saiu e meteu novamente. — Claro que você se sente cheia.

— Deus. Mais forte. Por favor. — Fiquei de quatro e o encontrei em cada deliciosa metida.

Nós criamos um ritmo, os sons de prazer soando pelo quarto.

— Você é tão apertada — ele grunhiu, enfiando os dedos nas minhas nádegas.

— Lucas! — gritei, um rápido orgasmo me atingindo.

Ele grunhiu, me forçando de barriga para baixo. Batendo sua pélvis na minha bunda, ele tomou tudo que queria e soltou sua poderosa fúria em mim. Ele era animalesco no modo em que assumia controle. Dominante de uma maneira que me forçava na submissão que desejava.

— Porra — ele rosnou, enfiando os dentes na minha nuca. Sua respiração quente me cobriu. Passando as mãos pelos lados do meu corpo, ele entrelaçou nossas mãos, as colocando acima da minha cabeça no colchão.

— Tão bom, bebê. Bom para caralho. — Seu pau inchou, derramando sua semente dentro do meu corpo.

Suspirei, recebendo cada gota e as tornando minhas.

— Você está bem? — perguntou, saindo do meu corpo.

Meu coração esquentou com a preocupação em sua voz.

— Estou. — Virei de costas e subi na cama antes de me apoiar na cabeceira. — Estou mais do que bem. Eu te sinto. Em todo lugar. Eu nunca me senti tão…

— O quê?

— *Pertencente*.

Seu pau pulou.

Abri os braços.

— Deita comigo.

— São quase quatro da manhã. — Lucas bocejou. — Deixa eu te limpar. — Ele foi para o banheiro e voltou um momento depois com uma toalha na mão.

— Não estou cansada, mas você pode dormir. — A verdade era que eu estava elétrica. Mais do que elétrica, na verdade.

Lucas ajoelhou na cama.

— Vou te machucar.

— Não, não vai. Vem aqui.

— Deixa eu te limpar antes. — Ele deu um beijo leve em minha testa, colocando a toalha entre as minhas pernas e a passando pelo meu centro bem usado. Ele a desceu.

Ofeguei, arqueando na direção dele e abrindo as pernas.

Ele riu.

— Assim?

— Ai, sim. — Tremi.

Rápido demais, ele tirou a mão e colocou a toalha no cesto de roupas sujas.

— Agora você vai deitar comigo? — insisti, abrindo os braços para ele novamente.

Ele subiu na cama e se deitou de barriga para baixo, a cabeça apoiada no meu peito. Coloquei as cobertas por cima da gente, passando a mão em círculos relaxantes na parte de cima de suas costas. Sua respiração equilibrou.

— Estou aqui, Lucas — sussurrei. — Não vou a lugar nenhum.

— Eu te amo — murmurou. Ele se mexeu, levantando a cabeça e beijando entre meus seios. — Acho que nunca fiquei tão relaxado na minha vida.

— Que bom. — Peguei o controle remoto e liguei a televisão, passando pelos canais até encontrar um filme de romance docinho.

Lucas não reclamou da escolha. Não reclamou que eu queria me aconchegar e o segurar grudado em mim. Ele aceitou e recebeu de braços abertos. Nós ainda tínhamos coisas para acertar, mas só esperava que estivéssemos finalmente indo para direção certa.

# CAPÍTULO 34

### LILY

Na manhã seguinte, estava tomando banho quando a porta do banheiro abriu.

— Lily?

— Sim? — Coloquei a cabeça para fora, encontrando Lucas vestido.

— Shephard quer me encontrar para um café. — Lucas segurou meu queixo e deu um beijo suave em minha boca. — Te vejo mais tarde?

— Claro. — Sorri para ele.

— Ótimo. — Ele me empurrou para trás, entrando no chuveiro comigo.

— Lucas! — gritei, rindo. — Você vai se molhar.

— Esse é o ponto. — Ele cobriu minha boca novamente, colocando a língua entre os meus lábios.

— Você também vai se atrasar — apontei, ofegante.

Lucas só deu de ombros, me deu uma piscadela e gesticulou para eu virar.

Eu fiz o que me mandaram, e Lucas tomou o que queria pela próxima meia-hora.

— Agora você pode continuar com o seu dia com o meu gozo dentro de sua boceta. —Deu um beijo forte em minha boca.

— Parece um bom plano para mim — declarei.

Ele riu.

— Não devo demorar.

— Estou indo para o hospital visitar a minha avó — avisei, voltando a lavar o cabelo. — Espero que ela possa sair logo.

— Me manda uma mensagem e, se você ainda estiver lá, dou uma passada ou você pode ir para a minha casa.

— Ok. — Poderia ser isso? Poderíamos estar seguindo em frente? Poderíamos finalmente começar a sermos felizes?

— Eu te amo, Lily. — Ele colocou a mão no meu rosto. — Obrigado por não desistir de mim. — Ele me deu um último beijo e saiu do banho.

Sorri para mim mesma, sacudindo a cabeça para o encontro inesperado. Meu corpo aqueceu. Terminando o banho, me sequei e me vesti.

Lucas enfim saiu. Eu só esperava que Shephard tivesse mais respostas para ele.

Pegando rapidamente um café para o caminho, saí da casa e andei para o hospital. Felizmente era somente alguns quilômetros de distância e o tempo estava bom, então não precisei pegar um táxi.

Quando cheguei, me identifiquei como visitante na recepção e fui para o quarto da minha avó.

— Posso, por favor, ir para casa hoje? — Escutei-a perguntar logo que entrei.

— Nós precisamos de você por mais uma noite — Dra. Proulx disse para ela. — Mas penso que você poderá ir para casa amanhã.

Vovó suspirou, seus olhos encontrando os meus.

— Olá, querida.

— Oi, vovó. — Beijei sua bochecha e me sentei ao lado dela. — Está tudo bem?

— Ah, sim. Dra. Proulx acabou de me dizer que vou passar outra noite aqui. Não sou sortuda?

Eu ri.

— Você vai sair daqui logo e voltar a jogar cartas.

Ela suspirou.

— Está bem.

— Vou deixar vocês duas em paz — Dra. Proulx disse, colocando o estetoscópio em volta de seu pescoço. — Mas, por favor, descanse, Ethel. Você não pode ir para casa se não descansar.

— Está bem — repetiu, cruzando os braços embaixo do peito. — Então, como você está? — perguntou, depois que a médica saiu.

— Nada mal. — Sorri com confiança. A verdade era que eu estava quase radiante. A noite passada com Lucas foi maravilhosa. Eu ainda podia senti-lo. Toda vez que me mexia, eu o sentia em todos os lugares. E nós conversamos. Finalmente. Conversamos bastante.

— Como você e o Lucas estão?

**CICATRIZES DO PASSADO**

Minhas bochechas esquentaram.

Ela riu.

— Tão bem assim, é?

— Ah, vovó. — Segurei a mão dela. — Eu o amo. Eu o amo tanto. Sei que tivemos nossos problemas. Todo relacionamento tem… — suspirei. — Mas acho que finalmente estamos seguindo em frente.

Seu sorriso aumentou.

— Era assim que me sentia sobre o meu Stanley. Guarde esse amor, Lily. Guarde, segure e o aprecie para sempre. Não aparece o tempo todo. Algumas pessoas não são sortudas o suficiente para tê-lo. Você é. Então o guarde.

— Ah, irei. Tiveram alguns… problemas, mas acho que estamos indo na direção certa. — Ou pelo menos eu esperava.

— Ninguém nunca disse que relacionamentos eram fáceis. Eu lembro um tempo quando o seu avô foi tomar um café com uma ex-namorada. Ele estava sendo educado, eles eram amigos primeiramente, então não pensei nada demais. — Vovó bufou. — Bem, estávamos errados. Mal sabíamos que ela teve um bebê e estava tentando dizer que era dele.

Meus olhos arregalaram.

— Sério?

Vovó acenou com a cabeça.

— Mas a conta não fechou, então sabíamos que ela estava mentindo. De qualquer maneira, foi estressante.

— Posso imaginar. — Meu coração inchou, vendo o amor que ela ainda sentia por ele nos olhos da minha avó. Mesmo tendo passado vários anos desde que ele faleceu, o amor dela por ele nunca diminuiu.

— Só prova que você pode passar por qualquer coisa. Eu gosto de Lucas com você; mesmo ele tendo um passado problemático, vejo como te olha. Você é a única mulher que aquele homem vê.

Minhas bochechas esquentaram.

— Você acha?

— Ah, Lily. — Vovó acariciou minha mão. — Acho que todo mundo vê.

Meu rosto abriu em um sorriso.

— Ele deve nos encontrar aqui. Teve que encontrar um antigo amigo. — Não entrei em detalhes. Vovó não precisava do estresse adicional. Nós continuamos conversando sobre meu avô e Lucas, e o quanto nós amávamos os homens que entraram em nossas vidas quando mais precisávamos.

Ela ficou casada com o meu avô por anos. Eu queria isso. Queria isso com Lucas. Um dia. Era tudo que poderia pedir.

# LUCAS

— Me diz por que estamos nos encontrando — pedi, tomando um gole do meu café.

— Sempre direto ao ponto. — Shephard recostou na cadeira, bebendo de sua caneca.

Seus olhos cinza encontraram os meus. Eles eram sábios e perspicazes, mas nunca cheios de julgamento. Era uma das coisas que eu respeitava nele.

Dei de ombros.

— Tenho uma garota esperando por mim.

— Sempre sobre as mulheres. — Ele sorriu. — Gosto dela.

— Eu também. Não que eu precise de sua aprovação, ou algo do gênero — devolvi.

Ele riu.

— Escuta, — disse, o bom humor não mais ali. — Eu queria te atualizar. Killian foi acusado de vários crimes essa manhã. O juiz não é um fã de ex-policiais quebrando as leis que prometeram manter. Ele provavelmente ficará preso por um bom tempo. E o incidente de ontem à noite não ficará nem na sua ficha nem na da Lily. Sei que já falei essa parte, mas queria que soubesse que confirmei, e não ficará.

— Bom. — Soltei o fôlego com alívio. — Lily é uma boa mulher. Ela não precisa dessa marca negativa em seu registro por causa de um filho da puta ciumento.

— Verdade. Mas você também não precisa dessa merda na sua ficha.

Grunhi.

— Não ligo para a minha ficha. Eu já tenho uma, mas tenho sido um bom homem. Mantive minhas mãos limpas.

— De qualquer modo, não está na sua ficha.

— Foi por isso que você quis me encontrar? — perguntei, levantando uma sobrancelha e colocando a caneca na mesa entre nós. Nós nos encontramos em um pequeno café na melhor parte da cidade. Não era uma área que eu frequentava sempre, mas as pessoas me olhando quando passavam por nós me fez reconsiderar visitar mais frequentemente. Só pela diversão.

— Lucas.

Os pelos na minha nuca levantaram.

— O que você quer, Mel? — exigi, assim que ela veio na direção da nossa mesa.

— Preciso falar com você. — O olhar dela se moveu entre mim e Shephard. — Sozinho.

— Puxa uma cadeira — Shephard disse para ela.

Remexi-me no lugar.

— Não acho que seja uma boa ideia.

Mel pegou uma cadeira de uma mesa próxima e a colocou entre mim e Shephard antes de se sentar. Ela ajeitou seu cabelo ondulando, franzindo os lábios vermelhos. Seus olhos azul-escuros encontraram os meus.

— Você me machucou.

Culpa ressoou em meus ombros, sentando pesada em meu corpo, mesmo ela não merecendo. Eu podia ser um babaca, mas esse não era eu. Não era como eu funcionava.

— Eu não quis te machucar — afirmei, gentilmente. — Mas você se forçou em mim — apontei, mesmo nós não estando sozinhos. Eu não ligava mais quem sabia da minha história. — Você também quase me custou a Lily. — Levantei a mão quando ela foi falar. — Não, você vai me escutar. Você precisa seguir em frente. Nós não nos vimos por alguns anos e então aleatoriamente nos encontramos em um hotel.

— A vida…

— Não diga que é destino, porque não é. Eu amo a Lily. Ela é a única que quero. E também descobri que Killian na verdade é o Ronny. Você sabia? — Eu sabia que sim, mas precisava perguntar de qualquer jeito.

Mel desviou o olhar.

— Claro que você sabia — completei, me fazendo de bobo. — Olha, nós fomos criados em uma situação fodida. Não foi culpa de nenhum de nós. E teve um tempo que me preocupei com você. Mas esse tempo já passou. Eu amo a Lily. Vou passar o resto da vida com ela. Sinto muito se você não pode superar, mas não tem mais nada que eu possa fazer.

Mel me fitou nos olhos dessa vez, seu queixo tremendo. Seus olhos encheram de lágrimas.

— Ela te conhece do jeito que conheço?

Minha mandíbula cerrou, meus dentes travando ao ponto de uma dor forte atingir minhas bochechas.

— Não importa como ela me conhece. Você me conhecia em uma época diferente, mas ela me conhece agora. Essa é a época mais importante, porque sou mais forte do que era. Não sou ele. Não sou aquele menino por quem você se apaixonou.

Mel acenou com a cabeça e se levantou.

— Passe na delegacia mais tarde. — Shephard pegou um cartão de visitas no bolso interno de sua jaqueta e entregou a ela. — Tenho algumas perguntas.

Ela olhou entre nós dois, pegou o cartão e foi embora.

Franzi a testa, vendo-a ir embora.

— Bem... foi estranho — Shephard murmurou.

— Sim. — Eu não tinha como não imaginar qual foi o ponto dessa conversa, ou o que a Mel absorveu. Chega. Dela. Da minha vida antes de Lily.

— Você acha que ela volta? — Shephard perguntou, me tirando dos meus pensamentos.

— Não sei. — Mas sentia que não era a última vez que veria a Mel.

# LILY

Depois de pegar um café, me distraí voltando para o quarto da minha avó. De alguma maneira acabei no piso principal, na parte de entrada da emergência. Os sinais nesse lugar definitivamente precisavam ser mais bem distribuídos.

Uma comoção soou, me tirando dos meus pensamentos.

— Múltiplas feridas de balas — um paramédico falou, correndo na minha direção com um homem deitado na maca. — O paciente é Donny Shephard. Trinta e três anos. Ferimento de bala na barriga.

Meu coração pulou, minha pele suando frio.

— Não. — Dei um passo para a frente. — Shephard.

Eles passaram correndo por mim.

— Me desculpa. — Parei uma enfermeira. — Ele vai ficar bem?

— Não sei, senhora. — A jovem enfermeira seguiu a maca para trás de uma porta dupla, levando todo o ar dos meus pulmões com ela.

Lucas estava com Shephard.

Tirei o telefone do bolso traseiro e liguei para ele, mas claro que foi direto para a caixa postal.

— Ei, Lucas. Ah, Deus. Estou no hospital, Shephard foi trazido em uma maca. Ele levou um tiro. Por favor, me ligue.

Desliguei e tentei novamente, mas continuava indo para a caixa postal. Mandei várias mensagens de texto, mas novamente nenhuma resposta.

— *Caralho.*

Aquela voz. Virei devagar, um soluço saindo de mim.

Lucas estava segurando seu lado, sangue escorrendo entre seus dedos.

— Ah, Deus, Lucas. — Corri para ele. — O que aconteceu?

Ele caiu em mim.

— Mel — falou, rouco. — Ela atirou… merda… — Ele gemeu.

— Médico! — gritei. — Preciso de um médico. — Nós caímos no chão, com as minhas mãos pressionando sua ferida.

— Lily — sussurrou, seu rosto pálido. — Não me lembro de ela atirar em mim — ele disse, entre dentes cerrados. — Eu estava ajudando Shephard. Porra, o Shephard.

— Ele chegou numa maca — tranquilizei-o. — Ele vai ficar bem. Vocês dois vão ficar bem.

— Lily. — Seu olhar encontrou o meu, meu estômago descendo para o chão embaixo de mim. Ele estava com medo. Foi algo que nunca pensei ver nele.

— Não. — Coloquei a mão livre em sua nuca, apoiando a testa na dele. Lute por mim. Lute, Lucas. Você não vai se entregar. — Levantei a mão, o sangue saindo mais rápido que antes. Um tremor de pavor desceu pela minha coluna.

— É ruim, bebê — afirmou, ainda rouco. — Ruim para cacete.

Acenei com a cabeça, lágrimas escorrendo pelo meu rosto. Eu não podia falar mais nada. Não podia fazer nada. Enquanto Lucas era colocado em uma maca, ele esticou a mão para mim.

— Estou aqui. — Solucei, segurando sua mão. — Você precisa ir. Eles vão te consertar. É bom você voltar para mim, Lucas. Não saio daqui sem você.

— Isso mesmo — afirmou, entre dentes cerrados.

— Nós precisamos levá-lo — um homem alto vestido em um uniforme verde falou.

Acenei com a cabeça, soltando Lucas.

— Lily! — Ele gritou. — Lily!

Caí de joelhos quando o som de Lucas gritando meu nome me atingiu.

Por favor, Deus, não o tire de mim. Não o tire de mim depois de tudo que passamos. Eu não podia perdê-lo. Recusava-me. Não quando finalmente estávamos abandonando todas as merdas que a vida jogou na gente. Nós éramos fortes. Ele era forte.

Soluços destruíam meu corpo.

— Volte para mim — supliquei. — Por favor, volte para mim.

# CAPÍTULO 35

## LILY

— Lily?

Minha cabeça levantou com o som do meu nome.

O médico alto de antes sorriu para mim. Ele era novo, mas seus olhos escuros mostravam anos lidando com o estresse adicional da área médica.

— Lucas está acordado e perguntando por você.

— Ah, graças a Deus. — Pulei de pé, seguindo o médico para fora da sala de espera e descendo um longo corredor. — Você tem certeza de que ele na verdade não está exigindo me ver?

O médico riu.

— Você o conhece bem.

— Sim. — Meu rosto queimou.

— Antes vamos te limpar. — Ele acenou com a cabeça na direção das minhas mãos.

Olhei para baixo, as encontrando cobertas de sangue de Lucas.

— Ah. Eu me esqueci de…

— Sem problemas. — O médico parou na frente de um banheiro.

Entrei e lavei as mãos.

— Como ele está? — perguntei, logo que terminei.

— Ele levou um tiro na lateral, mas a bala não atingiu nenhum órgão vital. — O médico liderou o caminho pelo corredor. — Ele perdeu muito sangue e ficará aqui por alguns dias em observação. Mas vai ficar bem. Ele é bem sortudo.

— Ah, Deus. — Um peso foi tirado dos meus ombros. — Isso é muito bom. Mas… hum… você deu a ele algum analgésico?

O médico parou, suas sobrancelhas franzindo.

— Sim.

— Ok. Ele só não pode tomar mais do que você já deu. Então, as enfermeiras precisam monitorar. — Era um assunto desconfortável, mas Lucas estava indo bem, eu não queria que ele tivesse uma recaída.

— Entendo. — Ele continuou a andar comigo o seguindo. — Quantos anos limpo?

— Quase oito. — Soltei um suspiro de alívio quando o médico não julgou. Lutar contra qualquer vício já era difícil. Acrescente o julgamento dos outros, e ficava ainda pior.

— É maravilhoso. Ah, desculpe meus modos. Sou o doutor Thompson. — O jovem homem esticou a mão.

— Não se preocupe com isso. — Retornei o gesto. — Tenho certeza de que meu namorado já está te dando trabalho.

— Ele está mantendo as enfermeiras ocupadas — afirmou, parando na frente de uma porta.

— O doutor Thompson foi chamá-la — uma mulher disse.

— Bem, ele precisa chamar mais rápido! — Lucas urrou.

— Lucas, você precisa parar de tirar o acesso da sua veia. Você acabou de acordar. Por favor, só relaxe.

— Acho que eu deveria tirá-lo de sua miséria — sugeri, entrando no quarto.

— Viu? — A enfermeira correu para mim e me levou com ela. — Ela está bem aqui. Por favor, me diga que você é a namorada dele — ela murmurou.

— Sim. — Meu coração falhou. — Sou.

— Graças a Deus. Preciso de um cigarro. — Ela saiu correndo do quarto.

— Vou dar um momento para vocês dois. — Doutor Thompson seguiu a enfermeira para fora.

— Lily.

Arrepiei-me com o comando e olhei nos olhos de Lucas.

— Vem aqui.

— Me pede com educação — eu disse, mesmo minha voz não saindo tão forte quanto queria.

— Mulher, vem para a porra dos meus braços. — Ele os levantou para aumentar o efeito. — *Agora*.

Por mais que eu quisesse brigar com ele só por diversão, na verdade precisava senti-lo, então fiz o que me mandou e corri para ele.

Para minha surpresa, ele pulou da cama e me segurou.

— Lucas! — gritei, os equipamentos apitando. — O que você está...

— Cala a boca. — Ele cobriu minha boca com um beijo forte, me tirando do chão.

Cedo demais o beijo acabou, mas não os apitos.

— Me coloca no chão. Você acabou de fazer uma cirurgia. Precisa descansar.

— Só preciso ir para casa. Com você. — Ele me segurou apertado. Era de se pensar que eu tinha acabado de ser baleada, pela forma como ele estava me mantendo perto.

— Lucas. — Lutei para me soltar. — Por favor, volte para a cama.

— Não vou te soltar, Lily. — Ele me encarou. Para alguém que acabou de sair de uma cirurgia, ele parecia bem. Muito bem.

Limpei a garganta, o empurrando.

— Você não precisa me soltar. Só precisa voltar para a cama, para não fazer as enfermeiras quererem se aposentar mais cedo.

Ele grunhiu, se sentando na cama, mas manteve a mão presa na minha. Ele apertou a ponte do nariz.

— Não deveria ter feito isso.

Suspirei, o beijando de leve na bochecha.

— Não, não deveria.

Duas enfermeiras escolheram esse momento para entrar. Elas pararam quando seus olhares chegaram em nós.

— O que aconteceu? — uma perguntou, silenciando os equipamentos.

— Você arrancou o acesso — a outra completou.

— Demorou muito para trazerem minha garota. — Lucas deu de ombros como se não fosse nada demais.

Revirei os olhos, me sentando na beira da cama ao lado dele, sabendo que não adiantava tentar discutir.

As enfermeiras administraram o soro novamente, e limparam o corte de onde ele arrancou o outro.

— Agora, por favor, fique na cama — a mais nova das enfermeiras pediu. — Ou vou te amarrar nela.

Lucas grunhiu.

— Desculpa, se alguém vai me amarrar na cama, será minha garota.

— Ignore-o — falei para as coitadas das enfermeiras. — Ele é ranzinza quando acorda.

— Sou a Marianne — a enfermeira mais velha, de cabelo grisalho, se apresentou. — Se você precisar que eu o amarre, pode deixar.

Eu ri.

— Acho que ele vai ficar bem.

— Estou bem — ele resmungou. — Só queria você.

Um olhar sabido passou entre as enfermeiras antes que elas saíssem do quarto calmamente.

— Sabe, você sairia daqui mais rápido se cooperasse — apontei, virando meu corpo na direção dele e mantendo sua mão no colo.

— Detesto hospitais — Lucas murmurou. Ele levantou a mão. — Não dói. — Ele levou minha mão para a boca. — Nada disso dói.

— Eles te deram remédios demais? — perguntei, meu coração pulando.

— Não. Não dói porque nada poderia doer tanto quanto quando te perdi.

Minha respiração falhou. Segurei seu rosto.

— Você não me perdeu. Sempre estivemos juntos. Nós só ficamos... separados por um tempinho.

— Foi demorado demais, bebê — declarou, entre dentes cerrados. — Demorado demais.

— Eu sei. — Minha mão desceu para o seu pescoço, roçando o dedão para um lado e para o outro na barba em sua mandíbula. — Você sempre me teve. Não fui a lugar nenhum.

— Preciso ir para casa. — Ele suspirou. — Preciso de você comigo. Preciso...

— Preciso saber o que aconteceu hoje. — Cheguei para trás. — Você disse que Mel atirou em vocês.

— Sim. — Ele esfregou a nuca. Tirou a coberta e levantou a camisola do hospital que estava usando.

Meu dedo roçou o curativo branco em seu lado.

— Você já foi baleado antes?

— Não. Esfaqueado sim. Mas definitivamente nunca baleado. Nem lembro direito. Estava mais focado em Shephard. — Ele abaixou a camisola. —Teve notícias dele?

— Ainda está em cirurgia.

Minha cabeça virou, encontrando dois policiais que nunca vi antes, em pé na porta do quarto.

— Quem são vocês? — Lucas perguntou.

— Vocês estão aqui para interrogá-lo? — Mesmo Lucas agindo normalmente, ele precisava descansar.

— Não. Nós íamos encontrar Shephard para almoçar quando recebemos o chamado. Estamos aqui para dar apoio, mas também queríamos

**CICATRIZES DO PASSADO** 323

passar e garantir que você também estava bem — um dos policiais explicou. Ele era mais velho, talvez uns quarenta e poucos anos, com uma mandíbula forte e olhos azuis penetrantes. Passou a mão por seu cabelo preto, que estava com mechas grisalhas nas laterais.

— Como você sabia que eu estava aqui? — Lucas perguntou.

— Shephard nos contou que te encontraria primeiro. Ele é paranoico. — O policial sorriu suavemente. — Mas ele confia em você. Mesmo você tendo sido um adolescente problemático quando ficaram amigos, você o ajudou tanto quanto ele te ajudou. Ele tem uma dívida com você.

— Não. — Lucas sacudiu a cabeça. — Ele só precisa ficar vivo. É tudo que quero.

— Pode nos contar o que aconteceu? — o policial mais novo perguntou.

— Nós estávamos andando para o carro de Shephard. Ele me traria até aqui. Eu não estava com o meu carro. Nós passamos por um beco e Mel nos abordou. Eu… — Lucas me olhou. — Eu não me lembro de mais nada.

— Quero que saiba que estamos procurando por ela — o policial mais velho informou, uma ameaça escondida em sua voz. — Bem, vamos deixar vocês dois em paz. Se tivermos notícias sobre Shephard antes de vocês, entraremos em contato. — O policial entregou seu cartão de visitas para Lucas. — E, por favor…

— Farei o mesmo. — Lucas pegou o cartão.

— Obrigado — declararam, juntos. Eles saíram rapidamente do quarto logo depois, me deixando sozinha com Lucas.

Ele soltou minha mão e colocou a mão na minha coxa.

— Shephard e eu nos encontramos para tomar um café. Ela apareceu. Ele foi bonzinho e a deixou se juntar a nós. Ela estava… ela me acusou de machucá-la. Eu fui educado. Por sua causa. Você me ensinou a não perder o controle, então fiquei calmo. Mesmo depois de tudo que ela fez, ainda a escutei. Ela foi embora. Meia hora depois, nós também. Quando ela nos abordou novamente, estava descontrolada. Não parava de falar sobre Killian e como arruinei a vida dele. De qualquer modo, ela baleou Shephard primeiro, porque ele entrou na frente quando ela tentou atirar em mim.

— Você sabe onde ela está? — Não podia imaginar chegar naquele ponto.

— Não, mas espero que a encontrem. — Lucas apertou a ponte do nariz. — Ela obviamente precisa de ajuda.

— Você precisa descansar. — Fui me mover, mas ele me segurou mais apertado.

— Acho que não — falou, bruscamente.

— Não tem espaço para nós dois nessa cama e você precisa descansar. Estarei bem ali nessa cadeira. — Levantei-me da cama, peguei a cadeira e coloquei-a o mais perto possível da cama. — Viu? Nós ainda podemos ficar de mãos dadas. — Entrelacei meus dedos nos dele, dando um beijo nas costas de sua mão.

— Não gosto disso. Não gosto que nós demos um passo para a frente, somente para dar um milhão para trás.

— Acho que é assim que a vida funciona. — Dei de ombros. — Não sei, Lucas. Só estou feliz que você está vivo, porque poderia ter sido pior. Poderia ter sido bem pior.

— Eu sei. — Ele me encarou.

— O quê? — perguntei, ficando inquieta sob seu escrutínio.

— Casa comigo.

Soltei uma gargalhada.

— O quê?

— Casa comigo — repetiu, a voz firme.

— Você não pode estar falando sério, Lucas. Nós... eu... sério? — Ele me pediu em casamento antes, mas foi por desespero... agora era diferente.

— Eu te amo, Lily. — Ele puxou minha mão, me colocando novamente de pé.

Sentei-me na beira da cama outra vez, olhando para ele.

— Eu também te amo, Lucas, mas casamento realmente é a resposta?

— Por que não? Percebi hoje que a vida é curta pra cacete. Eu poderia ter morrido. Várias vezes eu deveria ter morrido e não morri. Eu costumava não dar valor. Mas não quero não dar mais valor.

— O que você está dizendo? — murmurei.

— Estou dizendo que quero me casar com você e viver ao máximo cada dia. — Ele me puxou para mais perto, colocando a mão na minha bochecha. — Seja minha esposa e me faça o homem mais feliz do mundo.

Meu coração inchou.

— Na verdade. — Ele chegou para trás. — Casa comigo. Agora mesmo. Aqui mesmo.

— O quê? — Meus olhos arregalaram. — Como?

— Tem uma capela aqui. Tenho certeza que a pessoa trabalhando aqui é ordenada. Então, o que você diz?

— Eu... — Observei o rosto dele. Depois de tudo que passamos, especialmente hoje, percebi que não podia viver sem ele. — Sim. Sim, caso com você.

Ele sorriu, me colocando em seus braços e me envolvendo.

Eu ri, dando beijos leves em sua boca.

— Não posso acreditar no que vamos fazer.

— Preciso que você seja minha esposa, Lily. Eu nunca… caralho, nunca me senti dessa maneira por alguém. Ou por algo. É amor, mas é bem tanto.

— Eu sei — sussurrei. — Também sinto.

— É? — Ele apertou meu queixo, forçando minha cabeça para trás até encontrar seu olhar escuro.

— Sinto, Lucas. Te amo até a parte mais profunda de mim. Passa da minha alma. Até o meu ser. Você está dentro de mim. Em todo lugar. E esse amor que sinto por você vai ainda além.

— Porra. — Um leve rosnado saiu dele. — Eu te amo.

## LUCAS

Eu estava desesperado por ela. Para torná-la minha esposa. Para tê-la em minha casa. Queria suas coisas enchendo meu apartamento. Não sabia se podia ter filhos, mas queria tentar. Com ela.

— Como fazemos? Não demora um pouco para ter uma licença de casamento? — Lily perguntou, se apoiando em mim. Mesmo eu devendo estar com dor, descobri que não estava. Não estava certo se era por tudo que passei quando criança ou o quê, mas a única dor que eu sentia era não ter a Lily quicando no meu…

— Lucas? — Ela olhou para mim. — Você me escutou?

Contorci-me.

— Sim.

— O que está errado?

— Nada. — Beijei sua cabeça. As enfermeiras e médicos foram bonzinhos e deixaram Lily ficar comigo. Normalmente era só familiares e cônjuges, mas ela era minha e seria minha esposa. Eu só precisava descobrir quem perguntar e como fazer isso acontecer antes que eu perdesse mais ainda o controle.

— Tem certeza? — Franziu a testa. — Podemos esperar.

— Não — falei, sem paciência. — Quer dizer. — Limpei a garganta. — Preciso de você. Preciso disso. Preciso te tornar minha esposa. Nós podemos tirar uma licença de casamento. Eu pago. Darei a eles a porra toda do meu dinheiro se precisar, mas preciso ir para casa. Para a nossa casa. Só... — Estava perdendo o controle. Estar preso no hospital também não ajudava.

— Ok. — Ela se levantou da cama e foi para trás antes que eu pudesse segurá-la.

— Lily — rosnei.

Ela riu, se inclinando sobre a cama e dando um beijo inocente em meus lábios.

— Me deixa encontrar o nosso celebrante, bebê.

Arrepiei-me. Eu não era de nenhuma maneira um homem submisso, mas só um olhar dela e eu ficaria de joelhos e diria: "Sim, senhora. Como quiser, senhora".

Lily levantou uma sobrancelha.

— É melhor você achar esse celebrante enquanto falo com o médico. Descobrir quando posso ir embora antes que eu te foda aqui mesmo e te faça implorar para eles virem te salvar.

— Cruzes, Lucas. — Ela tossiu, suas bochechas avermelhando. — Guarde essa promessa para mais tarde. Ah. Antes que eu esqueça. — Colocou a mão embaixo da coberta e da camisa do hospital. Quando entrou em contato com o meu pau, pulei. Sua mão quente me circulou, deu algumas bombeadas e forçou um grunhido do fundo da minha garganta. — Acho que você que vai implorar, bebê. — Ela me soltou e saiu remexendo os quadris.

Passei uma das mãos pela cabeça, respirando devagar e apertando a mão contra a minha ereção.

Puta que pariu.

# CAPÍTULO 36

### LILY

Eu precisava me tornar esposa dele. Estava de início imaginando se faria a escolha certa, mas, com o olhar feroz de Lucas, sabia que era certo. Sentir-me tão querida, desejada, reivindicada, nunca foi algo que achei que precisaria, mas percebi que precisava. E ele também. Nós éramos duas almas partidas que se encontraram em um momento que não estávamos nem procurando.

— Lily?

Virei em meus calcanhares.

— Vovó. — Uma enfermeira a estava empurrando em uma cadeira de rodas. Eu corri para ela. — Como você está se sentindo?

— Bem melhor. — Ela abriu os braços.

Eu a abracei, a segurando o mais apertado que podia sem machucá-la.

— Isso é bom. Fico feliz.

— Eles na verdade vão me deixar ir embora hoje, mas me disseram que você estava aqui. Está tudo bem?

— Ah, sim. Bem melhor. Lucas foi baleado, mas ele está bem. — Desci para os pés dela, segurando suas mãos.

— Meu Deus. Fico feliz que ele esteja bem. — Ela colocou a mão na minha bochecha. — E *você* está bem?

— Estou. Realmente estou. Escuta, tem algo que quero conversar. — Levantei no mesmo momento que o Dr. Thompson se juntou a nós.

— Desculpa interromper, mas tenho notícias sobre Shephard. Lucas estava perguntando sobre ele. A cirurgia dele foi bem, mas ele está descansando. Vocês poderão vê-lo em mais ou menos uma hora.

— Ah, obrigada. Lucas vai ficar feliz de saber. — Minhas bochechas esquentaram quando me lembrei porque estava no corredor. — Vai parecer uma pergunta estranha, mas algum padre trabalha na capela daqui?

Minha avó arfou, mas a ignorei.

— Tem sim — Dr. Thompson franziu as sobrancelhas. — Padre Metcalf está aqui com frequência.

— Acha que eu conseguiria falar com ele? — Retorci as mãos na minha frente. — Por favor?

— Claro. — O olhar dele brilhou. — Vocês dois estão planejando algo antes de Lucas sair do hospital?

— Talvez. — Olhei para a minha avó. — Só se a minha avó aprovar.

— Claro que sim! — ela gritou, dando um soco no ar. — Quer dizer — limpou a garganta, juntando as mãos no colo —, aprovo.

Gargalhadas surgiram em nossa volta.

— Você vai buscar o padre — vovó me disse. — Eu vou ter uma conversa com o seu noivo.

## LUCAS

Não importava quanto tempo teria que ficar no hospital, não sairia daqui até ter feito a Lily virar minha esposa.

— Lucas?

Sentei-me na beira da cama.

— Sim. — Acabei de me vestir em um pijama verde do hospital, já que as minhas roupas foram cortadas e levadas como evidência.

Uma enfermeira trouxe Ethel em uma cadeira de rodas.

— O que você está fazendo nisso? — brinquei, acenando com a cabeça na direção dela.

Ela revirou os olhos.

— Ordem dos médicos. Nem comece.

Eu ri.

— Como você está sentindo? — perguntou. — Escutei que você passou por uma boa aventura. Quando aconteceu?

— Hum... ontem? — O tempo estava perdido para mim. Eu ainda não era capaz de sair do hospital, mas estava agradecido que eles pelo menos me deixaram colocar outra roupa que não a camisola. Mesmo sendo somente um pijama verde. Mas toda vez que eu precisava mijar, as enfermeiras riam. Mulheres. Sim, eu tinha tatuagens. Em todos os lugares. O que eu podia dizer? A tinta era viciante.

— Obrigada — Ethel falou para a enfermeira, que a trouxe mais perto da minha cama.

A enfermeira me olhou, suas bochechas avermelhando. Ela rapidamente virou, esbarrando em um policial. Murmurou *desculpa* e saiu do quarto.

— Ouvi que você tem esse efeito nas mulheres — o policial me disse.

Dei de ombros.

— Não sei do que você está falando. — De qualquer maneira, não ligava.

O policial riu.

— Primeira coisa, sou o Policial Masters. Só queria te dizer que achamos Melanie Huff.

Um fôlego de alívio escapou de mim.

— E?

— Ela está sendo detida. Duas acusações de tentativa de homicídio. O juiz provavelmente vai pegar pesado com ela. Ele não é muito fã de tentarem matar um policial. Nós na verdade a estávamos procurando tem um tempo.

— Tem? — Sacudi a cabeça. — Por quê?

— Nós a prendemos algumas vezes por prostituição, mas ela estava comportada recentemente. — O policial deu de ombros. — De qualquer modo, sei que você precisa descansar. Só queria passar aqui e te contar.

— Você viu Shephard? — questionei, esperançoso que meu amigo estivesse acordado.

— Na verdade, eu o vi primeiro. Ele está bem e quer que você vá vê-lo assim que possível.

— Obrigado.

Ele acenou com a cabeça e abaixou o chapéu para Ethel.

— Senhora. — Virou e saiu do quarto.

— Isso te faz se sentir melhor? — Ethel perguntou, quando ficamos sozinhos.

— Estou feliz que Shephard esteja bem, mas Mel... só espero que ela tenha a ajuda que precisa. — Aquela culpa familiar ainda sentava nos meus ombros, mas só porque eu sentia que deveria ter sido capaz de fazer algo por ela. Por todos eles.

— Ei. — Ethel moveu a cadeira para mais perto e segurou minha mão. — O que quer que tenha acontecido, não é sua culpa. Não assuma a responsabilidade pelo que ela fez. Ou pelo que aconteceu no seu passado. *Não* é sua culpa. Você me entende?

Acenei com a cabeça.

— Eu entendo, mas...

— Não, me escuta. Eu conheço a minha neta e sei que ela te ama. Ela te ama por quem você é. Ela não liga de onde você veio. Faça com que ela veja que você também não liga.

— Eu não ligo. Juro que não ligo. Só ligo para isso, para o agora, para o futuro com ela. Eu quero fazê-la feliz. — Olhei para cima quando Lily entrou no quarto com um padre a seguindo. — Quero te fazer feliz — disse para ela. Assim que ela aceitou se casar comigo, usei meu telefone para colocar tudo em ação em relação à licença de casamento.

Os olhos de Lily brilhavam. Ela correu para mim e segurou meu rosto.

— Eu quero isso. Quero você. Também quero te fazer feliz.

— Você faz. — Olhei para ela e bati com o dedo na boca.

Ela sorriu, dando um beijo forte em meus lábios.

— Também gosto desse modelito — ela sussurrou em meu ouvido. — Você precisa guardar esse pijama.

Um sorriso malicioso se abriu no meu rosto.

— Posso fazer acontecer.

# LILY

— Eu te amo, Lily. E, embora talvez seja incomum, eu me casaria com você no meio do deserto e seria perfeito.

Meus olhos encheram de lágrima com as doces palavras que Lucas sussurrou para mim.

Ele beijou minhas mãos, as pontas dos meus dedos. Minhas palmas.

— Falo sério. Você é perfeita. Tudo sobre você. Dos seus lábios, para o seu cabelo, até suas curvas e seu sorriso. Tudo. Sei que tivemos nossos problemas e que nós dois viemos de passados perigosos e sombrios, mas, juntos, nós podemos nos curar. Juntos, nós somos fortes.

Acenei com a cabeça, engolindo o nó que se alojou na minha garganta.

— Deus, você às vezes diz as coisas mais doces.

Ele riu, levantando nossas mãos e entrelaçando nossos dedos.

— Eu te amo, Lily Bela, e prometo passar o resto da vida fazendo de tudo para te fazer feliz.

Uma fungada soou de algum lugar do quarto, mas eu só podia focar no homem que estava de pé na minha frente. Mesmo ele estando de pijama e eu de calça legging, uma camiseta regata e casaco, era perfeito. Era mais que perfeito.

— Mal posso esperar para ficar velha com você, Lucas. Você entrou na minha vida quando eu não sabia que precisava. Eu nem estava olhando para você, mesmo assim ali você estava.

Seus lábios levantaram nos cantos, me dando aquele sorriso sensual.

— Por mais incomum que vocês achem que seja, realmente não é.

Nós dois viramos para o padre Metcalf. Ele só sorriu.

— Confie em mim. — Ele olhou por cima do ombro. — Não é verdade? Dr. Thompson riu.

— É, nós vimos pelo menos um ou dois casamentos acontecerem aqui.

Eu gargalhei.

Lucas me colocou em seus braços.

— Você pode, por favor, fazer sua mágica e transformar essa mulher na minha esposa?

Meu corpo esquentou logo que uma parte de Lucas empurrou entre nós. Se estivéssemos sozinhos, eu teria dito algo, mas não estávamos. Então, só o segurei forte, apoiando a cabeça em seu peito.

— Definitivamente posso. — Padre Metcalf sorriu. — Nós temos a licença de casamento, então podemos garantir que seja oficial.

— Você a conseguiu tão rápido? — questionei.

— Seu noivo aqui conseguiu. — Padre Metcalf abriu um sorriso.
Olhei para o Lucas.
— Como?
Ele só deu uma piscadela.
— Eu sei que vocês não têm as alianças, certo? — o padre perguntou.
— Não, aqui não.
— O quê? — Cheguei para trás, olhando para Lucas. — Você tem alianças?
— Tenho. — Lucas segurou meu queixo. — Te dou elas mais tarde.
— Elas? — Sussurrei. Não podia acreditar nisso. Ele realmente já tinha alianças?
Lucas piscou, virando novamente para o sacerdote.
— Por favor, padre.
O sorriso do padre Metcalf aumentou.
— Claro.

# LILY

— *Agora eu os declaro, marido e mulher.*
— Lucas. — Encostei-me na cama do hospital. — Estamos casados.
— Estamos. E vamos para casa e vou fazer amor com a minha esposa. De novo e de novo. — Ele fechou a porta do armário de louças. — Você está pronta para isso, Lily? Está pronta para o que eu quero fazer com você? Para todas as vezes que quero gozar dentro de você?
Eu me arrepiei com o pensamento. Ele finalmente estava indo para casa hoje à noite. Nós estávamos casados por quase uma semana, mas parecia que ele estava no hospital há mais tempo. Ele viu Shephard, que estava bem e iria sair do hospital daqui alguns dias. Eu estava feliz.
Doutor Thompson nos disse para ir devagar, mas eu conhecia o homem com quem me casei. Ele não queria nada devagar.

— Sim — respondi. — Estou pronta para isso e muito mais.

Ele fechou a distância entre nós, dando um beijo forte em minha boca.

— Se não fosse visto com maus olhos, eu te levaria para o banheiro e...

— Cala a boca e me beija para podermos ir embora, e você pode cuidar de todas essas promessas.

Um sorriso malicioso abriu em seu rosto. Ele colocou a mão na minha bochecha.

Inclinei-me na sua palma, cobrindo sua mão com a minha.

— Eu te amo, Lily — declarou, todas as brincadeiras de lado.

— E eu te amo, Lucas. — Meu coração inchou. — Agora, vamos para casa.

# CAPÍTULO 37

### LILY

Uma boca quente capturou a minha, em um beijo forte e bruto. Mãos passearam pelos meus cabelos, me puxando para a frente até que uma língua estava tão fundo na minha boca, que eu podia senti-la até minha alma.

Assim que saímos do táxi, Lucas estava em cima de mim. Ele me empurrou contra a porta de entrada para o seu apartamento. Seu pau forçava por trás do uniforme verde, pressionando a parte de baixo da minha barriga.

Lucas agarrou meu cabelo, segurou minha mandíbula com a outra mão e prendeu minha cabeça no lugar enquanto devorava minha boca.

Coloquei a mão dentro da calça dele, segurando seu pau, trazendo vida para aquela parte dele que passei a desejar.

Ele rosnou, metendo a língua mais fundo entre meus lábios.

Gemi, agarrando seu pau. Meu dedão passou pela abertura, escorregando pela pré-ejaculação saindo de seu corpo. Tremi, sabendo o quanto ele me queria. Mesmo ele tendo feito a cirurgia há uma semana, ele foi liberado do hospital. Parecia um animal enjaulado e agora estava livre, e eu era sua presa perfeita.

O som da fechadura entrou em meus ouvidos.

Distanciei-me o suficiente para vê-lo tentando abrir a porta. Assim que conseguiu, ataquei sua boca.

Ele grunhiu, me empurrando de costas para dentro do apartamento. Nós entramos, tropeçando em sua cama. Lucas chutou a porta para fechar, segurou a parte de trás da minha cabeça, e deslizou a língua pela minha.

Com a minha mão firmemente em volta do seu pau, acariciei e puxei, o forçando a tremer encostado em mim. Abaixei a mão, segurando suas bolas pesadas.

— Caralho — grunhiu, mordendo meu lábio inferior de leve.

Choraminguei, a dor aguda indo direto para o meu clitóris.

Suas mãos desceram pelos lados do meu corpo.

Lucas me jogou contra a parede, rasgando minha blusa ao meio.

Arfei, me arqueando nele, meu corpo ficando mais molhado.

Ele soltou minha boca, descendo beijos quentes pelo meu pescoço. Suas mãos grandes seguraram meus seios por cima do sutiã, os juntando. Ele desceu, beijando minha clavícula, antes de cobrir um mamilo. Seus dentes passaram pelo ponto duro.

Ofeguei, tirando a mão da sua calça. Passando os dedos pelo cabelo dele, tirei o tapa-olho e o joguei no chão.

Ele me encarou, abaixando as taças do meu sutiã e passando a língua de um lado para o outro sobre um bico endurecendo. Fechando a boca sobre um mamilo, sugou entre os dentes. Prazer se espalhou por mim, esquentando cada centímetro da minha pele.

Lucas passou as mãos da minha cintura para a bunda, descendo minha calça pelos quadris. Ele beijou o caminho até minha boca.

Gemi, colocando os braços em volta do pescoço dele e o puxando contra mim.

Com algumas manobras, desci a calça e a calcinha em uma das pernas.

Sem me dar uma chance de processar o que estava acontecendo, uma de suas mãos foi para o meio das minhas pernas.

Suspirei, minhas costas arqueando da parede.

Mas ele não parou. Enquanto acariciava a parte de baixo do meu corpo, sua língua continuava a foder minha boca. Seus dedos entravam e saiam de mim, os sons de quão molhada ele me deixava reverberando pelo corredor.

Interrompi o beijo, ofegando por ar.

— Lucas.

Ele segurou meu queixo e cobriu minha boca com a sua, roubando meu ar.

Segurei a mão que estava entre as minhas pernas e a empurrei na minha direção, ondulando os quadris para a frente e para trás.

Isso só o fez me beijar mais forte. Sem mais palavras para ele. Nenhuma exigência. Nenhuma conversa safada. Ele falou através de seu toque e somente pelo toque.

Levantando uma perna, coloquei em volta da cintura dele, me abrindo. Gritei, o prazer explodindo através de mim, mais rápido do que já senti.

Ele grunhiu sua aprovação, seus dedos me fodendo mais rápido e mais forte.

Minhas mãos desceram pelo seu peito até a cintura da calça verde, mas, antes que eu pudesse alcançar o que mais queria, ele deu um tapa para tirar minha mão.

Gemi, esticando-a novamente.

Lucas agarrou minhas mãos, segurando ambos os pulsos e levantando meus braços acima da cabeça. Um suspiro ofegante me escapou, meu corpo encharcando ainda mais por ele.

Ele riu contra a minha boca, aprofundando o beijo.

Eu estava completamente imobilizada por ele. Minhas pernas tremeram. Minhas coxas queimaram. Meu calcanhar se enfiou em sua bunda. A sua barba, que cresceu ainda mais, arranhava minhas bochechas. Lucas me consumia completamente. Minha respiração ficou forçada. Uma corrente elétrica passou por mim.

Lucas tirou seus dedos do meu corpo e devagar enfiou mais um em mim.

Gemi, todos os pensamentos perdidos.

Ele finalmente interrompeu o beijo, me olhando.

— Goze forte para mim.

— Me fode. Por favor, Lucas. — Ondulei os quadris para frente e para trás.

— Por quê? O que você quer? — Ele soltou meus pulsos e colocou a mão no meu rosto. — Me diga.

— Quero você dentro de mim — sussurrei, lambendo os lábios com o grande volume em sua calça. — Quero o seu gozo escorrendo de mim.

— Hummm... essas são palavras safadas para a alguém que acabou de se casar. — Ele beijou minha bochecha.

— Me faça sua, bebê. — Segurei sua nuca, dando um beijo em seu pescoço. — Me faça sentir dor.

— Caralho, Lily. — Ele tirou a mão do meu corpo e me levantou.

— Me fode aqui. Por favor, Lucas. — Coloquei a mão nele por cima da calça. — Não posso mais esperar.

— Me coloque em você, Lily. — Ele enfiou os dentes no lado do meu pescoço. — Me mostre o quanto você é uma vadia atraída nisso.

Coloquei a mão dentro da calça dele e o segurei em um movimento brusco.

Ele urrou, batendo as mãos na parede em cada lado da minha cabeça.

— *Agora*. Porra.

— Me diga mais, Lucas — ronronei, lambendo sua mandíbula.

Lucas abriu as minhas pernas ainda mais, segurando a parte interior das minhas coxas e apertando os dedos nelas. — Faça agora.

Liberei seu pau dos confins de sua calça e o soltei na mesma hora que ele meteu para a frente. Ofeguei, arqueando em seus movimentos profundos. Ele atingiu aquela parte minha que sempre foi dele. Toda vez que a atingia, eu despedaçava. Ele chegou para trás, metendo em mim como um animal.

— Goze — exigiu, respirando forte contra o meu pescoço.

— Me faça gozar, Lucas. Me faça gozar por todo esse pauzão.

— Caralho, te amo. — Ele colocou minha perna para o lado, me abrindo ainda mais. Eu não era flexível, e isso com certeza me deixaria dolorida amanhã, mas, nessa hora, eu não ligava. Para nada.

— Goze, Sra. Crane — ele falou no meu pescoço. — Goze para o seu marido.

Eu sorri, segurando no seu ombro.

— Mais forte.

— Essa é a minha garota. — Ele chegou para trás, me encarando. — Goze para mim.

Um tremor de prazer explodiu em mim. Gemi, circulando meus quadris contra ele e tomando cada centímetro que ele tinha para me dar.

— Mais rápido. Por favor. Mais rápido. Me dá. Me dá tudo.

Seus quadris se moveram para frente e para trás. Suor cobria sua testa. Seu olhar era duro e focado.

— Caralho, Lily. Estou perdendo o controle.

Lambi dois dedos e os passei pelo meu clitóris.

— É isso, bebê. Caralho. Amo assistir você se tocar. — Lucas apoiou a testa na minha, seu pau crescendo dentro de mim. — Porra, Lily.

Uma explosão de prazer me atingiu. Gritei.

Lucas cobriu minha boca com a dele, seu próprio orgasmo acompanhando o meu.

Engoli seu urro de êxtase, nossos barulhos de prazer se misturando como um só.

— Caralho. — Ele tremeu, soltando minha boca.

— Não — eu disse, o impedindo de sair de dentro de mim. Olhei para baixo, entre os nossos corpos interligados, e um arrepio desceu pela minha coluna.

— Deliciosa e molhada, bebê — devolveu, saindo de mim e passando a cabeça de seu pau pelo meu clitóris, seu gozo agora em toda a minha boceta. Ele meteu novamente em mim devagar. — Você é minha, Lily. Sempre foi minha e agora cheira a mim.

Coloquei a mão entre nós e passei um dedo pelo gozo em meu clitóris e enfiei o dedo na boca.

— Também tenho o seu gosto — sussurrei.

Suas narinas dilatam. Ele penetrou em mim forte, indo o mais fundo que o meu corpo permitia.

Fiquei boquiaberta.

Ele continuou penetrando e penetrando.

— Ah... — Uma luz cegante dançou em minha visão e um orgasmo forte me atingiu. Era tão intenso que eu não podia emitir um som.

— Estou na parte mais funda da sua alma. — Ele beijou o lugar embaixo da minha orelha. — Você pode sentir? Sou eu fodendo o seu ser.

— Puta — ofeguei — merda.

Ele riu, saindo do meu corpo. A tatuagem dos tentáculos do polvo brilhava.

— Você gosta da minha tatuagem?

— Hum... acho que já determinamos o quanto gosto da sua tatuagem.

Lucas sorriu, me colocando de pé gentilmente.

— Isso existe, sabia?

— Ah, eu sei que existe. Nunca pensei que *eu* gostaria, mas já vi imagens sensuais de mulheres e tentáculos, e o que esses tentáculos fazem com elas e... — Minhas bochechas queimaram.

— Você é uma garota safada, Sra. Crane. — Lucas me levantou em seus braços, me carregando pelo apartamento.

— Eu sou a *sua* garota safada, Sr. Crane. — Deus, eu ainda não podia acreditar que estávamos casados.

Quando chegamos ao quarto, ele me colocou na cama e removeu as roupas. Abriu a gaveta em sua mesa de cabeceira e pegou duas caixas pequenas de veludo preto.

— Lucas — chamei, em um suspiro. — É...

— Eu comprei uns dias antes de ser baleado. Talvez uma semana antes? Não consigo lembrar. Eu não estava pensando direito, e pensei que talvez, se te pedisse em casamento oficialmente, você diria sim e tudo ficaria bem. Sei que não é o caso agora, que minha mente está mais clara. Desculpe por presumir.

— Não, não se desculpe. — Desci da cama e estiquei a mão para uma das caixas, mas ele a chegou para trás. — Deveríamos nos vestir, ou algo assim?

Ele riu, abaixando em um joelho. Abriu uma das caixas.

**CICATRIZES DO PASSADO**

— Lily, você aceita continuar sendo minha esposa?

Gargalhei, caindo de joelhos e dando um beijo forte em sua boca.

— Sim, Lucas. Pelo resto da sua eternidade, continuarei sendo sua esposa.

Ele sorriu, colocando a aliança de ouro junto com um anel solitário de diamante em meu dedo.

— Uau. Essa coisa é maior que o meu rosto.

Uma gargalhada saiu dele. Ele beijou minha bochecha.

— É todo seu, bebê.

— Minha vez. — Estiquei a mão. — Por favorzinho.

Ele colocou a caixa em minha mão. Abri, outra aliança de ouro me encarando. Era idêntica a minha, porém mais grossa.

— Eu sei que a maioria das noivas ajuda a escolher as alianças, mas eu vi essa e...

— Elas são perfeitas, Lucas. Prometo. — Tirei a aliança e coloquei a caixa no chão. — Sei que normalmente as pessoas estão vestidas...

Em um movimento rápido, Lucas me colocou em seus braços.

Suspirei.

Ele colocou a mão no pau, acariciou duas vezes, e o meteu novamente dentro de mim.

Gemi.

— Não terminei.

— Não estou nem aí. — Ele mordeu o lado do meu pescoço. — Quero estar dentro de você quando me reivindicar como seu.

— Deus. — Minha boceta apertou em volta dele com suas palavras. — Eu te amo. — Coloquei o anel em seu dedo, ganhando um rosnado.

Nós entrelaçamos nossos dedos, usando as próximas horas para consumar nosso casamento. Oficialmente.

— Acho que agora temos que trazer sua mudança para cá — Lucas comentou, mais tarde naquela noite.

— Sim. — Eu o beijei forte na boca. — Mas isso pode esperar. Eu preciso de você novamente dentro de mim.

— Novamente? Você não está cansada? Ou dolorida?

— Nunca.

— Ótimo. Eu não ia te dar escolha. — Ele me virou de barriga para baixo e enfiou os dentes no meu ombro.

Eu ri.

— Faça o que quiser, meu marido.
— Caralho, gosto do som disso.
— Eu também — suspirei.
— Vou passar o resto da noite fazendo amor com a minha mulher.
— É? — Coloquei a mão na bochecha dele quando beijou meu ombro.
— É, bebê — afirmou, sua voz rouca.
— Ótimo, porque preciso de você, Lucas. Agora e para sempre.
— Você me tem, Lily Bela. Sempre. Para sempre. Para a porra da eternidade. Sou seu. Somente seu.

Minha respiração falhou. Era isso. Era nosso. Éramos nós. Demorou tanto para chegarmos aqui, que eu nunca mais daria nossa felicidade como algo garantido.

Lucas estava certo ao dizer que nós entramos na vida um do outro quando mais precisávamos. Eu não estava certa como, mas não só amava esse homem. Eu vivia e respirava por ele. Nossas almas se conectaram. Nossos seres entrelaçaram. Nós lutamos com vontade, mas amávamos com ainda mais vontade.

Ele era meu. Eu era dele.

E isso era nosso.

# EPÍLOGO

### LUCAS

Eu não queria estar aqui. Odiava hospitais. Odiava qualquer coisa relacionada com medicina. E agora estava preso tendo que falar sobre os meus sentimentos.

Com a mão de Lily firme na minha, esperei pelo que pareciam anos antes que o homem se aproximasse de nós. Seu sorriso era caloroso e amigável, mas seus olhos eram determinados e focados. Ele era um homem de negócios. Um homem grande. Ele ainda era menor que eu, mas eu também não era idiota. Não iria brincar com ele.

— Sr. e Sra. Crane? — perguntou, parando na nossa frente.

— Sim — nós dois respondemos ao mesmo tempo.

— Sou o Dr. Santos, mas, por favor, me chame de Matteo. — Ele esticou a mão.

Nós levantamos.

Lily retornou o aperto de mão primeiro.

— Prazer em te conhecer — Matteo disse, virando sua atenção para mim e esticando a mão novamente.

— Não quero ser rude. — Apertei sua mão. — Mas não quero estar aqui.

— Eu entendo. — Ele apertou mais firmemente. — Mas prometo, não vou julgar. O que quer que seja que você me contar, fica somente comigo. Além disso, se não quiser estar aqui, pode ir embora a qualquer momento.

— Lucas — Lily chamou, gentilmente. — Dê uma chance. Somente uma chance. Por mim.

Minha mandíbula cerrou.

— Está bem.

# LILY

Segurei a mão de Lucas enquanto ele conversava com Matteo, que por sua vez acenava com a cabeça de tempos em tempos. Ele escrevia coisas em seu bloco. Comentava quando precisava e fazia perguntas quando necessário, mas, além disso, Lucas foi quem mais falou.

— Você se sente culpado — Matteo apontou, esfregando a barba grisalha em sua mandíbula bronzeada. Seus olhos escuros me fitaram, antes de se voltar novamente para o meu marido.

— Sinto. Eu queria tê-los salvado. Não sei se é porque eu era o maior todos, mesmo não sendo o mais velho. Só queria ter podido fazer mais. Sentia como se fosse o meu trabalho. — Lucas se mexeu ao meu lado. — Honestamente, acho que já teria tido uma recaída se não fosse por ter conhecido a Lily.

— Sério? — Virei para ele.

— É. — Ele me deu um sorrisinho. — Pensei que estava indo bem, mesmo continuando tendo pesadelos. E então você chegou e trouxe essa luz que eu nunca soube que precisava, para a escuridão da minha vida. Eu estava andando pelas sombras desde criança até você chegar. Até você entrar na *Crane's Ink* e andar por lá como se fosse a dona da porra do lugar.

Eu gargalhei, limpando uma lágrima solitária que escorreu pela minha bochecha.

— Essa mulher me ajudou — Lucas contou para Matteo. — Por causa dela, eu não morri com uma agulha presa no braço.

— Eu entendo. — Matteo cruzou o tornozelo em cima do joelho oposto. — Eu vou te contar uma história. Não é convencional, mas nunca fui de fazer as coisas do jeito certo.

— Ok... — Lucas soltou minha mão e segurou meu joelho.

— Conheci minha esposa quando estava passando por um período difícil. Ela também sofreu muito e nós ajudamos um ao outro. Nós não usamos drogas ou álcool, mas éramos viciados em sexo. Serei honesto com você. Sou um sadista, e saber que minha esposa podia me dar o que eu precisava ajudou a nós dois. Me ajudou mais do que já disse para ela. Agora nós estamos casados há quase quinze anos com duas crianças e não poderíamos estar mais felizes. Relacionamentos são difíceis. — Ele apontou para nós. — Mas a pergunta é: vocês querem ter o trabalho? Estão dispostos a fazer o que for necessário para fazer o outro feliz? Você tem estresse pós-traumático, Lucas. Estresse pós-traumático severo. Especialmente depois de me dizer as coisas que Mel falou para você e que desencadearam memórias. A mente pode ser frágil. Especialmente se estiver danificada. E, infelizmente para você, ela está. Mas já posso ver crescimento. Eu não te conhecia quando tudo isso aconteceu, mas posso ver o quão longe você chegou. E, obviamente, Lily te ajudou em tudo.

— Eu vou ajudá-lo no futuro também — acrescentei. — Perdi meus pais em um incêndio. Foi quando comecei a beber. E tenho cicatrizes. Pensava que elas eram feias, mas Lucas me fez perceber que também sou uma sobrevivente.

— Parece que se conhecer foi bom para vocês dois — Matteo opinou, me dando uma piscadela.

Eu ri, minhas bochechas avermelhando.

Lucas tossiu, apertando meu joelho.

Segurei uma revirada de olho. Não tive como. Matteo era bonito. Se você gostasse de homens mais velhos.

— Você fala sobre os seus desejos sexuais como se não fosse nada — Lucas interrompeu. — Você não tem vergonha?

— Não. — Matteo levantou da cadeira e foi para a mesa. — Aprendi com os anos que, com a pessoa certa, contanto que seja seguro e consensual, não tem problema gostar do lado mais sombrio do sexo. Só faça sua pesquisa, tenha aulas com um profissional treinado, qualquer que seja o caso, e você ficará bem.

Lucas era dominador, mas nossa vida sexual não era muito pervertida. Pelo menos não ainda.

— E, com o que você passou, usar sexo como um escape como você fazia antes de conhecer Lily faz sentido — Matteo complementou.

— Certo. — Lucas se fechou depois disso, sem oferecer mais informações sobre seu passado. Matteo teria trabalho, mas eu sabia que, com o tempo, Lucas contaria tudo e isso o ajudaria a se curar. Ou pelo menos se sentir melhor.

Uma hora depois e Matteo estava nos acompanhando para sair de seu consultório.

— Então, foi tão ruim assim?

Lucas grunhiu, e não tive como não sorrir.

— Não — resmungou. — Obrigado. — Ele apertou minha mão, segurando firme. Percebi então que ele não me soltou desde que chegamos ao consultório de Matteo.

— Claro. É o meu trabalho. — Matteo esfregou a nuca. — Posso fazer uma pergunta? E isso está vindo de um pai.

— Ah... claro. — Lucas ficou rígido.

— Preciso saber. Eles tiveram o que mereciam? Seus pais adotivos.

— Sim. — Lucas relaxou. — Eles todos tiveram. — Ele contou para Matteo sobre Killian, ou Ronny, como ele o conhecia quando criança, e também sobre Mel.

— Ótimo. — Matteo acenou com a cabeça, soltando o ar devagar. — Mesma hora, semana que vem?

Olhei então para Lucas.

— Sim, acho que preciso disso. — Lucas se mexeu, dando levemente de ombros.

— Estarei aqui, Lucas. Por quanto tempo você precisar. — Matteo bateu no ombro dele, me deu um sorrisinho e voltou para o consultório.

— Como você está se sentindo? — perguntei ao Lucas.

— Emocionalmente despido. — Ele segurou meu queixo, dando um beijo de leve em minha boca. — Vamos para casa, Lily Bela.

## LUCAS

— Certo, Lily. — Tirei a luva. — Terminei.

Ela sentou na maca, jogando as pernas para o lado.

Passaram-se várias horas desde que fomos ver o Dr. Santos pela primeira vez. Quando chegamos em casa, eu disse a ela que queria fazer uma tatuagem nela. Minha mulher nem hesitou.

Lily olhou a lateral de sua barriga, sua respiração falhando. Ela olhou seu reflexo no espelho de corpo inteiro. Levantando da maca, andou na direção do espelho, vendo a fênix que tatuei nela. Era uma mistura de laranjas, amarelos e vermelhos. O pássaro subia do fogo que foi levemente tatuado em suas cicatrizes.

— É... — Seus olhos brilharam, o queixo tremendo.

— Bebê. — Cheguei atrás dela. — Eu não queria te fazer chorar.

— É lindo — sussurrou, enxugando as lágrimas que escorriam por sua bochecha. — Deus, é lindo. Lucas, você é talentoso pra cacete.

Minhas bochechas queimaram com o elogio.

— Obrigado.

— Falo sério. Eu... — Ela suspirou. — Sinto como se você estivesse marcado em minha alma.

Meu corpo acordou.

— Estou. — Coloquei o braço em volta dela, apoiando o queixo em seu ombro. — Você é minha, Lily. Não passamos pelo inferno juntos por nada.

Seus olhos cor de jade encontraram os meus no espelho.

— Quero o seu nome em mim.

Meu pau pulou.

— O quê?

Ela virou em meus braços, me empurrando até atingir a beira da maca.

— Eu sei que você diz que é uma regra fundamental não tatuar um nome em alguém, mas preciso. Sou sua. Você é meu. Como você disse, não passamos pelo inferno juntos se não fosse para ser. Se nós não fossemos durar e ficar juntos para sempre. Por favor, Lucas.

Pensei por um momento. Meu nome na pele dela. Meu nome em sua carne. Seria um lembrete permanente de que ela era, de fato, minha.

— Ok. Eu faço.

Seu rosto se iluminou.

— Mas, com uma condição. — Preparei a máquina de tatuar.

— Qual é essa condição?

— Quero que você tatue o seu nome em mim — disse para ela, colocando outro par de luvas.

— O quê? — Ela riu. — Você não pode estar sério. Eu não sei nada sobre tatuar. E não sou uma artista.

— Não precisa ser. — Dei um pedaço de papel para ela. — Escreva o seu nome.

Ela hesitou, mordendo o lábio inferior.

— Lily. — Coloquei a caneta na mão dela. — Escreva.

Ela escreveu o nome dela e fiz o mesmo.

Depois que preparei o design das tatuagens, ri com o franzido entre as sobrancelhas dela. — Você não tem nada para se preocupar. Devia ter visto algumas das minhas tatuagens originais. Elas eram piores do que o que você pode fazer. Confie em mim. E tudo que você está tatuando é o seu nome. Não tem sombreamento, não tem cor. Só o seu nome. — Sentei na maca, colocando uma perna de cada lado, e virei Lily na minha direção. — Preciso do seu nome na minha pele como você precisa do meu na sua.

Ela respirou fundo.

— Está bem.

— Onde você quer o meu nome? — indaguei.

— Bem aqui. — Ela apontou o lugar bem acima do coração.

Sorri, dando um beijo de leve em seu nariz.

— No seu coração, bebê?

— Sim — sussurrou.

Ri levemente.

Uma hora depois, meu nome estava marcado na pele dela. Nunca pensei que isso aconteceria. Normalmente eu era contra colocar o nome em alguém, sabendo que relacionamentos talvez não durem. Mas isso era diferente. Era necessário. Para nós dois.

— Onde você quer o meu nome, Lucas? — Lily perguntou, seus lindos olhos encontrando os meus.

— No meu pulso direito. — Dei a máquina para ela. — Então toda vez que eu bater uma, vou ver seu nome.

Lily tossiu, uma risada saindo dela.

— Bela maneira de estragar o clima.

— Eu? Você que sempre transforma tudo em sexo — lembrei-a.

Ela arfou.

— Quem, eu? Sou inocente. — Ela pestanejou.

— Certo — disse devagar. — Anda logo e me tatua, Lily Bela. O mais cedo que cicatrizar, mais cedo que posso testar.

— Credo, Lucas. — Suas bochechas avermelharam. — Mas você não precisa do meu nome no pulso para bater uma.

**CICATRIZES DO PASSADO**

— Não. — Beijei-a forte na boca. — Não preciso. Mas é um belo toque. Ela riu, sacudindo a cabeça.

— Certo, bebê. Me diga o que fazer.

Algum tempo depois…

— Oi. — Respirei fundo, ignorando os olhos me observando. — Meu nome é Lily Crane e sou uma alcoólatra.

— Oi, Lily.

Segurei as laterais do púlpito, respirando novamente. E novamente.

— Estou sóbria por… Deus, quase dez anos.

Uma rodada de aplausos soou no salão. Porém, a pessoa que mais importava sentava na primeira fileira, um imenso sorriso abrindo em seu rosto.

Sorri de volta.

— Não teria como fazer isso sem meu marido. Estar com ele me deu a força que precisava para superar essa doença. Várias foram as vezes que eu queria uma bebida. Mas tenho certeza de que todos nós passamos por isso. — Meu dedão passou por uma rachadura na madeira. — Eu nunca compartilhei antes. Realmente não sei o motivo. Sei que vocês não me julgariam. Eu só… sentia como se meus compartilhamentos não fossem importantes o suficiente. Talvez? Não sei. Mas sei que, sem o suporte do meu marido e da minha avó, eu já teria recaído. Essa semana foi bem difícil. Um ano desde que ela morreu. — Meu peito apertou. — Mas ela morreu feliz. Tinha quase oitenta anos. Mas, meu Deus, como sinto a falta dela. — Meus olhos encheram de lágrimas, aquela queimação familiar, coçando a parte de trás do meu nariz. — Sei que ela não iria querer que eu desistisse. Então… é. Isso é tudo.

Outra rodada de aplausos soou em meus ouvidos.

Rapidamente saí do palco e sentei na cadeira vazia ao lado de Lucas.

— Estou orgulhoso de você, Lily Bela. — Ele beijou minha têmpora. — Orgulhoso pra cacete de você.

— Obrigada. — Meu coração se encheu. — Obrigada por tudo, e por ficar ao meu lado, mesmo quando era pesado e eu era difícil.

Ele segurou meu rosto.

Colocando a mão em volta de seu pulso, passei o dedão em cima da tatuagem do meu nome. Meu corpo esquentou, lembrando como o excitou ter meu nome marcado em sua pele.

A reunião terminou logo depois. Lucas vinha na minha para suporte, e eu ia na dele pelo mesmo motivo. Às vezes, nossas reuniões coincidiam, mas geralmente eram separadas.

— Obrigado por também ficar ao meu lado quando eu era difícil — Lucas disse, quando todo mundo estava arrumando as cadeiras. Ele me beijou suavemente na boca. — Mantenho o que disse três anos atrás quando casei com você. — Ele colocou uma das mãos na minha barriga inchada. — Na alegria e na tristeza, na saúde e na doença. Andaria pelo inferno, contanto que você esteja ao meu lado.

Funguei, lágrimas escorrendo livremente pelas minhas bochechas.

— Falo sério, Lily Bela. — Ele colocou o braço em volta de mim, me puxando para perto.

— Meu Deus, eu te amo. — Inclinei-me para trás, batendo com o dedo na boca.

Ele sorriu, dando um beijo forte em meus lábios.

— Lily.

Minha cabeça virou, encontrando a Lena vindo na nossa direção.

— Lena. — Corri para ela e joguei os braços em sua volta.

Ela riu, me abraçando de volta.

— Faz tempo. — Ela me soltou, sorrindo para nós dois. — Vejo que faz bastante tempo. — Apontou para a minha barriga.

Suspirei, segurando a barriga.

— Ah. — Ela franziu as sobrancelhas. — Recebi aquele envelope.

Lucas deu de ombros, seu rosto ficando impassivo.

— Não faço ideia do que você está falando.

Ela zombou.

— Certo.

Segurei uma risada. Lucas estava guardando dinheiro para ela e a filha desde que Lena começou a procurá-lo para tatuar. Ele disse que era o mínimo que podia fazer depois de todos os clientes que ela levou para ele.

Apaixonei-me mais ainda por ele naquele momento.

— Como você está? Lily me contou que está com a sua filha de volta e agora tem guarda total. — Lucas segurou minha nuca.

**CICATRIZES DO PASSADO**

Demorou um pouco para Lena receber a guarda da filha, mas ela me disse durante a nossa última ligação, algumas semanas atrás, que os pais dela disseram que a filha precisava ficar com a mãe. Eu estava muito feliz por isso.

— Estou. — O sorriso de Lena aumentou. — Também comecei a frequentar reuniões. Essa é a minha primeira vez nessa aqui. Estou indo para uma mais perto da minha casa desde que me mudei.

— Estou orgulhoso de você, Lena. — Lucas acenou com a cabeça logo que Toby e Sandra vieram na nossa direção.

— Obrigada. — As bochechas de Lena avermelharam. — Eu preciso ir, mas só queria dar oi pessoalmente e agradecer vocês dois por tudo.

Nós demos um abraço nela, felizes que ela estava agora fazendo uma vida melhor para si mesma e para a filha.

Virei para Sandra, abrindo os braços.

Ele riu, fechou a distância entre nós e retornou meu abraço.

— Estou tão feliz em ver vocês dois — afirmou, me apertando. Ela chegou para trás, colocando a mão na minha barriga. — Como está o pequeno?

— Bem. — Meu coração encheu. Ainda não podia acreditar que estava crescendo um humano dentro de mim.

— Faz muito tempo — Sandra comentou. — Como está todo o resto? Vocês estão bem?

Ri com a quantidade de perguntas.

Toby sorriu, sacudindo a cabeça.

— Não ligue para ela. Ela sentiu falta de vocês.

— Sim — eu disse, quando Lucas chegou atrás de mim. — Estamos bem.

Ele bateu nas costas de Toby, dando um abraço lateral.

— Nós estamos muito bem.

— Fico feliz. — Toby retornou o abraço, sorrindo para mim. — Vocês dois merecem.

— Merecemos. — Lucas se inclinou e beijou minha bochecha. — Não merecemos?

Segurei seu rosto e o beijei de leve na boca.

— Sim. — Eu estava feliz que ele finalmente percebeu isso. Ele merecia toda a felicidade que a vida tinha para lhe dar. Merecia isso e mais.

# EPÍLOGO EXTRA

### LUCAS

Lily podia entrar em trabalho de parto com o nosso primeiro filho a qualquer momento. Foram alguns meses pesados para ela, com enjoo matinal e tudo, mas ela nunca reclamou. Nunca. Mesmo quando deveria.

Depois do abuso brutal que recebi em criança, não pensei que poderia ter filhos. Não que eu tenha verificado. Eu só assumi.

Enquanto Lily dormia silenciosamente ao meu lado, tirei as cobertas de cima dela e levantei sua camiseta até embaixo dos seios. Colocando a mão em sua barriga, esperei pelo chute familiar. Quando aconteceu, sorri.

— Papai está aqui — sussurrei, me inclinando e dando um beijo no estômago dela. Um movimento apareceu embaixo da minha mão. Meu sorriso cresceu. — Papai está sempre aqui — completei. — Eu vou dar para você e sua mamãe a melhor vida que puderem ter. Você não vai ter que querer nada. — Inclinando-me por cima de Lily, peguei o tubo de creme de coco na mesa de cabeceira. Abrindo a tampa, coloquei dois dedos na loção de cheiro doce e comecei a esfregar na pele dela. — Espero que você tenha o coração grande como sua mãe, e a ferocidade dela também. Mal posso esperar para te contar todas as histórias de como nos conhecemos. — A versão limpa, claro. — Eu vou te amar. Vou te acalentar. Farei a minha missão manter um sorriso no seu rosto.

Lily acordou.

— O que você está fazendo? — perguntou, sua voz cheia de sono.

— Não consegui dormir. — Eu ainda tinha pesadelos, mas não eram tão ruins quanto antes. Eu via Matteo toda semana pelos últimos anos. Ajudava. Ajudava mais do que eu poderia entender. — Então, estou conversando com a nossa filha.

— Ok — Lily sussurrou, um leve sorriso aparecendo em seu rosto. — Acho que ela gosta de ficar aqui dentro.

Eu ri, deitando de barriga para baixo e apoiando a cabeça logo abaixo dos seios de Lily.

— É confortável e quentinho. Ela está segura.

— Ela estará segura aqui fora também — Lily murmurou, passando os dedos no meu cabelo. — Prometo.

Eu sabia que ainda teríamos problemas. Especialmente se ela parecesse com a mãe. Mas eu me preocuparia com isso quando a hora chegasse. Nesse momento, eu aceitaria isso. Vou me agarrar e desfrutar. Essas garotas eram minhas. Todas minhas. E eu nunca as daria como algo certo. Lily e eu chegamos longe demais para isso.

# LILY

— Terminou?

Sorri para o meu marido.

— Terminei — respondi, assim que escrevi "*fim*". Era a manhã seguinte depois que o Lucas me acordou com as doces palavras que estava dizendo para a nossa filha.

— E você realmente não vai publicar? — Lucas perguntou, se sentando ao meu lado na cama.

— Não. É nosso. Parece ser muito pessoal para ser publicado. — Dei de ombros. Nós conversamos sobre trocar os nomes da nossa história, para que eu *pudesse* publicá-la, mas decidimos não publicar. Nunca fui escritora, mas depois de tudo que aconteceu conosco, tive essa coceira. E ela não ia embora até que a cocei escrevendo esse livro.

— Não posso acreditar que acabou — eu disse, fechando o laptop. — Quer dizer, tem alguns anos desde que comecei.

— Abriu antigas feridas, bebê. — Lucas beijou minha bochecha e colocou o laptop na mesa de cabeceira. — Faz sentido ter demorado tanto para escrever.

— Verdade. — Bati com o dedo na boca.

Ele sorriu, dando um beijo forte em meus lábios.

— Obrigado — ele disse contra a minha boca.

— Pelo quê? — Cheguei para trás. — Não fiz nada.

— Você fez. — Ele segurou minha bochecha. — Você não desistiu de mim. Fez coisas que a maioria das mulheres teria fugido correndo e gritando. Só quero que saiba que agradeço por você não desistir de mim.

— Eu te amo, Lucas. Lembre-se disso. — Nós felizmente não tivemos notícias de Mel e Killian depois que eles receberam a pena máxima por seus crimes. Shephard, já próximo ao Lucas, também virou um amigo próximo meu. Depois que foi baleado, ele se aposentou da polícia e focou em sua família. Queria ver seus filhos crescerem e passar mais tempo com a esposa. — Além disso, não é grandes coisas.

Nossos problemas não eram nada demais, e eram somente os problemas típicos que casais possuíam. E nós teríamos nossa filha a qualquer momento. Mais vinte quatro horas e ela passaria do tempo. Já era teimosa como o pai.

Lucas me levantou da cama e segurou a bainha da minha camisa.

— É grande coisa. Você poderia ter me deixado, mas não deixou.

— Te deixei por algumas horas — corrigi, levantando os braços. — Mas você também poderia ter me deixado.

— Nunca. — Ele tirou a camisa por cima da minha cabaça, antes de ajoelhar. — Você tinha todo o direito de ir embora.

— Não importa. — Passei os dedos pelo cabelo dele. Eu gostava que ele o tinha deixado crescer um pouco, mas mantinha os lados raspados. — Foram as horas mais longas da minha vida. Estando longe de você. Sem te tocar.

— Sem te beijar — completou, dando um beijo em minha barriga. Ele desceu meu short e minha calcinha pelas minhas pernas, me deixando completamente nua. — Não estou falando com você.

— Você nunca me disse o que fez nessas horas que fui embora. — Sentei na beira da cama. — Sei que você socou a parede algumas vezes. Mas fez mais alguma coisa?

— Não.

— Não fez?

**CICATRIZES DO PASSADO** 353

Ele sacudiu a cabeça.

— Não fiz. Não pessoalmente. Toby e Shephard terminaram limpando o meu apartamento enquanto eu estava com você. Eles são bons demais comigo.

— Você merece — garanti. — Você merece tudo isso e muito mais.

— Eu perdi o controle, Lily — Lucas continuou. — Estava pronto para me entregar. Para parar de lutar. E descontei minha raiva no apartamento.

— Sinto muito — sussurrei, esticando a mão. Meu conjunto de alianças brilhou na luz fraca do quarto. — Isso é permanente, Lucas.

— É sim. — Ele cobriu minha mão, levando-a até a boca. — É para sempre, bebê.

Meu coração pulou.

— Acho que também assustei Toby e Shephard durante aquelas vinte e quatro horas. — Ele riu, as memórias voltando.

— Fico feliz por eles estarem determinados a te ajudar. Nos ajudar.

— Eu também. — Ele beijou o lugar acima do meu umbigo. — Estava determinado a te ganhar novamente. Eu errei. Sei disso. Mesmo não tendo começado, não parei tão rápido quanto deveria. Não importa que estava preso na minha cabeça e na beira de um colapso mental. — Ele revirou os olhos. Matteo estava tentando que ele parasse de debochar de si mesmo e levar a sério, mas Lucas sempre dizia que ainda não era uma desculpa.

— Sou sortudo de ter você — continuou. — Tão sortudo, que prometo que nunca vou te dar como algo garantido novamente.

— Eu te amo, Lucas. — Um movimento surgiu na minha barriga. Gargalhei, pegando a mão dele e colocando lá. — Ela também te ama.

Lucas sorriu, seus olhos brilhando. Ele começou a usar cada vez menos o tapa-olho quando estávamos em casa. Deu um beijo na minha barriga. — Não posso... ainda não posso acreditar que você engravidou. Eu pensava que era impossível.

— Nada é impossível, bebê — sussurrei. — Não quando é sobre a gente.

— Essa é a porra de uma verdade. — Ele beijou meu ombro. — Também nunca pensei que você poderia ficar ainda mais bonita, mas te vendo grávida da nossa filha, é uma beleza por si só.

Eu ri, deitando na cama.

— Você gosta disso, papai?

— *Não* me chame assim — ele grunhiu.

Ri mais forte.

— Você odeia quando te chamo assim, porque você fica excitado.

— Sim, porque a nossa filha vai me chamar assim e vai ser estranho. — Ele deu um tapinha no meu quadril. — Então pare.

Fiz uma saudação para ele.

— Sim. — Dei uma piscadela. — Papai.

— Lily — ele disse, sua voz cheia de advertência.

— Não mais. — Bati com o dedo na boca. — Prometo.

— Boa menina. — Ele deu um beijo na minha boca. Subiu no comprimento da cama, me colocando em seus braços, e pegou o controle remoto na mesa de cabeceira. Ligando a televisão, nós acabamos assistindo um filme preto e branco sobre zumbis.

Aconcheguei-me no lado de Lucas, pensando como os últimos anos foram para nós.

Dor. Amor. Paixão. Êxtase intenso. Mágoa. Tanta mágoa. Minha avó ficaria orgulhosa de onde chegamos.

Coloquei a mão na barriga, sentindo nossa filha mexer sob meu toque. Ettie. Nossa doce Ettie. Ela se chamaria Ethel, em homenagem à minha avó, mas Ettie como apelido, sabendo que a minha avó não iria querer que ela tivesse um nome tão antiquado.

— Eu te amo, Lily. — Lucas cobriu a mão em minha barriga. — E amo nossa filha. Mais do que você poderia saber ou entender.

Meu coração encheu ainda mais pelo homem ao meu lado. Enquanto tínhamos problemas, dificuldades, ou o que você quisesse chamar, nosso amor era forte. No final, ele venceu tudo porque passamos.

Nós dois éramos marcados e despedaçados de nossa maneira, mas nosso amor era a cola que colocava nossas peças juntas novamente.

Por causa disso, nós podíamos seguir em frente, podíamos crescer e nos tornar um pouco menos destruídos.

Um pouco menos marcados.

E um pouco menos despedaçados.

# FIM

# CENA EXTRA

### LUCAS

Olhei para o pacotinho. Enquanto Lily alimentava nossa filha, eu não tinha como não olhar. Ela era perfeita. Elas duas eram perfeitas. Ettie estava com quase dois meses. Dois meses. Eu não podia acreditar que tive um dedo em criar algo tão... perfeito.

— Você está encarando — Lily apontou, sorrindo para mim.

— Não tenho como controlar. — Passei a mão pela cabecinha de Ettie enquanto ela mamava. — Ela é perfeita. *Você* é perfeita.

Os olhos de Lily brilharam.

— Não sou, mas obrigada. Ainda não posso acreditar que a criamos. — Ela olhou para Ettie. — É engraçado, porque eu nunca realmente quis filhos. Ou nunca pensei sobre isso e então agora... Meu Deus, eu não mudaria isso por nada no mundo. Por nada.

Uma batida soou na porta, interrompendo nosso momento feliz.

Um olhar passou entre mim e a Lily.

— Quem poderia ser? — perguntou, levantando do sofá.

— Não faço ideia. — Nós não recebíamos visitas com frequência. E se recebíamos, geralmente era Toby e Sandra, Shephard e sua esposa, ou Lena e sua filha. Era isso. E eles sempre ligavam ou mandavam mensagem antes, agora que tínhamos Ettie. — Fique aqui. — Aprendi a não ser tão paranoico, mas, com tudo que aconteceu quando ficamos juntos, não podia ser cuidadoso demais.

Indo para a porta, olhei a câmera de segurança no meu telefone, mas não reconheci a pessoa em pé do lado de fora. Destrancando, encontrei uma mulher mais velha. Ela era baixa. Provavelmente alguns centímetros mais alta que Lily, arredondada e fofa, com rugas no canto dos olhos.

Seus olhos escuros me olharam, sua boca abrindo com um suspiro.
— É você.
Franzi a testa.
— Desculpa?
— Meu Deus, você parece tanto com ele — continuou. — Depois de todo esse tempo. Finalmente, depois de todo esse tempo. — Seus olhos brilharam, uma lágrima escorrendo pela bochecha. Antes que eu soubesse o que estava acontecendo, ela colocou os braços em volta de mim.
— Hum... — Fiquei rígido. — Desculpa, mas... quem é você?
— Ah. — A mulher me soltou, dando um passo para trás. — Me desculpa. — Ela enxugou as bochechas. — Tem tanto tempo. Eu só...
— Lucas? — Lily apareceu do meu lado. — Está tudo bem? Coloquei Ettie no berço. Ah... oi.
— Ettie — a mulher sussurrou. — Você tem uma filha? Eu tenho uma neta.
Alarmes dispararam na minha cabeça. Me deu um frio no estômago.
— Que porra você acabou de dizer?
A mulher se retraiu, sacudindo a cabeça.
— Sinto muito. Eu... Meu Deus, isso é tão difícil. Eu passei anos procurando por você. Trinta... — Ela franziu a testa. — Mais de trinta anos...
— Lucas — Lily sussurrou.
Segurei a mão dela apertada na minha, com medo que eu iria surtar. Algo estava prestes a acontecer. Eu sabia. Podia sentir. Essa mulher. Algo sobre ela era familiar.
— Lucas — a mulher disse, mordendo o lábio inferior. — Eu sou... eu sou sua mãe.

— *Onde estão meus pais?*
*Bobby fez uma careta.*
— *Eles nunca te quiseram. Por que acha que está aqui?*
*Meus olhos queimaram. Nunca pensei sobre os meus pais. Especialmente desde que me disseram que eles estavam mortos, mas aquela parte de mim, aquela pequena parte, mantinha a esperança de que estavam procurando por mim.*

**CICATRIZES DO PASSADO**

— Eu… — Meu peito apertou. Dei um passo para trás. — Você está morta. Você deveria estar morta. — Foi isso que Bobby e Carole me contaram. Acreditei neles. Meu Deus, acreditei neles.

Lily entrou na minha frente, mantendo a mão na minha.

— Você precisa explicar, antes que eu te dê uma surra por aborrecer o meu marido.

— Eu… — A mulher respirou fundo. — Eu te tive quando era nova. Só uma menina. Eu mal tinha quinze anos. Seu pai me deixou depois disso. Ele terminou na cadeia e morreu alguns anos cumprindo pena. Eu era viciada em drogas. Viciada em tudo. Não tinha chance de te manter. Mas eu te queria. Deus, como te queria. Quando fiquei limpa, procurei por você, mas, como você foi adotado, seus registros foram lacrados e seu nome mudado. Eu não podia te encontrar. Sinto muito. Sinto muito mesmo. — Lágrimas escorriam livremente por suas bochechas.

— Quer entrar? — Lily perguntou, sua voz grossa.

A mulher acenou com a cabeça.

— Ok. — Lily soltou minha mão, mostrando o caminho para a sala de estar, com a mulher a seguindo. Todo o ar foi tirado dos meus pulmões quanto mais longe Lily ficava de mim.

Fechei a porta, trancando e me apoiando nela. Isso não podia estar acontecendo. Depois de todos esses anos. Depois de mais de trinta anos. E agora ela a aparecia?

— Me dê licença por um momento — Lily falou. Ela voltou pelo corredor na minha direção. — Não sei o que está acontecendo nesse momento, mas, seja o que for, estou aqui. Certo? Não se feche comigo novamente. Depois de tudo que passamos. Depois de todo o trabalho que fizemos. Depois…

Em um movimento rápido, coloquei os braços em volta dela e a puxei para mim.

Ela suspirou, retornando o abraço.

— Nós vamos dar um jeito. Vamos sim.

Soltei-a, segurando sua mão.

Lily a levantou até a boca, beijando meus dedos marcados.

— Pronto?

*Não.* Engoli em seco, mas acenei com a cabeça de qualquer maneira.

Ela virou, mantendo a mão presa na minha e me levou para o sofá. Ela se sentou, me puxando para o lado.

— Você precisa explicar.

A mulher acenou com a cabeça.

— Meu nome é Lucy Crane — ela disse suavemente.

Meu coração acelerou.

— Escolhi seu nome em minha homenagem, porque você é a melhor coisa que já fiz. Mesmo sendo tão nova. Você era a melhor parte da minha vida. Eu era só uma criança. E sei que não é uma desculpa. Meu Deus, eu sei. Mas é a verdade.

— Como você me encontrou? — perguntei, minha voz rouca como se eu tivesse gargarejado com cacos de vidro.

— Vi seu rosto no jornal. Você estava em pé na frente do seu negócio. Era o décimo aniversário do estúdio. Estava destacando o fato de que você cobria queimaduras e cicatrizes para as pessoas.

— Achei que tinha me livrado dessa foto — balbuciei. Detestava ser o centro das atenções, mesmo Shephard tendo insistido que a foto fosse tirada. Reconhecimento não era o motivo por trás do que eu faço.

— É de onde me lembro de você — Lily falou de repente. — Eu sabia que você parecia familiar quando te conheci, mas fugiu da minha mente onde te vi antes.

— Mas por que agora? — Virei de volta para a mulher, a estranha, a única pessoa por quem supliquei desde que era a porra de uma criança. — Se você viu a minha cara no jornal, podia ter aparecido mais cedo. Minha informação estava junto com a foto. Não entendo por que demorou tanto.

— Eu não pretendia ser rude, mas nada disso fazia sentido.

— Eu tentei. — Lucy, inferno do caralho, retorceu as mãos no colo. — Estava tentando ficar limpa para poder tentar te ver.

— Há quanto tempo você viu aquela foto? — perguntei, incerto de como me sentia em termos algo em comum.

— Alguns anos atrás — ela murmurou. — Depois que vi a foto, jurei ficar limpa.

— Quanto tempo? — Levantei do sofá e comecei a andar de um lado para o outro.

**CICATRIZES DO PASSADO**

— Desde que vi sua foto. Então… cinco anos.

— Cinco anos. — Soltei o ar devagar. — Você viu minha foto cinco anos atrás e só agora resolveu aparecer? O que você quer? É dinheiro?

— O quê? — Os olhos de Lucy arregalaram. — Não. De jeito nenhum.

— Então, por que *caralhos* você está aqui? — gritei.

Ettie começou a chorar.

— Merda. — Esfreguei a nuca.

— Deixa comigo. — Lily correu para o nosso quarto para cuidar da nossa filha enquanto eu encarava a mulher que me abandonou.

— Sei que você está bravo — Lucy disse calmamente.

— Não. — Sacudi a cabeça. — Não estou bravo. Estou muito além de bravo.

— Não vim aqui esperando que fossemos uma grande família feliz. Vim aqui para te falar que te achei. Não espero um relacionamento com você. Só queria que soubesse que… estou aqui.

— Você deveria ter ficado longe. Era melhor antes de você aparecer, porque, nesse momento, estou confuso. O fato de que minha mãe está sentada na minha frente depois de todos esses anos está ferrando com a minha cabeça. Passei minha infância implorando, rezando para você aparecer e me tirar do inferno que fui colocado. Mas você nunca apareceu. As coisas que passei… — Bile subiu na minha garganta, meu estômago revirando. Matteo iria fazer a festa na nossa próxima consulta.

— Foi difícil para você — Lucy falou.

Eu ri.

— Moça, a senhora não faz ideia.

Ela acenou com a cabeça.

— Sinto muito. Sei que não ajuda, mas é verdade. Mas vejo que você está feliz. O que quer que seja que passou, você sobreviveu. — Ela levantou do sofá.

— Só queria você, — falei. — Mesmo eles me dizendo que você morreu, eu ainda rezava para você me achar. Para você me salvar. — Minha voz falhou. De repente me sentia como um menininho.

— Eu sei. — Ela veio na minha direção. — Sinto muito, Lucas. — Assim que ela ficou de pé bem na minha frente, colocou a mão no meu peito, insegura, em cima do coração. — Você se parece com ele.

— Isso é bom ou ruim? — murmurei.

Ele me deu um sorriso de leve.

— É bom. Eu o amava. Mesmo sendo nova, ainda assim o amava. Mas ele era mais velho, o típico malandro, e tomou algumas decisões estúpidas que custaram sua vida.

— Sinto muito — sussurrei.

— Não sinta. — Lucy me fitou, seus olhos escuros brilhando com lágrimas. — Sinto muito por tudo que você passou. Sinto muito por não estar lá para te proteger como deveria. Sinto muito por não ser a mãe que você merece. Eu... — A respiração dela falhou.

— Eu... — Engoli em seco, cobrindo a mão dela que ainda estava no meu peito. — Passei a vida inteira sentindo falta de alguma coisa. E então minha esposa, Lily, apareceu e foi quando percebi que era dela que eu estava sentindo falta.

— Fico feliz. Muito feliz. — Lucy limpou embaixo do olho.

— Mas eu... — Não conhecia essa mulher. Porra, eu nem confiava nela. Mas... — Você tem prova?

— Que você é meu? — Lucy mordeu o lábio inferior. Ela tirou duas fotos do bolso da calça jeans. — Envelheci bastante. Mas pude tirar uma foto antes de você ser tirado de mim. E esse... — Ela me entregou a outra foto. — Era o seu pai.

Peguei as fotos da mão dela e olhei para ambas. A foto do homem me encarando, era como se eu estivesse olhando no espelho. Mesmo ele não tendo tantas tatuagens quanto eu, seus olhos espelhavam os meus. Mas era prova o suficiente? A segunda foto era de Lucy ainda garota, sentada na cama do hospital, olhando para o bebê em seus braços. O bebê parecia Ettie. Minha filha. Minha respiração prendeu.

— Sei que não é prova o suficiente. Podemos fazer um teste de DNA. O que você precisar. — Lucy colocou a mão no meu braço. — Só queria que você soubesse que estou aqui. Sei que são mais de trinta anos depois, mas, prometo, estou aqui. Mesmo que você não queira nada comigo, sempre estarei aqui.

Olhei entre as fotos e voltei para ela.

Os pelos na minha nuca formigaram. Levantei o olhar, encontrando Lily em pé na entrada do corredor indo para o nosso quarto. Ela estava enxugando embaixo dos olhos, sorrindo para mim. Ela acenou com a cabeça de leve.

Era todo o encorajamento que precisava.

Puxei Lucy para mais perto e, para minha surpresa, coloquei os braços em volta dela.

**CICATRIZES DO PASSADO**

Ela ofegou, um soluço saindo.

Meus olhos queimaram, minha garganta se esforçando com o nó preso nela.

— Lucas — sussurrou.

Mas eu não respondi. Não conseguia. Minha mãe estava nos meus braços. Eu não precisava de um teste de DNA. Não precisava de maiores explicações. Precisava da minha mãe. Minha mãe.

— Sinto muito, meu doce menino — ela disse, sua voz abafada pela minha camisa. — Sinto muito por tudo.

Segurei-a contra mim, sem saber o que dizer.

— Não espero que você me perdoe. — Lucy saiu do meu abraço. — Não espero nada.

— Você gostaria de ficar para um café? — convidei, minha voz grossa.

Os olhos dela encheram de lágrimas.

— Adoraria.

— Lucas? — Lily veio até mim quando fomos para o sofá.

Segurei o rosto de Lily, me inclinando para um beijo.

— Você está bem? — questionou, contra a minha boca.

— Não sei — disse para ela. — Mas sei que ela não está mentindo. Não sei como, só sei. Tenho como esquecer? — Olhei para Lucy, que estava olhando na nossa direção. — Não, mas estou disposto a perdoar. Talvez não agora. Talvez não amanhã. Mas algum dia.

— Obrigada — ela disse suavemente.

— Não. — Coloquei o braço em volta do ombro de Lily. — Agradeça a minha esposa. — Por causa dela, eu era capaz de abrir meu coração e quebrar as paredes em volta dele. Demoraria. Eu sabia que demoraria. Mas eu daria à Lucy, minha mãe, uma chance. Mesmo que fossem mais do que trinta anos depois.

Lily sentou no sofá ao lado de Lucy. Elas conversaram calmamente entre si enquanto eu pedi licença e fui fazer café para nós.

Quando cheguei na cozinha, um fôlego saiu de mim. Um peso que eu não sabia que estava ali levantou dos meus ombros.

Sempre desejei uma família. Uma mãe. Um pai. Uma esposa. Uma filha.

Minha mãe.

Minha mamãe.

Ela estava aqui. Estava sentada na minha casa.

Nunca tive uma família antes.

Agora, tinha uma esposa. Tinha uma filha. E também tinha uma mãe.

Mesmo eu e Lily ainda lutando com os demônios do nosso passado, juntos, nós éramos fortes para encará-los. Nós éramos fortes para nos curar. Para amar. Para ser felizes.

E para vencer.

A The Gift Box é uma editora brasileira, com publicações de autores nacionais e estrangeiros, que surgiu no mercado em janeiro de 2018. Nossos livros estão sempre entre os mais vendidos da Amazon e já receberam diversos destaques em blogs literários e na própria Amazon.

Somos uma empresa jovem, cheia de energia e paixão pela literatura de romance e queremos incentivar cada vez mais a leitura e o crescimento de nossos autores e parceiros.

Acompanhe a The Gift Box nas redes sociais para ficar por dentro de todas as novidades.

 www.thegiftboxbr.com

 /thegiftboxbr.com

 @thegiftboxbr

 @GiftBoxEditora